Annales 2022

Sujets & corrigés

W0253318

Physique-Chimie
Sciences de la vie et de la Terre
Technologie 3e

Sous la direction de **Nicolas Coppens**

- **Physique-Chimie**
  Nicolas Coppens
  Olivier Doerler

- **Sciences de la vie et de la Terre**
  Laurent Lafond

- **Technologie**
  Sébastien Guivarc'h
  Arnaud Lopin

Nathan

PRÉSENTATION

Ces *Annales ABC du Brevet* ont été conçues pour vous aider à préparer efficacement l'épreuve de Physique-Chimie, Sciences de la vie et de la Terre, et Technologie du **Brevet 2022**.
Vous y trouverez **des sujets de Brevet** conformes au nouveau programme du collège en vigueur à la rentrée 2021.

→ **En juin 2022**, l'examen du Brevet sera constitué de :
– **4 épreuves écrites :** Mathématiques, Français, Physique-Chimie – SVT – Technologie et Histoire-Géographie-EMC ;
– **1 épreuve orale**.

→ Nous proposons dans ce titre **3 sujets complets** de l'épreuve de Physique-Chimie – SVT – Technologie.

43 sujets de Physique-Chimie, SVT, Technologie corrigés

→ Des **sujets classés par matière** pour permettre un **entraînement efficace** tout au long de l'année.

→ Et en plus, 2 sujets pour préparer l'**épreuve orale**.

Une analyse détaillée de chaque sujet

→ **Une rubrique *Les Clés pour réussir*** pour bien analyser et comprendre l'énoncé avant chaque corrigé.

→ **Un corrigé détaillé** et **entièrement rédigé**, conforme à ce que l'on attend de vous à l'examen.

Des compléments indispensables et pratiques

→ **L'Infos-Brevet** : un dossier complet pour aborder l'épreuve.

→ **Des fiches de révisions** pour retenir les points-clés.

→ **Un lexique** des termes à connaître.

Couverture : Jean-Marc Denglos et Clémentine Largant
Schémas : COREDOC
Coordination éditoriale : Marie-Pierre Lowys
Fabrication : Laurence Monai
Mise en page : Nord Compo
Conception graphique intérieur : Julie Lannes

Nathan 2021 - 92, avenue de France - 75013 Paris - ISBN 978-2-09-157268-0

Et en plus, une offre numérique innovante

→ **Gratuitement** avec ce livre, **un abonnement au site abcbrevet.com** vous est offert. Vous y trouverez des exercices et des fiches de révisions, ainsi que des sujets d'annales.

→ Grâce à l'**application gratuite Nathan live**, flashez les pages de votre ouvrage pour avoir accès à **des ressources supplémentaires en direct** :
- des sujets supplémentaires en flashant la couverture de l'ouvrage ;
- des exercices de révisions (p. 267), QCM, textes à trous...
- les fiches de révisions adaptées aux DYS (pp. 268 à 285).

(!) L'application nécessite une connexion Internet

COMMENT FAIRE ? C'EST FACILE !

1. Téléchargez l'application gratuite **Nathan live** disponible dans tous les stores sur votre smartphone ou votre tablette (Appstore, GooglePlay, Windows Store).
2. Ouvrez l'application. Flashez les pages de vos annales où ce logo apparaît en plaçant votre appareil au-dessus de la page.
3. Consultez les ressources !

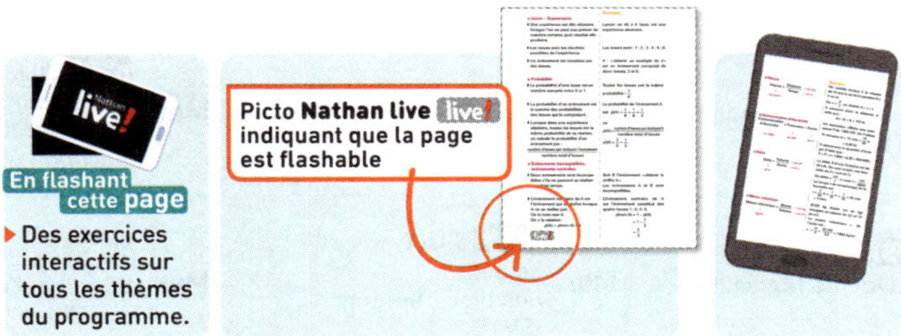

Crédits photos

37 : Droits Réservés ; **41** : iStock/Julia Jeskova Photography ; **59** : Biosphoto/SPL/Andrew Syred ; **64h** : MNHN ; **64b** : Olivier Bernard, INRIA et Jean-Paul Cadoret, IFREMER ; **68** : BRGM ; **69** : Shutterstock ; **77** : ISM/Sovereign ; **89** : Shutterstock/Studio Light and Shade ; **108** : http://www.cochlea.eu/pathologie/surdites-neuro-sensorielles/traumatisme-acoustique/R. Pujol, M. Lenoir, J. Wang ; **134** : Adobe Stock Photo ; **149** : Shutterstock/Johannes Strom ; **155** (reprise **159**) : www.espn.com/Tom Zikas ; **165** : Shutterstock/IB Photography ; **170** : Shutterstock ; **205** : Shutterstock ; **206** : Shutterstock ; **213** : Adobe Stock Photo ; **214** : Shutterstock ; **254** : Adobe Stock Photo ; **261** : Adobe Stock Photo ; **262** : iStock ; **279** : ISM/Hervé Conge

Mon planning de révisions,

Ce planning propose une sélection de sujets de difficulté progressive et adaptée à différents besoins.

Choisissez votre parcours en fonction de vos objectifs de révision

Parcours vert — Objectif : REPRENDRE CONFIANCE

Parcours bleu — Objectif : RÉUSSITE ASSURÉE

BREVET – 6 semaines

Lun	
Mar	n° 11 SUJET Une cause d'infertilité (SVT)
Mer	n° 23 SUJET Le savon de Marseille (PC)
Jeu	n° 37 SUJET Portique automatique de lavage de voiture (Techno)
Ven	n° 25 SUJET Saut en parachute (PC)
Sam	n° 41 SUJET Pilote automatique (Techno)
Dim	

BREVET – 5 semaines

Lun	
Mar	
Mer	n° 8 SUJET Le défi des biocarburants (SVT)
Jeu	n° 16 SUJET L'angine de Léa (SVT)
Ven	
Sam	n° 38 SUJET L'eau : système de captage et de distribution (Techno)
Dim	n° 30 SUJET Énergie et vie quotidienne (PC)

BREVET – 4 semaines

Lun	n° 22 SUJET Des verres correcteurs de plus en plus légers (PC)
Mar	n° 36 SUJET Conditionnement du sirop d'érable (Techno)
Mer	n° 17 SUJET L'origine d'une perte d'audition (SVT)
Jeu	
Ven	
Sam	n° 14 SUJET Le syndrome de Klinefelter (SVT)
Dim	n° 42 SUJET Laboratoire automatisé d'analyse ADN (Techno)

6 semaines avant le BREVET !

Pour choisir votre parcours, vous pouvez vous aider du QUIZ sur www.abcbrevet.com

Parcours rouge — **Objectif : EXCELLENCE**

BREVET – 3 semaines

Lun	n° 29 SUJET Aménagement d'un fourgon (PC)
Mar	
Mer	
Jeu	n° 1-2 SUJET COMPLET France métropolitaine, juin 2021 (SVT-PC)
Ven	n° 37 SUJET Portique automatique de lavage de voiture (Techno)
Sam	n° 21 SUJET Analyse de l'atmosphère terrestre (PC)
Dim	

BREVET – 2 semaines

Lun	
Mar	n° 3-4 SUJET COMPLET France métropolitaine, juin 2018 (SVT-Techno)
Mer	n° 5-6 SUJET COMPLET France métropolitaine, sept. 2020 (Techno-PC)
Jeu	n° 7 SUJET Des bactéries au service des plantes (SVT)
Ven	
Sam	n° 5-6 SUJET COMPLET France métropolitaine, sept. 2020 (Techno-PC)
Dim	n° 1-2 SUJET COMPLET France métropolitaine, juin 2021 (SVT-PC)

BREVET – 1 semaine

Lun	
Mar	n° 1-2 SUJET COMPLET France métropolitaine, juin 2021 (SVT-PC)
Mer	
Jeu	n° 3-4 SUJET COMPLET France métropolitaine, juin 2018 (SVT-Techno)
Ven	
Sam	n° 5-6 SUJET COMPLET France métropolitaine, sept. 2020 (Techno-PC)
Dim	n° 3-4 SUJET COMPLET France métropolitaine, juin 2018 (SVT-Techno)

SOMMAIRE

INFOS-BREVET

SUJETS COMPLETS

à revoir / réussi

SUJETS DE SVT PAR THÈME

SUJETS DE TECHNOLOGIE PAR THÈME

à revoir | réussi

L'informatique, la structure et le fonctionnement d'un objet

SUJETS D'ORAL

RÉVISIONS

Fiches de révisions

Infos-Brevet

Comment obtenir le Brevet

Le DNB (Diplôme National du Brevet)

- Le Brevet permet d'**évaluer les compétences** acquises par l'élève à l'issue du collège et du **cycle 4**.
- Le DNB s'obtient par les notes :

– du **contrôle continu** qui représente **400 points** :

  - l'évaluation des huit composantes du socle commun de compétences, de connaissances et de culture entre désormais dans le calcul des points pour l'obtention du brevet,
  - la maîtrise de chacune des huit composantes du socle commun est évaluée lors du dernier conseil de classe de 3e ;

– de **l'examen final** qui représente **400 points** :

  - 4 épreuves écrites : 300 points,
  - 1 épreuve orale : 100 points.

- Pour être déclaré admis au diplôme national du Brevet, il faut cumuler un total de **400 points** sur un total de **800** (soit 10 sur 20).
- Des **mentions sont attribuées** selon le barème suivant :

– mention assez bien pour un total de points au moins égal à 480 sur 800 ;
– mention bien pour un total de points au moins égal à 560 sur 800 ;
– mention très bien pour un total de points au moins égal à 640 sur 800.

Les 4 épreuves écrites

Mathématiques	Français	Sciences	Histoire-Géo-EMC
100 points	100 points	50 points	50 points
2 heures	3 heures	1 heure	2 heures

L'épreuve orale

- D'une durée de 15 minutes, l'épreuve orale évalue votre capacité à exposer un projet et est notée sur 100 points.
- Vous devez présenter un projet, de votre choix, que vous avez étudié lors des EPI (Enseignements pratiques interdisciplinaires), d'un parcours éducatif (Avenir, Citoyen, Éducation culturelle et artistique) ou en histoire des arts.
- L'oral se déroule en deux temps :

– présentation du projet (5 min) ;
– questions du jury (10 min).

- Vous pouvez présenter le projet seul ou en groupe de 2 ou 3.

Le contrôle continu

Évaluation des **huit composantes du socle commun** de connaissances, de compétences et de culture tout au long de l'année scolaire.

→ 400 points

LIBERTÉ ÉGALITÉ FRATERNITÉ

L'épreuve orale

Présentation d'un projet mené en histoire des arts ou dans le cadre d'un EPI ou de l'un des parcours éducatifs (Avenir, Citoyen, Éducation culturelle et artistique).
L'exposé est suivi d'un entretien.

→ oral individuel : 100 points (15 min)
ou
→ oral collectif : 100 points (25 min)

dès avril

fin juin

L'épreuve de Français

Travail sur un texte littéraire
Dictée
Rédaction

→ 100 points (3 h)

L'épreuve d'Histoire, Géographie et EMC

Analyse et compréhension de documents.

→ 50 points (2 h)

L'épreuve de Mathématiques

Exercices, dont certains assortis de tableaux ou de schémas, et un exercice d'informatique.

→ 100 points (2 h)

L'épreuve de Sciences

- Physique-Chimie
- SVT
- Technologie

→ 50 points (1 h)

début juillet

Publication des **résultats du Brevet**

Diplôme et mentions

Admission au diplôme national du Brevet :
400 points sur 800 (soit 10 sur 20)

- **Mention assez bien** plus de 480 points
- **Mention bien** plus de 560 points
- **Mention très bien** plus de 640 points

septembre octobre

Cérémonie républicaine de remise des diplômes du Brevet

L'épreuve de Physique-Chimie - SVT - Techno expliquée

Comment s'organise l'épreuve ?

- **Durée** : 1 heure.
- **Structure** : la seconde partie de la 1re épreuve porte sur les programmes de Physique-Chimie, SVT et Technologie.
- **Notation** : sur 50 points.

Ces points sont répartis de la façon suivante :
– 45 points pour les exercices de Physique-Chimie, SVT et Technologie ;
– 5 points réservés à la présentation de la copie et à l'utilisation de la langue française (précision et richesse du vocabulaire, correction de la syntaxe).

- La commission nationale d'élaboration des sujets détermine, à chaque session, les **deux disciplines sur les trois** (Physique-Chimie, SVT, Technologie) qui sont évaluées (sur **25 points** chacune) pour cette partie 2 de l'épreuve.

Il y a donc **3 combinaisons possibles** : Physique-Chimie et SVT, Physique-Chimie et Technologie, ou Technologie et SVT.

- **L'épreuve porte sur une thématique commune.**
- Les énoncés sont volontairement concis afin qu'une éventuelle difficulté en lecture ne constitue pas un obstacle supplémentaire. Les exercices sont identifiés pour chaque discipline.

Quels sont les critères d'évaluation de ma copie de Brevet ?

On attend de vous que vous soyez capable :

- de **maîtriser** les attendus de fin de cycle prévus dans les programmes ;
- de **pratiquer** différents langages (textuel, symbolique, schématique, graphique) pour observer, raisonner, argumenter et communiquer ;
- d'**exploiter** des données chiffrées et/ou expérimentales ;
- d'**analyser et** de **comprendre** des informations en utilisant les raisonnements, les méthodes et les modèles propres aux disciplines concernées ;
- d'**appliquer** les principes élémentaires de l'algorithmique et du codage pour résoudre un problème simple.

La méthode pour le Brevet

Comment s'organiser le jour de l'épreuve ?

- **Prenez le temps de lire l'intégralité du sujet** avant de commencer.
- **Commencez** par les questions avec lesquelles vous êtes le plus à l'aise.
- **Gérez correctement votre temps.** Prévoyez de garder un peu de temps pour la relecture des copies à la fin de l'épreuve.

Comment aborder les différents exercices ?

- Les questions peuvent demander **une réponse rédigée ou prendre la forme de questionnaires à choix multiples** (dans le cas d'un QCM, chaque question est posée avec au moins une réponse juste).
- Quelle que soit la forme proposée, l'évaluation peut porter sur les **connaissances** et/ou sur leur utilisation, ainsi que sur la mise en œuvre d'un **raisonnement**.

Comment travailler avec un brouillon ?

- Réécrivez précisément au brouillon les différents **termes des questions** et des consignes qui les accompagnent.
- Lorsque des documents sont proposés :

– **repérez les informations qui sont en rapport avec la consigne ;**

– **mettez en relation** les différents documents lorsque cela est possible ;

– **reliez les informations** du ou des documents **avec vos connaissances.**

- Lorsque des calculs sont demandés, **vérifiez plusieurs fois vos calculs**, en faisant attention aux unités utilisées.

L'astuce du prof

Dans le cas d'un QCM, lisez bien la consigne pour savoir s'il y a une ou plusieurs bonnes réponses acceptées.

Comment rédiger sa copie ?

- **Si la question nécessite uniquement l'utilisation de documents**, présentez d'abord les informations précises qui vous serviront d'arguments et terminez par votre interprétation.
- **Si la question exige une mise en relation des documents avec des connaissances**, utilisez d'abord les documents en les décrivant précisément, puis interprétez-les à l'aide de vos connaissances.

Gagnez des points !

Ne récitez pas systématiquement votre cours pour étoffer votre réponse. Les réponses aux questions posées sont souvent courtes, cela évite d'être hors sujet.

- **Si la question est une restitution de connaissances** ou **nécessite un raisonnement sans s'appuyer sur des documents**, soyez le plus clair et le plus précis possible.

Comment présenter sa copie ?

Les contraintes

- **Rédigez chaque partie de l'épreuve** sur une **copie distincte par discipline**, car des enseignants de trois matières différentes corrigent cette épreuve.
- **Indiquez le titre de la partie traitée et précisez bien le numéro de la question** (surtout si vous n'avez pas répondu aux questions dans l'ordre) afin d'éviter les erreurs.

Le soin

- **Écrivez lisiblement**. Si votre écriture est difficile à lire, essayez d'aérer votre devoir, de soigner votre écriture et de bien séparer les lettres.
- **Soulignez à la règle les mots importants**. Vous pouvez utiliser des stylos de couleur pour faire ressortir les idées importantes de la copie, mais attention à la copie arc-en-ciel avec trop de couleurs !
- **Tracez les schémas à la règle.**
- **Construisez des phrases simples et assez courtes. Si la réponse est longue, créez des paragraphes** qui regrouperont des ensembles d'idées (ne créez pas de paragraphes au hasard de votre copie, juste pour l'aspect esthétique).
- **Faites attention à la syntaxe, à la grammaire et à l'orthographe**, notamment lors de la relecture : pas de phrase sans verbe conjugué, sans sujet, etc.

Les clés de la réussite !

- **Prenez le temps** de bien comprendre les termes du sujet et de la consigne.
- **Reliez les informations pertinentes** des documents à vos connaissances.
- Même si vous n'arrivez pas à trouver le résultat final, **détaillez les démarches suivies et vos essais de calcul sur votre copie**. Cela valorisera votre copie et vous pourrez gagner des points.

Les programmes

Les programmes de cycle

Les programmes de Physique-Chimie, SVT et Technologie ont été conçus pour le cycle 4, qui regroupe les classes de 5e, 4e et 3e. À la fin de la classe de 3e, vous devez maîtriser les **attendus de fin de cycle** propres à chaque discipline et détaillés ci-dessous.

Le programme de Physique-Chimie

Thèmes	Attendus de fin de cycle
Organisation et transformations de la matière	**Décrire la constitution et les états de la matière :** – caractériser les changements d'état de la matière ; – distinguer les corps purs et les mélanges ; – déterminer une masse volumique, une valeur de solubilité ; – connaître la composition de l'air...
	Décrire et expliquer des transformations chimiques : – savoir utiliser la classification périodique des éléments ; – étudier les transformations et les mélanges ; – utiliser une équation de réaction chimique ; – étudier le caractère acide ou basique d'une solution ; – étudier les gaz à effet de serre...
	Décrire l'organisation de la matière dans l'Univers : – décrire la structure de l'Univers et ses éléments ainsi que les constituants de l'atome ; – étudier des distances astronomiques ; – comparer les ressources terrestres de certains éléments...
Mouvement et interactions	**Caractériser un mouvement :** – étudier la relativité du mouvement ; – utiliser la relation liant vitesse, distance et durée...
	Modéliser une action par une force caractérisée par une direction, un sens et une valeur : – identifier les actions et les modéliser par des forces ; – étudier la gravitation universelle et la force de pesanteur...
L'énergie, ses transferts et ses conversions	**Identifier les sources, les transferts, les conversions et les formes d'énergie, et utiliser la conservation de l'énergie :** – établir un bilan énergétique ; – utiliser la relation liant puissance, énergie et durée ; – étudier l'absorption du rayonnement terrestre par les gaz à effet de serre...
	Réaliser des circuits électriques simples et exploiter les lois de l'électricité : – exploiter les lois d'additivité de tensions et d'intensités, la loi d'Ohm ; – étudier la puissance électrique et effectuer des calculs de consommations d'énergie électrique...
Des signaux pour observer et communiquer	**Caractériser différents types de signaux (lumineux, sonores, radio...) et utiliser les propriétés de ces signaux :** étudier l'émission, la propagation et la réception d'un signal lumineux ou sonore...

Le programme de SVT

Thèmes	Attendus de fin de cycle
La planète Terre, l'environnement et l'action humaine	**Explorer et expliquer certains phénomènes géologiques liés au fonctionnement de la Terre :** – étudier la tectonique des plaques ; – connaître les ères géologiques...
	Explorer et expliquer certains éléments de météorologie et de climatologie : – comprendre la différence entre météo et climat ; – étudier les changements climatiques passés et actuels...
	Identifier les principaux impacts de l'action humaine, bénéfices et risques, à la surface de la planète Terre : – analyser l'exploitation de quelques ressources naturelles par l'être humain ; – étudier l'influence des activités humaines sur le climat, notamment par l'émission de gaz à effet de serre...
	Envisager ou justifier des comportements responsables face à l'environnement et à la préservation des ressources limitées de la planète : – expliquer comment une activité humaine peut modifier l'organisation et le fonctionnement des écosystèmes ; – proposer des argumentations sur les impacts des actions de l'être humain sur l'environnement...
Le vivant et son évolution	**Expliquer l'organisation, le fonctionnement du monde vivant et sa dynamique à différentes échelles d'espace et de temps.**
	Établir des relations de causalité entre différents faits pour expliquer : – la nutrition des organismes ; – la dynamique du vivant ; – la classification du vivant ; – la biodiversité (diversité des espèces) ; – la diversité génétique des individus ; – l'évolution des êtres vivants.
Le corps humain et la santé	**Expliquer quelques processus biologiques impliqués dans le fonctionnement de l'organisme humain, jusqu'au niveau moléculaire :** – activité musculaire ; – activités nerveuse, cardiovasculaire et respiratoire ; – activité cérébrale ; – alimentation et digestion ; – relations avec le monde microbien ; – reproduction et sexualité...
	Relier la connaissance de ces processus biologiques aux enjeux liés aux comportements responsables individuels et collectifs en matière de santé : – relier ses connaissances aux politiques de prévention et de lutte contre la contamination et/ou l'infection ; – expliquer sur quoi reposent les comportements responsables dans le domaine de la sexualité...

Le programme de Technologie

Thèmes	Attendus de fin de cycle
Le design, l'innovation, la créativité	**Imaginer des solutions en réponse aux besoins, matérialiser des idées en intégrant une dimension design :** – identifier un besoin et énoncer un problème technique ; – identifier les conditions, les contraintes et les ressources correspondantes dans une logique d'écoconception, et étudier les performances d'un objet technique ; – imaginer des solutions pour produire des objets et des éléments de programme en réponse au besoin (design, bilan carbone...) ; – utiliser un cahier des charges ; – synthétiser et formaliser une procédure, un protocole...
	Réaliser, de manière collaborative, le prototype d'un objet communicant : – réaliser un prototype pour valider une solution ; – effectuer un prototypage de structures et de circuits de commande à partir de cartes standard...
Les objets techniques, les services et les changements induits dans la société	**Comparer et commenter les évolutions des objets et des systèmes :** – regrouper des objets en familles et en lignées ; – relier les évolutions technologiques aux inventions et aux innovations ; – comparer et commenter les évolutions des objets...
	Exprimer sa pensée à l'aide d'outils de description adaptés.
	Développer les bonnes pratiques de l'usage des objets communicants : – utiliser des croquis, des schémas, des graphes, des diagrammes, des tableaux ; – lire, utiliser et produire, à l'aide d'outils de représentation numérique, des choix de solutions sous forme de dessins ou de schémas...
La modélisation et la simulation des objets techniques	**Analyser le fonctionnement et la structure d'un objet :** – associer des solutions techniques à des fonctions ; – identifier les entrées et les sorties d'un objet ; – identifier le(s) matériau(x), les flux d'énergie et d'information sur un objet et décrire les transformations qui s'opèrent...
	Utiliser une modélisation et simuler le comportement d'un objet : – utiliser une modélisation pour comprendre, formaliser, partager, construire, investiguer, prouver ; – interpréter le comportement d'un objet technique et le communiquer en argumentant...
L'informatique et la programmation	**Comprendre le fonctionnement d'un réseau informatique :** – analyser les composants et l'architecture d'un réseau ; – étudier les notions de protocole, d'organisation de protocoles en couche, d'algorithme de routage ; – comprendre le fonctionnement d'Internet...
	Écrire, mettre au point et exécuter un programme : – structurer un programme de commande ; – écrire et exécuter un programme commandant un système réel et vérifier le comportement attendu...

Sujets complets

Sujets 1 à 2 — France métropolitaine, juin 2021

50 pts — 1 heure

PHYSIQUE-CHIMIE

→ corrigé p. 28

Les causes de la fonte des glaciers

30 min — 25 pts

Le réchauffement climatique est la principale cause de la fonte et de la régression des glaciers de montagne dans le monde.

D'après *Futura sciences*

1 Les causes de la fonte des glaciers

L'augmentation de la température de l'air est responsable d'une fonte plus importante des glaciers de montagne. Cette augmentation de la température est liée à l'excédent de gaz à effet de serre (vapeur d'eau H_2O, dioxyde de carbone CO_2, méthane CH_4, etc.) libérés dans l'atmosphère par les activités humaines. Les chercheurs estiment que le manteau neigeux naturel des Alpes pourrait diminuer de 70 % d'ici la fin du siècle si les émissions de gaz à effet de serre se poursuivent à l'identique. Un deuxième phénomène responsable de la fonte des glaciers de montagne est la diminution des précipitations. En effet, les apports en neige de l'hiver ne compensent plus la fonte naturelle des glaciers l'été.

a. En vous appuyant sur l'introduction, citer deux causes essentielles responsables de la fonte des glaciers de montagne.

b. Donner le nom et le nombre des atomes présents dans la molécule de méthane.

c. Le méthane, constituant principal du gaz naturel et du biogaz, intervient aussi en tant que réactif dans des combustions servant aux activités humaines. On obtient du dioxyde de carbone et de l'eau à l'issue d'une combustion complète. Choisir parmi les équations chimiques suivantes celle qui modélise la combustion complète du méthane. Justifier ce choix.

$$CH_4 + 2\,O_2 \rightarrow CO_2 + 2\,H_2$$
$$CH_4 + 2\,O_2 \rightarrow 2\,CO_2 + H_2O$$
$$CH_4 + 2\,O_2 \rightarrow CO_2 + 2\,H_2O$$

2 Fonte des glaciers de montagne et hydroélectricité

Les eaux de fonte des glaciers contribuent à alimenter des lacs de retenue et participent au fonctionnement de centrales hydroélectriques dont le schéma de principe est donné page suivante.

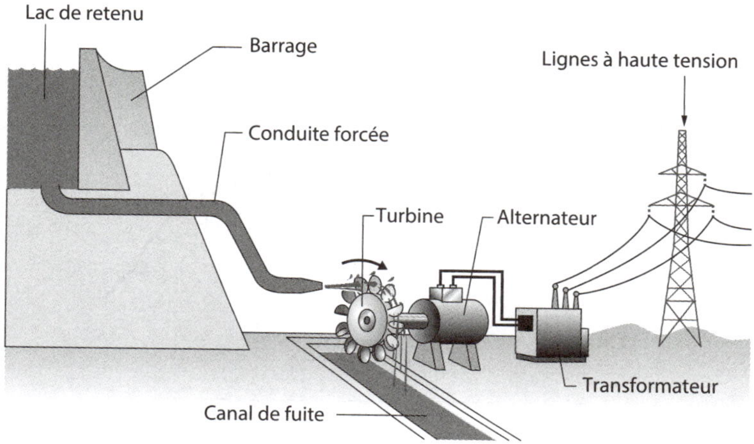

a. Citer la forme d'énergie emmagasinée au niveau du lac de retenue parmi les suivantes : énergie nucléaire, énergie cinétique, énergie potentielle, énergie chimique, énergie thermique.

b. On considère l'alternateur de la centrale hydroélectrique. Sans recopier le diagramme de conversion d'énergie ci-dessous, affecter à chaque numéro une forme d'énergie en choisissant parmi les groupes de mots suivants : énergie électrique, énergie chimique, énergie cinétique, énergie lumineuse, énergie thermique.

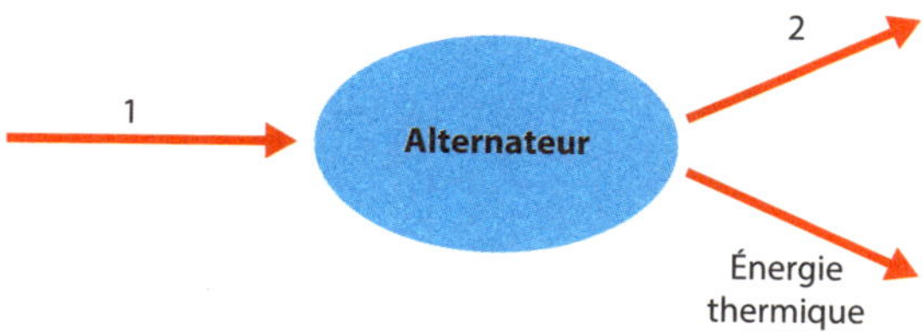

3 Évolution au cours du temps de l'épaisseur en un point de la Mer de Glace (un glacier de montagne des Alpes)

a. À l'aide du document ci-après, on montre que la diminution de l'épaisseur du glacier entre les années 1990 et 2000 est de 4 mètres. Déterminer la diminution de l'épaisseur du glacier entre les années 2000 et 2010. Justifier la réponse.

b. Comparer les deux diminutions obtenues pour une durée de dix ans puis commenter. Quelle hypothèse peut-on formuler à propos du réchauffement climatique ?

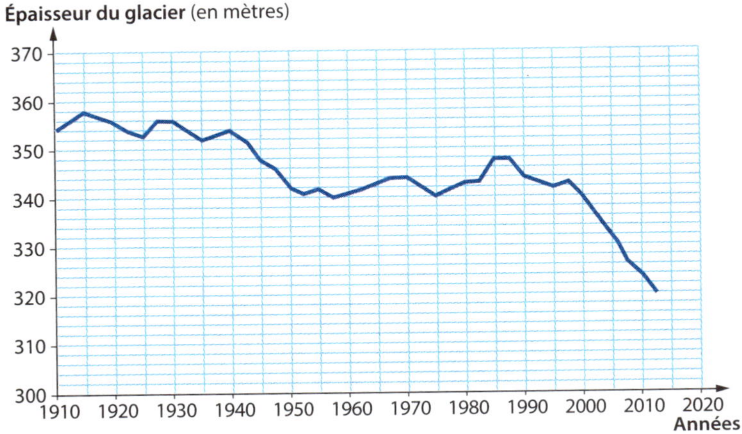

4 Vitesse d'écoulement de la glace de la Mer de Glace dans les Alpes

Un glacier de montagne n'est pas immobile. Une fois la glace formée, elle s'écoule lentement vers l'avant de la pente, comme un fleuve. Une première estimation de la vitesse d'écoulement de la Mer de Glace a été établie il y a déjà presque deux siècles : une échelle abandonnée par le physicien alpiniste Horace Benedict de Saussure en 1788 a été retrouvée 4 370 mètres en aval en 1832.

Établir le raisonnement permettant de calculer la vitesse d'écoulement de la glace de la Mer de Glace. Effectuer le calcul et exprimer le résultat en mètres par an.

SVT

→ corrigé p. 31

Les couleurs des feuilles

30 min **25 pts**

Dans la nature, au printemps, on peut observer des plantes à feuilles vertes, des plantes à feuilles rouges, des plantes à feuilles panachées, c'est-à-dire vertes et blanches, rouges et blanches…

Pour réaliser la photosynthèse, les plantes à feuilles vertes captent l'énergie lumineuse grâce à des pigments, notamment les chlorophylles, présents dans les cellules de leurs feuilles. Ces chlorophylles sont responsables de la couleur verte de ces plantes.

On recherche les pigments que possèdent les plantes à feuilles rouges.

Doc. 1 **Chromatographie et chromatogrammes**

La chromatographie est une technique qui permet, notamment, de séparer les pigments contenus dans une feuille. Pour cela, un morceau de feuille est écrasé sur une bande de papier (**étape 1**). La bande de papier est placée dans un solvant (**étape 2**) qui va entrainer les pigments vers le haut et les séparer. On réalise deux chromatographies : une pour une feuille verte et l'autre pour une feuille rouge.

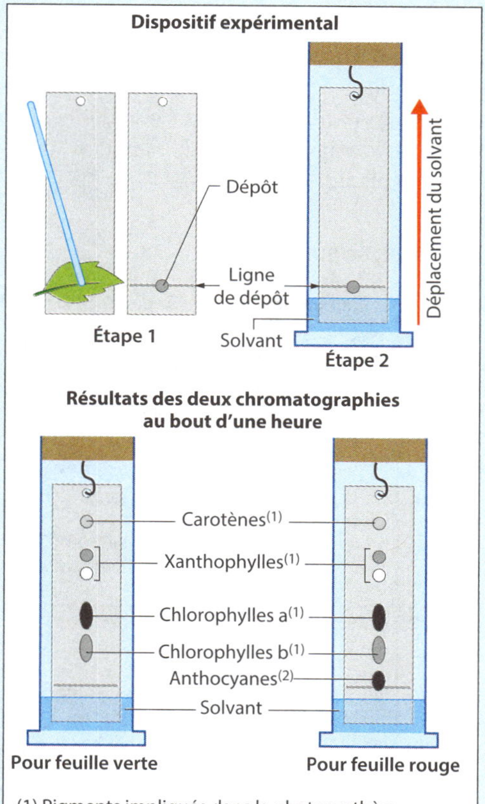

(1) Pigments impliqués dans la photosynthèse
(2) Pigments non impliqués dans la photosynthèse

1 En vous appuyant sur les chromatogrammes du *document 1* :

– montrer que les feuilles rouges disposent de pigments permettant la photosynthèse ;

– citer les pigments qui pourraient être responsables de la couleur rouge des feuilles des plantes à feuilles rouges.

2 L'amidon est une molécule qui constitue une forme de stockage de la matière organique. Pour le produire, les plantes à feuilles vertes réalisent la photosynthèse. Les pigments chlorophylliens des plantes à feuilles rouges sont fonctionnels (ils permettent de réaliser la photosynthèse).
On se demande si les plantes à feuilles rouges produisent de l'amidon grâce à la photosynthèse en présence de lumière.

Doc. 2 **Production et stockage d'amidon dans les différentes parties d'une plante à feuilles rouges**

Avant de débuter l'expérience, il est nécessaire de s'assurer de l'absence d'amidon dans les feuilles des plantes. Pour cela, on laisse les plantes au moins deux jours à l'obscurité. Dans ces conditions, la photosynthèse s'arrête, les produits de la transformation de l'amidon sont distribués dans les autres parties de la plante.

Doc. 3 **Dispositifs expérimentaux**

<table>
<tr><th colspan="2">Expériences</th><th>Expérience 1</th><th>Expérience 2</th><th>Expérience 3</th></tr>
<tr><td colspan="2">Matériel de départ
Les plantes sont cultivées en présence d'eau et de sels minéraux.</td><td>
1 plante à feuilles vertes / 1 plante à feuilles rouges</td><td>
2 plantes à feuilles rouges</td><td>
1 plante à feuilles rouges</td></tr>
<tr><td rowspan="3">Protocole expérimental</td><td>Étape 1</td><td>Culture des 2 plantes pendant 3 jours à l'obscurité</td><td>Culture des 2 plantes pendant 3 jours à l'obscurité</td><td>Culture de la plante pendant 3 jours à l'obscurité</td></tr>
<tr><td>Étape 2</td><td>Culture pendant 6 h :
– à la lumière pour la plante rouge ;
– à l'obscurité pour la plante verte</td><td>Culture pendant 6 h :
– à la lumière pour une plante ;
– à l'obscurité pour l'autre plante</td><td>Culture pendant 6 h à la lumière</td></tr>
<tr><td>Étape 3</td><td>– Prélèvement d'une feuille de chacune des plantes
– Décoloration en laboratoire
–Test à l'eau iodée</td><td>– Prélèvement d'une feuille de chacune des plantes
– Décoloration en laboratoire
–Test à l'eau iodée</td><td>– Prélèvement d'une feuille de la plante
– Décoloration en laboratoire
–Test à l'eau iodée</td></tr>
</table>

Principe du test à l'eau iodée : l'eau iodée est un réactif jaune qui permet de mettre en évidence la présence d'amidon en se colorant en violet/noir en sa présence.

À l'aide des *documents 2* et *3*, indiquer l'expérience parmi les trois proposées, qui permet de tester l'hypothèse :
« La lumière est nécessaire pour que les plantes à feuilles rouges produisent de l'amidon grâce à la photosynthèse. »
Justifier votre choix.

3 On s'intéresse aux plantes à feuilles panachées : de couleur verte et blanche ou de couleur rouge et blanche.

Doc. 4 Tests à l'eau iodée sur différentes feuilles

Toutes les feuilles utilisées ci-dessous sont issues de plantes placées dans des conditions favorables à la photosynthèse : en présence de lumière, d'eau et de sels minéraux.
Les parties blanches des feuilles ne contiennent pas de pigments.

Couleurs des feuilles avant le test à l'eau iodée	**Expérience 1**	**Expérience 2**	**Expérience 3**	**Expérience 4**
Verte Rouge Blanche	Feuilles vertes	Feuilles rouges	Feuilles panachées vertes et blanches	Feuilles panachées rouges et blanches

En vous aidant de tous les documents du sujet :

a. Donner les résultats attendus des tests à l'eau iodée pour les feuilles des quatre expériences du *document 4* (sous forme de schémas légendés et/ou d'un texte) ;

b. Expliquer la production d'amidon ou son absence dans les différentes parties des feuilles.

Sujets 1 à 2 Corrigé

PHYSIQUE-CHIMIE

→ énoncé p. 22

Les clés pour réussir

L'essentiel à connaître

- Les **atomes** sont représentés par un **symbole chimique**, une lettre majuscule quelquefois suivie d'une minuscule.
- Une **molécule** est un **assemblage d'atomes**. Elle est représentée par une **formule chimique** qui indique le nom et le nombre des atomes qui la constituent.
- Dans une **transformation chimique**, il y a **redistribution des atomes** qui constituent les **réactifs** pour former de **nouvelles molécules** (ou de nouveaux ions) que l'on nomme les **produits**.
- Une forme d'énergie peut être convertie en une autre forme d'énergie.
- La **vitesse moyenne** $\boldsymbol{v}$ d'un objet parcourant la **distance** $\boldsymbol{d}$ pendant une **durée** $\boldsymbol{t}$ est : $v = \frac{d}{t}$, avec d en mètres (m), t en secondes (s) et v en mètres par seconde (m/s).

Analyser l'énoncé et les documents

- L'**introduction** du sujet permet d'identifier les deux causes essentielles de la fonte des glaciers de montagne.
- Le **schéma** de la centrale hydroélectrique permet d'identifier le positionnement de l'alternateur et d'en déduire le type de conversion d'énergie concerné.
- Le **diagramme** représentant l'évolution au cours du temps de l'épaisseur en un point de la Mer de glace permet de lire les différentes épaisseurs pour les différentes années évoquées dans le sujet.

Bien comprendre les questions

Question 1

- **Utilisez vos connaissances et l'introduction** du sujet pour **identifier** deux causes responsables de la fonte des glaciers et **repérer** la formule du méthane.
- **Exploitez la formule du méthane** pour en déduire sa composition. **Lisez attentivement la question** pour repérer les noms des produits de la combustion du méthane et identifier l'équation chimique équilibrée.

Question 2

- **Analysez soigneusement le document** présentant le schéma de principe d'une centrale hydroélectrique afin de déterminer le type de conversion d'énergie effectuée dans l'alternateur.

Question 3

- **Observez attentivement le graphique** proposé dans le sujet et déterminez l'échelle correspondant aux graduations sur cet axe.
- **Exploitez** ensuite ce graphique pour déterminer les différentes épaisseurs de glaces pour les années évoquées dans le sujet.

Question 4

- **Déterminez la durée** qui correspond à la distance citée dans la question, puis **en déduire la valeur de la vitesse moyenne** en appliquant la formule définissant une vitesse.

1 a. L'introduction mentionne :
– **l'augmentation de la température de l'air ;**
– **la diminution des précipitations.**

Ces deux phénomènes constituent deux causes essentielles responsables de la fonte des glaciers de montagne.

b. D'après l'introduction du sujet, la formule du méthane est CH_4. Le méthane contient ainsi un atome de carbone (C) et quatre atomes d'hydrogène (H).

Piège à éviter

Dans la formule d'une molécule, le nombre d'atome est en indice à droite du symbole de l'atome.

c. Le texte de la question précise que la **combustion complète** du méthane **forme du dioxyde de carbone, CO_2, et de l'eau, H_2O.**

La **première équation** de réaction proposée **ne conduit pas** à la formation d'eau, mais de dihydrogène H_2, **elle est à exclure.**

Les deux équations de réaction suivantes **respectent la nature des réactifs** et **celle des produits**, mais **seule la dernière équation respecte la conservation de la matière** :

Remarque

Lors d'une transformation chimique, il y a conservation des éléments chimiques.

$$CH_4 + 2\ O_2 \rightarrow CO_2 + 2\ H_2O$$

	Atomes de carbone (C)	Atomes d'hydrogène (H)	Atomes d'oxygène (O)
Réactifs	1	4	$2 \times 2 = 4$
Produits	1	$2 \times 2 = 4$	$2 + 2 \times 1 = 4$

La dernière équation de réaction proposée modélise donc la combustion du méthane.

2 a. L'énergie emmagasinée au niveau du lac de retenue est de l'**énergie potentielle**.

b. D'après le document schématisant le principe d'une centrale hydroélectrique, il est possible d'identifier :

1 : énergie cinétique

2 : énergie électrique

Piège à éviter

Durant l'écoulement de l'eau dans la conduite forcée, l'énergie potentielle est convertie en énergie cinétique.

3 a. Par lectures graphiques, il est possible de déterminer les épaisseurs en un point de la Mer de Glace aux différentes années considérées :

Année	1990	2000	2010
Épaisseur (en m)	344	340	324

La diminution de l'épaisseur du glacier **entre 1990 et 2000** est :

$$344 - 340 = 4 \text{ m.}$$

La diminution de l'épaisseur du glacier **entre 2000 et 2010** est :

$$340 - 324 = 16 \text{ m.}$$

Remarque

Sur l'axe vertical, 10 m correspondent à 5 intervalles, soit 2 m par graduation sur cet axe.

b. Entre les années 2000 et 2010, la diminution de l'épaisseur du glacier est **quatre fois plus importante** que durant la décade précédente (1990-2000).

Ce constat permet de **formuler l'hypothèse d'une accélération des conséquences du réchauffement climatique**.

4 L'échelle abandonnée par Horace Benedict a parcouru 4 370 m entre 1788 et 1832.

La distance $d = 4\,370$ **m** a été parcourue pendant une durée t :

$$t = 1832 - 1788 = 44 \text{ ans.}$$

La vitesse moyenne de l'échelle est :

$$v = \frac{d}{t} = \frac{4\,370}{44} = 99 \text{ m/an.}$$

La vitesse d'écoulement de l'échelle est égale à la vitesse d'écoulement du glacier, cette vitesse d'écoulement est donc **proche de 100 mètres par année**.

Remarque

En divisant une distance en mètres par une durée en années, l'unité obtenue pour la vitesse est mètre par année (ou mètre par an, m/an).

SVT

→ énoncé p. 24

Les clés pour réussir

L'essentiel à connaître

- Les **végétaux verts** sont capables de **capter l'énergie lumineuse** grâce à des **pigments spécialisés**, les **chlorophylles.**
- Les **chlorophylles convertissent l'énergie lumineuse en énergie chimique** permettant à la plante verte de produire ses propres glucides au cours de la **photosynthèse.**
- Les **glucides** produits au cours de la photosynthèse sont **utilisés** par les cellules de la plante ou **stockés** sous forme d'**amidon.**
- Les **conditions de la photosynthèse** sont la présence d'eau, de sels minéraux, de lumière et de dioxyde de carbone.

Analyser l'énoncé et les documents

- **Lisez attentivement l'introduction** du sujet qui permet de retrouver la définition presque complète de la photosynthèse.
- **Repérez** tous les pigments contenus dans une feuille verte et **surlignez ou soulignez** tous ceux qui sont communs avec ceux contenus dans la feuille rouge (*document 1*).
- Rappelez-vous que **l'amidon est un glucide de stockage** chez les plantes et que sa présence dépend de la photosynthèse (*document 2*).
- **Identifiez ce qui est testé** par chaque expérience proposée, **repérez les conditions d'expériences** et la présence de témoin (*document 3*).
- **Cherchez** dans les autres documents le **rôle du test à l'eau iodée** et **lister les pigments** présents dans les parties vertes, rouges et blanches des feuilles (*document 4*).

Bien comprendre les questions

Question 1

- Commencez par **repérer le nom des pigments impliqués dans la photosynthèse** en cherchant l'information dans le document et le texte qui l'accompagne, puis **identifiez** les pigments uniquement présents chez les plantes à feuilles rouges et qui pourraient expliquer leur couleur.

Question 2

- **Vérifiez** en quoi les trois expériences proposées **testent seulement la nécessité de la lumière** et comportent ou pas un **témoin.**
- **Justifiez votre choix** en montrant que l'expérience choisie permet de **tester une seule condition** (ici la lumière), qu'elle comporte une comparaison avec un témoin et qu'elle se termine par un test révélant si la production d'amidon a eu lieu.

Questions 3

- Pour chaque expérience proposée dans le *document 4*, **repérez les parties de feuilles contenant des chlorophylles** (information tirée du *document 1*), puisque ce sont les seules parties dans lesquelles la photosynthèse peut avoir lieu.
- Puis **identifiez les résultats possibles** d'un test à l'eau iodée et leur signification (informations tirées du *document 3*).

1 On constate que le chromatogramme de la feuille rouge présente des **chlorophylles a et b**. Or, on sait que les chlorophylles sont des pigments qui permettent aux plantes vertes de **capter l'énergie lumineuse** pour réaliser la photosynthèse. Donc, **cela montre bien** que les feuilles rouges disposent de pigments permettant la photosynthèse.

Méthode

Pour construire une démonstration, pensez à mettre en relation vos connaissances avec des informations tirées des documents.

En comparant le chromatogramme d'une feuille rouge avec celui d'une feuille verte, on remarque qu'il comporte des **piments non impliqués dans la photosynthèse** et qui pourraient être responsables de la couleur de la feuille rouge : les **anthocyanes**.

2 L'expérience pour de tester l'hypothèse proposée est l'**expérience n° 2**.

Pour tester la nécessité de la lumière lors de la production d'amidon, il faut **comparer deux plantes rouges identiques**, l'une exposée à la lumière et l'autre privée de lumière pendant la même durée. Il s'agit ensuite de tester la présence d'amidon dans les deux plantes en fin d'expérience. Or, seule l'**expérience n° 2** propose ce protocole.

L'astuce du prof

Pour justifier un choix, vous pouvez montrer en quoi votre sélection est correcte et en quoi les autres options ne sont pas valables.

Dans l'**expérience n° 1**, on compare une plante verte avec une plante rouge et dans l'**expérience n° 3**, il n'y a pas de témoin (une plante à l'obscurité). Donc, **ces expériences ne permettent pas de tester l'hypothèse proposée**.

3 a. Première forme de réponse possible : les schémas légendés

	Expérience 1	**Expérience 2**	**Expérience 3**	**Expérience 4**
	Feuilles vertes	Feuilles rouges	Feuilles panachées vertes et blanches	Feuilles panachées rouges et blanches
Résultat du test à l'eau iodée **Positif** (présence d'amidon) **Négatif** (absence d'amidon)				

Autre forme de réponse possible : texte

Après **réalisation des tests à l'eau iodée**, toutes les parties colorées des feuilles rouges ou vertes se colorent en bleu/violet révélant la présence d'amidon et les **parties blanches** des feuilles panachées ne sont **pas colorées** par l'eau iodée, révélant l'**absence d'amidon**.

b. Dans les feuilles vertes, la présence des **chlorophylles** permet la réalisation de la **photosynthèse** puisque les **conditions** sont **favorables** (lumière, eau et sels minéraux).

C'est aussi le cas des feuilles rouges, qui contiennent également des chlorophylles, pigments nécessaires à la photosynthèse.

Dans ces deux cas, la photosynthèse aboutit à la production d'amidon.

Dans les **parties blanches** des feuilles, qu'elles soient vertes ou rouges, il n'y a pas de pigments, donc **la photosynthèse n'a pas lieu**, même si les conditions favorables sont réunies.

Ainsi, **sans photosynthèse**, il n'y **pas de production d'amidon**.

Sujets 3 à 4 — France métropolitaine, juin 2018

50 pts — 1 heure

SVT

→ corrigé p. 40

Le tétanos

30 min — **25 pts**

Dans ce sujet, on s'intéressera à une maladie, le tétanos.

Un médecin reçoit aux urgences hospitalières un patient qui s'est sérieusement blessé avec un outil de jardinage. Dans un premier temps, la plaie est nettoyée et désinfectée. Le médecin décide de prévenir rapidement le risque de tétanos.
Le tétanos est une maladie provoquée par une toxine, produite par une bactérie : *Clostridium tetani*. La vaccination contre le tétanos protège de cette maladie.

Doc. 1 Calendrier simplifié permettant de se tenir à jour* dans ses vaccinations

Vaccins \ Âge approprié	1 mois	2 mois	4 mois	5 mois	11 mois	12 mois	16-18 mois	6 ans	11-13 ans	25 ans	45 ans	65 ans	Tous les 10 ans : 75 ans, 85 ans...
BCG	X												
Diphtérie – Tétanos – Poliomyélite		X	X		X			X	X	X	X	X	X
Rougeole – Oreillons – Rubéole						X	X						

X : injection d'un vaccin

* Être à jour dans ses vaccinations, signifie avoir reçu les vaccins recommandés selon son âge et avec le bon nombre d'injections pour être protégé.

D'après le site http://inpes.santepubliquefrance.fr, 2017

1 Le carnet de santé du patient indique qu'il a été vacciné contre le tétanos à 2 mois, 4 mois, 11 mois, 6 ans et 13 ans. À partir du *document 1*, justifier

que le patient, actuellement âgé de 33 ans, n'est plus à jour dans sa vaccination contre le tétanos.
Dans le cas d'un patient qui n'est plus à jour dans sa vaccination contre le tétanos, le médecin prescrit un test de dosage sanguin des anticorps spécifiques anti-toxine tétanique**. Le résultat du dosage permet de déterminer le traitement à lui appliquer sans tarder.

** Anticorps spécifiques anti-toxine tétanique : molécules produites par les lymphocytes (cellules impliquées dans les défenses immunitaires) suite à une vaccination contre le tétanos. Ces anticorps neutralisent la toxine tétanique, l'empêchant d'exercer son action.

Doc. 2 **Protocole du dosage rapide des anticorps spécifiques anti-toxine tétanique dans le sang d'un patient**

- Une goutte de sang prélevée au niveau du doigt est déposée sur une plaquette-test, puis quelques gouttes d'un diluant sont ajoutées.
- Dix minutes plus tard, une ou deux bandes colorées apparaissent dans la zone de lecture.
  – si une seule bande se colore, le patient n'est pas ou est insuffisamment protégé contre le tétanos, le test est dit négatif ;
  – si deux bandes se colorent, la personne est immunisée contre le tétanos, le test est dit positif.

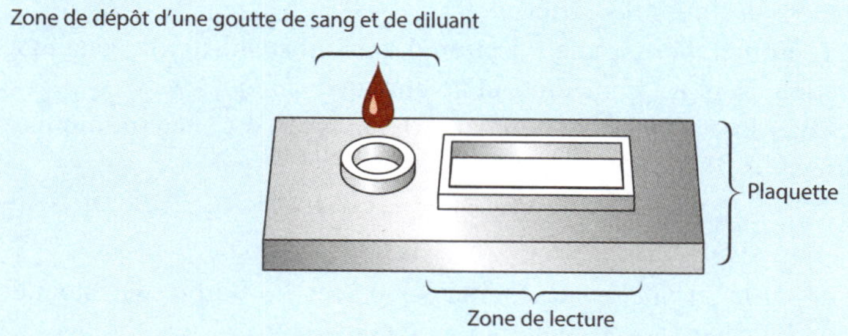

Plaquette utilisée pour le dosage rapide des anticorps anti-toxine tétanique

2 À partir du *document 2*, réaliser le schéma légendé d'une plaquette-test correspondant à un résultat négatif de dosage des anticorps, obtenu pour un patient qui n'est plus immunisé contre le tétanos.

Doc. 3 **Arbre décisionnel des étapes à suivre pour un patient blessé par un outil de jardinage**

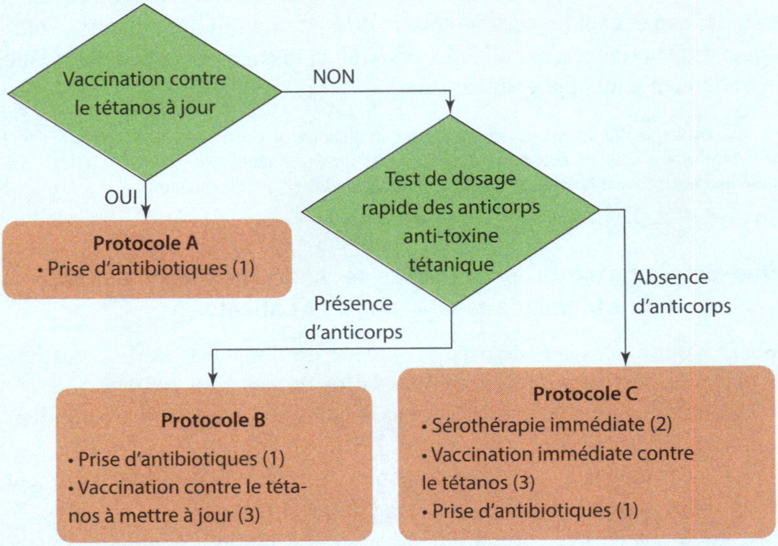

(1) Les antibiotiques stoppent l'infection due aux nombreuses bactéries présentes sur l'outil de jardinage.
(2) La sérothérapie est une injection d'anticorps anti-toxine tétanique, la protection est quasi immédiate et ne dure que quelques jours.
(3) Seule la vaccination contre le tétanos assure une immunisation supérieure à 10 ans contre la toxine tétanique.

D'après E. Pilly, Maladies infectieuses et tropicales, CMIT, 2016, 648 pages

3 **a.** À partir du *document 3*, citer les étapes de l'arbre décisionnel qui amènent le médecin à appliquer le protocole C.
b. Les trois éléments du protocole C sont : la sérothérapie immédiate, la vaccination immédiate et la prise d'antibiotiques. À partir du *document 3*, justifier la nécessité des trois éléments du protocole C à appliquer à ce patient qui s'est blessé avec un outil de jardinage.

TECHNOLOGIE

→ corrigé p. 42

L'échographie

30 min **25 pts**

L'échographie est une technologie d'imagerie 2D qui permet de visualiser certaines parties du corps humain, non visibles à l'œil nu.

Un constructeur d'échographes souhaite intégrer une transmission des résultats d'une vidéo de l'échographie en haute définition (HD). Afin de garantir une bonne disponibilité de cet appareil, il est nécessaire d'améliorer l'autonomie de la batterie et d'indiquer l'état de sa charge électrique.

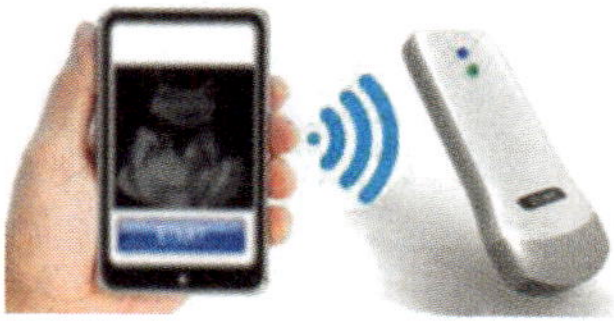

1 À l'aide du *document 1* qui décrit le principe de fonctionnement d'un échographe ainsi que les flux (information et énergie) représentés par les flèches, compléter le tableau de la page suivante en mettant, pour chaque flèche numérotée, une croix pour identifier la nature et le type de flux de chaque liaison.

Doc. 1 Principe de fonctionnement d'un échographe portable

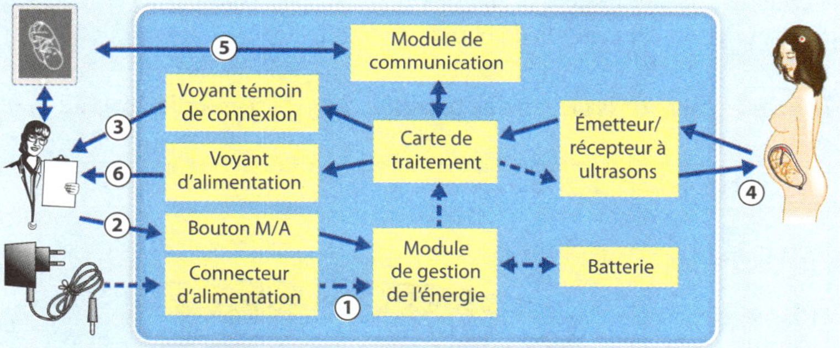

Diagramme simplifié des blocs internes

Lorsque le médecin appuie sur le bouton marche/arrêt (flèche ②), la carte de traitement est alimentée. Un voyant témoin de connexion avec la tablette est allumé (flèche ③).

La consigne de début et de fin d'acquisition des images, ainsi que sa visualisation, se font sur la tablette tactile. La tablette transmet les consignes (flèche ⑤) au module de communication qui les transmet à la carte de traitement.

La carte de traitement alimente l'émetteur à ultrasons en énergie électrique. L'émetteur à ultrasons convertit l'énergie électrique en signal sonore (flèche ④) qui se propage au sein du corps du patient. L'écho du signal sonore est capté par le récepteur, qui le convertit en signal électrique transmis à la carte de traitement puis au module de communication. Celui-ci renvoie les résultats du traitement (flèche ⑤) à la tablette pour l'affichage des images.

Lien	Nature de l'interaction					Type de flux	
Flèche	Signal sonore	Signal lumineux	Courant électrique	Ondes radio (sans fil)	Consigne utilisateur	Flux d'énergie	Flux d'information
①							
②							
③							
④							
⑤							
⑥		X					X

Pour une transmission de vidéo en HD, il est nécessaire d'adapter la solution technique pour le module de communication.

2 À l'aide des données du *document 2*, choisir la solution technique que le constructeur doit intégrer au nouvel appareil et argumenter la réponse en précisant le ou les critères de choix.

Doc. 2 **Caractéristiques des technologies de transmissions sans fil**

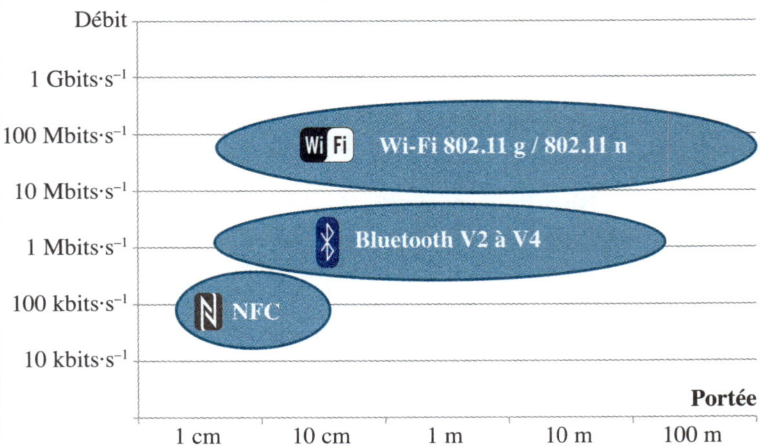

Comparaison de la portée et du débit de 3 normes de connectivité sans fil

Débits nécessaires pour une transmission :

- d'une image d'échographie en 1 s → 128 kbits·s^{-1} (kilobits par seconde).
- d'une vidéo d'échographie haute définition → 10 Mbits·s^{-1} (mégabits par seconde).

Afin de répondre aux exigences du cahier des charges, le constructeur remplace la batterie utilisée de type Ni-Cd par une batterie de type Li-ion.

3 À l'aide du *document 3*, préciser les exigences qui ont été déterminantes dans le choix du constructeur. Argumenter la réponse.

Doc. 3 Caractéristiques des batteries

Critère \ Type batterie	Plomb	Ni-Cd	Ni-Mh	Li-ion
Rapport énergie stockée/masse	40 Wh·kg^{-1}	60 Wh·kg^{-1}	85 Wh·kg^{-1}	170 Wh·kg^{-1}
Prix pour 1 Wh	0,15 €	0,60 €	0,65 €	0,70 €
Source de pollution	Élevée	Élevée	Faible	Faible
Durée de vie (ans)	4 à 5	2 à 3	2 à 4	2 à 3

Pour informer l'utilisateur sur l'état de charge de la batterie, le constructeur étudie la possibilité d'intégrer un module d'information et de gestion de la charge au sein de l'appareil.

4 À l'aide du *document 4*, compléter la modélisation du programme de gestion du voyant d'alimentation de l'appareil d'échographie situé sur la page suivante.

Doc. 4 Gestion de la charge de la batterie

Un module de gestion gère la charge de la batterie et communique les informations suivantes à la carte de traitement :

- charge en cours – état vrai ou faux ;
- batterie déchargée – état vrai ou faux ;
- batterie chargée – état vrai ou faux.

L'information de l'utilisateur est réalisée à l'aide d'une LED tricolore respectant en permanence, le principe de fonctionnement suivant :

- lorsque la batterie est en charge, la LED clignote en orange (1 s allumée, 1 s éteinte) ;
- lorsque la batterie est en charge et qu'elle a atteint son niveau chargé, la LED s'allume en vert ;
- si la batterie est déchargée, la LED s'éclaire en rouge.

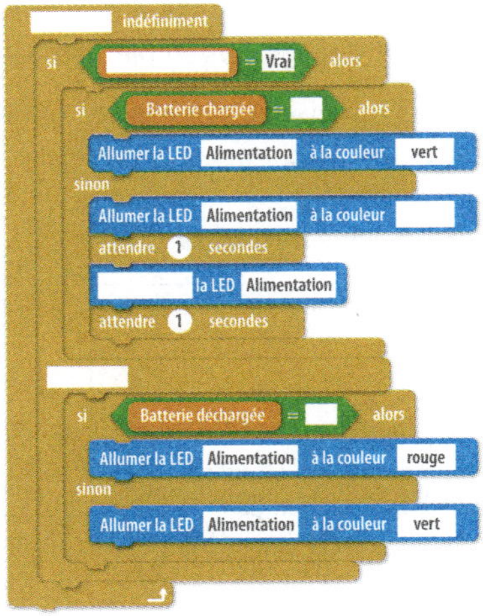

Sujets 3 à 4 Corrigé

SVT

→ *énoncé p. 34*

Les clés pour réussir

L'essentiel à connaître

- Dès le premier contact avec un microbe infectieux, **des cellules spécialisées** sont mises en jeu et protègent l'organisme : ce sont les **cellules immunitaires.**
- Lorsqu'elles sont soumises à un **deuxième contact avec le même microbe**, les cellules immunitaires réagissent plus vite et plus fortement : c'est la **mémoire immunitaire.**
- La **vaccination** consiste à **stimuler** la mémoire immunitaire en mettant en contact l'organisme avec des antigènes ou des microbes tués ou atténués.
- Certaines cellules immunitaires, les **lymphocytes**, produisent des **anticorps** qui neutralisent les microbes ou les toxines qu'ils produisent.

Analyser l'énoncé et les documents

- Utilisez toutes les informations du *document 1* pour comprendre la signification des croix dans le tableau.
- Déterminez précisément ce que veulent dire les deux résultats possibles du test présenté dans le *document 2.*
- Utilisez l'arbre décisionnel du *document 3* pour envisager les trois protocoles possibles et comprendre les gestes médicaux.

Bien comprendre les questions

Question 1

- Comparez les âges de vaccination et de rappels du patient avec le tableau de vaccination du *document 1*.

Question 2

- Utilisez les informations du *document 2* pour recopier la plaquette-test présentée et complétez-la avec une ou deux bandes.

Question 3

- Utilisez les informations numérotées du *document 3* pour justifier les gestes médicaux du protocole C appliqués au patient.

1 Le carnet de santé du patient, actuellement âgé de 33 ans, indique qu'il a été vacciné contre le tétanos à 2 mois, 4 mois, 11 mois, 6 ans et 13 ans. Or, d'après le *document 1*, il n'a **pas** eu **de rappel de vaccination à 25 ans** comme préconisé. Il n'est donc plus immunisé contre le tétanos.

2 Le schéma de la plaquette-test est le suivant :

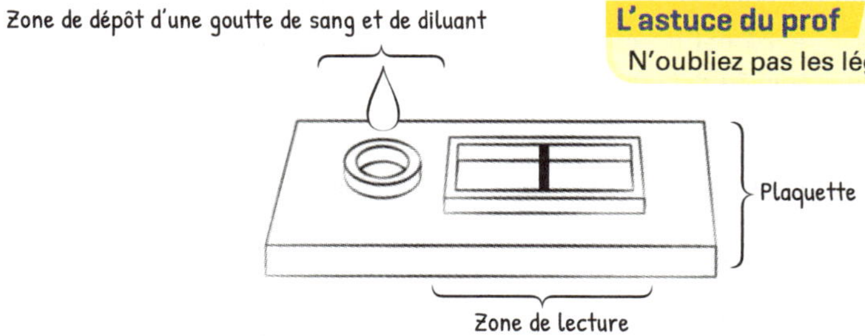

L'astuce du prof
N'oubliez pas les légendes !

3 **a.** Les étapes de l'arbre décisionnel qui conduisent le médecin à mettre en œuvre le protocole C sont :

– le **contrôle du carnet de vaccination** contre le tétanos : le carnet n'est **pas à jour ;**

– le **test de recherche des anticorps** anti-toxine tétanique : le résultat est **négatif**.

b. Le protocole C comprend trois gestes médicaux qui **protégeront immédiatement et durablement** le patient. Les antibiotiques **détruiront les microbes tétaniques** qui ont infecté le patient et stopperont ainsi la production de nouvelles toxines tétaniques. La sérothérapie permettra de **neutraliser les toxines tétaniques** grâce aux anticorps. Enfin, la vaccination immédiate déclenchera une réaction des cellules immunitaires qui **produiront des anticorps anti-toxine tétanique**. Cette production d'anticorps sera suffisante pour protéger le patient **pendant 10 ans.**

Gagnez des points !
Reformulez les éléments tirés des documents.

TECHNOLOGIE

→ énoncé p. 36

Les clés pour réussir

L'essentiel à connaître

- Dans un système, un **flux** est un **déplacement d'énergie, de matière ou d'information**. Ce flux a une origine, une destination et suit un trajet.
- Le **bit** (0 ou 1) est l'unité de base de l'information numérique.
- Le débit d'une communication s'exprime en **bits par seconde** : plus le débit est élevé, plus la communication est performante.
- Une **solution technique** est un ensemble de composants qui permet de réaliser une fonction technique.
- Pour **respecter les contraintes**, le choix de la solution peut être réalisé suivant **plusieurs critères** : le fonctionnement, le coût, la durée de vie, l'impact écologique...

Analyser l'énoncé et les documents

- Le *document 1* est un diagramme de bloc interne simplifié. Ce type de schéma est utilisé pour expliquer les échanges (énergie, matière ou informations) entre les différents composants d'un système.
- Le *document 2* est un graphique comparatif de trois technologies de communication sans fil. Les informations se trouvant sous le graphique sont également importantes pour la bonne compréhension des questions.
- Dans le *document 3*, plus le rapport énergie stockée/masse est important, plus la technologie est intéressante, car elle permet de créer des objets alliant légèreté et autonomie.

Bien comprendre les questions

Question 1

- Pour chaque ligne, la première croix à placer concerne la nature de l'interaction entre les éléments du système, et la seconde le type de flux.

Question 2

- Procédez par élimination, en fonction des performances exigées, pour comparer les trois technologies de transmission sans fil.

Question 3

- Expliquez pourquoi le constructeur a décidé de passer d'une batterie de technologie Ni-Cd à une batterie Li-Ion.

Question 4

- Le *document 4* correspond au cahier des charges du programme.

1 D'après le *document 1* qui décrit le principe de fonctionnement d'un échographe, ainsi que les flux représentés par les flèches, la **nature et le type de flux** de chaque liaison sont les suivants :

Gagnez des points !
Même si vous hésitez, tentez votre chance en plaçant deux croix dans chaque ligne du tableau.

Lien	Nature de l'interaction					Type de flux	
Flèche	Signal sonore	Signal lumineux	Courant électrique	Ondes radio (sans-fil)	Consignes utilisateur	Flux d'énergie	Flux d'information
①			X			X	
②					X		X
③		X					X
④	X						X
⑤				X			X
⑥		X					X

2 Seule la **technologie Wi-Fi** a une portée et un débit suffisants. Les critères de choix sont la **portée (distance entre l'échographe et la tablette)** et le **débit** qui permet de **transmettre une vidéo en haute définition**.

3 Les batteries Li-Ion ont une **quantité d'énergie stockée environ trois fois plus importante** pour une même masse. De plus, elles ont un **impact environnemental plus faible**. Leur inconvénient est un prix plus élevé, mais le constructeur a jugé ce critère moins important.

4 D'après le *document 4*, la modélisation du programme de gestion du voyant d'alimentation de l'appareil d'échographie est la suivante :

L'astuce du prof
Vérifiez que les trois états de la batterie peuvent être exécutés : chargée, en charge, déchargée.

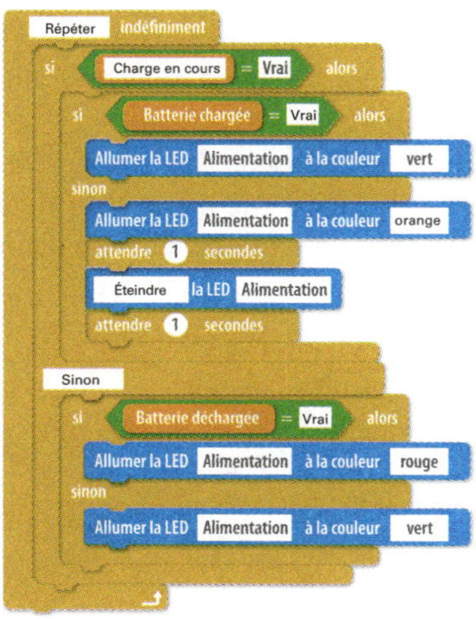

Sujets 5 à 6

50 pts — 1 heure

France métropolitaine, septembre 2020

PHYSIQUE-CHIMIE

→ corrigé p. 51

Voiture à hydrogène

30 min — 25 pts

L'automobile contribue à l'émission de gaz à effet de serre et de polluants atmosphériques. Les constructeurs tentent de réduire son impact sur l'environnement. La voiture équipée d'une pile à hydrogène est une des alternatives à la traditionnelle voiture à essence.

Une voiture à hydrogène ne rejette que de la vapeur d'eau. La « pile à hydrogène » incorporée est une pile à combustible. Celle-ci utilise, pour fonctionner, un apport en dihydrogène (le combustible) et en dioxygène (le comburant). Le dihydrogène se combine avec le dioxygène de l'air en produisant de l'eau. À cette transformation est associée une conversion d'énergie chimique en énergie thermique et énergie électrique. Un moteur électrique permet alors de propulser la voiture.

Cette technologie est parfaite pour réduire la pollution à l'échelle locale. En revanche, elle ne permet pas de réduire la pollution globale : le dihydrogène n'existe pas sur Terre à l'état naturel et plus de 90 % du dihydrogène produit sont issus de ressources d'énergie fossile.

1 **a.** Extraire des informations ci-dessus un argument montrant que l'utilisation d'une voiture fonctionnant avec une « pile à hydrogène » peut présenter un inconvénient d'un point de vue environnemental.

b. De la même manière, montrer que le fonctionnement d'une pile à hydrogène s'appuie sur une transformation chimique.

c. Toujours d'après ces informations, associer chacun des trois numéros du diagramme ci-dessous à une forme d'énergie choisie parmi les suivantes : énergie électrique, énergie cinétique, énergie thermique, énergie nucléaire, énergie potentielle, énergie chimique.

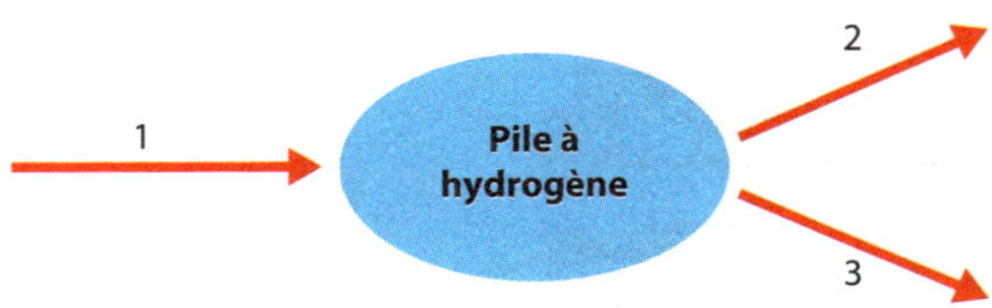

2 On recueille un échantillon du liquide produit par la pile à hydrogène. Proposer un protocole expérimental, sous forme de phrases et de schémas, permettant de mettre en évidence la présence d'eau dans cet échantillon. On dispose du matériel présenté dans le *document 2*.

Doc. 1 Tests d'identification d'espèces chimiques

Espèce chimique	Ion cuivre (II) Cu^{2+}	Eau	Ion chlorure Cl^-
Détecteur	Solution d'hydroxyde de sodium	Sulfate de cuivre anhydre	Solution de nitrate d'argent
Observations	Formation d'un précipité bleu	Changement de couleur : passage du blanc au bleu	Formation d'un précipité blanc

Doc. 2 Liste des solutions et du matériel pouvant être utilisés

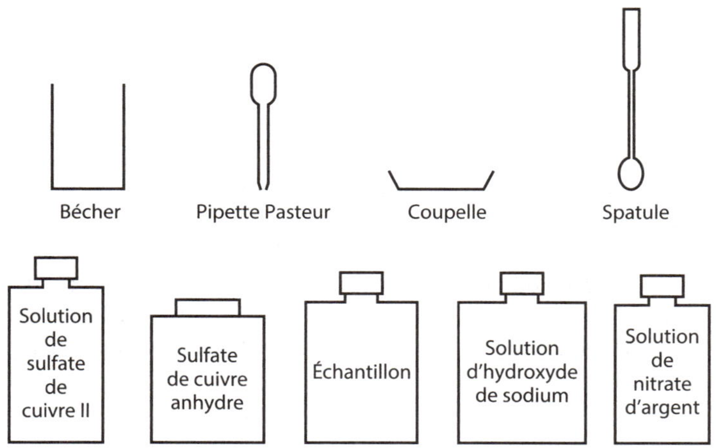

3 La majorité des automobiles fonctionne actuellement avec des moteurs à essence ou avec des moteurs Diesel. Plusieurs types de polluants sont émis par ces véhicules : le dioxyde de carbone, le monoxyde de carbone, les oxydes d'azote et des hydrocarbures imbrûlés.

Les émissions de monoxyde de carbone d'un moteur à essence varient en fonction de la vitesse du véhicule.

Doc. 3 **Émissions de monoxyde de carbone en fonction de la vitesse sur route plane**

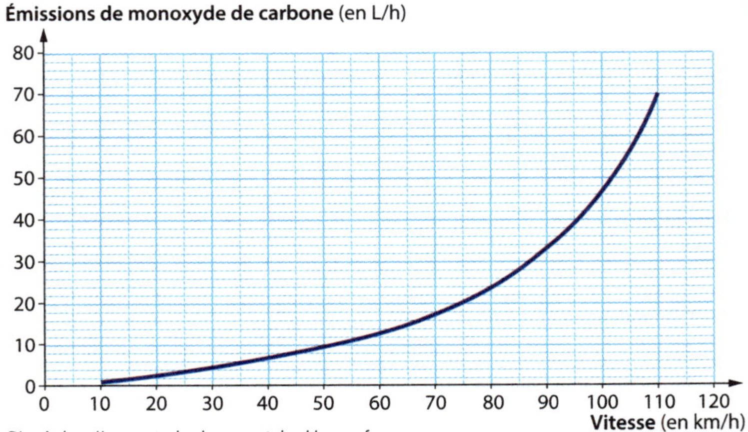

D'après *http://www.cetu.developpement-durable.gouv.fr*

a. Les émissions de monoxyde de carbone sont-elles proportionnelles à la vitesse du véhicule ? Justifier.

b. À l'aide de la courbe ci-dessus, on peut montrer que l'augmentation des émissions en monoxyde de carbone est de 3 L/h lorsque la vitesse passe de 40 à 50 km/h. Calculer la valeur de l'augmentation des émissions lorsque la vitesse passe de 100 à 110 km/h. Comparer ce résultat à la valeur de 3 L/h. Conclure.

c. Sur une autoroute, un véhicule parcourt à vitesse constante 55 km en 30 min. Évaluer le volume de monoxyde de carbone émis durant ce trajet. Le véhicule étudié respecte-t-il la norme Euro 5 qui limite la valeur de l'émission de monoxyde de carbone à 96,8 L/h lorsque le véhicule roule à cette vitesse ?

Toute démarche même partielle sera prise en compte.

TECHNOLOGIE

→ corrigé p. 54

Mur végétal

30 min **25 pts**

Afin de répondre aux engagements sur le réchauffement climatique, des solutions naturelles et/ou techniques existent pour capter le dioxyde de carbone (CO_2) et dépolluer l'air.
L'étude propose d'analyser et d'améliorer le prototype d'un mur végétal prévu à cet effet. Ce type de système vise à être installé là où l'implantation d'une solution naturelle n'est pas envisageable.
Ce système est équipé de deux panneaux verticaux de mousse internes du mur végétal. Il est autonome en eau et en énergie électrique.

Mur végétal

1 Sur le diagramme simplifié ci-dessous, à l'aide du *document 1* de la page suivante, compléter les blocs internes du mur végétal. Utiliser les termes suivants : Ventilateurs **(1)**, Motopompe **(5)**, Panneau solaire **(6)**, Batterie **(7)**.

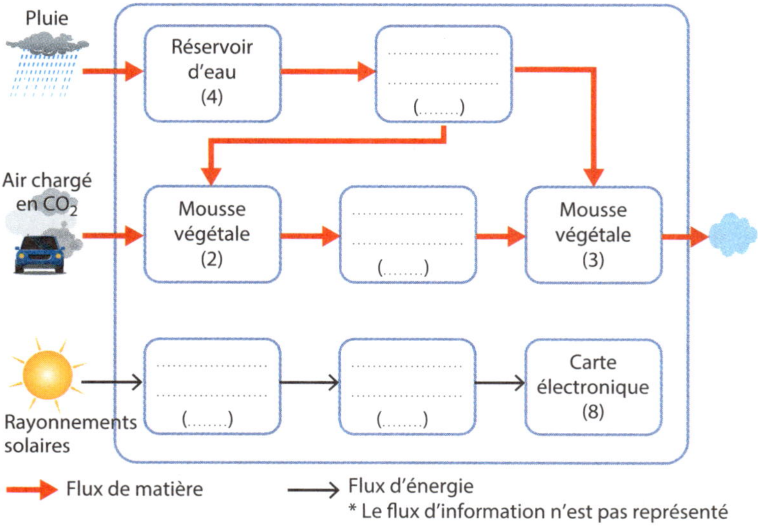

Doc. 1 **Schéma de principe du mur végétal**

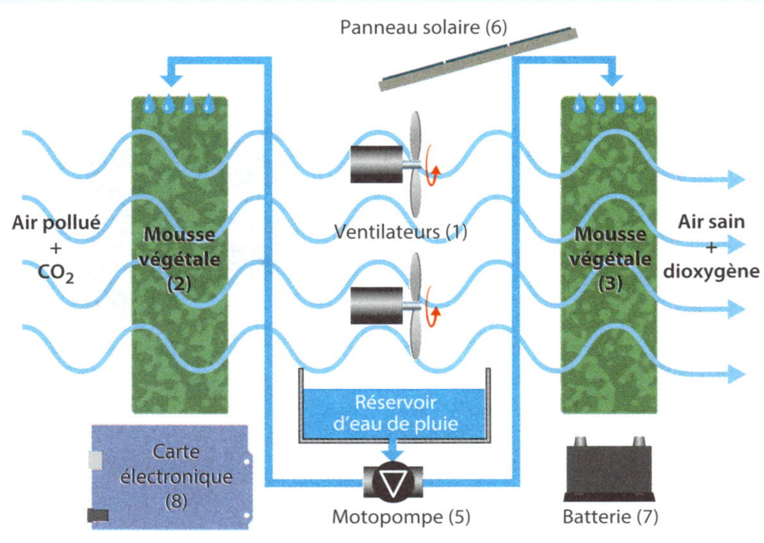

L'air est aspiré à l'aide des ventilateurs **(1)** à travers la mousse végétale **(2)** qui filtre les particules et absorbe le CO_2. L'air est ensuite propulsé à travers la mousse végétale **(3)** afin de subir un nouveau filtrage.

L'eau de pluie est stockée au sein du réservoir **(4)**, elle permet l'arrosage de la mousse à l'aide du système constitué d'un groupe motopompe **(5)** et de canalisations.

L'énergie électrique produite par le panneau solaire **(6)** est stockée au sein de la batterie **(7)**. Elle permet d'alimenter les ventilateurs et le groupe motopompe.

La carte électronique **(8)** gère le fonctionnement du système.

2 Les normes du mobilier urbain imposent au concepteur du mur végétal que le châssis respecte les conditions suivantes :

– résister au feu, être incombustible ;
– ne pas produire de fumée ou de gaz toxiques en cas d'incendie ;
– résister aux chocs.

Pour des exigences de développement durable, le matériau choisi devra être recyclable.

À l'aide du *document 2* ci-après, désigner le matériau le mieux adapté pour fabriquer le châssis au regard des exigences arrêtées. Argumenter la réponse.

Doc. 2 **Caractéristiques des matériaux**

CARACTÉRISTIQUES	MATÉRIAUX		
	Bois : pin douglas non traité	**Matière plastique : PVC**	**Alliage d'aluminium : duralumin**
Résister aux ultra-violets	Non	Non	Oui
Résister au feu	Dégagement de fumée et de gaz toxique à partir de 250 °C	Dégagement de gaz toxique à partir de 180 °C	Incombustible
Recyclable	Recyclable par valorisation	Difficilement recyclable	Recyclable par valorisation
Nécessite un entretien	Oui	Non	Non
Résister aux chocs*	Non conforme	Non conforme	Conforme
Isolant thermique	Isolant	Isolant	Conducteur

* Résultats issus de tests effectués en laboratoire par l'entreprise

3 Afin de limiter la consommation en eau et éviter de remplir le réservoir entre deux périodes de pluie, le constructeur souhaite optimiser la gestion de l'arrosage de la mousse.
À l'aide du *document 3*, compléter sur le diagramme d'activité (page suivante) permettant une gestion optimisée de l'arrosage automatique du mur végétal. Utiliser les termes suivants :

- envoyer SMS ;
- jour ;
- arrêter motopompe.
- point de rosée non atteint ;
- réservoir vide ;
- démarrer motopompe ;
- mousse desséchée ;
- attendre 120 s.

Doc. 3 **Description du fonctionnement recherché**

- Ne pas arroser en journée pour limiter l'évaporation.
- Arroser si la mousse est desséchée.
- Arroser lorsque la température de l'air atteint le point de rosée.
- Arroser si le réservoir n'est pas vide.
- Arroser pendant 120 s.
- Envoyer un SMS au technicien si le réservoir est vide.

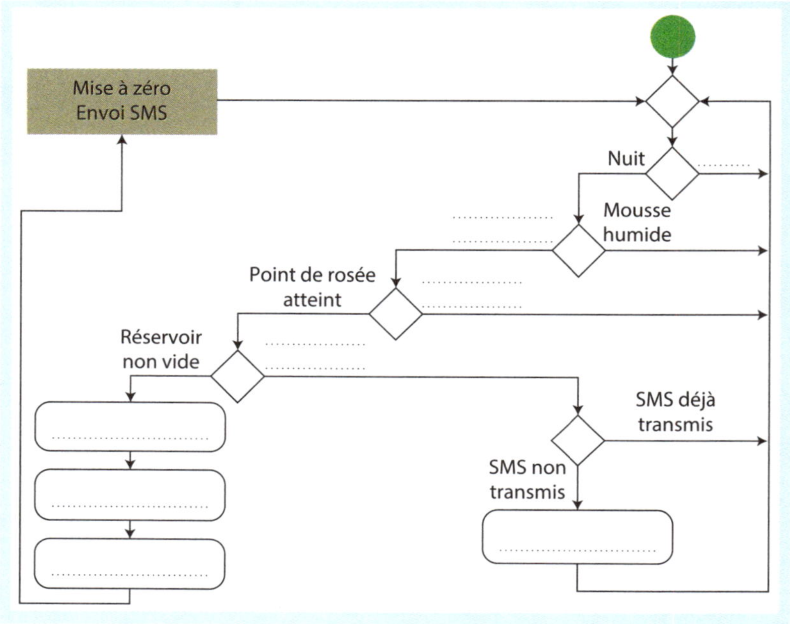

4 Afin d'assurer le suivi à distance du mur végétal, le constructeur a intégré un système de communication permettant d'envoyer un SMS au technicien de maintenance.

Pour permettre au technicien d'identifier le mur végétal concerné, le SMS doit respecter le protocole de communication suivant :

- ALERTE MUR VÉGÉTAL : localisation – types d'alerte – date de l'alerte

La localisation est définie par le numéro de département suivi du numéro du mur, exemple :

- 69-04 pour le mur n° 4 du département du Rhône.

La date est donnée sous la forme : JJ/MM (jour/mois)

Les types d'alertes sont codés sur cinq lettres :

- RENIB = réservoir d'eau niveau bas
- HUMTF = humidité de mousse trop faible
- VENHS = ventilateur hors service
- POMHS = pompe hors service

Les différents départements sont repérés par les numéros suivants :

- Seine = 75, Bouches du Rhône = 13, Ain = 01, Gironde = 33, Isère = 38, Nord = 59.

Dans le cas d'un défaut – réservoir d'eau niveau bas – survenu le 12 janvier sur le mur n° 15 situé en Gironde, compléter ci-dessous le SMS à envoyer.

ALERTE MUR VÉGÉTAL : __________-__________-__________

Sujets 5 à 6 Corrigé

PHYSIQUE-CHIMIE

→ énoncé p. 44

Les clés pour réussir

L'essentiel à connaître

- Les **ressources d'énergie fossiles** sont des **ressources d'énergie non renouvelables**, comme le pétrole par exemple.
- Lors d'une transformation chimique, il n'y a **pas conservation des espèces chimiques** mais il y a **conservation des éléments chimiques**.
- L'**énergie** existe sous **différentes formes** : énergie chimique, énergie cinétique, énergie thermique, énergie électrique, énergie nucléaire, énergie potentielle, etc.
- **Les moteurs à essence et les moteurs Diesel,** qui équipent la majorité des automobiles actuelles, émettent lorsqu'ils fonctionnent plusieurs types de **polluants**, comme du monoxyde de carbone par exemple.
- La vitesse de déplacement v d'un véhicule est telle que $\boldsymbol{v = d / t}$ avec d la distance parcourue par le véhicule pendant la durée t.

Analyser l'énoncé et les documents

- De nombreuses informations concernant notamment les polluants émis par les moteurs à essence ou Diesel sont données dans l'énoncé mais elles ne sont pas toutes utiles à la résolution de l'exercice.
- Le *document 1* présente les principaux tests d'identification d'espèces chimiques.
- Le *document 2* donne une liste des solutions et du matériel pouvant être utilisés lors d'une expérience en chimie.
- Avec le *document 3*, relevez les volumes de monoxyde de carbone émis par le moteur d'un véhicule en une heure en fonction de sa vitesse.

Bien comprendre les questions

Questions 1. a, b et c

- Les réponses aux questions **1. a** à **1. c** demandent une appropriation assez fine de l'énoncé.

Question 2

- Même s'il est demandé dans l'énoncé de la question 2 de réaliser plusieurs schémas, la réalisation d'un seul schéma est en réalité suffisante pour répondre convenablement.

Questions 3. a, b et c

- Appuyez-vous sur le *document 3* et pensez à calculer une vitesse pour répondre aux questions posées.

1 **a.** L'utilisation d'une voiture fonctionnant avec une « pile à hydrogène » peut présenter un inconvénient d'un point de vue environnemental car, même si cette technologie est parfaite pour réduire la pollution à l'échelle locale, elle ne permet pas de réduire la pollution globale. En effet, plus de **90 % du dihydrogène** nécessaire au fonctionnement de la pile à hydrogène est produit aujourd'hui **à partir de ressources d'énergie fossile**, qui sont **des ressources d'énergie non renouvelables**.

b. Le fonctionnement d'une pile à hydrogène s'appuie sur une transformation chimique car du **dihydrogène et du dioxygène réagissent entre eux pour produire de l'eau**.

c. Dans une pile à hydrogène, de l'énergie chimique est convertie en énergie électrique et en énergie thermique. Le **diagramme de conversion d'énergie** d'une pile à hydrogène peut donc être complété de la manière suivante.

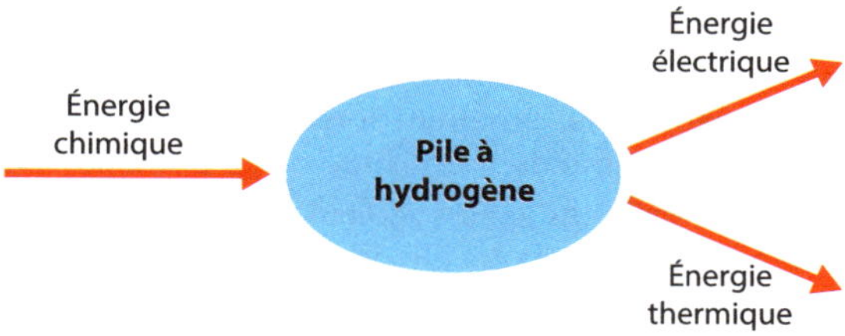

2 Le protocole expérimental permettant de mettre en évidence la présence d'eau dans un échantillon du liquide produit par la pile à hydrogène est le suivant.

L'astuce du prof
N'oubliez pas d'indiquer le matériel utilisé.

- Déposer du sulfate de cuivre anhydre (blanc) dans une coupelle grâce à une spatule.
- Verser une partie de l'échantillon du liquide produit par la pile à hydrogène dans un bécher.
- Avec une pipette pasteur, prélever quelques gouttes de l'échantillon et les verser sur le sulfate de cuivre anhydre déposé sur la coupelle : **si le sulfate de cuivre anhydre reste blanc, l'échantillon ne contient pas d'eau ; si le sulfate de cuivre anhydre devient bleu, l'échantillon contient de l'eau**.

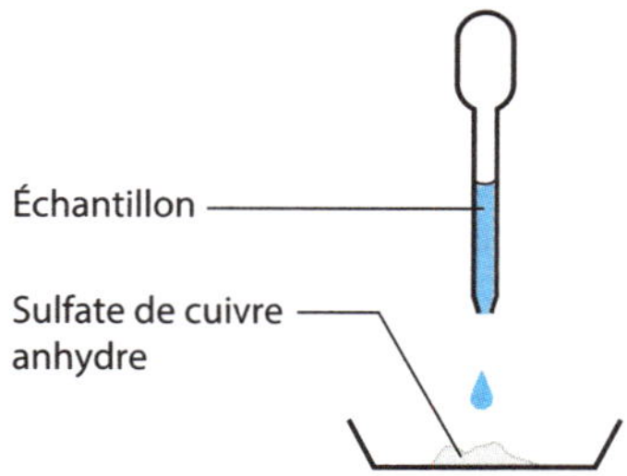

3 **a.** Les émissions de monoxyde de carbone **ne sont pas proportionnelles** à la vitesse du véhicule. En effet, le graphique représentant l'évolution de des émissions de monoxyde de carbone en fonction de la vitesse **n'est pas une droite passant par l'origine**.

b. D'après le graphique ci-dessous :
- à 110 km/h, les émissions de monoxyde de carbone sont égales à 70 L/h ;
- à 100 km/h, les émissions de monoxyde de carbone sont égales à 46 L/h.

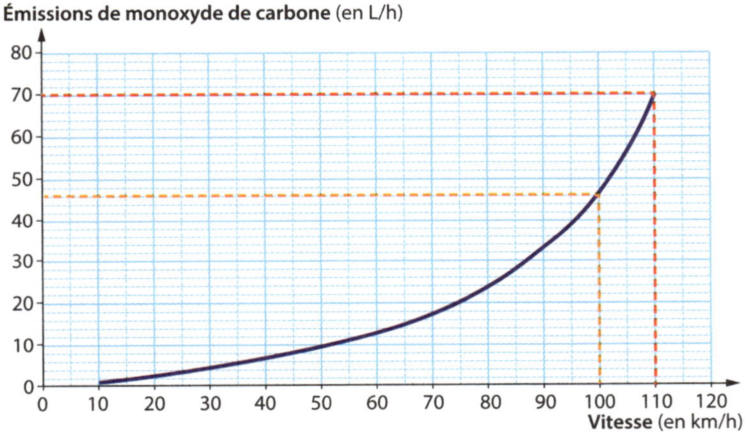

Ainsi, la valeur de l'augmentation des émissions de monoxyde de carbone lorsque la vitesse du véhicule passe de 100 à 110 km/h est égale à : 70 – 46 = **26 L/h**.
Or, lorsque le véhicule passe de 40 à 50 km/h, l'augmentation des émissions de monoxyde de carbone est « uniquement » de 3 L/h.
Ainsi, une augmentation de vitesse de 10 km/h aura **un impact sur l'environnement beaucoup plus important si le véhicule roule à 100 km/h plutôt qu'à 40 km/h**.

c. Si un véhicule parcourt à vitesse constante une distance $d = 55$ km pendant une durée $t = 30$ min = 0,5 h, la valeur v de sa vitesse est égale à :

$$v = \frac{d}{t} = \frac{55}{0{,}5} = \mathbf{110\ km/h.}$$

Or, à 110 km/h, l'émission Vh de monoxyde de carbone est égale à $Vh = 70$ L/h.
Ainsi, le volume V de monoxyde de carbone émis durant ce trajet, d'une durée $t = 0{,}5$ h, est égal à :
$V = Vh \times t = 70 \times 0{,}5 =$ **35,5 L**.
Comme la norme Euro 5 limite la valeur de l'émission de monoxyde de carbone à 96,8 L/h lorsqu'un véhicule roule à 110 km/h, on peut en conclure que **ce véhicule respecte cette norme** étant donné que son émission Vh de monoxyde de carbone est égale à 70 L/h à cette vitesse.

L'astuce du prof
N'oubliez pas de convertir la durée du parcours en heures (h).

TECHNOLOGIE

→ *énoncé p. 47*

Les clés pour réussir

L'essentiel à connaître

- Le dioxyde de carbone est un **gaz à effet de serre**, dont l'émission est responsable du réchauffement climatique. Des solutions naturelles et/ou techniques, comme des murs végétaux, peuvent permettre de **réduire cette émission de gaz à effet de serre** en captant du dioxyde de carbone par exemple.
- Un **prototype** est un objet qui va subir des tests.
- Le **choix d'un matériau** s'effectue suivant des critères, appelés ici exigences arrêtées, comme l'aptitude au recyclage, la résistance au feu, etc.
- La **source d'énergie** choisie pour alimenter un système va modifier son impact environnemental (et son coût d'utilisation). Par exemple, un système qui intègre un panneau solaire permet de répondre à des exigences de développement durable.
- Un **algorithme** est une succession d'opérations et d'instructions permettant la réalisation d'une tâche ou la résolution d'un problème.

Analyser l'énoncé et les documents

- L'énoncé présente les avantages d'un mur végétal.
- Le *document 1* présente le schéma de principe d'un mur végétal.
- Le *document 2* donne les caractéristiques de certains matériaux.
- Avec le *document 3*, comprenez le fonctionnement d'un mur végétal.

Bien comprendre les questions

Question 1

- L'analyse du *document 1* permet de répondre à cette première question.

Question 2

- Seule l'étude de certaines caractéristiques du *document 2* est nécessaire pour répondre à la question 2.

Question 3

- Le diagramme d'activité du mur végétal à compléter est un algorithme à remplir.

Question 4

- Lisez bien les différentes instructions avant de répondre.

1 Les blocs internes du mur végétal sont les suivants.

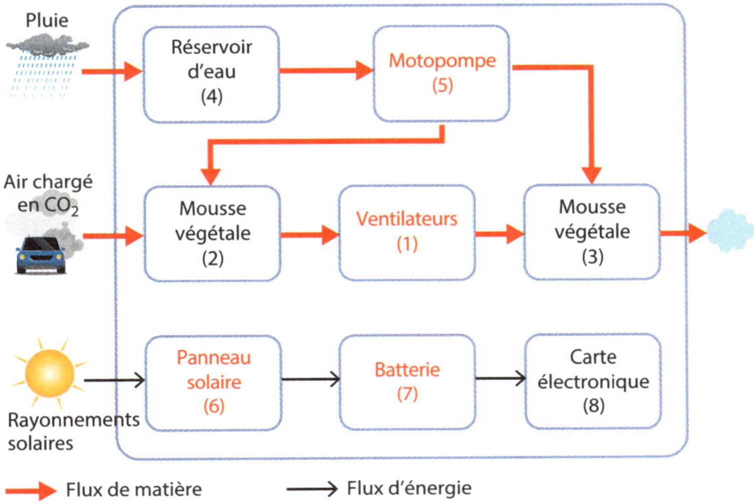

En effet, il est noté dans le *document 1* que :
– l'air est aspiré à l'aide des ventilateurs (1) à travers la mousse végétale (2) ;
– l'eau de pluie, stockée au sein du réservoir (4), permet l'arrosage de la mousse à l'aide du système constitué d'un groupe motopompe (5) et de canalisations ;
– l'énergie électrique produite par le panneau solaire (6) est stockée au sein de la batterie (7).

L'astuce du prof

Ne perdez pas de temps à écrire les justifications ci-contre car il n'est pas demandé d'argumenter les réponses à cette première question.

2 Les normes du mobilier urbain imposent au concepteur du mur végétal que le châssis respecte les conditions suivantes :
– résister au feu, être incombustible ;
– ne pas produire de fumée ou de gaz toxiques en cas d'incendie ;
– résister aux chocs.
De plus, pour des exigences de développement durable, le matériau choisi devra être recyclable.
Le matériau retenu pour la fabrication du châssis est le **duralumin**. En effet, ce matériau est **incombustible, ne dégage pas de gaz ou de fumée toxique** et a **une bonne résistance aux chocs**, contrairement au pin douglas non traité ou au PVC. De plus, il a **une bonne aptitude au recyclage**, contrairement au PVC.

Vocabulaire

Le duralumin est un alliage à base d'aluminium.

3 Le constructeur souhaite optimiser la gestion de l'arrosage de la mousse afin de limiter la consommation en eau et afin d'éviter de devoir remplir le réservoir entre deux périodes de pluie,. Pour permettre une gestion optimisée de l'arrosage automatique, le diagramme d'activité du mur végétal doit donc être le suivant.

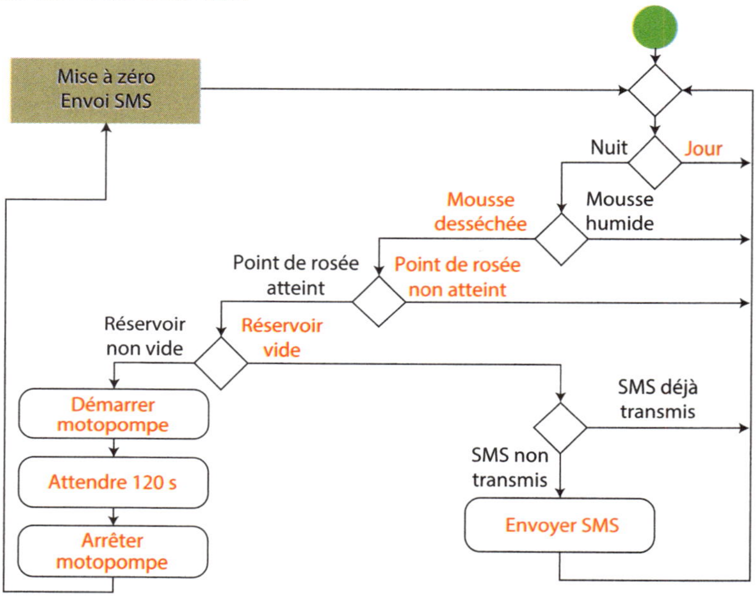

4 Afin d'assurer le suivi à distance du mur végétal, le constructeur a intégré un système de communication permettant d'envoyer un SMS au technicien de maintenance.

Dans le cas d'un défaut – réservoir d'eau niveau bas – survenu le 12 janvier sur le mur N° 15 situé en Gironde, le SMS à envoyer est :

« ALERTE MUR VÉGÉTAL : 33-15 : RENIB : 12/01 » :

– « 33 » correspond au département de la Gironde ;
– « 15 » correspond au numéro du mur ;
– « RENIB » signifie « réservoir d'eau niveau bas » ;
– « 12/01 » donne le jour de l'incident.

Gagnez des points !

Écrivez le SMS dans le bon ordre : localisation – type(s) d'alerte – date de l'alerte.

Sujets par matière

Sujet 7 — Des bactéries au service des plantes

25 pts — 30 min

France métropolitaine, juillet 2019

L'eau et les sels minéraux comme l'azote, le phosphore et le potassium sont indispensables pour satisfaire les besoins nutritifs des végétaux.
Dans ce sujet, on s'intéresse au lieu de prélèvement de l'eau et des sels minéraux au niveau d'un végétal.

Doc. 1 Organisation générale d'un végétal avec ses principaux organes

La feuille capte un maximum de lumière et prélève du dioxyde de carbone, ce qui permet de fabriquer de la matière organique (sucres) grâce à la photosynthèse.

La tige porte les feuilles. Elle est également le lieu de transport de la sève brute et de la sève élaborée.

La racine permet d'ancrer le végétal dans le sol, de prélever l'eau et les sels minéraux (azote, potassium…) et de stoker des réserves.

D'après les sites snv.jussieu.fr et svt.ac-dijon.fr/schéma

1 Recopier le schéma ci-dessous et relier chaque substance minérale à l'organe qui la prélève en utilisant le *document 1*.

Substances minérales	Organes du végétal
L'eau •	• La feuille
Le dioxyde de carbone •	• La tige
L'azote •	• La racine

On s'intéresse à l'absorption racinaire par la plantule.

Doc. 2 Expériences permettant de déterminer le lieu d'absorption de l'eau et des sels minéraux

a. Observation d'une plantule à la loupe binoculaire

La racine est constituée de trois zones distinctes.

Pour déterminer quelle(s) zone(s) de la racine absorbe(nt) l'eau et les sels minéraux, les différentes parties de la racine sont placées dans l'eau minéralisée ou dans l'huile selon l'hypothèse testée (voir le tableau ci-dessous).

b. Expérience permettant de rechercher la (les) zone(s) d'absorption racinaire

Précisions :

→ L'huile et l'eau ne se mélangent pas, il n'y a pas d'échanges entre ces deux fluides.

→ L'huile est moins dense que l'eau ; ainsi, elle se trouve au-dessus de l'eau dans le récipient.

→ L'huile ne peut pas être absorbée par la plante et n'est pas toxique.

→ L'huile ne contient ni eau ni sels minéraux.

Conditions expérimentales et résultats :

	Tube 1	Tube 2	Tube 3
Début de l'expérience	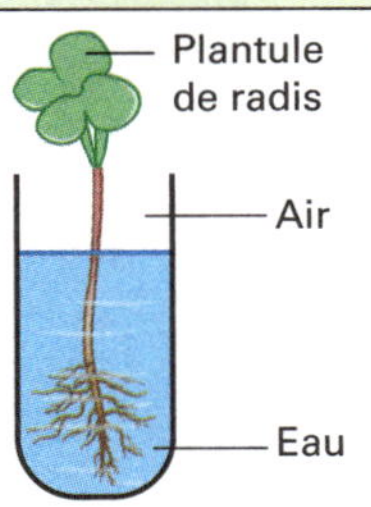	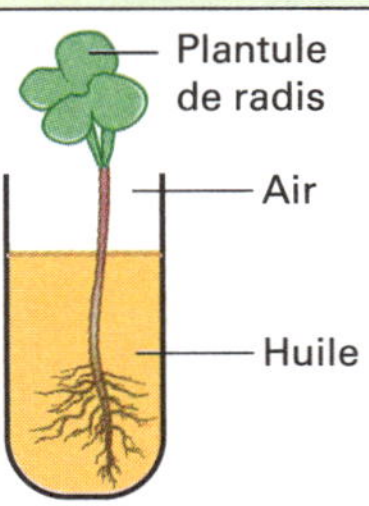	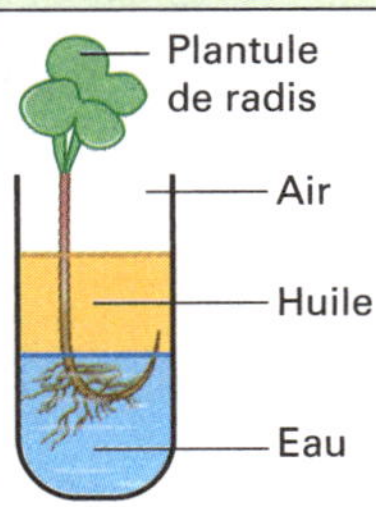
Fin de l'expérience	Le végétal vit et se développe.	Le végétal meurt au bout de quelques jours.	Le végétal vit et se développe.

SVT

2 À partir des *documents 2a* et *2b*, choisir parmi les trois propositions suivantes l'hypothèse testée dans l'expérience précédente.
Hypothèse 1 : la zone subéreuse absorbe l'eau et les sels minéraux.
Hypothèse 2 : la zone de croissance absorbe l'eau et les sels minéraux.
Hypothèse 3 : la zone pilifère absorbe l'eau et les sels minéraux.

3 À partir des *documents 2a* et *2b*, décrire une expérience constituée de plusieurs tubes qui permet de tester l'hypothèse suivante :
« La zone de croissance est aussi une zone d'absorption d'eau et de sels minéraux. »
Vous pouvez répondre sous la forme d'un texte ou d'un schéma.

On s'intéresse maintenant à l'absorption de l'azote par les végétaux et à l'amélioration de la production des cultures. L'azote est indispensable pour la croissance des végétaux.

Doc. 3 **Présentation de deux pratiques agricoles pour satisfaire les besoins d'une plante non légumineuse (céréale comme le blé) en azote**

• Pratique agricole n° 1 : ajout d'engrais chimique azoté
De l'engrais chimique azoté peut être apporté chaque année dans les cultures de céréales. Quand l'apport est trop important, le surplus, qui n'est pas absorbé par le végétal, se retrouve dans les cours d'eau, ce qui peut perturber les écosystèmes et engendrer des pollutions.

• Pratique agricole n° 2 : utilisation des bactéries *Rhizobium*
Une alternative à l'ajout d'engrais consiste à cultiver des légumineuses l'année qui précède la culture de céréales. En effet, la racine de légumineuses (pois chiche, luzerne, etc.) possède des structures sphériques, appelées nodosités, qui renferment des bactéries du genre *Rhizobium*.
Ces bactéries, présentes naturellement dans le sol, sont capables de capter l'azote atmosphérique présent dans les poches d'air du sol et de le transformer en azote utilisable par les végétaux. Après la récolte des légumineuses, il reste dans le sol des feuilles, des racines et des nodosités riches en azote. Les céréales nouvellement cultivées utilisent l'azote issu de ces restes de cultures de légumineuses.

Doc. 4 Cultures de pois chiche (légumineuse) dans trois conditions culturales différentes

La matière sèche produite par la plante permet d'évaluer la production de pois chiche.

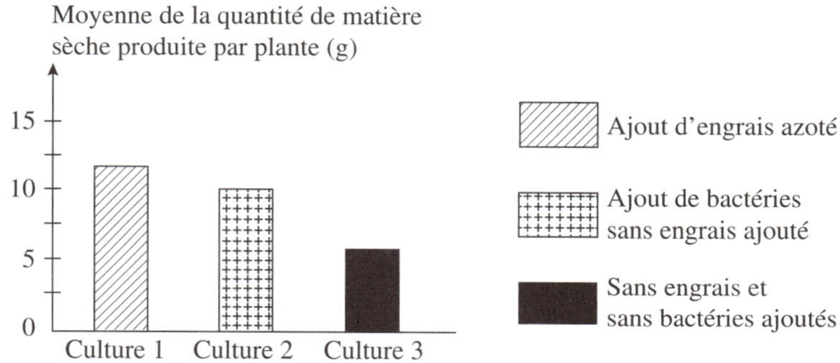

Graphique montrant la quantité de matière sèche produite par le pois chiche dans trois conditions de cultures différentes

4 À partir des *documents 3* et *4*, comparer les deux pratiques agricoles utilisées pour améliorer la production des cultures.
Pour répondre, rédiger un paragraphe. Des valeurs chiffrées sont attendues.

Sujet 7 Corrigé

Les clés pour réussir

L'essentiel à connaître

- Les végétaux chlorophylliens se **nourrissent de matières minérales** : eau, dioxyde de carbone et sels minéraux présents dans l'eau.
- Les **feuilles** sont les organes responsables de l'**absorption du dioxyde de carbone** de l'atmosphère. Les **racines** sont responsables de l'**absorption de l'eau et des sels minéraux** qu'elle contient.
- En **agriculture**, les Hommes apportent des **engrais** aux végétaux cultivés : ce sont des sels minéraux, essentiellement sources d'**azote** (N), de **phosphore** (P) et de **potassium** (K).

Analyser l'énoncé et les documents

- Lisez attentivement les informations du *document 1*, car il récapitule les connaissances que vous devez maîtriser à propos du sujet.
- Repérez la différence entre les zones de croissance et subéreuse et la zone pilifère de la jeune racine (*document 2a*).
- Identifiez précisément les zones de la racine immergées dans l'eau ou dans l'huile dans les expériences (*document 2b*).
- Comparez la manière dont l'azote est apporté aux végétaux dans les deux pratiques agricoles (*document 3*).
- Relevez les valeurs de matières sèches du graphique, car elles indiquent comment les végétaux ont grandi (*document 4*).

Bien comprendre les questions

Question 1

- Soulignez le verbe « prélever » dans le *document 1* pour bien repérer ce que chaque organe absorbe comme matière minérale.

Question 2

- Utilisez les résultats des expériences pour rejeter les hypothèses l'une après l'autre et conservez celle qui « résiste ».

Question 3

- Proposez une expérience dans laquelle seule la zone de croissance trempe dans l'eau.

Question 4

- Repérez le rôle des bactéries *Rhizobium* dans l'apport d'azote et leur effet sur la croissance du pois chiche.

1

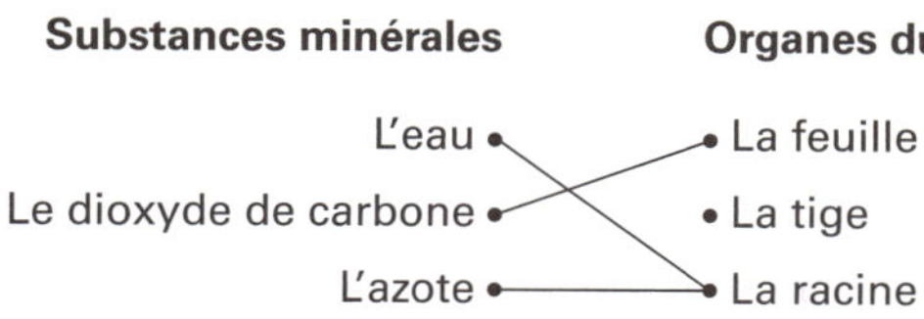

L'astuce du prof

Un organe peut prélever plusieurs substances minérales en même temps.

2 On retient l'**hypothèse 3** : la **zone pilifère** absorbe l'eau et les sels minéraux.

Vocabulaire

Pilifère signifie « qui porte des poils », en l'occurrence des poils absorbants.

3 Deux formes de réponse sont possibles :

– par un schéma légendé (voir ci-dessous) ;

– par un texte : on place une plantule de radis dans un tube contenant de l'eau surmontée par une couche d'huile. On **immerge** la plantule de manière à ce que la **zone de croissance** soit **dans l'eau** et que les **zones subéreuse et pilifère** soient **dans l'huile**.

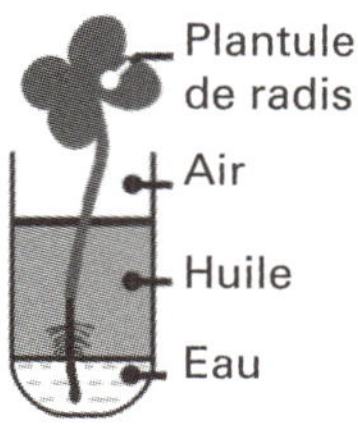

Gagnez des points !

Quelle que soit la forme de la réponse, précisez bien où se situe chaque partie de la racine.

4 On constate que la production de matière sèche par le pois chiche est meilleure avec ajout d'**engrais (12 g par plante)** qu'avec ajout de **bactéries (10 g par plante)**. Dans ces deux cas, la production de matière est bien meilleure que celle obtenue **sans engrais, ni bactéries** (environ **5 g par plante**).

Cependant, on sait que le **surplus d'engrais azoté** n'est pas absorbé par les plantes et **se retrouve dans les cours d'eau** qui deviennent **pollués**. Dans le cas de l'utilisation des bactéries, l'**azote** de l'air est **fixé dans le sol** et il est utilisé totalement par les plantes ; il ne se retrouve pas dans les cours d'eau.

Par conséquent, l'utilisation des bactéries est **écologiquement** plus **responsable** que l'utilisation des engrais, même si la production de matière végétale est un peu plus faible.

L'astuce du prof

Comparez deux pratiques agricoles en examinant les bénéfices pour la production des cultures, mais aussi pour l'environnement.

Sujet 8 Le défi des biocarburants

25 pts — 30 min

Centres étrangers, juin 2019

Le mercredi 6 septembre 2017, le ministre de la Transition écologique et solidaire a présenté en conseil des ministres le projet de loi mettant fin à la recherche ainsi qu'à l'exploitation des hydrocarbures. La production de carburants à partir de végétaux (appelés biocarburants) est donc désormais l'un des enjeux du XXIe siècle. On se propose d'étudier quelques aspects de cette production d'avenir.

Doc. 1 L'algue *Haematococcus pluvialis*

a. Observation microscopique

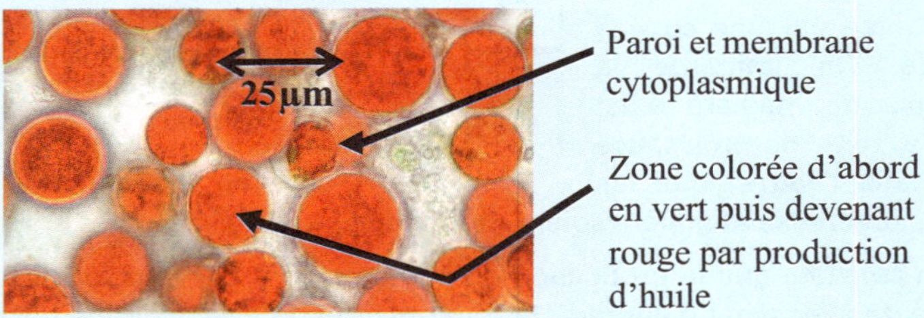

Site internet du Muséum national d'histoire naturelle

b. Système de culture

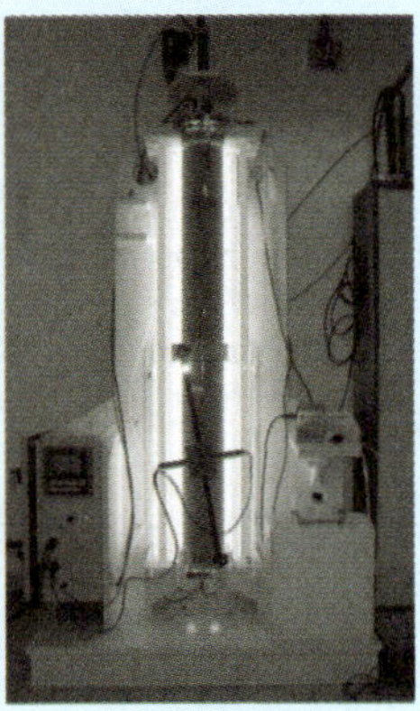

Pour pouvoir cultiver *Haematococcus pluvialis*, il faut utiliser un dispositif comme celui qui est photographié ci-contre afin d'obtenir une production d'huile nécessaire à la synthèse de biocarburants. Ce dispositif permet de contrôler les différents facteurs permettant la croissance rapide d'*Haematococcus pluvialis* :

– la lumière ;
– le CO_2 dissous dans l'eau de mer ;
– la température ;
– l'agitation du milieu.

D'après Journal de la Société de Biologie, *202 (3), 201-211 (2008), « La production de biocarburant lipidique avec des microalgues : promesses et défis »*

1 À l'aide du *document 1*, identifier la substance qui est exploitée par l'être humain pour fabriquer des biocarburants à partir d'*Haematococcus pluvialis*.

Doc. 2 **Productivité en huile obtenue à partir de différentes cultures agricoles alimentaires (colza, tournesol) et d'algues**

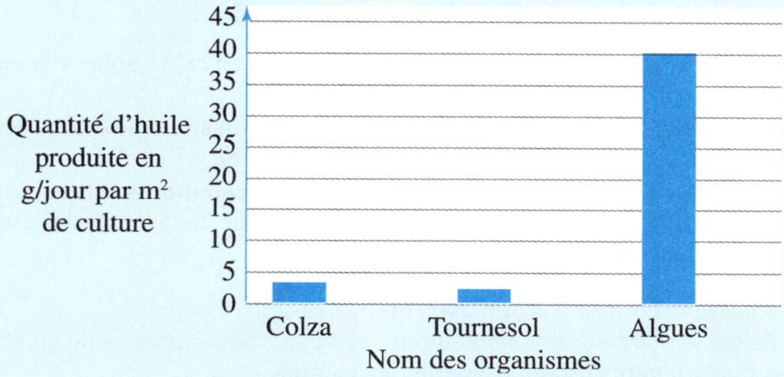

D'après Journal de la Société de Biologie, *202 (3), 201-211 (2008), « La production de biocarburant lipidique avec des microalgues : promesses et défis »*

2 À partir du *document 2*, comparer la productivité des différentes cultures, en vous appuyant sur des valeurs chiffrées.

Doc. 3 **Différentes générations de biocarburants**

Au cours des dernières années, on a successivement obtenu plusieurs générations de biocarburants, en utilisant de la matière d'origine variée.

Type de biocarburant	Première génération	Dernière génération
Origine de la matière	Production agricole alimentaire (blé, maïs, colza, tournesol…)	Algues
Partie du végétal utilisée	Essentiellement les graines	Toute l'algue

D'après Rapport du sénat « Le défi alimentaire à l'horizon 2050 », 2011-2012

Doc. 4 **Tableau comparant les pourcentages de surfaces nécessaires pour produire les deux types de biocarburants**

Génération de biocarburant	**Pourcentage de la surface agricole nécessaire à la production de 10 % des besoins en carburant**
Première génération	72
Dernière génération	4,2

3 À partir des *documents 3* et *4*, expliquer l'intérêt de la dernière génération de biocarburants. Justifier avec des valeurs chiffrées.

SVT

Sujet 8 Corrigé

Les clés pour réussir

L'essentiel à connaître

- Un **biocarburant** est un carburant produit à partir d'organismes vivants (végétaux, bactéries...).
- Les cellules vivantes produisent des molécules, notamment des **lipides**, utilisables pour produire des biocarburants.
- La culture de **plantes** pour la production des **biocarburants** et la culture de **plantes alimentaires** sont en concurrence pour l'utilisation des **surfaces agricoles cultivées**.

Analyser l'énoncé et les documents

- Faites le point au brouillon sur ce que vous savez à propos du sujet : les biocarburants produits à partir des plantes.
- Repérez les aspects originaux de la culture d'algues par rapport à une culture classique de plantes (*document 1*).
- Identifiez l'unité de productivité des végétaux utilisée dans le graphique (*document 2*).
- Listez les caractéristiques utilisées pour comparer les biocarburants issus de l'algue *Haematococcus pluvialis* avec les biocarburants issus des plantes alimentaires (*document 3*).

Bien comprendre les questions

Question 1

- Recherchez dans le *document 1* (parties *a* et *b*) des termes équivalents au mot fabrication : production, synthèse, etc.

Question 2

- Citez des valeurs de quantité d'huile produite par chaque culture pour établir votre comparaison.

Question 3

- Comparez les caractéristiques des biocarburants de première et de dernière génération dans chaque domaine proposé par les *documents 3* et *4*.

1 Dans la photographie des cellules de l'algue, on constate la présence d'une **zone qui produit de l'huile** (partie a du *document 1*). On constate également que le dispositif qui permet la **synthèse du biocarburant** (partie b du *document 1*) repose sur la production d'huile.

Donc, la substance exploitée par l'être humain est de l'huile contenue dans les bactéries *Haematococcus pluvialis*.

2 La quantité d'huile produite par le colza ou le tournesol est **inférieure à 5 g/jour/m²** de culture. La quantité d'huile produite par les algues est **égale à 40 g/jour/m²** de culture.

Donc, la productivité des algues **est 8 fois plus forte** que celle des autres cultures.

3 La deuxième génération de biocarburants présente un intérêt car :
– elle n'utilise pas des plantes **alimentaires** (ce sont des algues) ;
– **tout le végétal est utilisé** (pas seulement les graines) ;
– elle **nécessite une surface agricole plus faible** que la première génération pour produire la même quantité de biocarburants : seulement **4,5 %** de la surface agricole suffirait pour produire 10 % des besoins en carburants, alors qu'il faudrait y consacrer **72 %** des surfaces agricoles avec les carburants de première génération.

L'astuce du prof

Citez une information extraite de chaque partie du *document 1* (*a* et *b*).

Piège à éviter

Juxtaposer des données ne suffit pas. Indiquez des rapports entre les données pour les comparer.

Gagnez des points !

La deuxième génération de biocarburants présente un intérêt pour plusieurs raisons.

Sujet 9 — L'exploitation de la chaleur de la Terre

25 pts — 30 min

Amérique du Sud, novembre 2017

La planète Terre produit de la chaleur. Des mesures de températures en profondeur sont reportées sur la carte ci-dessous.

Doc. 1 La température des roches à 500 mètres de profondeur

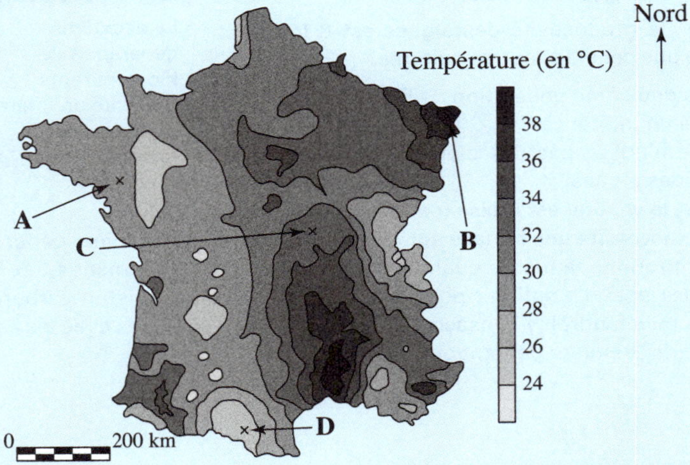

Source : BRGM, site www.access.ens-lyon.fr

1 À partir du *document 1*, pour chacune des affirmations suivantes, cocher la (ou les) bonne(s) réponse(s).

a. Cette carte représente :

☐ la température atmosphérique
☐ le relief
☐ la température des roches en profondeur
☐ la densité de population

b. La température des roches à 500 mètres de profondeur est plus élevée :

☐ au point A
☐ au point B
☐ au point C
☐ au point D

c. La température maximale des roches à 500 mètres de profondeur en France est d'environ :

☐ 80 °C à 100 °C
☐ 36 °C à 40 °C
☐ 24 °C à 26 °C
☐ 0 °C à 2 °C

Doc. 2 Le fonctionnement d'une centrale géothermique

Constatant que la chaleur produite par la Terre est naturelle et inépuisable, les scientifiques ont tenté de l'exploiter. C'est ainsi qu'ils ont conçu une centrale géothermique installée dans l'Est de la France (point B sur la carte du *document 1*).

Le principe de cette centrale est d'utiliser la chaleur des couches de roches profondes. En effet, plus les roches sont profondes, plus leur température est élevée. De l'eau est injectée en profondeur, entre 3 000 et 7 000 mètres. Elle circule ensuite par des fractures dans la roche et remonte en surface à plus de 150 °C sous forme de vapeur d'eau. Celle-ci alimente un système fermé qui produit de l'électricité. Cette nouvelle centrale permet de réduire l'utilisation d'énergies fossiles pour la production d'électricité.

2 **a.** En utilisant le *document 2*, citer la source d'énergie que l'on utilise pour produire de l'électricité dans une centrale géothermique.

b. En utilisant les *documents 1* et *2*, justifier en une phrase le choix du point B pour l'installation d'une centrale géothermique.

Doc. 3 Les réserves d'énergies fossiles

Énergies fossiles	 **Charbon**	 **Pétrole**	 **Gaz**
Réserves*	183 ans	44 ans	64 ans

(*) Nombre d'années d'utilisation que peuvent couvrir les réserves actuellement connues, en tenant compte des évolutions futures de la consommation. Il s'agit d'estimations moyennes.

Source : BP Statistical Review of World Energy 2009

3 Expliquer pourquoi l'énergie produite par une centrale géothermique, comme d'autres énergies renouvelables, est amenée à se développer pour les générations futures. Un texte construit est attendu, il devra s'appuyer sur des arguments tirés des *documents 2* et *3*.

Sujet 9 Corrigé

Les clés pour réussir

L'essentiel à connaître

- La **Terre** produit sa propre énergie thermique principalement à cause de réactions nucléaires ayant lieu dans son manteau et son noyau.
- **L'énergie thermique** de la Terre est libérée à sa surface en particulier dans les zones géologiques actives (volcanisme par exemple).
- Une partie de l'énergie thermique libérée par la Terre est **exploitable par l'Homme** pour se chauffer ou produire de l'électricité.
- L'exploitation de l'énergie thermique de la Terre, appelée **géothermie,** est une **source d'énergie renouvelable**, car elle ne s'épuise pas à l'échelle de temps de l'espèce humaine.
- Les ressources de la Terre en gaz, pétrole, charbon ou **combustibles fossiles** sont des **sources d'énergie non renouvelable**, car leurs stocks sont limités à l'échelle de temps de l'espèce humaine.

Analyser l'énoncé et les documents

- Lisez attentivement les titres des documents et leur légende, car ils comportent des informations capitales.
- Reliez les différentes teintes de gris sur la carte avec la légende dans le *document 1*.
- Soulignez ou surlignez les parties du *document 2* qui expliquent le fonctionnement d'une centrale géothermique.

Bien comprendre les questions

Question 1

- Commencez par repérer les données que vous allez devoir comparer.
- Utilisez l'unité de mesure fournie par le tableau de données lors de votre comparaison et ne cochez qu'une seule proposition par phrase.

Question 2

a. Recherchez ce qui est à l'origine de l'énergie utilisée : c'est la notion de source.

b. Comparez les températures des roches aux quatre points repérés sur la carte pour justifier votre réponse.

Question 3

- Utilisez les documents pour définir ce que signifie « énergie renouvelable » et expliquez pour quelle raison la géothermie prendra plus d'importance à l'avenir face aux énergies fossiles.

1 **a.** Cette carte représente la **température des roches en profondeur**.

b. La température des roches à 500 m de profondeur est plus élevée **au point B**.

c. La température maximale des roches à 500 m de profondeur en France est d'**environ 36 à 40 °C**.

2 **a.** La source d'énergie utilisée est « la **chaleur des couches de roches profondes** ». C'est donc une énergie thermique.

b. La production d'électricité par géothermie nécessite de l'eau à **150 °C**, donc la centrale doit être installée dans une zone où les roches en profondeur ont une température **la plus élevée possible** comme au point **B**.

L'astuce du prof

La question précise qu'il faut répondre en une phrase. Il faut se conformer à cette exigence.

Réponse plus détaillée pour mieux comprendre (non attendue dans ce sujet) :
Au point B, la température des roches à 500 m de profondeur est de plus de 36 °C (*document 1*). Or, on sait que plus les roches sont profondes, plus leur température est élevée. En injectant de l'eau très profondément (entre 3 000 et 7 000 m), la température obtenue sera suffisante pour vaporiser l'eau et utiliser cette vapeur afin de produire de l'électricité (*document 2*).

3 L'énergie thermique produite et libérée par la Terre est **inépuisable**.
Son exploitation par la **géothermie** permet de produire de l'**électricité** comme avec la combustion des sources d'énergies **fossiles**. Cependant, ces dernières ont des **réserves limitées** : les réserves de pétrole, par exemple, **seront épuisées dans 44 ans** si on tient compte de l'évolution de son utilisation.
Ainsi, les énergies renouvelables comme la géothermie sont **amenées à se développer** pour remplacer progressivement les énergies fossiles dont les réserves sont **amenées à disparaître**.

Gagnez des points !

Ne confondez pas « température » et « chaleur ». Par ailleurs, l'expression « transfert d'énergie thermique » est préférable au mot « chaleur ».

Sujet 10 L'impact de la pollution du sol

25 pts — 30 min

Asie, juin 2017

Suite à une activité industrielle, dans une région française, un sol a été fortement pollué par du plomb (plusieurs grammes par kilogramme de sol). À sa surface, une épaisseur anormale de litière[1] a été constatée. Une équipe d'étudiants cherche à comprendre le lien entre cette pollution par le plomb et la diminution de la dégradation de la litière.

[1] Litière : partie du sol située en surface et constituée de débris (fragmentés) végétaux et animaux en cours de dégradation.

Doc. 1 Nombre d'animaux dans un sol sain et dans un sol pollué

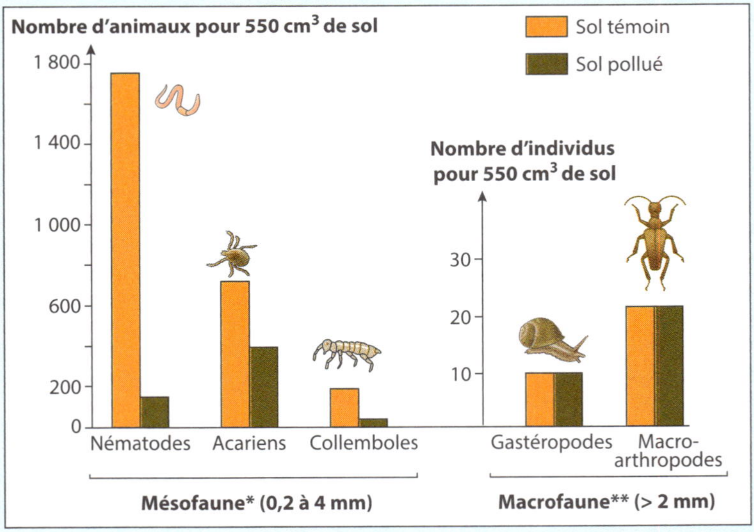

(*) Mésofaune : ensemble d'animaux de tailles comprises entre 0,2 et 4 mm.
(**) Macrofaune : ensemble d'animaux de tailles supérieures à 2 mm.

D'après svt.acdijon/schemassvt - Source INRA (Mrs Lacassin et Schvartz)

Doc. 2 Les micro-organismes du sol

Les micro-organismes (champignons, bactéries…) n'appartiennent pas à la mésofaune ni à la macrofaune. Ils ne sont observables qu'au microscope et terminent la dégradation de la litière. Celle-ci doit être préalablement finement fragmentée par les animaux du sol.

Doc. 3 Étude complémentaire sur un sol pollué

On a constaté une diminution du nombre de certains animaux appartenant à la mésofaune (collemboles, nématodes) qui participent à la fragmentation de la litière. Les débris de la litière ne sont plus fragmentés aussi finement que dans un site non pollué. Malgré la forte pollution du sol, les micro-organismes restent vivants mais leur action de dégradation est ralentie.

Modifié d'après http://www.gissol.fr

1 Compléter le tableau suivant à partir du *document 1*.

Nombre d'animaux dans un sol sain et dans un sol pollué

Populations animales	Nombre d'animaux dans le sol témoin pour 550 cm³	Nombre d'animaux dans le sol pollué pour 550 cm³
....	1 750	180
Acariens	780	....
Collemboles	....	20
....	10	10
Macro-arthropodes	20	20

2 À partir des *documents 1* et *3*, nommer la population animale qui diminue le plus dans le sol pollué étudié. Justifier en s'appuyant sur des valeurs chiffrées (calcul, estimation, pourcentage ou autre…).

3 Proposer une explication à l'épaisseur anormale de litière sur un sol pollué. Un texte construit est attendu, il devra s'appuyer sur des arguments tirés des **deux** *documents 2* et *3*.

SVT

Sujet 10 Corrigé

Les clés pour réussir

L'essentiel à connaître

- **Le sol** est la partie superficielle de la croûte terrestre. Il est constitué par le mélange de **matière organique** en décomposition et de **particules minérales.**
- Les particules minérales proviennent de la dégradation de la **roche mère** située sous le sol.
- La matière organique en décomposition provient de la dégradation de la **litière** formée essentiellement par les débris de végétaux morts.
- La litière est le premier maillon d'un **réseau alimentaire** formé par de **très nombreux êtres vivants** (animaux, champignons et bactéries).
- Le fonctionnement de ce réseau alimentaire permet la dégradation de la litière et assure ainsi le **recyclage** de la matière.

Analyser l'énoncé et les documents

- Lisez attentivement le titre et l'introduction présentée dans l'encadré pour déterminer le sujet abordé : l'impact d'une pollution du sol sur la dégradation de la litière.
- Sur le *document 1*, repérez les légendes des deux figurés utilisés pour les histogrammes et reliez ces informations au titre du graphique.
- Dans le texte du *document 2*, repérez les particularités des micro-organismes par rapport aux autres êtres vivants du sol.
- Sur le *document 3*, identifiez l'effet de la pollution d'un sol sur les êtres vivants qui le peuplent.

Bien comprendre les questions

Question 1

- Commencez par compléter les lignes du tableau pour lesquelles on vous donne le nom des populations animales en repérant le plus précisément possible leur nombre dans le graphique.
- Nommez ensuite les deux populations animales manquantes en vous servant des nombres d'animaux très différents.

Question 2

- Utilisez d'abord le *document 3* pour repérer les animaux dont le nombre diminue lors d'une pollution. Ensuite, utilisez des valeurs chiffrées tirées du graphique du *document 1* pour montrer quelle est la population animale qui diminue le plus.

Question 3

● Rappelez le problème que vous devez résoudre, puis mettez en relation les informations sur le rôle de la faune du sol (*document 2*) avec celles sur les effets d'une pollution (*document 3*).

1 Le tableau complété est le suivant :

Nombre d'animaux dans un sol sain et dans un sol pollué

Populations animales	Nombre d'animaux dans le sol témoin pour 550 cm³	Nombre d'animaux dans le sol pollué pour 550 cm³
Nématodes	1 750	180
Acariens	780	**500**
Collemboles	**200**	20
Gastéropodes	10	10
Macro-arthropodes	20	20

2 D'après le *document 3*, on constate une **diminution du nombre d'animaux de la mésofaune** lorsque le sol est pollué. L'analyse du graphique du *document 1* montre que trois populations animales appartiennent à la mésofaune : **les nématodes, les acariens et les collemboles**. Cependant, on remarque que **seulement la moitié des acariens** disparaît dans un sol pollué, alors que les nombres des deux autres populations diminuent fortement. En effet, le nombre de nématodes dans un sol pollué passe de 1 750 animaux pour 550 cm³ de sol témoin **à seulement 180 animaux** dans le sol pollué. La **diminution est encore plus forte pour les collemboles** puisqu'il ne reste plus que 10 % de la population initiale lorsque le sol est pollué (20 animaux pour 550 cm³ de sol pollué contre 200 animaux dans le sol témoin). **Ainsi, c'est la population des collemboles qui diminue le plus dans un sol pollué.**

Gagnez des points !

Pourcentage d'animaux restant après pollution = 100 × nombre d'animaux dans le sol pollué/nombre d'animaux dans le sol témoin.

3 Dans un sol sain, les micro-organismes **terminent la dégradation** de la litière, mais ils ne peuvent intervenir que sur des **débris** de litière **très fins**. Or, ce sont les animaux du sol qui sont responsables de la **fragmentation** de la litière en débris fins, en particulier ceux de la mésofaune (collemboles, nématodes...). On sait par ailleurs que **la plupart de ces animaux disparaissent** en cas de **pollution** du sol. Par conséquent, la litière **n'est plus** fragmentée, les micro-organismes **ne peuvent** pas terminer sa dégradation, et la litière **s'accumule** et devient anormalement **épaisse**.

L'astuce du prof

Sur votre brouillon, construisez une chaîne d'événements reliés logiquement entre eux par une relation cause-conséquence par exemple.

Sujet 11 Une cause d'infertilité

25 pts 30 min

Amérique du Nord, juin 2021

Madame X ne prend plus de moyen de contraception depuis deux ans, mais ne parvient pas à avoir d'enfant. Elle et son conjoint décident de consulter une équipe médicale spécialisée. Les examens montrent que le conjoint de Madame X ne présente pas d'anomalie de fertilité.

Doc. 1 Le taux de fertilité féminin selon les tranches d'âges

La fertilité désigne la capacité pour un individu à se reproduire et obtenir une descendance viable. On parle d'infertilité en cas de difficulté à avoir un enfant. Ce serait peut-être le cas de Madame X qui a 42 ans.

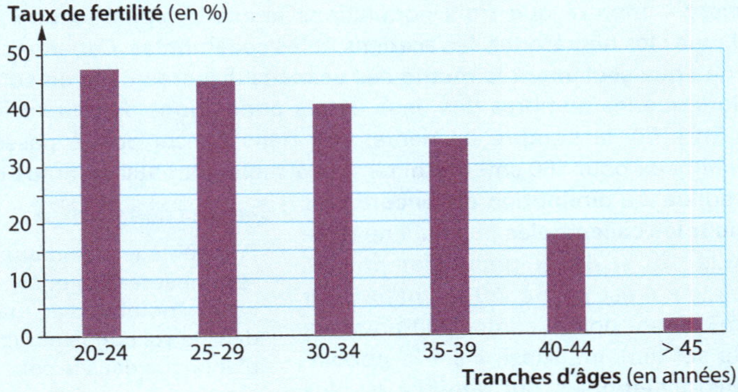

D'après *New England Journal of Medecine*, 2004.

1 En utilisant des données chiffrées significatives, décrire l'évolution du taux de fertilité féminin en fonction de l'âge et déterminer le taux de fertilité de Madame X.

Doc. 2 **Examen radiographique de l'appareil reproducteur féminin**

L'hystérographie est un examen qui permet de visualiser l'utérus et les trompes de Fallope grâce à un produit injecté dans l'utérus *via* une sonde. Le produit va se diffuser à partir de l'utérus jusqu'aux ovaires, en passant par les trompes.

Lorsque les trompes sont « bouchées », le produit utilisé lors de l'examen n'arrive pas jusqu'aux ovaires. Dans ce cas, les trompes et les ovaires ne sont pas visibles sur l'hystérographie.

Les images ci-dessous sont les hystérographies d'une femme fertile (à gauche) et de la patiente, madame X (à droite).

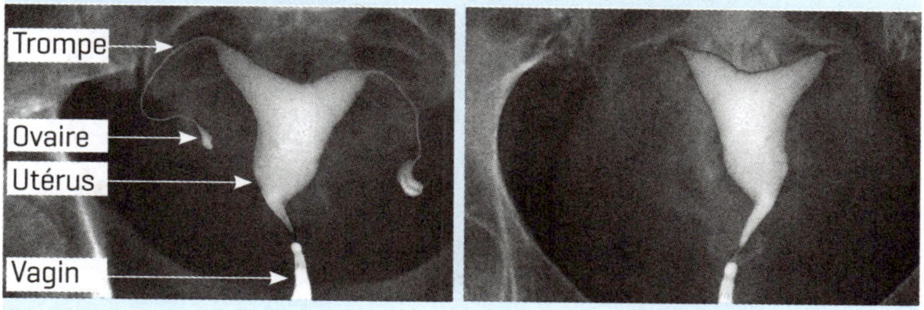

2 À l'aide du *document 2* et de vos connaissances, expliquer l'origine de l'infertilité de Madame X.

Doc. 3 **Définition : qu'est-ce que la PMA ?**

La procréation médicalement assistée (PMA) consiste à manipuler un ovule et/ou un spermatozoïde pour favoriser l'obtention d'une grossesse. Elle permet de résoudre certaines difficultés à concevoir, sans nécessairement traiter la cause de l'infertilité.

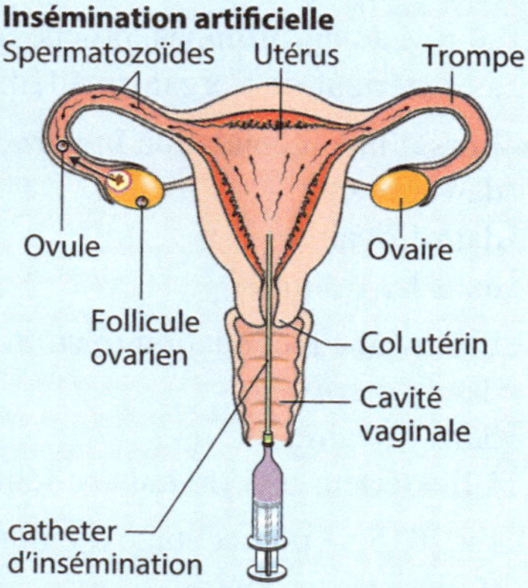

L'une des techniques de PMA est l'insémination artificielle (schéma ci-contre) qui consiste à introduire artificiellement le sperme du conjoint ou d'un donneur au niveau du col de l'utérus ou dans la cavité utérine de la femme pour aboutir à la fécondation d'un ovule. Une autre technique de PMA est la fécondation *in vitro* (FIV, schéma ci-dessous à droite) qui consiste à recueillir ovules et spermatozoïdes, à procéder à une fécondation artificielle pour ensuite introduire le(s) embryon(s) obtenu(s) dans l'utérus de la femme.

En 2015 en France, 3,1 % des enfants sont nés grâce à une PMA, soit une naissance sur 32 environ. La recherche vise à améliorer les techniques utilisées, de manière à augmenter les chances de succès de grossesse.

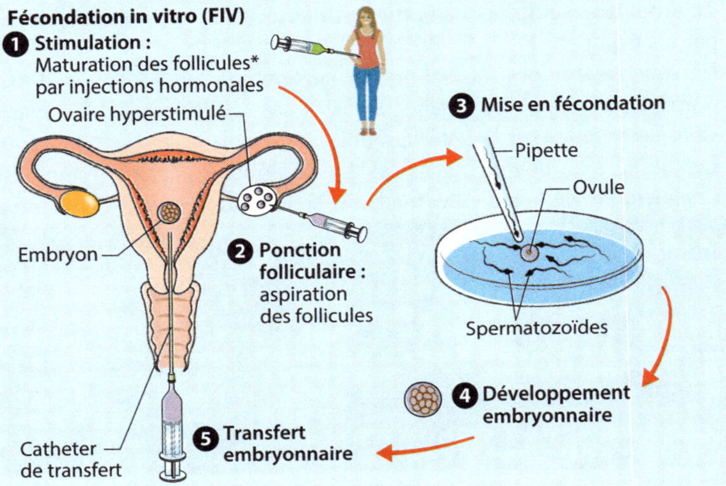

3 D'après le *document 3*, indiquer la bonne réponse pour chaque proposition.

a. Lors d'une insémination artificielle, la fécondation, c'est-à-dire la rencontre entre le spermatozoïde et l'ovule a lieu :
☐ dans l'utérus.
☐ au niveau des trompes, proche de l'ovaire.
☐ à l'extérieur de l'organisme féminin.

b. Lors d'une fécondation *in vitro*, l'embryon obtenu est ensuite placé :
☐ dans l'utérus.
☐ dans l'ovaire.
☐ dans les trompes.

c. Lors d'une fécondation *in vitro*, la fécondation a lieu :
☐ dans l'utérus.
☐ dans l'ovaire.
☐ à l'extérieur de l'organisme féminin.

d. En 2015, le pourcentage d'enfants nés en France grâce à la PMA est de :
☐ 0,31 % ;
☐ 3,1 % ;
☐ 31 %.

4 À l'aide *des documents*, proposer parmi les deux techniques de PMA, celle qui permettrait à Madame X d'avoir un enfant. Justifier votre raisonnement.

Sujet 11 Corrigé

Les clés pour réussir

L'essentiel à connaître

- La **procréation** débute par la **fécondation**, c'est-à-dire la **fusion d'un spermatozoïde et d'un ovule**.
- La fécondation a lieu dans la partie supérieure d'une des trompes utérines, appelée également **trompes de Fallope**.
- **Les spermatozoïdes migrent** du vagin jusqu'à la partie supérieure d'une des trompes de Fallope.
- **L'embryon** issu des divisons cellulaires de la **cellule-œuf** migre de la trompe de Fallope jusqu'à son lieu d'implantation, l'**utérus**.
- Les **ovaires** contiennent des follicules ovariens, structures contenant les **ovules**.
- À chaque **cycle sexuel**, la maturation d'un follicule aboutit à l'**ovulation**, c'est-à-dire l'expulsion de l'ovule dans une des trompes de Fallope.

Analyser l'énoncé et les documents

- **Lisez l'introduction** du sujet qui permet de repérer la partie du programme concernée. Il s'agit ici de la **procréation** et plus exactement de l'**assistance médicale à la procréation**.
- **Repérez les définitions** des termes **fertilité** et **infertilité**. Le terme de stérilité n'est pas utilisé car il correspond à l'impossibilité d'avoir un enfant. Le **taux de fertilité** désigne la probabilité de grossesse lorsque les rapports sexuels ont lieu pendant la période favorable du cycle sexuel chez la femme (*document 1*).
- **Représentez-vous mentalement le trajet du produit injecté dans l'utérus** pour vous rappeler l'anatomie de l'appareil génital chez la femme (*document 2*).
- **Lisez attentivement le texte et les légendes des schémas** et soulignez (ou surlignez) avec la même couleur les éléments du texte correspondants à des légendes des schémas. Le but est de **bien différencier les deux techniques présentées** : lieu de la fécondation et nature de ce qui est introduit dans l'utérus avec le cathéter (*document 3*).

Bien comprendre les questions

Questions 1

- Commencez par **décrire la tendance générale** de l'évolution du taux de fertilité, puis **citez des valeurs précises** extraites du graphique pour montrer cette tendance. Enfin, relevez la valeur du taux de fertilité de Madame X dont l'âge est situé entre 40 et 44 ans (utilisez une règle).

Questions 2

- **Comparez** les voies génitales visibles sur les deux hystérographies et **légendez** les voies génitales visibles sur celle de Madame X. Ensuite, **cherchez des indices dans le texte** pour **interpréter** les différences entre l'hystérographie d'une femme fertile et celle de Madame X pour expliquer son infertilité.

Question 3

- Pour chaque proposition, examinez attentivement les **éléments du texte ou des schémas** du *document 3* car **ils contiennent la réponse** correcte.

Question 4

- **Rappelez la cause de l'infertilité de Madame** X et choisissez la technique qui permet de contourner cette cause. **Justifiez votre choix** en montrant que la technique d'assistance médicale à la procréation proposée permettra à Madame X d'avoir un enfant malgré la cause anatomique de son infertilité.

1 Le taux de fertilité féminin diminue en fonction de l'âge, en passant de presque 50 % pour une femme de 20-24 ans à moins de 5 % pour une femme de plus de 45 ans. Ainsi, plus une femme est âgée, moins elle est fertile. Madame X, qui a 42 ans, a un **taux de fertilité voisin de 17,5 %**.

Méthode

Les valeurs significatives extraites du graphique sont les valeurs extrêmes et illustrent la tendance.

2 L'hystérographie d'une femme fertile révèle la continuité des voies génitales (vagin, utérus et trompes de Fallope) jusqu'aux ovaires. Sur l'hystérographie de Madame X, les ovaires et les trompes ne sont pas visibles. On peut donc supposer que **les trompes sont bouchées**. Or, on sait que les spermatozoïdes doivent franchir l'utérus et atteindre la partie supérieure des trompes pour qu'une fécondation ait lieu. De même, après la fécondation et quelques divisions cellulaires, l'embryon migre depuis les trompes jusqu'à l'utérus. Ainsi, les trompes bouchées empêchent ces deux déplacements (spermatozoïdes puis embryon) et expliquent l'infertilité de Madame X.

Astuce du prof

Ce n'est parce qu'on ne voit pas les trompes qu'elles sont absentes. Cela indique seulement que le produit opaque aux rayons X n'a pas pu aller plus loin.

3 **a.** Lors d'une insémination artificielle, la fécondation, c'est-à-dire la rencontre entre le spermatozoïde et l'ovule a lieu **au niveau des trompes, proche de l'ovaire**.

b. Lors d'une fécondation *in vitro*, l'embryon obtenu est ensuite **placé dans l'utérus**.

Méthode

L'énoncé demande parfois de cocher des cases : dans ce cas, ne cochez qu'une seule réponse nettement et sans rature.

c. Lors d'une fécondation *in vitro*, la fécondation a lieu **à l'extérieur de l'organisme féminin**.

d. En 2015, le pourcentage d'enfants nés en France grâce à la PMA est de **3,1 %**.

4 La technique **d'insémination artificielle** consiste à déposer des spermatozoïdes directement dans la cavité utérine, mais comme les trompes de Madame X sont bouchées, les spermatozoïdes ne pourront pas atteindre l'ovule ; donc **cette technique n'est pas appropriée pour ce cas**.

En revanche, dans la technique de **fécondation *in vitro***, la fécondation est réalisée à l'extérieur du corps de la femme et elle est suivie d'un transfert de l'embryon dans l'utérus maternel. Dans ce cas, **la technique est parfaitement indiquée**, car les trompes ne sont pas nécessaires pour obtenir un nouvel individu.

Astuce du prof

Le nom complet de la FIV est **FIVETE** : fécondation in vitro et transfert d'embryons. C'est-à-dire que la fécondation et le début du développement embryonnaire ont lieu en dehors du corps de la femme.

Sujet 12 L'implant contraceptif

25 pts — 30 min

Asie, juin 2019

Un jeune couple ne souhaite pas d'enfant dans l'immédiat. Il consulte un médecin qui leur présente les différentes méthodes contraceptives. Le couple fait le choix d'utiliser l'implant contraceptif qui agit sur les quantités d'hormones sexuelles de la femme.

Doc. 1 Une communication hormonale entre le cerveau et les ovaires

Différentes hormones entraînent des modifications au sein du système reproducteur féminin en vue d'une éventuelle fécondation.
Des glandes situées à la base du cerveau fabriquent puis libèrent des hormones cérébrales qui vont agir sur les ovaires.
Ces derniers vont alors produire des hormones ovariennes qui provoqueront l'ovulation (émission d'un ovule par l'ovaire).

D'après www.passeportsante.net/fr/grossesse

1 À partir du *document 1*, compléter le schéma fonctionnel ci-dessous, montrant comment la communication entre le cerveau et les ovaires permet le contrôle de l'ovulation.

Titre : Shema montrant la communication entre le cerveau et les ovaires

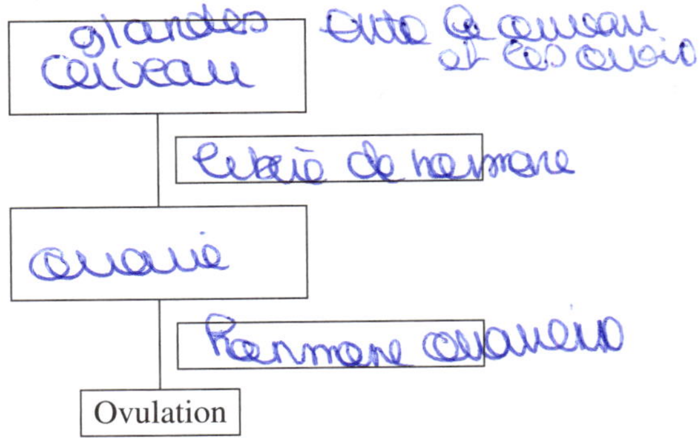

Doc. 2 L'implant contraceptif

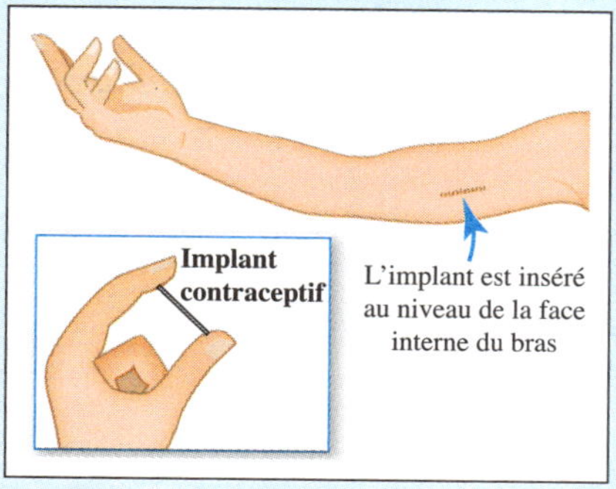

L'implant contraceptif se présente sous la forme d'un bâtonnet souple de 4 cm de longueur et 2 mm de diamètre. Inséré au niveau du bras, il libère de manière continue pendant trois ans une hormone de synthèse (hormone fabriquée en laboratoire).

D'après http//:agence-prd.ansm.sante.fr et http//:www.choisirsacontraception.fr

2 **a.** À l'aide de vos connaissances, rappeler ce qu'est la contraception.
b. À l'aide de vos connaissances, citer trois moyens de contraception.

3 En utilisant les *documents 3a* et *3b*, cocher la bonne réponse pour chaque proposition.

a. Le graphique du *document 3a* représente l'évolution de la concentration sanguine :
☐ d'une hormone cérébrale au cours d'un cycle, avec un implant contraceptif.
☐ d'une hormone ovarienne au cours d'un cycle, avec un implant contraceptif.
☐ d'une hormone cérébrale au cours d'un cycle, sans implant contraceptif.
☐ d'une hormone ovarienne au cours d'un cycle, sans implant contraceptif.

b. D'après le *document 3a*, le pic de concentration des hormones cérébrales a lieu le :
☐ 10e jour du cycle.
☐ 14e jour du cycle.
☐ 20e jour du cycle.

c. D'après les *documents 3a* et *3b*, on peut conclure que :
☐ l'ovulation a lieu juste avant un pic de l'hormone LH.
☐ l'implant contraceptif permet un pic de l'hormone LH au 14e jour du cycle.
☐ il n'y a pas d'ovulation s'il n'y a pas de pic de l'hormone LH juste avant.

d. D'après les *documents 3a* et *3b*, la présence d'un implant :
☐ favorise l'ovulation.
☐ n'a pas d'effet sur l'ovulation.
☐ empêche l'ovulation.

4 À l'aide de l'ensemble des documents et de vos connaissances, expliquer comment l'implant contraceptif empêche une fécondation, et donc une grossesse.

Doc. 3 Le mode d'action de l'implant contraceptif

La LH est une des hormones produites par le cerveau. On a étudié les concentrations sanguines de cette hormone cérébrale chez des femmes avec et sans implant contraceptif. Les résultats sont présentés ci-dessous.

a. Évolution de la concentration sanguine d'une hormone cérébrale au cours d'un cycle sans implant contraceptif

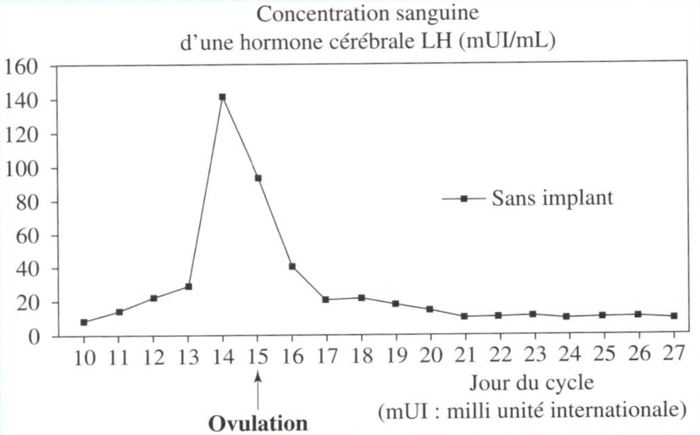

b. Évolution de la concentration sanguine d'une hormone cérébrale au cours d'un cycle avec implant contraceptif

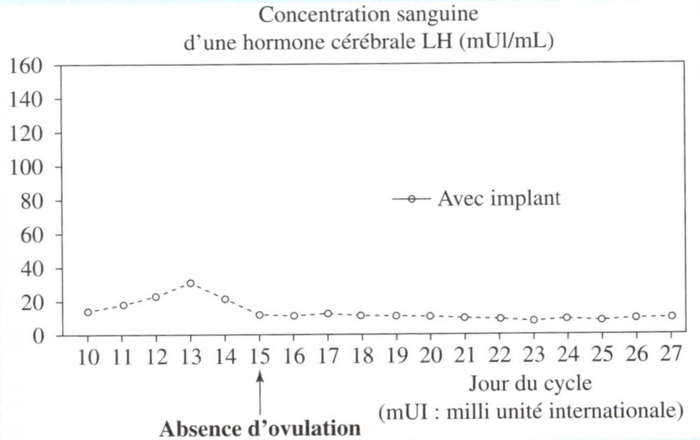

Source : Alvarez F., Brache V., Tejada AS., et al : Abnormal endocrine profile among women with confirmed or presumed ovulation during long-term Norplant use. Contraception 33:111, 1986.

Remarque : on appelle pic d'hormone une augmentation importante rapide et brève de la concentration hormonale.

Sujet 12 Corrigé

Les clés pour réussir

L'essentiel à connaître

- La **contraception** désigne l'ensemble des **méthodes** dont le but est d'**empêcher** la **fécondation** et/ou l'**implantation de l'embryon** et donc d'**éviter une grossesse**.
- Les **ovaires** produisent et libèrent des **hormones** qui provoquent indirectement l'**ovulation**. Une **hormone** est une substance produite et libérée dans le **sang** par une glande et qui a une action sur des **organes cibles**.
- Des **glandes** situées à la base du cerveau (**hypothalamus** et **hypophyse**) produisent et libèrent des hormones qui **contrôlent l'activité des ovaires**.
- L'**hypophyse** produit et libère un pic de concentration d'hormone (**LH**) qui provoque l'ovulation **24 heures plus tard**.

Analyser l'énoncé et les documents

- Lisez l'ensemble des documents et des questions avant de répondre à la question 1 afin de mesurer l'étendue du sujet et sa progression.
- Repérez dans le texte les glandes et les hormones qu'elles produisent (*document 1*).
- Identifiez le type de contraception illustrée : mécanique ou chimique (*document 2*).
- Comparez l'évolution des concentrations de LH avec et sans implant contraceptif, et repérez la conséquence sur l'ovulation (*document 3*).

Bien comprendre les questions

Question 1

- Complétez les cadres reliés entre eux avec le nom des glandes et les autres cadres avec le nom des hormones.

Question 2

a. Précisez comment la contraception permet d'éviter une grossesse.
b. Indiquez seulement le nom précis de trois moyens de contraception sans détailler leur mode d'action.

Question 3

- Procédez par élimination pour ne conserver que la bonne proposition.

Question 4

- Rédigez une explication en citant au moins un élément extrait de chaque document et en mettant ces éléments en relation entre eux et avec vos connaissances.

1 **Une communication hormonale entre le cerveau et les ovaires**

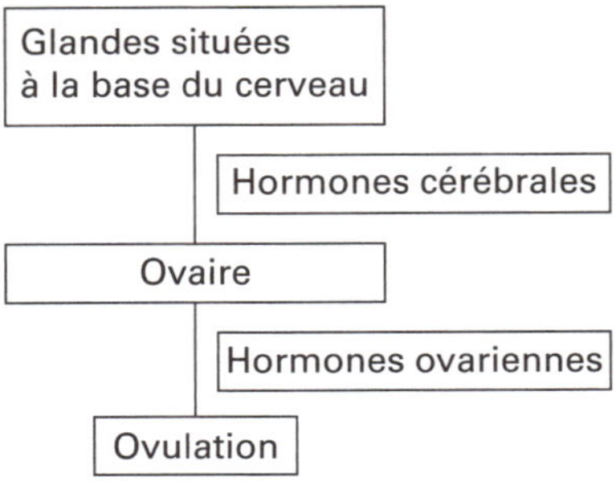

L'astuce du prof

Recopiez des extraits précis du texte de référence pour compléter le schéma.

2 **a.** La contraception est l'**ensemble des moyens utilisés volontairement par un couple pour éviter une grossesse lors d'un rapport sexuel**. Il peut s'agir de moyens mécaniques ou chimiques qui empêchent la fécondation et/ou l'implantation de l'embryon.

b. Citons trois moyens de contraception :
– le **préservatif** (masculin ou féminin) ;
– la **pilule contraceptive** ;
– le **dispositif intra-utérin**.

Vocabulaire

Contraception vient de l'association des mots contre et conception (sous-entendu la conception d'un enfant). C'est un mot-valise.

Gagnez des points !

Évitez de citer l'implant contraceptif mentionné dans un des documents.

3 **a.** Le graphique du *document 3a* représente l'évolution de la concentration sanguine d'une **hormone cérébrale** au cours d'un cycle **sans implant contraceptif**.

b. D'après le *document 3a*, le pic de concentration des hormones cérébrales a lieu **le 14e jour** du cycle.

c. D'après les *documents 3a* et *3b*, on peut conclure qu'il n'y a **pas d'ovulation s'il n'y a pas de pic de l'hormone LH juste avant**.

d. D'après les *documents 3a* et *3b*, la présence d'un implant **empêche l'ovulation**.

4 L'implant contraceptif contient une **hormone de synthèse** (*document 2*) qui se diffuse dans le corps de la femme grâce au sang. En présence de cet implant, les glandes situées à la base du cerveau **modifient leur activité**. Or, on sait que les hormones cérébrales **contrôlent l'activité des ovaires** (*document 1*). On constate, en outre, que **la présence de l'implant** entraîne **l'absence de pic** de concentration de l'hormone LH et que cette **absence de pic** provoque une **absence d'ovulation** (*document 3*). Or, on sait que **sans ovulation**, il n'y a **pas de fécondation possible** et donc **pas de grossesse**.

L'astuce du prof

Distinguez bien ce qui vient des documents (par exemple en les citant entre parenthèses) et ce qui vient de vos connaissances (par exemple en le soulignant en couleur).

Sujet 13 L'origine du sirop d'érable

25 pts — 30 min

Pondichéry, mai 2018

Dans ce sujet, on s'intéresse à la synthèse et au transport de matières organiques chez les végétaux.

1 À partir du *document 1*, répondre aux questions suivantes :
a. L'absorption de l'eau et des sels minéraux correspond-elle à la lettre A, B, C ou D ?
b. La synthèse de la matière organique à partir de matières minérales correspond-elle à la lettre A, B, C ou D ?
c. Le stockage de la matière organique dans un organe souterrain correspond-il à la lettre A, B, C ou D ?
d. Le transport de la matière organique sous forme de saccharose correspond-il à la lettre A, B, C ou D ?

2 À partir des *documents 1* et *2*, expliquer pourquoi il ne peut pas y avoir d'amidon dans la sève élaborée d'un végétal.

Doc. 1 Production et transport de matière au sein d'une plante

Les plantes chlorophylliennes synthétisent dans leurs feuilles de la matière organique à partir de matières minérales (eau, sels minéraux et CO_2) en présence de lumière.
La matière organique produite au niveau des feuilles peut être utilisée immédiatement pour les besoins de la feuille ou transportée sous forme de saccharose puis stockée sous forme de réserves (amidon) dans différents organes (tronc, branches, organes souterrains).
La sève brute, constituée d'eau et de sels minéraux, circule des racines vers l'ensemble des organes de la plante.
La sève élaborée contenant de l'eau et du saccharose circule des feuilles vers les différents organes de la plante.

Remarque : par souci de simplification, la respiration du végétal n'est pas mentionnée dans le schéma ci-après.

SVT

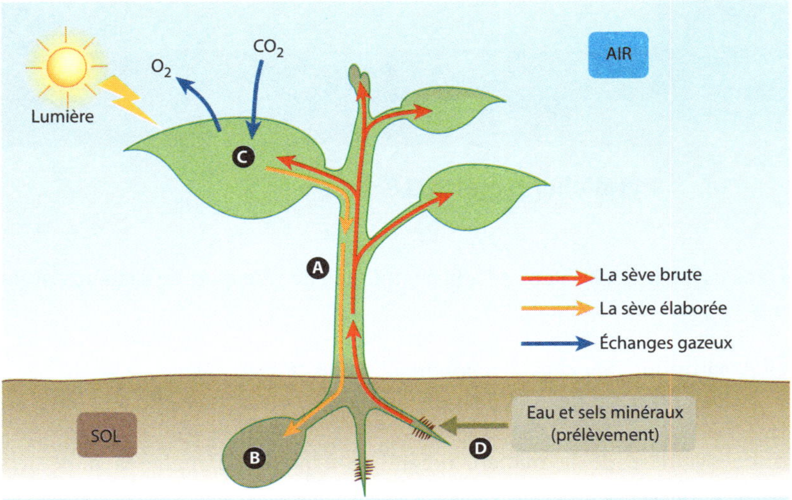

Schéma bilan de la production, du transport et du stockage de matière au sein d'une plante chlorophyllienne

Doc. 2 **Propriétés de quatre molécules organiques présentes chez les végétaux**

Nom de la molécule	Glucose	Fructose	Saccharose	Amidon
Schéma	●	●	●–●	---●–●–●–●---
Taille	Petite taille		Grande taille	
Propriété	Soluble dans l'eau		Insoluble dans l'eau	

Intéressons-nous maintenant à l'érable, un arbre utilisé pour produire du sirop d'érable.

Les producteurs de sirop d'érable collectent l'eau d'érable au début du printemps. Une entaille dans le tronc de l'arbre permet de récupérer l'eau d'érable qui contient 2 % à 3 % de saccharose.

3 À partir des *documents 1* et *3*, nommer la sève ayant la composition la plus proche de l'eau d'érable. Justifier votre réponse.

Doc. 3 Récolte de l'eau d'érable

Chez l'érable au printemps, le gel et le dégel provoquent la transformation de l'amidon stocké dans le tronc en saccharose. Celui-ci peut alors passer dans la sève.

Doc. 4 Tableau de comparaison de la composition des deux sèves et des lieux de stockage des sucres dans un érable en fonction des saisons

	Composition et mouvements des sèves		Matières et lieu de stockage des sucres
	Sève brute	Sève élaborée	
Été	Circulation d'eau et de sels minéraux	Circulation d'eau et de saccharose	Stockage d'amidon dans le tronc et les branches
Début du printemps	Circulation d'eau, de sels minéraux et de saccharose	Elle n'est pas produite jusqu'à l'apparition des feuilles.	Transformation de l'amidon stocké dans le tronc en saccharose

4 À partir des *documents 3* et *4*, expliquer que le saccharose de l'eau d'érable récoltée au début du printemps provient de la sève brute et non pas de la sève élaborée comme on pourrait le penser. Vous expliquerez l'origine du saccharose dans la sève brute seulement au début du printemps.

SVT

Sujet 13 Corrigé

Les clés pour réussir

L'essentiel à connaître

- Les **végétaux verts (chlorophylliens)** produisent leur propre matière à partir de matières exclusivement minérales : CO_2, eau et ions minéraux dissous dans l'eau. L'eau et les ions minéraux circulent dans la **sève brute.**
- La matière produite par les végétaux est de la **matière organique**, car constituée de molécules organiques : **protides, lipides et glucides.**
- La matière organique est produite dans les **feuilles**. Il s'agit **essentiellement** de **saccharose** (un glucide).
- Le saccharose produit est utilisé sur place ou **exporté** vers les autres organes du végétal grâce à la **sève élaborée**.
- Pendant l'hiver, de nombreux végétaux **stockent** des réserves de **glucides** dans des organes souterrains (racines, bulbes, tubercules...).
- Au **printemps**, les glucides des réserves sont **mobilisés et distribués** dans tout le végétal pour fabriquer les nouvelles feuilles.

Analyser l'énoncé et les documents

- Lisez attentivement le *document 1* sur la nutrition des végétaux chlorophylliens. Faites le lien entre le texte et les éléments du schéma.
- Identifiez les propriétés des glucides présentées dans le *document 2* et associez-les entre elles.
- Déterminez à quelle sève pourrait correspondre l'eau d'érable présentée par le *document 3.*
- Relevez des informations sur la composition de l'eau d'érable et des sèves pour les comparer dans les *documents 1* et *3.*
- Expliquez deux phénomènes qui ont lieu au début du printemps chez l'érable :
  – la sève brute contient du saccharose ;
  – le saccharose ne provient pas des feuilles puisque l'arbre n'en a pas encore.

Bien comprendre les questions

Question 1

- Associez chaque fonction (production de matière, transport...) à sa localisation dans la plante (feuilles, tiges, racines, organe de stockage).

Question 2

- Utilisez vos connaissances sur les termes « soluble » et « insoluble ».

Question 3

- Nommez la sève qui contient de l'eau et du saccharose comme l'eau d'érable.

Question 4

- Utilisez toutes les informations de la dernière ligne du tableau du *document 4*.

1 **a.** L'absorption de l'eau et des sels minéraux correspond à la lettre **D**.

b. La synthèse de matière organique à partir de matières minérales correspond à la lettre **C**.

c. Le stockage de la matière organique dans un organe souterrain correspond à la lettre **B**.

d. Le transport de la matière organique sous forme de saccharose correspond à la lettre **A**.

2 Le *document 2* indique que l'**amidon** est un enchaînement de molécules de glucose. Il s'agit d'une molécule de grande taille qui est **insoluble** dans l'eau. Or, la sève élaborée est essentiellement faite d'eau, donc elle ne peut pas contenir d'amidon. Le *document 1* précise que la sève élaborée contient du **saccharose**, un glucide **soluble** dans l'eau.

L'astuce du prof

Les noms des glucides se terminent souvent en -ose, sauf pour l'amidon.

3 La sève ayant la composition la plus proche de l'eau d'érable est **la sève élaborée**, car elle contient de l'eau et du saccharose (*document 1*), et l'eau d'érable contient 2 à 3 % de saccharose (*document 3*).

Gagnez des points !

Lors d'une explication, reprenez à votre compte les expressions utilisées dans l'intitulé de la question.

4 On pourrait penser que le saccharose de l'eau d'érable provient de la sève élaborée, mais ce n'est pas le cas. En effet, **au début du printemps**, lors de la récolte de l'eau d'érable, il n'y a **pas de production de sève élaborée** (*document 4*). Au contraire, à cette période, la sève brute circule et contient du saccharose. Le **saccharose de l'eau d'érable provient bien de la sève brute** (*document 3*).

Par ailleurs, le saccharose contenu dans la sève brute provient de la **transformation de l'amidon contenu dans le tronc et les branches**. Cet amidon (glucide) a été mis en réserve pendant tout l'été et est utilisé au début du printemps pour nourrir les organes qui en ont besoin.

Sujet 14 Le syndrome de Klinefelter

25 pts — 30 min

Amérique du Nord, juin 2017

Le syndrome de Klinefelter est une anomalie chromosomique caractérisée par un caryotype comprenant 47 chromosomes, dont 3 chromosomes sexuels XXY.

Doc. 1 Le syndrome de Klinefelter

Ce syndrome affecte en particulier le développement physique d'individus de sexe masculin. Les individus atteints ont généralement des petits testicules qui ne produisent pas autant de testostérone que la normale [...] La testostérone est l'hormone qui est impliquée dans le développement sexuel masculin avant la naissance. Pendant la puberté, elle intervient également en moyenne entre 10 et 18 ans chez les garçons. Le manque de testostérone chez les individus atteints va conduire à une puberté tardive et anormale. Chez eux, le développement des seins, la réduction des poils du visage et du corps seront associés à une incapacité à avoir des enfants (infertilité) [...].

D'après https://www.nlm.nih.gov/U.S. National Library of Medicine.

1 À partir du *document 1*, cocher pour chaque phrase **la** proposition exacte.

a. Le syndrome de Klinefelter :
- ☐ trouve son origine dans une infection bactérienne.
- ☒ est dû à la présence d'un chromosome sexuel supplémentaire.
- ☐ est dû à l'absence totale de testicules.

b. La puberté :
- ☒ est anormale chez le garçon atteint du syndrome de Klinefelter.
- ☐ intervient avant 6 ans chez l'enfant atteint du syndrome de Klinefelter.
- ☐ ne s'accompagne pas de modification physique.

c. Un manque de testostérone peut conduire à :
- ☐ un développement des poils chez une fille.
- ☒ l'apparition de seins chez le garçon.
- ☐ une puberté avant l'âge de 5 ans.

Doc. 2 Évolution du taux de testostérone dans le sang en fonction de l'âge chez le garçon et l'adolescent (entre 5 et 18 ans)

Âge en années	Taux moyen de testostérone plasmatique en ng*/dL Individu non atteint du syndrome de Klinefelter	Taux moyen de testostérone plasmatique en ng*/dL Individu atteint du syndrome de Klinefelter
5 ans	Traces	Traces
10 ans	Traces	Traces
12 ans	10	3
13 ans	120	3
18 ans	520	4

Sources : http://acces. ens-lyon.fr/biotic/procreat/determin /html/puberHorm.htm et International Journal of Endocrinology : Clinical presentation of Klinefelter's syndrome.

* ng : nanogrammes (10^{-9} grammes).

2 En s'appuyant sur des données chiffrées du *document 2*, comparer l'évolution du taux de testostérone dans le sang, chez un individu atteint du syndrome de Klinefelter et chez un individu non atteint, au cours de la puberté.

Doc. 3 Un traitement pour compenser le manque de testostérone

Il n'existe pas de traitement qui guérisse complétement les manifestations de ce syndrome. [...] Dans la plupart des cas, le traitement consiste en une hormonothérapie* à base de testostérone qui devrait, de l'avis de certains médecins, être entreprise dès la puberté. [...]
Ce traitement administré régulièrement contribue au développement des caractéristiques masculines secondaires (pilosité, voix grave, développement de la musculature) et peut éviter le développement des seins. [...]

D'après http://klinefelter.valentin-apac.org/articles.php?lng=fr&pg=6, lu et validé par le Dr Nicole Morichon-Delvallez (Hôpital Necker), Article écrit le 22 janvier 2007.

* Hormonothérapie : traitement par injection d'hormones.

3 Des parents consultent un médecin spécialiste pour leur fils atteint du syndrome de Klinefelter qui prescrit le traitement décrit dans le *document 3*. Préciser les éléments qui ont permis d'élaborer le diagnostic et justifier le traitement prescrit par le médecin. Un texte construit est attendu, il devra s'appuyer sur des arguments tirés des **trois** documents.

SVT

Sujet 14 Corrigé

Les clés pour réussir

L'essentiel à connaître

- Les chromosomes portent les **gènes** qui interviennent dans **l'expression des caractères** détectables ou observables.
- Les **caractères sexuels primaires** (l'organisation des appareils sexuels) se mettent en place **pendant la vie embryonnaire**.
- Les **caractères sexuels secondaires** (pilosité, développement des testicules...) se mettent en place **au cours de la puberté**, entre 12 et 18 ans.
- La **testostérone**, hormone produite par les testicules, est responsable du fonctionnement de l'appareil génital chez l'homme et de l'apparition des caractères sexuels secondaires chez les garçons. Le **taux plasmatique** d'une hormone est la quantité de cette hormone dans un volume donné de plasma (partie liquide du sang).
- Un **syndrome** désigne l'ensemble des symptômes qui caractérise une maladie.

Analyser l'énoncé et les documents

- Lisez attentivement le *document 1* pour repérer le vocabulaire spécifique aux SVT. Cherchez les définitions des termes dans le document lui-même ou faites appel à vos connaissances.
- Analysez le titre du tableau et les titres de ses colonnes (*document 2*). Cette analyse doit vous permettre de comprendre le but du tableau.
- Soulignez ou surlignez les sujets et les verbes du texte du *document 3*. Lisez le texte en associant chaque sujet avec son verbe pour bien comprendre la signification du texte.

Bien comprendre les questions

Question 1

- Lisez attentivement chaque proposition. Chaque mot compte pour déterminer la proposition exacte (par exemple, « absence **totale** de testicules »).

Question 2

- Citez, pour les deux cas, des valeurs des taux moyens de testostérone à 12 ans et à 18 ans pour bien montrer l'évolution au cours de la puberté (pensez à donner l'unité).
- Indiquez si l'évolution est une baisse, une stagnation ou une augmentation.
- Précisez si les variations sont fortes ou faibles.

Question 3

• Cherchez les éléments de diagnostic du syndrome de Klinefelter dans les deux premiers documents en dressant une liste des symptômes présents chez le patient. Justifiez le traitement prescrit par le médecin en montrant ce qu'il permet de corriger chez le patient.

1 Les propositions exactes sont les suivantes :

a. Le syndrome de Klinefelter est dû à la présence d'un **chromosome sexuel supplémentaire**.

b. La puberté est **anormale** chez le garçon atteint du syndrome de Klinefelter.

c. Un manque de testostérone peut conduire à l'**apparition de seins** chez le garçon.

Attention

Il n'y a qu'une seule proposition exacte par phrase.

L'astuce du prof

Commencez la comparaison en décrivant l'évolution chez l'individu non atteint par le syndrome, car il sert de référence.

2 Au cours de la puberté, le taux moyen de **testostérone** chez l'individu non atteint **augmente fortement**, passant de 10 à 520 ng/dL, alors que ce taux **reste presque stable** (autour de 3-4 ng/dL) chez l'individu atteint par le syndrome de Klinefelter.

3 Le diagnostic du syndrome a été fait en **constatant** :

– la présence de seins, de **petits testicules**, la quasi-absence de poils sur le visage ;

– le **taux** de testostérone **très faible** ;

– la présence de **trois chromosomes sexuels** XXY (visibles dans un caryotype).

Le traitement par injection de testostérone permet de **compenser la faible production de testostérone** par les testicules trop petits. Ces injections vont permettre d'éviter le développement des seins et **contribuer au développement des caractères sexuels masculins** (musculature, voix...).

Sujet 15 Tiques et maladie de Lyme

25 pts · 30 min

Polynésie, septembre 2019

La maladie de Lyme ou borréliose est une maladie infectieuse émergente d'origine bactérienne transmise à l'espèce humaine par les tiques. On constate dans les dernières décennies une forte augmentation du nombre de cas.

Doc. 1 Habitat et cycle de vie des tiques

Les tiques vivent habituellement dans les zones boisées et les prairies du Canada, des États-Unis, de l'Europe et de l'Asie. Les tiques infectées par la bactérie Borrelia burgdorferi transmettent la maladie de Lyme par un contact sanguin.
La vie d'une tique se compose de trois stades de développement après l'éclosion : larve, nymphe et adulte. A chaque stade, la tique prend un unique repas sanguin, sur un animal différent à chaque fois. Chaque stade est séparé par une métamorphose.

Doc. 2 Le cycle de vie d'une tique

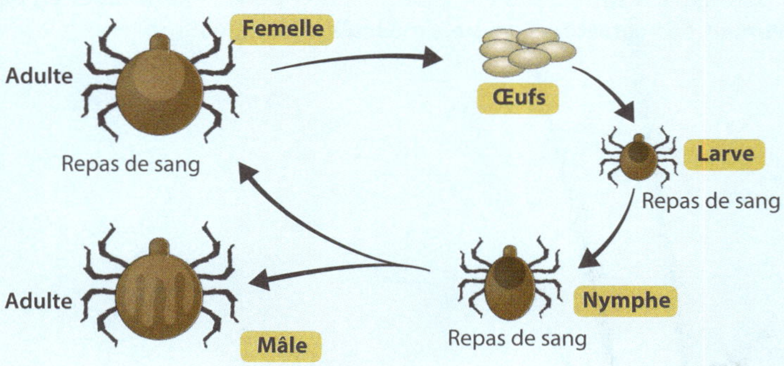

1 À l'aide des *documents 1 et 2*, indiquer à quel(s) moment(s) du cycle de vie de la tique la maladie peut être transmise. Justifier la réponse.

Doc. 3 **Classification en groupes emboîtés à partir des caractères partagés.**

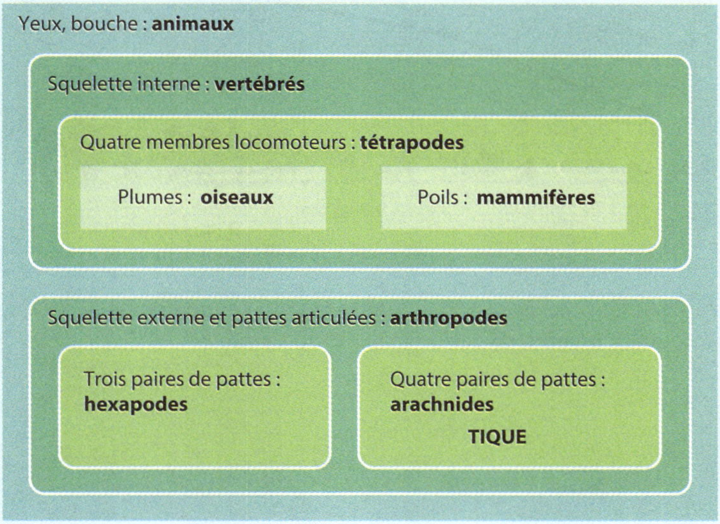

2 À partir du *document 3*, citer les caractères qui permettent de classer la tique chez les Arachnides.

Doc. 4 **Résultat d'une étude sur l'émergence de la maladie de Lyme en Amérique**

Une étude parue en 2014 estime que le changement climatique serait en partie à l'origine de l'émergence de la maladie bactérienne de Lyme (ou borréliose), issue des tiques, dans le nord-est de l'Amérique du Nord et y favoriserait fortement sa propagation à l'avenir. L'élévation de la température a augmenté le taux de reproduction des tiques qui transmettent la maladie de Lyme de 2 à 5 fois au Canada et de 1,5 à 2 fois aux Etats-Unis.

D'après https://reseauactionclimat.org/

3 D'après le *document 4*, donner la(les) explication(s) possible(s) à l'augmentation du nombre de cas de maladies de Lyme.

Doc. 5 **Évolution de la surface forestière en France métropolitaine depuis 1830.**

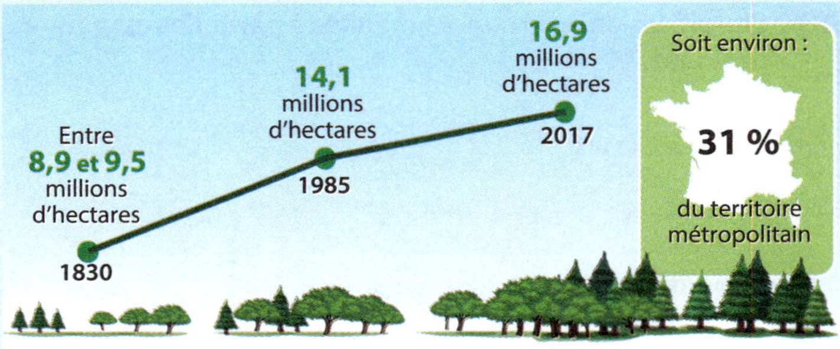

D'après http://education.ign.fr/

4 À partir des *documents 1 et 5*, proposer une autre explication à l'augmentation du nombre de cas de maladie de Lyme.

Sujet 15 Corrigé

Les clés pour réussir

L'essentiel à connaître

- Certaines espèces de bactéries sont **pathogènes**, c'est-à-dire que leur développement dans notre organisme provoque des maladies.
- Certaines bactéries pathogènes sont transportées par des **vecteurs**, qui sont souvent des arthropodes (moustiques, mouches, tiques...).
- Les **arthropodes** constituent le groupe d'animaux avec le plus grand nombre d'espèces, mais qui partagent tous un caractère commun : la possession d'un squelette externe et de pattes articulées.
- Chaque espèce d'être vivant occupe un **habitat** particulier dans lequel elle trouve ses ressources alimentaires, où elle se reproduit...
- **Différents facteurs favorisent le développement** des populations d'une espèce : l'extension de l'habitat, l'abondance de nourriture...

Analyser l'énoncé et les documents

- Lisez l'ensemble des documents et des questions et **soulignez ou surlignez les mots importants et les verbes des consignes.**
- **Recopiez les éléments du texte sur le schéma** afin de le compléter (*documents 1 et 2*).
- Rappelez-vous que dans une classification emboîtée, un animal possède tous les caractères des boîtes auxquelles il appartient, de la plus grosse boîte à la plus petite (*document 3*).
- Décrivez l'évolution de la surface forestière de 1830 à 2017 en citant des valeurs (*document 5*).

Bien comprendre les questions

Questions 1 et 2

- Justifiez votre réponse en exploitant la manière de se nourrir de la tique, et en éliminant les stades de développement de la tique incapables de transmettre la bactérie responsable de la maladie de Lyme.
- Justifiez le fait que la tique est un animal arthropode arachnide.

Question 3

- Repérez dans le texte une ou plusieurs causes qui pourrai(en)t expliquer une meilleure reproduction des tiques.

Question 4

- Extrayez au moins une information de chaque document et mettez ces informations en relation pour construire une explication à l'augmentation du nombre de cas de maladies de Lyme.

1 Le cycle de vie de la tique comporte plusieurs étapes successives : œuf, larve, nymphe et adulte. Excepté pour les œufs, la tique prend un repas de sang à chacun de ses stades de développement. De plus, une tique prend chaque repas sur un animal différent. Or, la maladie de Lyme est causée par une bactérie qui se transmet par le sang. Par conséquent, une tique peut transmettre la maladie lorsqu'elle est au stade de nymphe ou d'adulte, si elle a été infectée. La larve ne peut pas transmettre la maladie car elle fait un unique repas de sang et se transforme ensuite en nymphe.

L'astuce du prof

Représentez-vous mentalement les étapes de la vie d'une tique porteuse de la bactérie qui passe d'animal en animal.

2 Les tiques possèdent une bouche et des yeux, un squelette externe et quatre paires de pattes articulées.

Remarque

Rédigez une phrase réponse pour éviter d'écrire une simple liste de caractères.

3 Le nombre de cas de maladies de Lyme a augmenté ces dernières décennies. Or, on a constaté que l'élévation de la température a provoqué une augmentation du taux de reproduction des tiques (entre 1,5 et 5 fois). On peut donc supposer que le réchauffement climatique est responsable de l'augmentation des cas de maladie de Lyme.

Gagnez des points !

Une proposition d'explication doit s'appuyer sur des faits, si possible quantifiés.

4 Le document 1 nous renseigne sur l'habitat des tiques. En effet, les tiques vivent habituellement dans les zones boisées et les prairies, que ce soit au Canada, aux États-Unis, en Asie ou en Europe. Or, le document 5 montre que, depuis 1830, la surface occupée par les forêts n'a pas cessé de croître en France métropolitaine. En effet, cette surface est passée de 8,9 à 16,9 millions d'hectares en 2017, ce qui représente plus de 30 % du territoire. Ainsi, l'augmentation de la surface forestière favorise l'augmentation des populations de tiques. Or, les tiques peuvent être porteuses de la bactérie responsable de la maladie de Lyme. Par conséquent, on peut aussi expliquer l'augmentation du nombre de cas de maladie de Lyme par l'extension de la surface des forêts, habitat naturel des tiques.

L'astuce du prof

Citez des informations précises des documents en rapport avec la question posée en les mettant en évidence. Par exemple, en les surlignant.

Sujet 16 L'angine de Léa

25 pts 30 min

Amérique du Nord, juin 2019

Léa a 14 ans. Elle souffre de maux de gorge, a du mal à avaler et a de la fièvre.
Sa mère décide de consulter un médecin pour obtenir des antibiotiques.
Le médecin diagnostique une angine provoquée par un micro-organisme responsable des douleurs de Léa. Il lui indique qu'il doit effectuer des examens complémentaires car les antibiotiques ne sont pas donnés automatiquement.

Doc. 1 La détermination de l'origine de l'angine

a. Angine virale ou angine bactérienne

Les symptômes de Léa ont pour origine soit un virus, soit une bactérie.
Un test de diagnostic rapide de l'angine permet de déterminer si l'origine de l'angine est virale ou bactérienne. Il est indolore et ne prend que quelques minutes. Pour réaliser ce test, le médecin fait un prélèvement au niveau de la gorge de Léa avec un écouvillon (sorte de grand coton-tige).

b. Test de diagnostic rapide de l'angine

L'écouvillon est placé dans un tube qui contient quelques gouttes de réactif (= substance mettant en évidence la présence d'un élément chimique). Une bandelette de papier sensible à ce réactif est ensuite placée dans ce tube.
L'apparition de traits sur la bandelette permet de déterminer l'origine d'une angine.

- Si le test est positif, il s'agit bien d'une angine bactérienne.
- Si le test est négatif, l'angine est d'origine virale.

SVT

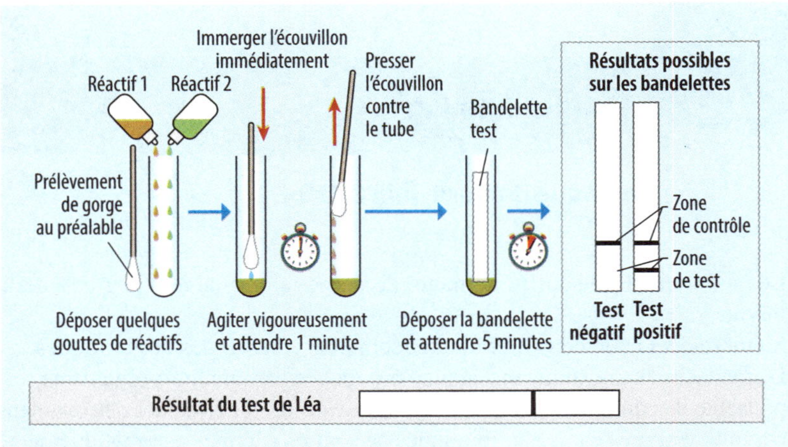

1 Répondre aux questions suivantes en cochant la bonne réponse.

a. Les bactéries sont :
☐ des êtres vivants observables au microscope
☐ des êtres vivants visibles à l'œil nu
☐ des êtres vivants observables à la loupe

b. Les bactéries :
☐ sont toutes pathogènes
☐ ne rendent pas forcément malades
☐ entraînent toujours la mort

c. On rencontre des micro-organismes :
☐ dans tous les milieux
☐ seulement dans l'air et dans l'eau
☐ seulement à l'intérieur des organismes vivants

d. La contamination est :
☐ la défense de l'organisme contre les micro-organismes
☐ la multiplication des micro-organismes dans l'organisme
☐ la pénétration des micro-organismes dans l'organisme

2 À l'aide du *document 1*, déterminer l'origine de l'angine de Léa en justifiant.

Doc. 2 L'action des antibiotiques sur les virus

Des virus sont cultivés en présence de cellules dans des milieux favorables à leur développement avec ou sans ajout d'antibiotiques. Les mesures de la quantité de virus infectant les cellules à partir de six heures de mise en culture sont présentées ci-dessous.

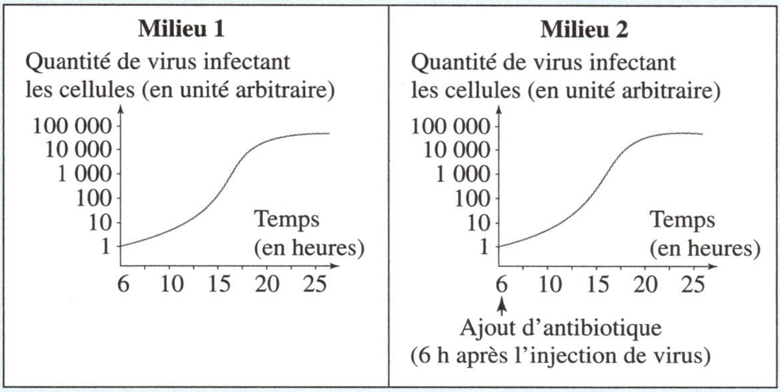

D'après la source : Guide pratique, biologie humaine, *3ᵉ, 2002.*

La mère de Léa s'étonne du choix du médecin de ne pas donner d'antibiotique.

3 En utilisant des données extraites uniquement du *document 2*, justifier le choix du médecin.

Doc. 3 L'efficacité des antibiotiques

Les médecins expliquent que les antibiotiques ne sont efficaces que sur les bactéries en bloquant leur croissance.

Des études scientifiques ont montré qu'une prescription inutile et abusive des antibiotiques a des conséquences sur leur efficacité. En voici un exemple :

Évolution de l'efficacité d'un antibiotique (céphalosporines de 3ᵉ génération)

Cet antibiotique a été utilisé sur deux types de bactéries (*Escherichia coli* et *Klebsiella pneumoniae*) à l'origine respectivement de maladies intestinales et pulmonaires.

Bactéries \ Années	2002	2004	2006	2008	2010	2012
Escherichia coli	> 99 %	> 99 %	98 %	96,2 %	92,8 %	90 %
Klebsiella pneumoniae	100 %	100 %	93,9 %	84,8 %	82,2 %	77,4 %

Les pourcentages indiquent la quantité de bactéries tuées par le traitement antibiotique.

D'après la source : http://invs.santepubliquefrance.fr

SVT

4 À l'aide de l'ensemble des documents, reconstituer le raisonnement suivi par le médecin permettant d'expliquer pourquoi, dans le cas de l'angine de Léa, il a choisi de ne pas prescrire d'antibiotique.

Sujet 16 Corrigé

Les clés pour réussir

L'essentiel à connaître

- Les **micro-organismes** sont des êtres vivants uniquement **visibles au microscope**. Ils peuplent **tous les milieux de vie**, y compris le tube digestif, les voies respiratoires et les voies génitales.
- Les **bactéries** sont des micro-organismes, mais pas les **virus**.
- La plupart des bactéries ne provoquent **pas de maladies** chez l'Homme.
- Un **antibiotique** est une substance chimique qui provoque l'arrêt de la multiplication et/ou la mort des **bactéries**.

Analyser l'énoncé et les documents

- Comparez les résultats possibles sur les bandelettes test (*document 1*). Cette analyse doit vous permettre de repérer la différence entre un test positif et un test négatif, et de comprendre leur signification.
- Repérez le nom des grandeurs et les unités utilisées dans les graphiques (*document 2*).
- Déterminez l'évolution des pourcentages dans le tableau du *document 3* et identifiez à quoi correspondent ces pourcentages.

Bien comprendre les questions

Question 1

- Lisez attentivement chaque proposition et rappelez-vous que vous ne devez en cocher qu'une seule.

Question 2

- Décrivez d'abord le résultat du test de Léa. Puis comparez-le aux résultats possibles pour l'interpréter.

Question 3

- Comparez l'évolution de la quantité de virus infectant les cellules sans **et** avec antibiotique en vous appuyant sur les valeurs des graphiques. Déduisez-en l'effet des antibiotiques sur les virus.

Question 4

- Rédigez la succession des étapes suivies par le médecin pour prendre sa décision en y intégrant les données du *document 4*.

1 Les propositions exactes sont les suivantes :

a. Les bactéries sont des **êtres vivants observables au microscope**.

b. Les bactéries **ne rendent pas forcément malade**.

c. On rencontre des micro-organismes **dans tous les milieux**.

d. La contamination est la **pénétration des micro-organismes dans l'organisme**.

> **Vocabulaire**
> Pathogène signifie : « qui provoque une maladie ».

2 On constate que la bandelette portant le résultat du test chez Léa ne comporte qu'une bande qui correspond à la zone de contrôle. Par ailleurs, on constate également qu'**un résultat positif de test doit comporter deux bandes**.
Par conséquent, on en déduit que le test réalisé par Léa est négatif. Or, on sait qu'un résultat négatif indique une angine d'origine virale.
Donc, Léa est atteinte d'une **angine virale**.

> **L'astuce du prof**
> Commencez par décrire le résultat du test, puis interprétez-le, et finalement concluez.

3 On observe que la quantité de virus infectant les cellules est multipliée par 10 000 en quelques heures dans un milieu **sans antibiotique**. On remarque aussi que la quantité de virus infectant les cellules est aussi multipliée par 10 000 en quelques heures dans un milieu **contenant un antibiotique**. Par conséquent, **un antibiotique n'a aucun effet sur la multiplication des virus** qui infectent les cellules. Or, Léa a une angine d'origine virale. Donc, c'est la raison pour laquelle le médecin a décidé de ne pas donner d'antibiotique à Léa.

> **De la méthode**
> Pour comparer des résultats présentés en graphique, il faut citer des valeurs.

4 Le médecin réalise d'abord un **test** pour déterminer si l'angine de Léa est causée par des bactéries ou des virus. Grâce au résultat de ce test, il détermine que l'angine de Léa est d'**origine virale**.
Or, le médecin sait que les **antibiotiques** sont sans effet sur les virus, car **ils n'agissent que sur les bactéries** en bloquant leur croissance. Par ailleurs, il sait que l'efficacité des antibiotiques à tuer les bactéries a diminué au fil des années : presque – 25 % d'efficacité pour une céphalosporine destinée à tuer *Klebsiella pneumoniae*, une bactérie des voies pulmonaires.
Il a donc choisi de ne pas prescrire d'antibiotique à Léa pour deux raisons :
– ils sont inefficaces contre les virus ;
– ils perdent de leur efficacité contre les bactéries à force d'être prescrits de **manière abusive**.

> **L'astuce du prof**
> Reconstituer le raisonnement du médecin, c'est récapituler les étapes qui ont conduit aux raisons de sa décision.

Sujet 17 — L'origine d'une perte d'audition

25 pts — 30 min

Amérique du Nord, juin 2018

Monsieur X, âgé de 60 ans, consulte le médecin du travail pour réaliser un bilan de son audition.

1 À partir du *document 1*, cocher la bonne réponse pour chaque proposition :

a. Le graphique du *document 1* représente :

☐ la perte d'audition en fonction du sexe de l'individu.
☐ la perte d'audition en fonction de la fréquence des sons.
☐ une mesure du volume sonore.

b. Pour une fréquence de 1 000 Hz, un individu témoin de 60 ans a :

☐ une perte d'audition égale à environ 20 dB.
☐ une perte d'audition égale à environ 5 dB.
☐ une perte d'audition égale à environ 40 dB.

c. À 60 ans, la perte d'audition chez un individu témoin est :

☐ plus importante pour les sons aigus que pour les sons graves.
☐ plus importante pour les sons graves que pour les sons aigus.
☐ constante quelle que soit la fréquence des sons.

Doc. 1 Tests d'audition réalisés chez un individu témoin et chez Monsieur X

Le médecin réalise un audiogramme qui permet de mesurer une éventuelle perte d'audition.
On mesure les pertes d'audition en décibels (dB) en fonction de la fréquence des sons, des sons graves (basses fréquences) aux sons aigus (hautes fréquences). Le résultat est présenté sur le graphique ci-après.
Si la perte d'audition est inférieure à 20 dB, l'audition est considérée comme normale.

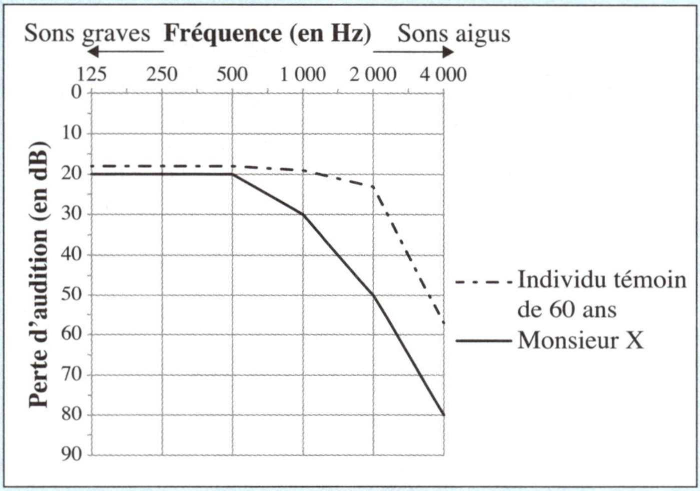

Graphique construit à partir des sources :
http://www.cochlea.eu/exploration-fonctionnelle/methodes-subjectives
http://crdp.ac-amiens.fr/enviro/bruit_maj_detail_p2_2.htm
http://www.uvmt.org/Formation/05/Cadre.htm
http://campus.cerimes.fr/orl/enseignement/alteration/site/html/3_32_1.html

SVT

2 Comparer la perte d'audition de Monsieur X avec celle d'un individu témoin de même âge, pour des fréquences de 125 à 500 Hz, puis pour des fréquences de 500 à 4 000 Hz. Quelques valeurs numériques sont attendues pour la réponse.

Monsieur X cherche des explications à ses troubles auditifs et se renseigne sur le fonctionnement de l'oreille.

Doc. 2 La perception du son

Dans l'oreille interne, de nombreuses cellules ciliées interviennent dans la perception du son. Ces cellules ciliées transforment les vibrations sonores en signal électrique (message nerveux) transmis par le nerf auditif jusqu'au cerveau, ce qui nous permet d'entendre le son. Ces cellules ciliées sont fragiles et elles peuvent être abîmées et détruites si l'oreille est « agressée » (bruit intense et brutal, sons trop aigus, durée d'écoute prolongée à un niveau sonore supérieur à 85 décibels (dB)).

D'après http://www.ecoute-ton-oreille.com

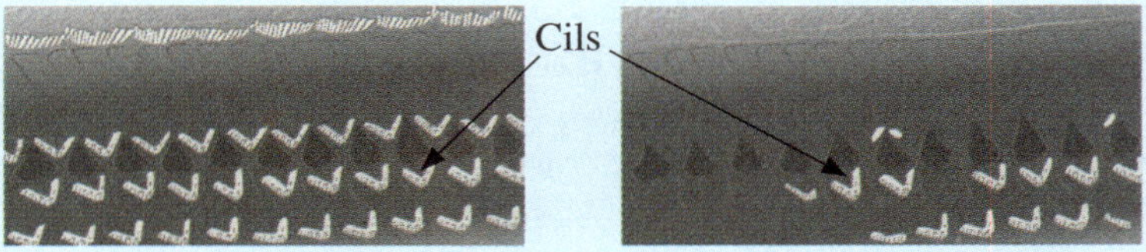

Schémas de cellules ciliées d'un individu ayant une audition normale

Schémas de cellules ciliées d'un individu (de même type que Monsieur X) atteint de troubles auditifs sévères

D'après : http://cochlea.eu/pathologie/surdites-neuro-sensorielles/traumatisme-acoustique

Doc. 3 Différents niveaux sonores et leurs effets

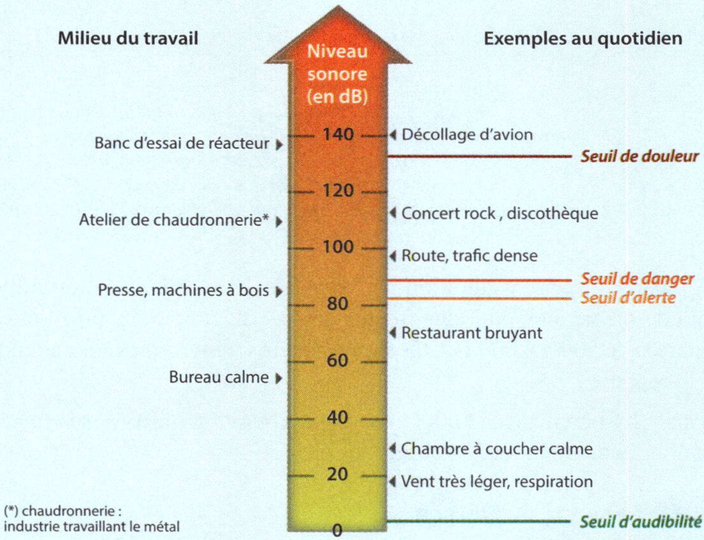

Source : d'après INRS, ED 962

Les traumatismes sonores en milieu professionnel sont encore fréquents surtout lorsque le port de casque anti-bruit n'a pas toujours été respecté. Les surdités professionnelles s'observent en milieu industriel bruyant. Pour un bruit dont l'intensité est supérieure à 85 dB, l'oreille est en danger. La dangerosité va dépendre aussi de la durée d'exposition.

3 Utiliser les informations des *documents 2* et *3* pour expliquer pourquoi Monsieur X, travaillant dans une chaudronnerie sans avoir toujours porté son casque anti-bruit, a aujourd'hui une perte d'audition.

Sujet 17 Corrigé

Les clés pour réussir

L'essentiel à connaître

- Le **système nerveux** permet la perception de signaux physiques et chimiques de l'environnement.
- Ces signaux physiques ou chimiques sont **traduits en signaux électriques** dans les organes des sens (yeux, oreilles, etc.).
- Les cellules spécialisées dans la traduction des signaux physiques ou chimiques en signaux électriques sont des **cellules sensorielles**.
- Les cellules sensorielles sont **fragiles et peuvent être détruites** par des agents physiques (par exemple une lumière violente ou un son trop fort) ou chimiques.

Analyser l'énoncé et les documents

- Lisez attentivement l'énoncé, car il indique le but général du sujet.
- Repérez comment est mesurée la perte d'audition dans le graphique du *document 1*.
- Reliez les informations contenues dans le texte avec celles contenues dans les deux photographies du *document 2* (en les soulignant ou en les entourant par exemple).
- Relevez les exemples du quotidien et du monde du travail dans lesquels l'audition est en danger dans le *document 3*.

Bien comprendre les questions

Question 1

- Vérifiez bien dans le *document 1* quelle réponse est juste pour chaque proposition.

Question 2

- Prenez les valeurs de l'individu témoin comme référence et indiquez la perte d'audition pour Monsieur X.

Question 3

- Cherchez l'intensité du bruit auquel Monsieur X a été soumis pendant sa vie professionnelle dans le *document 3*, puis cherchez la conséquence de cet environnement sonore dans le *document 4*.

1 **a.** Le graphique du *document 1* représente la **perte d'audition** en fonction de la fréquence des sons.
b. Pour une fréquence de 1 000 Hertz, un individu témoin de 60 ans a une perte d'audition égale à **environ 20 dB.**
c. À 60 ans, la perte d'audition pour un individu témoin est **plus importante pour les sons aigus** que pour les sons graves.

2 Pour des fréquences de 125 à 500 Hz, la **perte d'audition** de Monsieur X est de 20 dB, donc **presque égale** à celle de l'individu témoin.
Pour des fréquences de 500 à 4 000 Hz, la **perte** d'audition de Monsieur X **est supérieure** à celle de l'individu témoin : 10 dB de plus à 1 000 Hz ; 20 dB à 4 000 Hz.

L'astuce du prof

Calculez la différence de perte d'audition pour citer vos valeurs.

3 Les cellules ciliées de l'oreille interne (cellules sensorielles) sont **abîmées ou détruites** lorsqu'elles sont soumises à des sons de plus de 85 dB. Leur destruction entraîne une perte d'audition, car ces cellules transforment les vibrations sonores en message nerveux (*document 3*).
Or, Monsieur X a travaillé dans une chaudronnerie sans porter de casque anti-bruit, c'est-à-dire dans un environnement sonore professionnel de plus de 85 dB. Ainsi, cela explique la perte d'audition de Monsieur X, plus importante que celle d'un individu témoin du même âge.

Sujet 18 — L'accès à l'eau potable : salmonelles et vaccination

25 pts — 30 min

France métropolitaine, septembre 2017

Selon l'OMS (Organisation mondiale de la santé), des millions de personnes dans le monde n'ont pas accès à l'eau. C'est le cas de la plupart des pays d'Afrique occidentale dans lesquels l'eau est généralement puisée en sous-sol. L'eau tirée d'un puits est stockée dans un réservoir pour que la population puisse en disposer.

Le sujet d'étude porte sur l'accès à l'eau et les précautions à prendre pour la santé de la population.

Suite à l'ingestion d'eau provenant d'un puits, des habitants ont été infectés par une bactérie *(Salmonella typhi)* qui est responsable de la fièvre typhoïde. Les symptômes comprennent une fièvre aiguë (39 °C-40 °C) et prolongée, des malaises, des maux de tête, une constipation ou une diarrhée suivant les cas. On s'intéresse aux moyens médicaux afin de soigner ces individus et de prévenir une nouvelle contamination des habitants.

1 Identifier, en comparant les données du *document 1*, les cellules sanguines susceptibles d'être impliquées dans la défense de l'organisme lors d'une infection par les bactéries *Salmonella typhi*.

Doc. 1 Comptage des cellules sanguines chez un habitant malade et chez une personne non atteinte de typhoïde

Cellules sanguines	Nombres de cellules par mm³ de sang	
	Individu sain (valeurs normales)	Individu malade présentant une infection bactérienne
Hématies (globules rouges)	4 000 000 à 5 700 000	4 900 000
Leucocytes (globules blancs)	4 000 à 10 000	13 600
Plaquettes	150 000 à 400 000	310 000

2 On met en culture des bactéries en présence de deux antibiotiques afin de rechercher lequel est le plus approprié pour soigner les individus malades.

Proposer, en justifiant (*document 2*), l'antibiotique le plus approprié dans le cas d'une infection par cette bactérie *Salmonella typhi*.

Doc. 2 **Évolution du nombre de bactéries en fonction du temps en présence ou non d'un antibiotique A ou B**

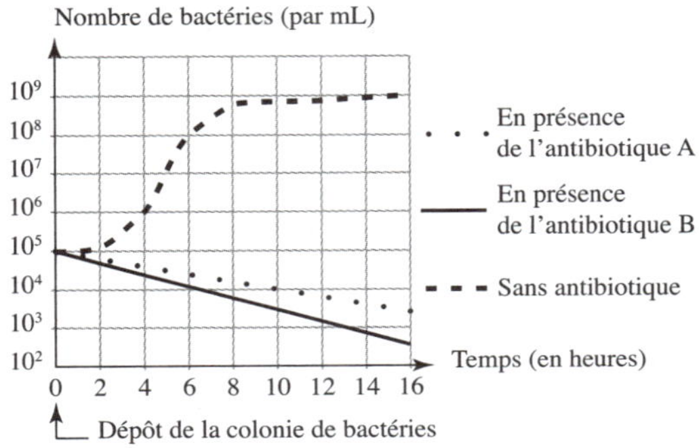

3 Les bactéries *Salmonella typhi* portent des antigènes qui induisent la production d'anticorps lors de l'infection. Pour protéger les habitants utilisant l'eau du puits, les médecins organisent une campagne de vaccination* contre la typhoïde.

*Vaccination : procédé consistant à introduire un agent extérieur dans un organisme vivant afin de créer une réaction immunitaire (sans induire la maladie).

Doc. 3 **Variation du taux d'anticorps en fonction du temps après contact avec un antigène**

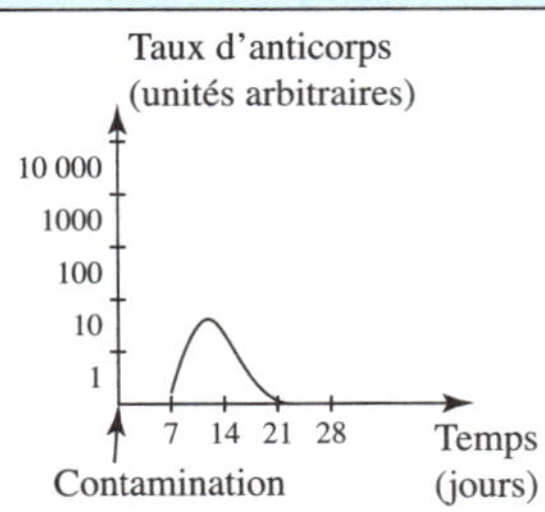

Personne non vaccinée et contaminée par un antigène

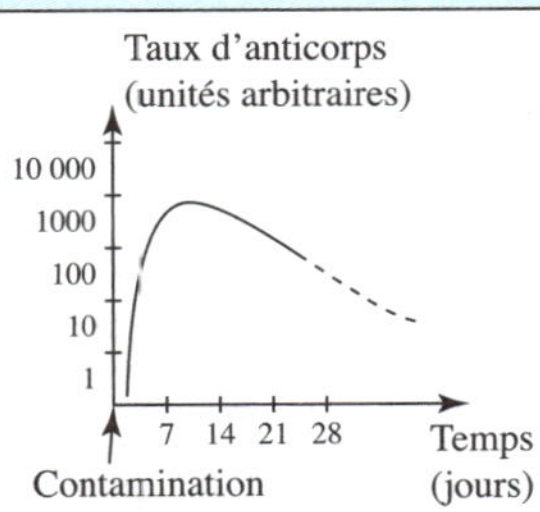

Personne vaccinée contre un antigène et contaminée par ce même antigène

- - - - taux d'anticorps sans nouvelle injection ou contamination

En vous appuyant sur l'exploitation du *document 3*, argumenter l'intérêt de vacciner contre la typhoïde la population utilisant l'eau du puits.

Sujet 18 Corrigé

Les clés pour réussir

L'essentiel à connaître

- Les **maladies infectieuses** sont provoquées par la contamination et l'infection de l'organisme par des micro-organismes.
- Les **bactéries** sont des micro-organismes qui se reproduisent rapidement en présence d'eau, de nutriments et d'une température proche de 37 °C.
- Les bactéries sont recouvertes d'**antigènes**, qui sont des molécules reconnues par le **système immunitaire**.
- La reconnaissance des antigènes est réalisée par des **anticorps** spécifiques et conduit à la destruction des bactéries porteuses des antigènes.
- Les anticorps sont produits et libérés par des lymphocytes (une sorte de leucocyte).
- La **vaccination** consiste à introduire des antigènes dans l'organisme pour qu'ils soient mémorisés par le système immunitaire.
- Un **antibiotique** est une substance chimique qui entraîne la destruction des bactéries.

Analyser l'énoncé et les documents

- Repérez les deux aspects abordés par le sujet : les soins des personnes contaminées et la prévention de la contamination d'autres personnes.
- Relevez les mots-clés présents dans le titre des documents.
- Reliez et mémorisez le nom de la maladie et le nom de la bactérie qui en est responsable.

Bien comprendre les questions

Question 1

- Commencez par repérer les données que vous allez devoir comparer.
- Utilisez l'unité de mesure fournie par le tableau de données lors de votre comparaison.

Question 2

- Relevez les valeurs du nombre de bactéries à 0, 6 et 16 heures.
- Reliez l'évolution du nombre de bactéries en fonction du temps à la présence de chaque antibiotique.

Question 3

- Comparez les deux graphiques pour comprendre en quoi la vaccination protège contre la salmonelle.
- Utilisez vos connaissances sur le rôle des anticorps dans les défenses immunitaires.

SVT

1 Chez l'individu malade, le nombre de globules rouges est **compris dans les limites** des nombres d'un individu sain (entre 4 et 5,7 millions par mm^3). C'est aussi le cas pour les plaquettes. En revanche, le nombre de **globules blancs** est plus élevé chez l'individu malade que chez l'individu sain : 13 600 par mm^3.
On peut donc en déduire que les **globules blancs** (les **leucocytes**) sont impliqués dans la défense de l'organisme lors d'une infection à salmonelle.

2 En l'absence d'antibiotique, le nombre de bactéries passe de 10^5 par mL à 10^9 par mL en 16 heures.
Avec l'antibiotique A, le nombre de bactéries passe de 10^5 par mL **à plus de 10^3** par mL en 16 heures.
Avec l'antibiotique B, le nombre de bactéries passe de 10^5 par mL **à moins de 10^3** par mL en 16 heures.
Ainsi, l'**antibiotique B** détruit plus de bactéries que l'antibiotique A pour une même durée : il est plus efficace ; c'est le plus approprié.

> **Gagnez des points !**
> Relevez des données chiffrées dans les documents dès que cela est possible.

3 Chez une personne non vaccinée et contaminée par un antigène, le taux d'anticorps augmente **à partir du 7e jour** après le contact avec l'antigène. Ce taux d'anticorps atteint environ **10 unités arbitraires** en moins d'une semaine.
Chez une personne vaccinée et contaminée par un même antigène, le taux d'anticorps augmente **dès le 2e jour** après la contamination. Le taux d'anticorps dépasse **1 000 unités arbitraires** en une semaine.
Ainsi, une personne vaccinée produit une plus grande quantité d'anticorps et plus rapidement après une contamination par le même antigène qu'une personne non vaccinée.
Comme les **anticorps permettent de neutraliser et de détruire les antigènes**, une personne vaccinée sera donc capable de contrer efficacement une contamination par des bactéries portant cet antigène.

> **L'astuce du prof**
> Repérez bien l'échelle utilisée sur chaque axe. Ici, l'échelle de l'axe des ordonnées n'est pas linéaire.

Sujet 19 Le sport : dopage et EPO

25 pts — 30 min

Polynésie, septembre 2017

Doc. 1 Définition de l'EPO

L'EPO est une substance chimique produite naturellement par les reins. Libérée dans le sang, elle stimule les cellules de la moelle rouge des os pour produire des globules rouges. Les globules rouges sont responsables du transport du dioxygène dans le sang. Le dioxygène est nécessaire à la production d'énergie, en particulier au niveau des muscles. L'EPO est une substance utilisée en médecine, et est aussi utilisée de façon illégale afin d'augmenter les performances musculaires des sportifs.

1 Justifier que l'EPO est une hormone.
On rappelle qu'une hormone est une substance chimique produite par un organe et libérée dans le sang pour agir sur des cellules cibles.

Doc. 2 Définition de l'hématocrite

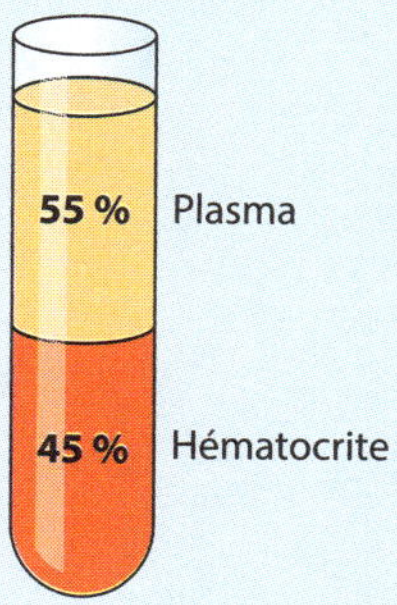

L'hématocrite est le pourcentage (%*) du volume occupé par les globules rouges dans le sang.
Afin de mesurer l'hématocrite, le sang est laissé à reposer dans un tube. Les globules rouges descendent alors naturellement dans le fond du tube comme le montre le document ci-contre.
Chez un individu sain, l'hématocrite garde une valeur stable située aux alentours de 45 % en moyenne.

*Parfois exprimé en mg/100 mL.

D'après le site wikipedia.com

2 À l'aide du *document 3*, déterminer pour chaque sportif entre quelles valeurs (minimale et maximale) varie l'hématocrite de la première à la cinquième année de mesures.

SVT

Doc. 3 **Évolution sur 5 années de l'hématocrite de deux sportifs suivant le même stage d'entraînement**

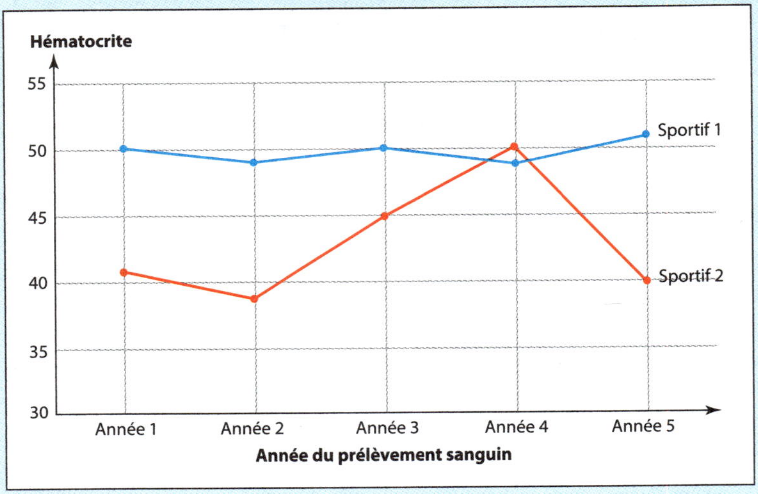

L'hématocrite est exprimé en pourcentage.

D'après l'Agence mondiale anti-dopage

3 À partir de **l'ensemble des documents**, déterminer si l'un ou les deux sportifs sont dopés à l'EPO **en rédigeant un texte argumenté**.

Sujet 19 Corrigé

Les clés pour réussir

L'essentiel à connaître

- L'**organisme** humain est constitué d'organes qui coopèrent entre eux. Les **organes** sont eux-mêmes constitués de **cellules** spécialisées dans une fonction précise (par exemple, des cellules capables de se contracter constituent un organe : le muscle).
- Toutes les cellules utilisent du **dioxygène** et des nutriments pour produire leur énergie et leur matière.
- Les nutriments et le dioxygène sont transportés dans le **sang** qui irrigue tous les organes.
- Les **globules rouges** du sang sont responsables du transport du dioxygène.

Analyser l'énoncé et les documents

- Traduisez rapidement le texte du *document 1* en schéma afin de comprendre les relations entre les informations qu'il contient.
- À côté du schéma réalisé précédemment, observez le *document 2*, puis recopiez la définition de l'hématocrite et sa valeur normale chez un individu sain.
- Sur le *document 3*, repérez les valeurs d'hématocrite des deux sportifs.

Bien comprendre les questions

Question 1

- Repérez, dans le texte du *document 1*, les éléments qui précisent :

– l'organe qui produit l'EPO ;
– le lieu de libération de l'EPO ;
– les cellules cibles de l'EPO.

Éventuellement, citez des extraits du texte en les écrivant entre guillemets.

Question 2

- Tracez des traits parallèles à l'axe des abscisses pour déterminer le plus précisément possible les valeurs minimale et maximale d'hématocrite de chaque sportif.

Question 3

- Utilisez la définition de l'hématocrite pour un individu sain afin de déterminer s'il est normal pour chaque sportif.

SVT

1 L'EPO est « **produite naturellement** par les reins ». Or, les reins sont des **organes** du corps humain. Le *document 1* indique aussi que l'EPO est « **libérée dans le sang** ». Enfin, on apprend qu'elle « stimule les cellules de la moelle osseuse ». Donc, ces cellules sont les **cellules cibles de l'EPO**. Par conséquent, l'EPO est une **hormone**, c'est-à-dire une substance chimique naturelle produite par un organe, libérée dans le sang et qui agit sur des cellules cibles.

Gagnez des points !

Dans un sujet, les informations indiquées en *italique* ou en **gras** sont souvent capitales.

2 **Chez le sportif 1**, l'hématocrite varie entre **49 et 51 %** entre la première année et la cinquième année de mesures.
Chez le sportif 2, l'hématocrite varie entre **39 et 50 %** entre la première année et la cinquième année de mesures.

3 L'hématocrite est le pourcentage du volume occupé par les globules rouges dans le sang.
Chez un individu sain (non dopé), cette valeur est **stable** et se situe **autour de 45 %** (*document 1*).
Or, l'utilisation d'EPO augmente les performances musculaires des sportifs, car l'EPO stimule la production de globules rouges par la moelle osseuse. Cela provoque donc une augmentation de l'hématocrite (*document 2*).

À retenir

Chez un individu sain, de nombreux paramètres sanguins sont stables tout au long de la vie : température, quantités de sucre, de minéraux et de globules rouges.

Chez le sportif 1, la valeur de l'hématocrite est supérieure à celle d'un individu sain, **mais elle est stable** sur les cinq années de mesures. Donc, on peut penser que ce sportif ne se dope pas à l'EPO (*documents 3* et *4*) même si son taux d'hématocrite est un peu supérieur à la moyenne.
En revanche, **chez le sportif 2**, on relève **une forte augmentation de l'hématocrite** entre l'année 2 et l'année 4 (+ 25 %), puis un retour à la normale lors de la cinquième année de mesures. On peut donc penser que ce sportif s'est dopé à l'EPO (*documents 3* et *4*).
Remarque : d'après les informations des *documents 1* et *2*, il est possible de considérer que le sportif 1 s'est dopé parce que son taux d'hématocrite est supérieur à la valeur moyenne. Ce n'est toutefois pas le cas en réalité, car le taux d'hématocrite normal chez un homme adulte se situe entre 40 et 51 %, mais cette information n'est pas donnée dans l'énoncé du sujet.

Sujet 20 La chaux dans l'habitat

25 pts — 30 min

Amérique du Sud, novembre 2019

La chaux est un matériau utilisé très tôt dans l'histoire de l'Humanité pour différents usages, notamment la construction et la confection de mortier. Le mortier est un liant pour assembler les pierres d'un mur. L'utilisation de la chaux a connu son apogée sous l'Empire romain avant qu'elle ne soit remplacée par le ciment au début du XXe siècle.
La chaux décrit un cycle de vie appelé « cycle de la chaux ». De manière simplifiée, les transformations au cours du cycle peuvent se résumer par les étapes successives suivantes :

Étape du cycle de la chaux	Équation de réaction
Calcination du calcaire	$CaCO_3 \rightarrow CaO + CO_2$
Extinction de la chaux vive	$CaO + H_2O \rightarrow Ca(OH)_2$
Dissolution de la chaux éteinte dans l'eau lors de la préparation d'un mortier	$Ca(OH)_2 \rightarrow Ca^{2+} + 2\ OH^-$

1 Nommer les éléments chimiques communs au calcaire de formule $CaCO_3$ et à la chaux vive de formule CaO, en vous aidant de l'extrait de la classification périodique des éléments (*document 1*).

Doc. 1 **Extrait de la classification périodique des éléments**

H hydrogène							He hélium
Li lithium	Be béryllium	B bore	C carbone	N azote	O oxygène	F fluor	Ne néon
Na sodium	Mg magnésium	Al aluminium	Si silicium	P phosphore	S soufre	Cl chlore	Ar argon
K potassium	Ca calcium						

2 Indiquer si l'extinction de la chaux vive est une transformation physique ou une transformation chimique. Argumenter la réponse.

3 Lors de la fabrication d'un mortier à base de chaux, on dissout de la chaux éteinte de formule $Ca(OH)_2$ dans l'eau. Le pH de la solution obtenue prend une valeur comprise entre 9,5 et 11,5. Interpréter ce résultat expérimental à l'aide des informations fournies.

4 Les maisons anciennes (construites avant 1920) sont constituées dans certaines régions de murs de pierres. L'un des principaux défauts de ces habitations est l'effet de paroi froide. Cet effet est dû à une forte conductivité thermique de la pierre. Pour améliorer le confort à l'intérieur de la maison, on envisage de couvrir le mur intérieur d'un enduit. L'objectif est de maintenir constants :
– la température intérieure ;
– le taux d'humidité à l'intérieur de l'habitat, en laissant passer la vapeur d'eau et en absorbant l'humidité de l'air intérieur.

Le *document 2* fournit le schéma en coupe d'un mur en pierres avec ou sans enduit intérieur. Le *document 3* compare des propriétés d'un mur en pierres nu et de plusieurs murs en pierres enduits.

Choisir l'enduit intérieur permettant d'assurer un bon confort à l'intérieur de la maison. Argumenter le choix.

Doc. 2 **Schéma en coupe d'un mur en pierres**

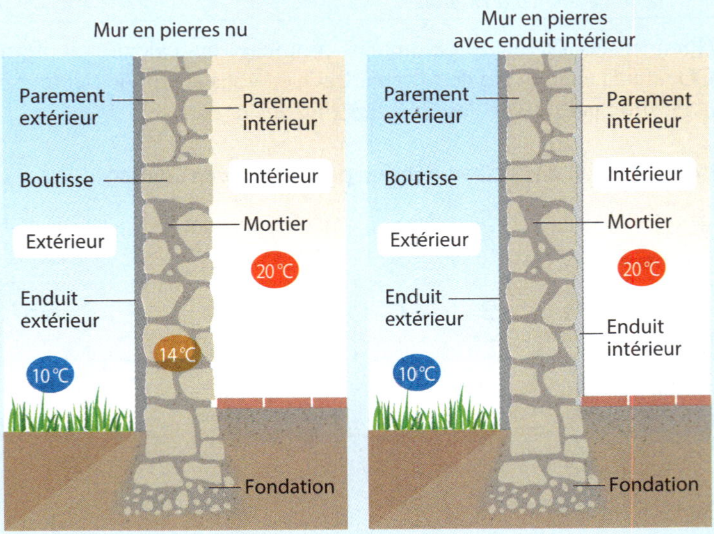

Doc. 3 **Propriétés de murs en pierres enduits ou non**

	Conductivité thermique*	Résistance à la diffusion de vapeur d'eau**	Capacité à absorber l'humidité de l'air
Mur enduit de ciment	Moyenne	Forte	Forte
Mur enduit de chaux	Moyenne	Faible	Forte
Mur enduit de chaux- chanvre	Moyenne	Faible	Très forte
Mur nu	Forte	Moyenne	Moyenne

* Conductivité thermique : capacité d'un matériau à se laisser traverser par la chaleur.
** Résistance à la diffusion de vapeur d'eau : capacité d'un matériau à résister au passage de la vapeur d'eau.

Sujet 20 Corrigé

Les clés pour réussir

L'essentiel à connaître

- **Les atomes** sont représentés par **un symbole chimique**, c'est-à-dire une lettre majuscule quelquefois suivie d'une minuscule.
- **Une molécule est un assemblage d'atomes.** Elle est représentée par une **formule chimique** qui indique le **nom** et le **nombre** des **atomes** qui la constituent.
- Dans une **transformation chimique**, il y a **redistribution des atomes** qui constituent les **réactifs** pour **former** de **nouvelles molécules** ou de nouveaux ions que l'on nomme les **produits**.
- **Le pH** d'une solution est lié aux **quantités respectives d'ions hydroxyde HO^- et hydrogène H^+**.

Analyser l'énoncé et les documents

- L'extrait de la classification périodique (*document 1*) est à analyser pour identifier les noms des éléments chimiques.
- La dernière question doit être lue correctement afin d'identifier les critères de choix de l'enduit pour pouvoir ensuite exploiter le dernier tableau (*document 3*).

PHYSIQUE-CHIMIE

Bien comprendre les questions

Question 1

- Utilisez vos connaissances et le *document 1* pour identifier et nommer les éléments chimiques. Attention, seuls les éléments chimiques communs au calcaire et à la chaux vive doivent être relevés.

Question 2

- Relevez dans l'énoncé l'équation de l'extinction de la chaux vive et utilisez ensuite vos connaissances pour déterminer si cette transformation est une transformation physique ou chimique.

Question 3

- Le tableau préliminaire de l'énoncé donne l'équation de la dissolution de la chaux éteinte dans l'eau. Identifiez dans les produits de cette réaction les espèces qui possèdent un caractère acide ou basique.

Question 4

- Lisez attentivement l'énoncé pour en extraire le ou les critères de choix de l'enduit. Sélectionnez ensuite dans le tableau du *document 3* le ou les enduits qui respectent au mieux ces critères.

1 Les éléments chimiques **communs** au calcaire, de formule $CaCO_3$ et à la chaux vive, de formule CaO, ont pour symboles **Ca et O**. Ce sont respectivement **les éléments chimiques calcium et oxygène**.

Piège à éviter

L'élément chimique carbone, de symbole C, n'est pas présent dans la chaux vive.

D'après l'énoncé, l'équation de la réaction associée à l'extinction de la chaux vive est : $\mathbf{CaO + H_2O \rightarrow Ca(OH)_2}$.

2 Il y a dans cette transformation **redistribution des atomes** qui constituent les réactifs CaO et H_2O pour former **une nouvelle molécule $Ca(OH)_2$** : la transformation est **une transformation chimique**.

3 D'après le tableau de l'énoncé, la dissolution de la chaux éteinte dans l'eau a pour équation : $\mathbf{Ca(OH)_2 \rightarrow Ca^{2+} + 2HO^-}$.

Remarque

L'ion noté OH^- dans l'énoncé correspond à l'ion hydroxyde HO^-.

La dissolution de la chaux éteinte entraîne donc **l'augmentation de la quantité d'ions hydroxyde dans la solution**. La solution devient ainsi **basique puisque la quantité d'ions hydroxyde devient plus importante que la quantité d'ions hydrogène**.

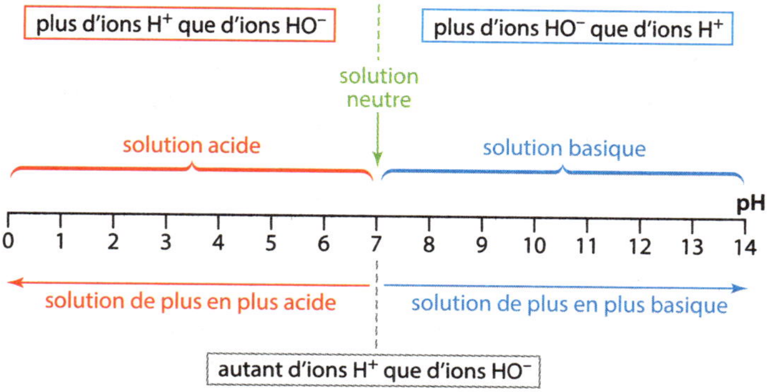

Le pH indiqué dans l'énoncé, **pH compris entre 9,5 et 11,5,** est cohérent avec cette analyse puisqu'il est **plus grand que 7**, la solution est bien une **solution basique.**

4 D'après l'énoncé, l'enduit doit permettre :
- de maintenir **constante la température intérieure** ;
- de **laisser passer la vapeur d'eau** ;
- **d'absorber l'humidité de l'air intérieur.**

Remarque

Il est nécessaire de bien interpréter les différents critères pour les mettre en relation avec le *document 3*.

Afin de permettre de maintenir la température intérieure constante, il faut que la **conductivité thermique du matériau constituant l'enduit intérieur soit la plus petite possible.** Ce critère conduit à **exclure de laisser le mur nu** car le *document 3* stipule que la conductivité thermique d'un mur nu est forte.

Les conductivités thermiques des murs avec les trois types d'enduits étant toutes moyennes, ce **critère n'est pas sélectif** pour l'enduit à retenir.

Le mur enduit de ciment ne laisse **pas passer facilement la vapeur d'eau,** contrairement aux murs enduits de chaux ou de chaux-chanvre, puisque le *document 3* mentionne une forte résistance à la diffusion de la vapeur d'eau pour un mur couvert de cet enduit. **Ce type d'enduit est donc à exclure.**

Les murs enduits **de chaux ou de chaux-chanvre** répondent **favorablement aux deux premiers critères** : conductivité thermique moyenne et faible résistance à la diffusion de vapeur d'eau. **Le mur enduit de chaux- chanvre permet cependant une meilleure absorption** de l'humidité intérieure que le mur enduit de chaux puisque le *document 3* lui attribue une capacité « très forte » d'absorption, contre une capacité « forte » pour le mur enduit simplement de chaux.

L'enduit intérieur permettant d'assurer le meilleur confort à l'intérieur de la maison est donc, en appliquant les critères de l'énoncé, le mur enduit de chaux-chanvre.

Sujet 21 Analyse de l'atmosphère terrestre

25 pts 30 min

France métropolitaine, juillet 2019

Des cylindres de glace, de formule chimique H_2O, appelés « carottes », sont prélevés dans les régions polaires et dans les glaciers des montagnes ; ils contiennent des renseignements précieux pour l'étude du climat.
L'élément oxygène se trouve notamment sous la forme de trois atomes stables nommés oxygène 16, oxygène 17 et oxygène 18. À partir de la proportion d'oxygène 18 par rapport à l'oxygène 16 dans la glace, les chercheurs déterminent la température de l'atmosphère au moment de la formation de la glace.

Doc. 1 Un modèle de l'atome d'oxygène

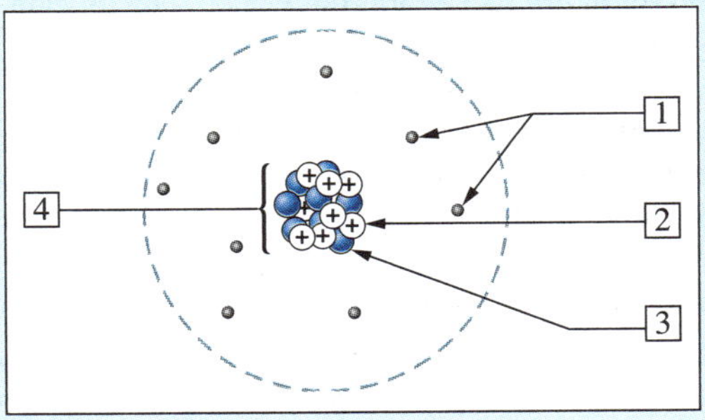

Doc. 2 Fiches d'identité des atomes d'oxygène stables

Oxygène 16

Symbole : $^{16}_{8}O$

Numéro atomique : 8
Nombre d'électrons : 8
Nombre de nucléons : 16
Masse de l'atome : $2{,}67 \times 10^{-26}$ kg
Abondance : 99,76 %

Oxygène 17

Symbole : $^{17}_{8}O$

Numéro atomique : 8
Nombre d'électrons : 8
Nombre de nucléons : 17
Masse de l'atome : $2{,}84 \times 10^{-26}$ kg
Abondance : 0,04 %

Oxygène 18

Symbole : $^{18}_{8}O$

Numéro atomique : 8
Nombre d'électrons : 8
Nombre de nucléons : 18
Masse de l'atome :
$3{,}01 \times 10^{-26}$ kg
Abondance : 0,20 %

1 **a.** Légender le *document 1* en affectant à chaque numéro un nom parmi les propositions suivantes : noyau, électrons, proton, neutron.
b. Quel est le nombre de protons présents dans chacun des trois atomes d'oxygène ? Justifier vos réponses par une phrase.

L'analyse des bulles d'air piégées dans la glace permet de déterminer la quantité de dioxyde de carbone CO_2 contenu dans l'atmosphère du passé.

Doc. 3 **Évolution du pourcentage en volume de CO_2 dans l'air au cours des années**

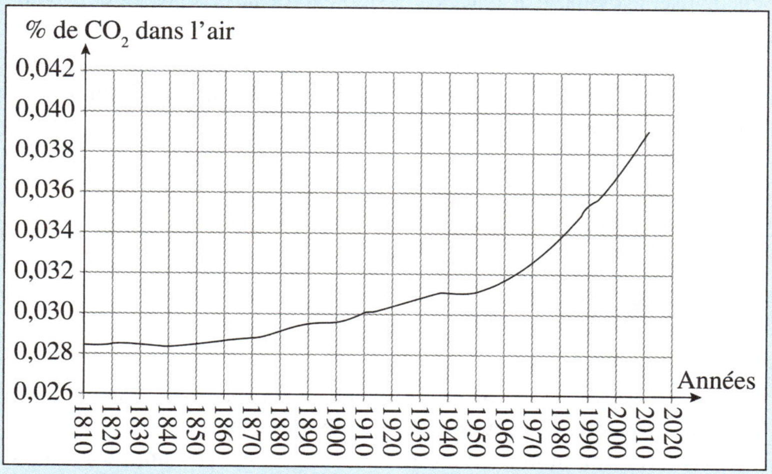

Données : https://www.eea.europa.eu/data-and-maps/figures/atmospheric-concentration-of-co2-ppm-1

2 **a.** En utilisant le graphique du *document 3*, indiquer le pourcentage en volume de dioxyde de carbone présent dans l'air en 1910.

b. En quelle année ce pourcentage a-t-il atteint 0,037 % ?
c. Comparer, en citant des données du graphe, l'évolution du pourcentage de CO_2 en volume dans l'air, entre 1810 et 1950, puis entre 1950 et 2010.
d. Quelle valeur pourrait atteindre ce pourcentage en 2020 ? Décrire et critiquer la méthode utilisée.

Le projet Ice Memory est un programme scientifique dont l'objectif est de constituer la première archive glaciaire du monde. Des carottes provenant des glaciers les plus en danger seront conservées à – 54 °C dans une cave creusée sous la neige de l'Antarctique.

Doc. 4

Lieu de prélèvement de carottes glaciaires	Intensité de pesanteur *g* du lieu
Glacier du Mont Illimani (Bolivie). Altitude 6 300 m	$g = 9{,}76$ N/kg
Glacier du Col du Dôme (France). Altitude 4 236 m	$g = 9{,}79$ N/kg
Base de Vostok (Antarctique). Altitude 3 800 m	$g = 9{,}82$ N/kg

3 **a.** À la base de Vostok qui se situe en Antarctique, on extrait une carotte de glace de 3 mètres de long, le poids du cylindre de glace est $P = 236$ N. Schématiser le cylindre de glace en position verticale et représenter le poids de la glace par un segment fléché en prenant pour échelle 1 cm pour 100 N.
b. Utiliser les données du *document 4* et de la question **3** **a.** pour calculer la masse du cylindre de glace de Vostok en kilogrammes. Expliquer la démarche suivie et écrire la relation utilisée.

Sujet 21 Corrigé

Les clés pour réussir

L'essentiel à connaître

- Un **atome** est constitué d'**électrons**, chargés négativement, et d'un noyau. Ce noyau comporte des **neutrons** et des **protons**, chargés positivement.
- Le **numéro atomique** d'un atome correspond au **nombre de protons** présents dans le noyau de cet atome.
- Sur un graphique, une relation de **proportionnalité** entre les valeurs de l'axe des abscisses et de l'axe des ordonnées peut être représentée par une droite passant par l'origine.

- En première approximation, le **poids** d'un objet correspond à la force à distance exercée par la Terre sur cet objet.
- La valeur du poids *P* d'un objet de masse *m* est égale à : $P = m \times g$, avec *g* l'intensité de pesanteur du lieu où se trouve l'objet.

Analyser l'énoncé et les documents

- Certaines informations, comme les différentes formes stables de l'atome d'oxygène, sont données dans l'énoncé, mais elles ne sont pas utiles à la résolution de l'exercice.
- Le *document 1* représente un modèle de l'atome d'oxygène.
- Le *document 2* permet de retrouver le nombre d'entités contenues dans les atomes stables d'oxygène.
- Dans le *document 3*, lisez bien les valeurs données sur les axes des abscisses et des ordonnées, car elles ne commencent pas à zéro.
- Le *document 4* permet de connaître les valeurs de l'intensité de pesanteur d'un lieu, car l'intensité de pesanteur dépend de l'altitude du lieu.

Bien comprendre les questions

Question 1

- Faites le lien entre vos connaissances et les *documents 1* et *2* pour répondre aux premières questions.

Question 2

- Rappelez-vous que la formule du dioxyde de carbone est CO_2 pour bien comprendre le *document 3*, qui est essentiel à la résolution de ces questions.

Question 3

- Gardez du temps pour répondre à ces questions, car la réalisation d'un calcul est demandée.

PHYSIQUE-CHIMIE

1 a. Le modèle de l'atome d'oxygène représenté dans le *document 1* doit être légendé de la manière suivante.

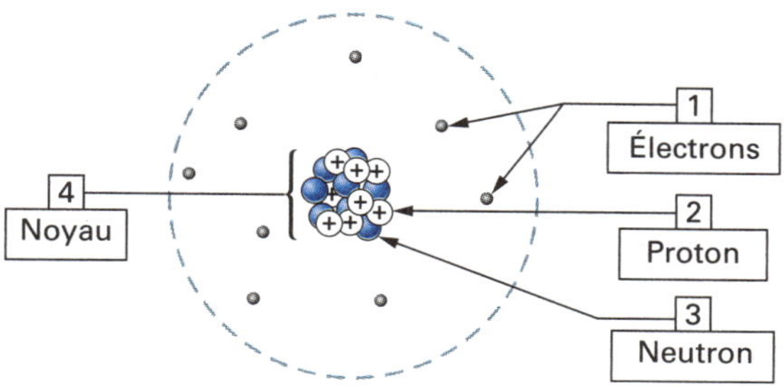

b. Le numéro atomique d'un atome correspond au nombre de protons présents dans le noyau de cet atome.

D'après le *document 2*, l'oxygène 16, l'oxygène 17 et l'oxygène 18 contiennent donc chacun **8 protons dans leur noyau**.

Gagnez des points !
N'oubliez pas de justifier votre réponse, car c'est demandé dans l'énoncé.

2 a. D'après le *document 3*, le pourcentage en volume de dioxyde de carbone présent dans l'air en 1910 est égal à **0,030 %.**

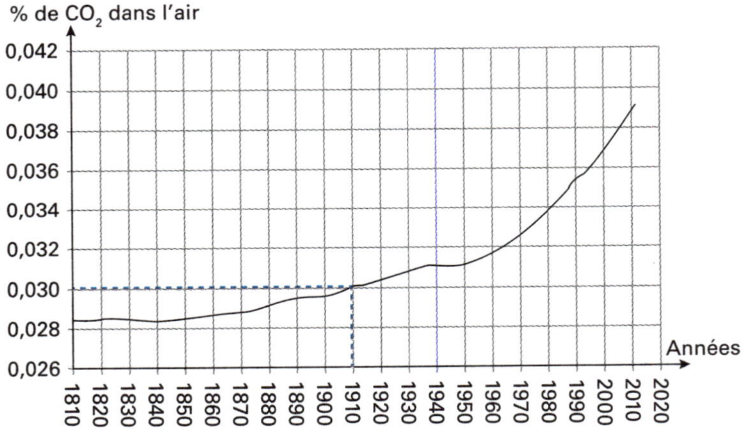

b. D'après le *document 3*, le pourcentage en volume de dioxyde de carbone présent dans l'air a atteint 0,037 % en **2000**.

c. D'après le *document 3*, le pourcentage en volume de dioxyde de carbone présent dans l'air est égal :

- en 1810 à **0,0285 % ;**
- en 1950 à **0,031 % ;**
- en 2010 à **0,039 %.**

Le pourcentage en volume de dioxyde de carbone présent dans l'air a augmenté de 0,031 – 0,0285 = **0,003 % en 140 ans entre 1810 et 1950** et il a augmenté de 0,039 – 0,031 = **0,008 % en 60 ans entre 1950 et 2010.**

Ainsi, le pourcentage en volume de dioxyde de carbone présent dans l'air a **augmenté beaucoup plus rapidement entre 1950 et 2010 qu'entre 1810 et 1950.**

d. Si on prolonge le graphe sur le *document 3*, le pourcentage en volume de dioxyde de carbone pourrait atteindre **0,041 %** en 2020.

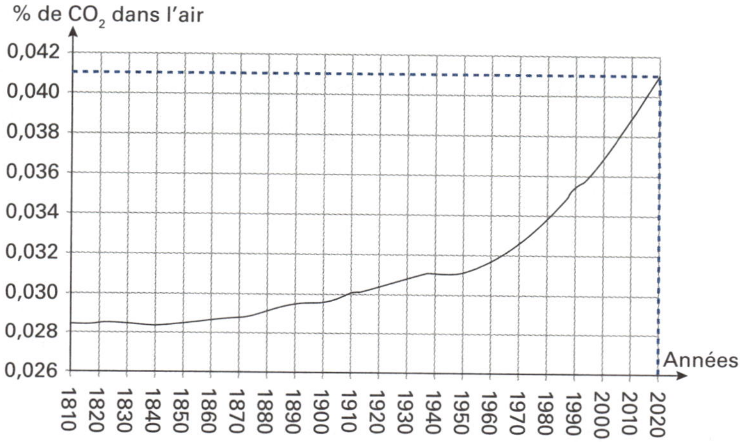

Cette méthode de prévision est **critiquable**, car prolonger la droite sur le graphe sous-entend une **relation de proportionnalité** entre le pourcentage en volume de dioxyde de carbone et le temps. Or, l'observation du graphique du *document 3* ne permet pas du tout de prévoir une telle proportionnalité.

Gagnez des points !
Reproduisez le graphe rapidement sur votre feuille pour mieux expliquer votre méthode.

3 a. Un cylindre de glace en position verticale est représenté ci-après par un rectangle, et le poids de la glace est représenté par un segment fléché de 2,36 cm, en prenant pour échelle 1 cm pour 100 N.

L'astuce du prof
Vérifiez que le segment fléché est orienté vers le bas et que son origine est au milieu du rectangle.

b. La valeur du poids P d'un cylindre de glace de masse m est égale à : $P = m \times g$, avec g l'intensité de pesanteur du lieu où se trouve l'objet.

La masse m du cylindre de glace de Vostok est donc égale à :

$$m = \frac{P}{g}$$

$$m = \frac{236}{9{,}82} = \mathbf{24{,}0\ kg}.$$

L'astuce du prof
Le résultat du calcul de la masse est donné directement dans la bonne unité, en kilogrammes.

PHYSIQUE-CHIMIE

Sujet 22 Des verres correcteurs de plus en plus légers

25 pts 30 min

Asie, juin 2019

Les verres correcteurs actuels équipant les lunettes sont généralement composés d'un matériau nommé CR39 qui remplace de plus en plus souvent d'autres matériaux tels que le crown. L'utilisation du CR39 à la place du crown permet de diviser par deux ou trois environ la masse d'un verre correcteur.

Doc. 1 Caractéristiques d'un verre correcteur en CR39

Forme	Le verre est bombé. Dimensions approximatives : 30 mm × 50 mm. L'épaisseur n'est pas uniforme.
Masse	4,1 g
Volume	3,1 mL

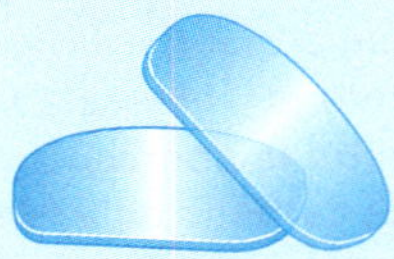

1 Le CR39 est fabriqué à partir d'une substance constituée de molécules de formule $C_{12}H_{18}O_7$. Indiquer la composition atomique de cette molécule.

L'un des intérêts du matériau CR39 est sa faible masse volumique par rapport à celle du crown, généralement comprise entre 2,2 et 3,8 g/mL.

2 À l'aide de calculs détaillés, justifier l'affirmation : « l'utilisation du CR39 à la place du crown permet de diviser par deux ou trois environ la masse d'un verre correcteur ».

Pour déterminer le volume d'un verre correcteur en CR39, on utilise une éprouvette graduée et de l'eau.

Doc. 2 Caractéristiques de quelques éprouvettes graduées

Capacité (mL)	Précision (mL)	Graduation (mL)	Diamètre intérieur (mm)	Hauteur intérieure (mm)
10	± 0,2	0,2	14	65
50	± 1,0	0,5	25	102
100	± 1,0	1	29	152
250	± 2,0	2	43	173
500	± 5,0	5	53	227

3 Le laboratoire dispose de diverses éprouvettes dont les caractéristiques sont données dans le *document 2*.
Choisir l'éprouvette la plus adaptée à la mesure que l'on veut faire, en justifiant à partir des données des *documents 1* et *2*.

4 Expliquer la méthode de mesure et la schématiser.

5 Parmi les propositions suivantes, choisir, en la justifiant, celle qui permet d'améliorer la précision de cette mesure en gardant la même éprouvette :
- **proposition a** : augmenter le volume d'eau ;
- **proposition b** : mesurer le volume total de plusieurs verres identiques ;
- **proposition c** : remplacer l'eau par un liquide de masse volumique plus petite.

Sujet 22 Corrigé

Les clés pour réussir

L'essentiel à connaître

- Les **atomes** sont représentés par un symbole chimique : une lettre majuscule quelquefois suivie d'une minuscule.
- Une **molécule** est un assemblage d'atomes électriquement neutre. Elle est représentée par une formule chimique qui indique le nom et le nombre des atomes qui la constituent.
- La **masse volumique** d'une espèce chimique est le quotient de la masse m d'un échantillon par son volume V :

$$\rho = \frac{m}{V}$$

avec m en grammes (g), V en millilitres (mL) et ρ en grammes par millilitre (g/mL).

Analyser l'énoncé et les documents

- La première partie du sujet est consacrée à la formule chimique de l'espèce chimique qui constitue le verre correcteur en CR39 et à la comparaison de sa masse volumique avec celle d'un autre verre.
- La seconde partie aborde la problématique de la mesure du volume d'un verre correcteur et de sa précision.

Bien comprendre les questions

Question 1

- Utilisez vos connaissances pour déterminer la composition atomique de la substance à partir de sa formule chimique.

PHYSIQUE-CHIMIE

Question 2

- Le *document 1* donne la masse et le volume du CR39. Il faut calculer sa masse volumique et la comparer ensuite à celle du verre correcteur en crown indiquée dans l'énoncé.

Question 3

- Le *document 1* indique les dimensions approximatives du verre correcteur. L'éprouvette retenue pour l'expérience doit bien évidemment pouvoir contenir ce verre, et sa précision doit être la plus grande possible.

Question 4

- Il est nécessaire de réaliser des schématisations qui expliquent le principe de la mesure du volume du verre correcteur et de donner toutes les explications permettant de comprendre la méthode utilisée.

Question 5

- L'énoncé précise qu'une seule des propositions est à retenir. Il n'est donc pas nécessaire d'expliquer en quoi deux de ces propositions sont à exclure, mais simplement d'argumenter sur celle qui sera retenue.

1 L'entité chimique de formule chimique $C_{12}H_{18}O_7$ est une molécule constituée de **12 atomes de carbone, 18 atomes d'hydrogène et 7 atomes d'oxygène.**

À savoir

Les atomes de carbone, d'hydrogène et d'oxygène ont pour symboles respectifs C, H et O.

2 La masse volumique du matériau CR39 est :

$\rho = \frac{m}{V}$ soit $\rho = \frac{4,1}{3,1} = 1,3$ g/mL.

La masse volumique du crown est comprise entre 2,2 et 3,8 g/mL. On peut calculer les rapports de ces masses volumiques par celle du CR39 :

$\frac{2,2}{1,3} = 1,7$

$\frac{3,8}{1,3} = 2,9$

Piège à éviter

Si la masse est en grammes (g) et le volume en millilitres (mL), la masse volumique est en grammes par millilitre ($g{\cdot}mL^{-1}$).

Le CR39 a donc une masse volumique de 1,7 à 2,9 fois plus petite que celle du crown. Ce résultat est **cohérent** avec la division par 2 à 3 de la masse volumique citée dans le texte.

3 Il est nécessaire que **la dimension de l'éprouvette (diamètre intérieur) soit suffisante** pour que le verre puisse être immergé dans l'éprouvette. D'après le *document 1*, le verre a une dimension approximative de 30 mm

par 50 mm. Le diamètre intérieur de l'éprouvette **doit être supérieur à 30 mm**, ce qui permet **d'écarter** les éprouvettes de capacités 10 mL, 50 mL et 100 mL.
L'éprouvette graduée de 250 mL présente une **précision supérieure** à celle de l'éprouvette de 500 mL puisqu'elle permet de réaliser des mesures **à 2,0 mL près contre 5,0 mL** pour l'éprouvette de 500 mL.
On choisira ainsi l'éprouvette graduée de 250 mL.

Remarque
La précision de l'éprouvette graduée dépend des graduations de cette éprouvette.

4 ❶ **Première étape : on place un volume déterminé d'eau dans l'éprouvette graduée.** Ce volume doit être suffisant pour pouvoir immerger le verre, et il ne doit pas être trop grand pour que le volume mesuré après immersion reste dans les graduations (un volume de 100 mL suffira amplement). On lira avec le plus de précision possible le **volume V_1 d'eau** dans l'éprouvette.
❷ **Seconde étape : on immerge délicatement le verre correcteur** dans l'éprouvette graduée et on relève le plus précisément possible le nouveau volume d'eau, V_2.
Le volume du verre correcteur est ainsi égal à $V_2 - V_1$.

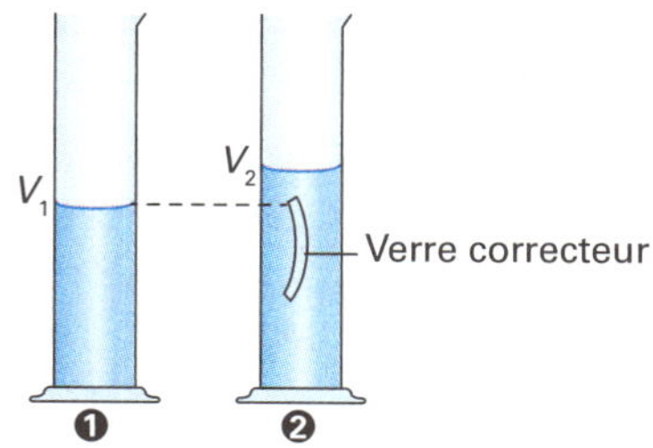

5 La **proposition b** permet d'améliorer la précision de la mesure du volume du verre correcteur en conservant la même éprouvette. En effectuant plusieurs fois une même mesure, on augmente toujours la précision de la mesure.

Pour aller plus loin
L'utilisation des outils statistiques permet ensuite de mieux caractériser la mesure effectuée et de quantifier l'erreur de mesure tout en la minimisant par un effet de moyennage.

PHYSIQUE-CHIMIE

Sujet 23 Le savon de Marseille

25 pts — 30 min

Centres étrangers, juin 2019

Fabriqué à partir d'un corps gras (beurre, huile, suif…) et de soude, le savon possède des propriétés propices au lavage et à l'hygiène corporelle.

Partie I La fabrication du savon de Marseille

1 La réaction entre l'huile d'olive et la soude est une étape de la fabrication du savon de Marseille. L'équation de la réaction chimique est :

$$C_{57}H_{104}O_6 + 3\ HO^- \rightarrow 3\ C_{18}H_{33}O_2^- + C_3H_8O_3$$

a. Indiquer la nature des entités chimiques de formules $C_{18}H_{33}O_2^-$ et $C_3H_8O_3$ en choisissant parmi les termes : atome, molécule, ion.

b. Donner le nom et le nombre de chaque atome présent dans la formule chimique $C_{57}H_{104}O_6$ du constituant majoritaire de l'huile d'olive.

2 Le *document 1* présente l'étiquette d'une bouteille de solution d'hydroxyde de sodium (soude).

a. La solution d'hydroxyde de sodium est très basique. Parmi les propositions **A**, **B** et **C**, indiquer celle correspondant à la valeur de son pH.

A : $pH > 7$ **B :** $pH = 7$ **C :** $pH < 7$

Doc. 1

HYDROXYDE DE SODIUM
$(Na^+ + HO^-)$

b. Nommer l'ion responsable du caractère basique de la solution d'hydroxyde de sodium.

c. Citer deux moyens de protection à recommander pour utiliser la solution d'hydroxyde de sodium en toute sécurité.

Partie II L'huile d'olive et son extraction

3 Le broyage des olives

Les olives sont placées dans une meule pour être écrasées par une pierre. Autrefois, un âne entraînait la pierre, comme représenté ci-dessous. Le mouvement de l'âne était alors circulaire et uniforme.

Doc. 2 Schéma du principe de fonctionnement de la meule

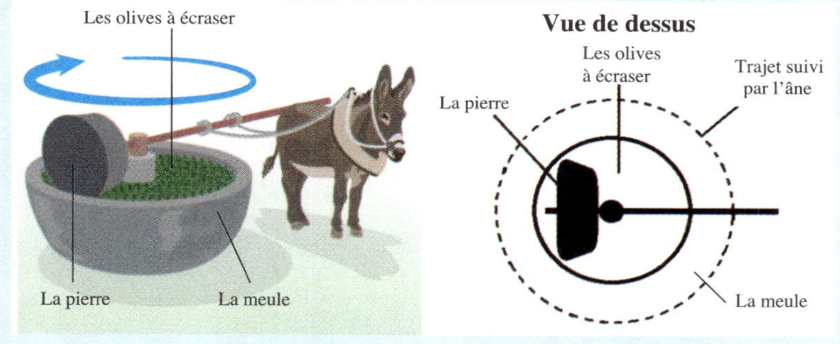

Donner la signification des termes « circulaire » et « uniforme ».

4 Extraction du jus

Après avoir broyé puis pressé les olives, un jus composé d'huile d'olive et d'eau est récupéré.

L'huile d'olive est non miscible avec l'eau, et sa masse volumique est plus petite que celle de l'eau.

Schématiser le mélange eau-huile d'olive, après repos, dans un récipient. Légender le schéma.

5 Modernisation de la meule

Le graphique ci-dessous indique le nombre de tours effectués par l'âne en fonction du temps.

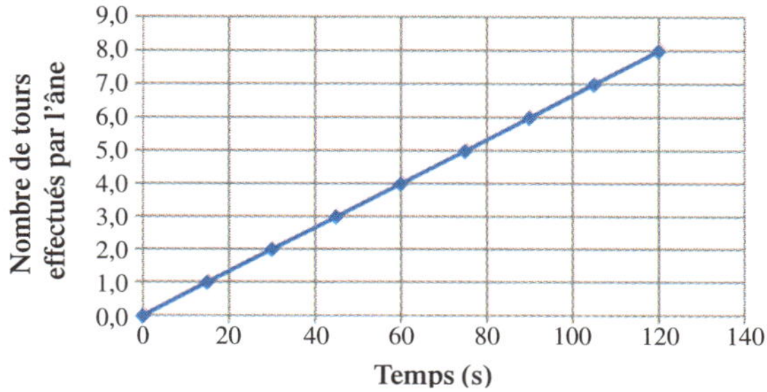

Aujourd'hui, l'âne a été remplacé par un moteur dont la vitesse de rotation est de 6 tr/min (6 tours par minute).

Montrer que l'utilisation du moteur à la place de l'âne permet d'écraser les olives plus rapidement en explicitant le raisonnement suivi.

Partie III Un label à conserver

Pour obtenir le label « savon de Marseille », l'unique corps gras autorisé est l'huile d'olive. Au port de Marseille, de nombreuses huiles différentes arrivent quotidiennement par bateau.

Un industriel possède une savonnerie qui produit exclusivement du savon de Marseille. Il demande à un stagiaire de réaliser une expérience permettant de vérifier que l'huile reçue est effectivement de l'huile d'olive.

Voici l'expérience réalisée par le stagiaire :

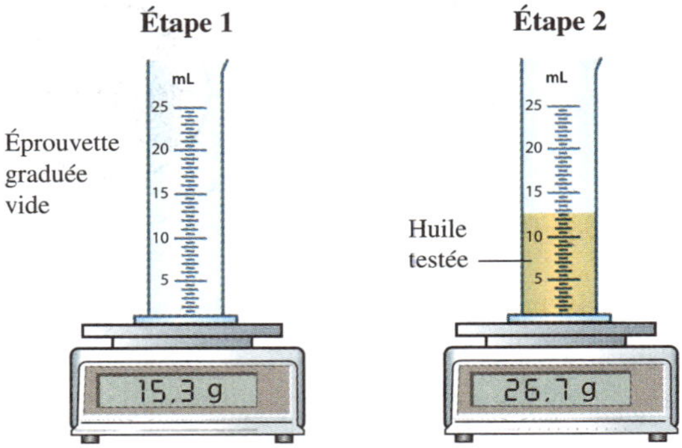

Doc. 3 Masse volumique de quatre huiles prélevées au port de Marseille

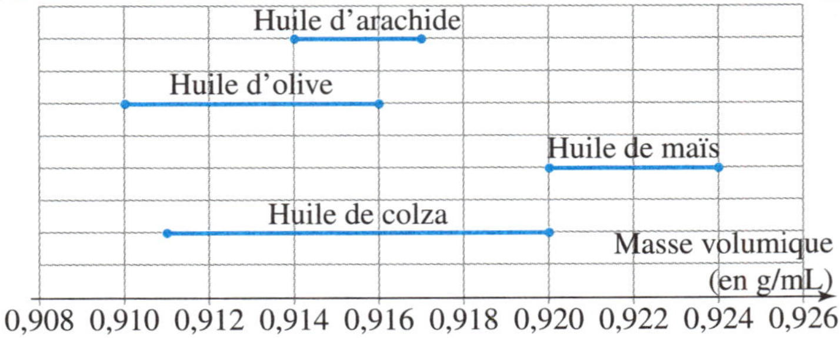

Lecture : la masse volumique de l'huile d'arachide est comprise entre 0,914 et 0,917 g/mL.

6 À partir de l'expérience ci-avant et en s'appuyant sur le *document 3*, indiquer si le stagiaire pourra conclure sur la nature de l'huile testée. Un raisonnement et des calculs sont attendus.

Sujet 23 Corrigé

Les clés pour réussir

L'essentiel à connaître

- **Les atomes** sont représentés par un symbole chimique : une lettre majuscule parfois suivie d'une lettre minuscule. L'atome est **électriquement neutre.**
- **Une molécule** est un assemblage d'atomes.
- **Un ion** est un atome qui a perdu ou gagné un ou plusieurs électrons.
- Une solution est **acide** si son **pH est inférieur à 7, neutre** si son **pH est égal à 7, basique** si son **pH est supérieur à 7.**
- Deux liquides ne **sont pas miscibles** si le mélange de ces deux liquides est **hétérogène.**
- **La masse volumique** ρ d'une espèce chimique est le quotient de la masse ***m*** d'un échantillon par son volume ***V*** : $\rho = \frac{m}{V}$

avec *m* en kilogrammes (kg), *V* en mètres cubes (m^3) et ρ en kilogrammes par mètre cube (kg/m^3).

Analyser l'énoncé et les documents

- La première partie du sujet est consacrée à l'étude de la réaction entre l'huile d'olive et la soude. Le document associé à cette partie est le pictogramme de sécurité de la soude (solution d'hydroxyde de sodium).
- La seconde partie aborde le problème de l'extraction de l'huile d'olive. Le graphique proposé dans le document représente l'évolution du nombre de tours effectués par l'âne entraînant la meule en fonction du temps.

Bien comprendre les questions

Question 1

- Utilisez vos connaissances pour différencier dans l'équation chimique atomes, ions et molécules.

Question 2

- Le *document 1* propose un pictogramme de sécurité dont les indications permettent de répondre aux questions posées.

Question 3

- Le *document 2* permet d'expliquer le terme « circulaire ». Le terme « uniforme » est à relier à la valeur de la vitesse de l'âne.

Question 4

- L'énoncé du sujet précise que l'huile d'olive est non miscible avec l'eau et que sa masse volumique est plus petite que celle de l'eau.

Question 5

- Le graphique proposé permet de comparer la valeur de la vitesse de rotation du moteur au nombre de tours effectués par minute par l'âne à partir d'une lecture graphique.

Question 6

- Il est possible de déduire des deux schémas la valeur de la masse volumique de la solution.

1 **a.** L'entité chimique de formule chimique $C_3H_8O_3$ est **un assemblage d'atomes électriquement neutre**, c'est une **molécule**.
L'entité chimique de formule chimique $C_{18}H_{33}O_2^-$ est **porteuse d'une charge électrique**, c'est **un ion**.

Piège à éviter
Ne confondez pas une molécule, électriquement neutre, et un ion, porteur d'une charge électrique.

b. Dans la formule chimique $C_{57}H_{104}O_6$ du constituant majoritaire de l'huile d'olive, il y a :
- **57 atomes de carbone** (symbole C) ;
- **104 atomes d'hydrogène** (symbole H) ;
- **6 atomes d'oxygène** (symbole O).

À savoir
Les ions hydrogène (H^+) et hydroxyde (HO^-) sont responsables respectivement du caractère acide ou basique d'une solution.

2 **a.** Une solution basique possède un pH supérieur à 7, **la proposition A** correspond donc à la valeur du pH de cette solution : **pH > 7**.
b. L'ion responsable du caractère basique de la solution d'hydroxyde de sodium est l'**ion hydroxyde** de formule chimique **HO^-**.
c. Il est impératif de se protéger avec des **gants** et des **lunettes** pour utiliser la solution d'hydroxyde de sodium en toute sécurité, car cette solution est **corrosive**.

3 **Le trajet suivi par l'âne étant circulaire**, on qualifiera son mouvement de circulaire. Le mouvement de l'âne est uniforme, car la **valeur de sa vitesse est constante**.

4 Le mélange eau-huile d'olive, après repos, peut être schématisé par :

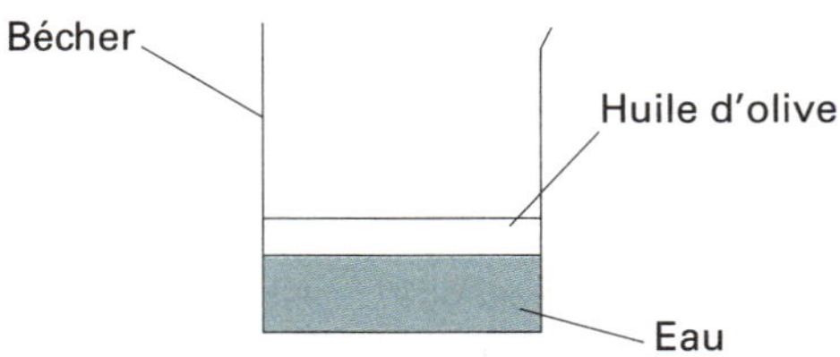

À savoir
Dans un mélange hétérogène, la phase supérieure est toujours occupée par le liquide de masse volumique la plus faible.

L'huile d'olive et l'eau n'étant pas miscibles, le **mélange est hétérogène,** et il est constitué de deux phases distinctes.
L'huile d'olive possède une masse volumique inférieure à celle de l'eau, **elle occupe donc la phase supérieure**.

5 La vitesse de rotation du moteur est de 6 tours par minute.

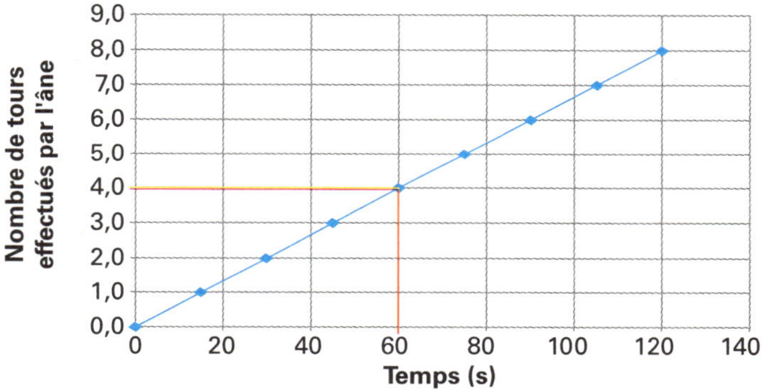

D'après le graphe donné, l'âne accomplit 4,0 tours en 1 minute (60 s) : 4,0 < 6,0 donc l'utilisation du moteur à la place de l'âne permet d'écraser les olives plus rapidement.

6 Le schéma de l'étape 1 permet de déterminer la masse de l'éprouvette graduée vide : $m_{\text{éprouvette}} = 15{,}3$ g.
L'étape 2 conduit à une masse de 26,7 g pour l'ensemble {éprouvette graduée + huile d'olive}.
On en déduit par différence la masse de l'huile d'olive :
$m_{\text{Huile}} = 26{,}7 - 15{,}3 = 11{,}4$ g.
On relève sur le schéma de l'étape 2 le volume d'huile d'olive : $V = 12{,}5$ mL.
La masse volumique de l'huile d'olive est :
$\rho = \frac{m}{V}$,
soit $\rho = \frac{11{,}4}{12{,}5} = 0{,}912$ g/mL.

Piège à éviter
Si la masse est en grammes (g) et le volume en millilitres (mL), la masse volumique est en grammes par millilitre (g/mL).

La masse volumique de l'huile analysée est de 0,912 g/mL, mais d'après le *document 3*, cette masse volumique pourrait aussi bien correspondre à une huile de colza (masse volumique comprise entre 0,911 g/mL et 0,920 g/mL) qu'à une huile d'olive (masse volumique comprise entre 0,910 g/mL et 0,916 g/mL).
L'huile analysée est donc de l'huile d'olive ou de l'huile de colza.

Sujet 24 Conservation du lait

25 pts — 30 min

Amérique du Nord, juin 2018

Source de calcium et de vitamines, le lait est un aliment complet, mais c'est un produit fragile.
Dès la traite, on instaure une chaîne du froid pour le conserver.

Partie I Étude physico-chimique d'un lait

Le lait est un mélange (émulsion) de matières grasses (lipides) dans l'eau.

Doc. 1 Caractéristiques du lait étudié

Les masses de constituants sont données ***pour 100 g de lait****.*

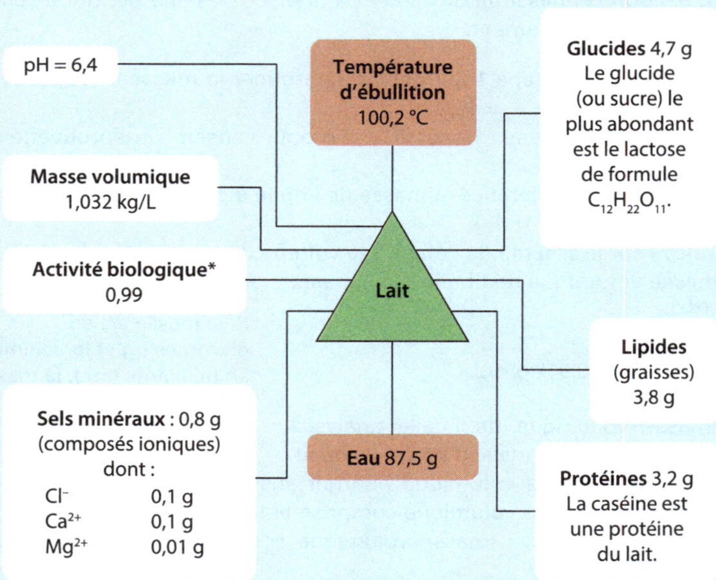

* Pour information, plus l'activité biologique est proche de 1, plus le risque de développement de micro-organismes est élevé.

1 Indiquer la composition atomique de la molécule de lactose.

2 D'après la réglementation sanitaire européenne, la conservation des produits alimentaires est autorisée à température ambiante quand l'une des trois conditions suivantes est vérifiée :
– activité biologique < 0,91 ;
– pH < 4,5 ;
– activité biologique < 0,95 et pH < 5,2.
Expliquer pourquoi le lait étudié doit être conservé au froid.

3 La poudre de lait est fabriquée en évaporant totalement l'eau contenue dans le lait.
a. Déterminer la masse de poudre de lait qu'il est possible d'obtenir à partir d'un kilogramme du lait étudié.
b. On fabrique de la poudre de lait à partir d'un litre du lait étudié. Expliquer sans calcul si la masse de poudre de lait obtenue est inférieure, identique ou supérieure à la valeur trouvée à la question **a.**.

Partie II Analyse du lactosérum

L'une des méthodes les plus anciennes de conservation du lait est la fabrication de fromage.
Le lait cru subit alors une chaîne de transformation (*document 2*). Il faut séparer la phase aqueuse du lait, appelée lactosérum, du caillé. Le caillé est ensuite traité séparément pour être transformé en fromage.

Doc. 2 Chaîne de transformation du lait cru

Écrémage : Laissé au repos, le lait se sépare en deux couches. La crème remonte à la surface. Le liquide restant constitue le lait écrémé.

Coagulation : On amène le pH du lait écrémé à la valeur de 4,6. Un solide insoluble dans l'eau se dépose au fond du récipient, c'est le caillé. Le liquide qui surnage est appelé lactosérum. Il est constitué d'eau, de lactose, de sels minéraux et de quelques protéines solubles dans l'eau.

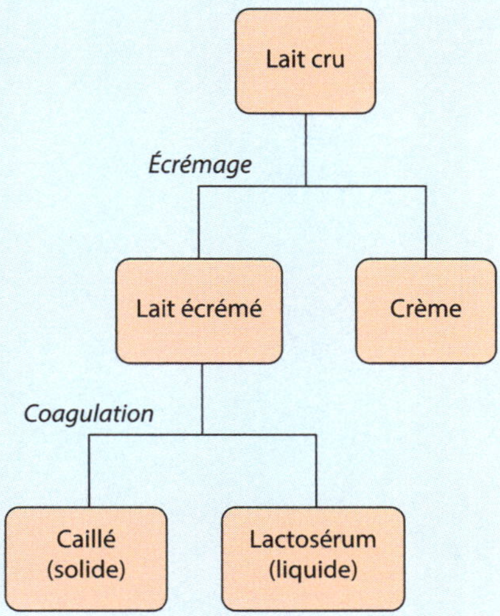

4 En exploitant le *document 2*, expliquer pourquoi on peut faire l'hypothèse que le lactosérum est acide.

5 En utilisant le *document 3*, proposer un protocole expérimental permettant de prouver la présence d'ions chlorure dans le lactosérum. On pourra formuler la réponse sous forme de texte et/ou de schémas.

Doc. 3 **Quelques tests d'identification d'ions**

Ion testé	Ion magnésium Mg^{2+}	Ion chlorure Cl^-	Ion calcium Ca^{2+}
Réactif	Solution d'hydroxyde de sodium	Solution de nitrate d'argent	Solution d'oxalate de sodium
Couleur du solide (précipité) obtenu	Blanc	Blanc noircissant à la lumière	Blanc

Sujet 24 Corrigé

Les clés pour réussir

L'essentiel à connaître

- La **vaporisation par évaporation** est un changement d'état, de l'état liquide à l'état gazeux.
- La **masse volumique** ρ (en kg/L) d'un liquide est égale à : $\rho = \frac{m}{V}$, avec *m* la masse du liquide (en kg) et *V* le volume du liquide (en L).
- Une solution **acide** a un **pH inférieur à 7**, une solution **neutre** a un pH **égal à 7**, et une solution **basique** a un pH **supérieur à 7**.

Analyser l'énoncé et les documents

- Il y a peu de connaissances à avoir pour répondre aux questions posées. Soyez surtout capable d'extraire les bonnes informations dans les énoncés des questions et dans les documents.
- Certaines informations données dans les documents sont utiles à la résolution des questions, par exemple la masse volumique, le pH ou l'activité biologique du lait dans le *document 1*.
- D'autres informations sont inutiles, comme celles concernant les sels minéraux, les lipides ou les protéines présents dans le lait.

Bien comprendre les questions

Question 1

- Retrouvez dans le *document 1* la formule du lactose pour indiquer sa composition chimique.

Question 2

- Comparez les valeurs du pH et de l'activité biologique du lait avec celles données dans les conditions de conservation des produits alimentaires à température ambiante.

Question 3

- Comprenez bien la phrase de l'énoncé : la poudre de lait est fabriquée en évaporant totalement l'eau contenue dans le lait.

Question 4

- Faites le lien entre vos connaissances et les informations données dans le *document 2*.

Question 5

- Réalisez un schéma pour bien décrire le protocole expérimental.

1 La composition chimique du lactose, de formule $C_{12}H_{22}O_{11}$, est :
- **12 atomes de carbone** ;
- **22 atomes d'hydrogène** ;
- **11 atomes d'oxygène**.

Gagnez des points !
Le symbole de l'atome de carbone est C, celui de l'atome d'hydrogène H et celui de l'oxygène O.

2 D'après le *document 1*, le **pH du lait** étudié est **égal à 6,4** (> 5,2) et **son activité biologique** vaut **0,99** (> 0,95). **Aucune des conditions de conservation** des produits alimentaires **à température ambiante n'est donc respectée** pour le lait, ce qui explique qu'on doit le conserver au froid.

3 **a.** D'après le *document 1*, il y a 87,5 g d'eau dans 100 g de lait.
Comme la poudre de lait est fabriquée en évaporant totalement l'eau contenue dans le lait, il y a **dans 100 g de lait** une masse m_1 de poudre de lait égale à : $m_1 = 100 - 87{,}5 =$ **12,5 g**.
Ainsi, à partir d'**un kilogramme de lait** étudié, la masse m_2 de poudre de lait qu'il est possible d'obtenir est :
$m_2 = 10 \times m_1 = 10 \times 12{,}5 =$ **125 g**.

L'astuce du prof
1 kg = 1 000 g
1 kg = 10 × 100 g

b. D'après le *document 1*, la masse volumique du lait étudié vaut 1,032 kg/L, ce qui signifie que **la masse d'un litre de lait est supérieure à un kilogramme**.
La masse de poudre de lait obtenue à partir d'un litre du lait étudié est donc **supérieure** à la valeur trouvée dans la question précédente.

4 D'après le *document 2*, à la fin de la coagulation, le lait écrémé a un **pH de 4,6** et le liquide qui surnage est appelé lactosérum.
Comme une solution ayant un **pH inférieur à 7** est acide, on peut faire l'hypothèse que le lactosérum est **acide**.

5 Le protocole expérimental permettant de prouver la présence d'ions chlorure dans le lactosérum peut être le suivant :
- Verser un échantillon de lactosérum dans un tube à essais.
- Ajouter quelques gouttes de solution de **nitrate d'argent** dans le tube à essai.

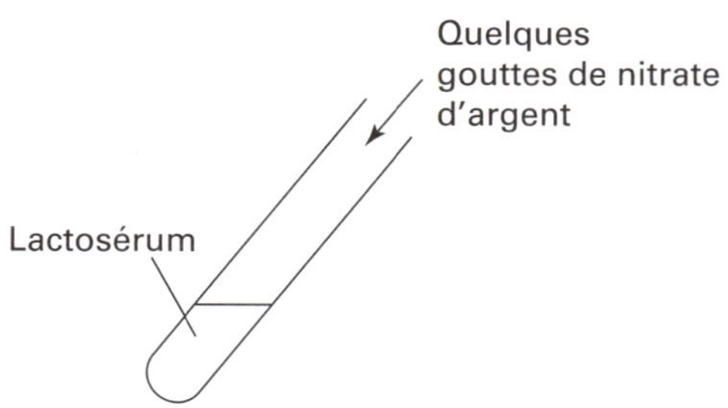

S'il se forme un **précipité blanc noircissant à la lumière**, le lactosérum contient des **ions chlorure**. S'il ne se forme pas de précipité, le lactosérum ne contient pas d'ions chlorure.

Sujet 25 Saut en parachute

25 pts 30 min

Amérique du Nord, juin 2019

Un parachutiste saute habituellement depuis un avion en plein vol à une altitude d'environ 3 à 4 km. Pour battre un record de vitesse, l'Autrichien Felix Baumgartner a réalisé en 2012 un saut hors du commun depuis un ballon-sonde à 39 km d'altitude.

Schématisation de deux sauts en parachute

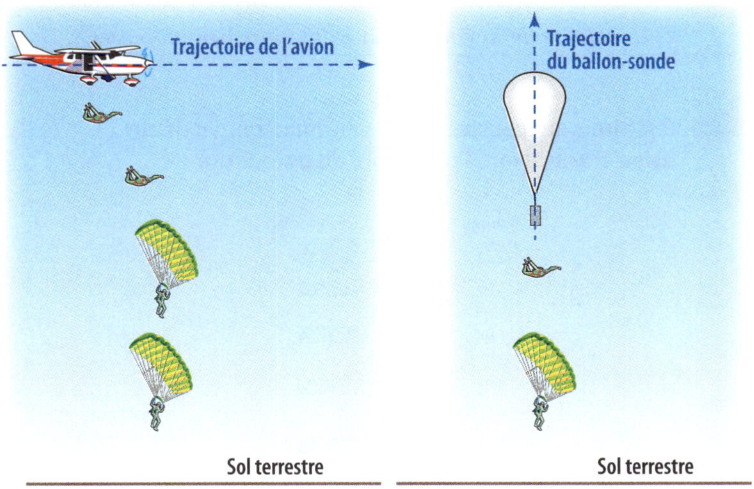

Saut depuis un avion **Saut de F. Baumgartner**

1 Parmi les propositions suivantes, indiquer, en justifiant la réponse à partir du *document 1*, celle qui satisfait aux caractéristiques du saut de F. Baumgartner.
Le mouvement est :
- **proposition a :** accéléré puis ralenti ;
- **proposition b :** accéléré puis uniforme ;
- **proposition c :** uniforme puis accéléré.

Doc. 1 **Évolution de la vitesse de F. Baumgartner par rapport au sol terrestre en fonction du temps, avant l'ouverture du parachute**

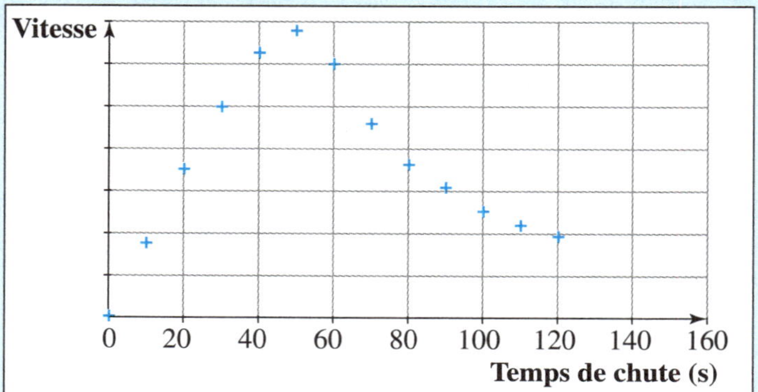

(Les valeurs de la vitesse sont volontairement absentes.)

Doc. 2 **Positions successives de F. Baumgartner au début de sa chute, avant l'ouverture du parachute**

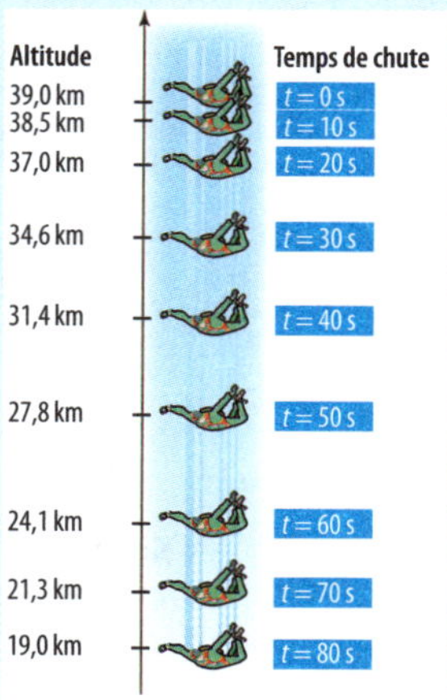

2 Montrer sans calcul que l'analyse du *document 2* permet de retrouver la réponse précédente.

Le parachutiste est soumis à deux actions mécaniques : l'action de la Terre modélisée par le poids (appelée force de pesanteur) et les frottements de l'air.

3 Indiquer, pour chacune de ces actions, s'il s'agit d'une action de contact ou d'une action à distance.

4 En exploitant les *documents 1* et *2*, expliquer, à l'aide de calculs, si la vitesse maximale atteinte par F. Baumgartner est proche de 250 m/s, 370 m/s ou 470 m/s.

Sujet 25 Corrigé

Les clés pour réussir

L'essentiel à connaître

- L'action de la Terre sur un objet ou sur un être humain est une **action à distance**.
- Un objet ou un être humain a un mouvement **accéléré** si la valeur de sa **vitesse augmente** au cours du temps.
- Un objet ou un être humain a un mouvement **uniforme** si la valeur de sa **vitesse** est **constante** au cours du temps.
- Un objet ou un être humain a un mouvement **ralenti** si la valeur de sa vitesse **diminue** au cours du temps.
- La valeur v de la vitesse d'un objet ou d'un être humain est égale à $v = \frac{d}{t}$, avec d la distance parcourue par l'objet ou l'être humain pendant une durée t.

Analyser l'énoncé et les documents

- Les valeurs de la vitesse dans le *document 1* étant volontairement absentes, l'intérêt de ce document est d'étudier les variations de la valeur de la vitesse du parachutiste au cours de sa chute.
- Toutes les valeurs d'altitude du *document 2* ne sont pas utiles. Seules celles permettant de calculer la valeur maximale de la vitesse du parachutiste doivent être relevées. Analysez également l'évolution de la distance entre deux positions du parachutiste pendant sa chute.

Bien comprendre les questions

Question 1

- Reprenez les définitions des termes « accéléré », « uniforme » et « ralenti » pour justifier la réponse.

Question 2

- Comparez les distances parcourues par le parachutiste pendant une même durée pour faire le lien avec le *document 1*.

PHYSIQUE-CHIMIE

Question 3

- Cette question demande une réponse très courte.

Question 4

- Calculez la distance maximale parcourue par le parachutiste pendant 10 s pour répondre à la question posée.

1 **Proposition a.** Le mouvement de F. Baumgartner est **accéléré, puis ralenti**. En effet, d'après le *document 1*, la valeur de la **vitesse** de F. Baumgartner **augmente, puis diminue** au cours de sa chute.

2 D'après le *document 2*, entre 0 s et 60 s, **la distance parcourue par F. Baumgartner pendant 10 s augmente**. Puis, entre 60 s et 80 s, **la distance parcourue par F. Baumgartner pendant 10 s diminue**.

Ainsi, comme la valeur v de la vitesse est égale à $v = \frac{d}{t}$ avec d la distance parcourue pendant une durée t, **l'analyse du *document 2* permet de retrouver la réponse précédente** : la valeur de la vitesse de F. Baumgartner augmente, puis diminue au cours de sa chute.

L'astuce du prof

Pour être plus précis, vous pouvez donner les distances exactes parcourues par F. Baumgartner pendant 10 s, mais vous perdrez du temps sans obtenir de points supplémentaires.

3 L'action de la Terre sur le parachutiste F. Baumgartner, modélisée par le **poids du parachutiste** (aussi appelée force de pesanteur), est une **action à distance**.
Les **frottements** de l'air exercés sur le parachutiste sont une **action de contact**.

Gagnez des points !

Ne justifiez pas votre réponse, ce n'est pas demandé.

4 D'après le *document 1*, la valeur maximale de la vitesse de F. Baumgartner est atteinte après 50 s de chute, ce qui est cohérent avec le *document 2* dans lequel on voit que **la distance maximale parcourue par le parachutiste pendant une même durée se trouve entre 50 s et 60 s**.

Comme la valeur v de la vitesse est égale à $v = \frac{d}{t}$, avec d la distance parcourue pendant une durée t, la valeur maximale de la vitesse atteinte par F. Baumgartner est égale à :

$$v = \frac{27{,}8 - 24{,}1}{10} = \frac{3{,}7}{10} = 0{,}37 \text{ km/s} = \mathbf{370\ m/s}.$$

L'astuce du prof

Pensez à convertir le résultat en m/s.

Sujet 26 Saut à l'élastique

25 pts 30 min

Liban, juin 2018

Le saut à l'élastique consiste à se jeter depuis un point situé en hauteur, en étant accroché à un élastique.
Dans ce sujet, nous nous intéresserons au mouvement d'un sauteur et à ses sensations, puis nous nous concentrerons sur le choix des élastiques.

PHYSIQUE-CHIMIE

Doc. 1 Les quatre phases du saut à l'élastique

Un saut à l'élastique comporte principalement 4 phases :

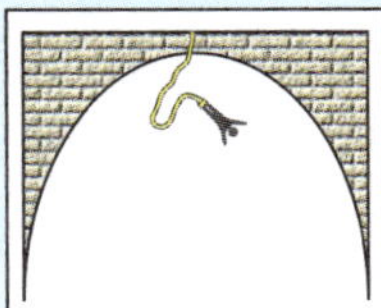	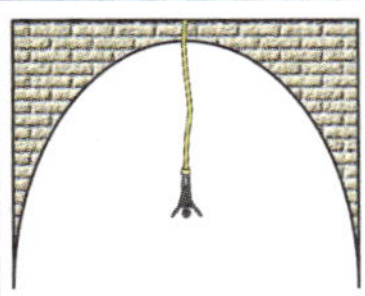	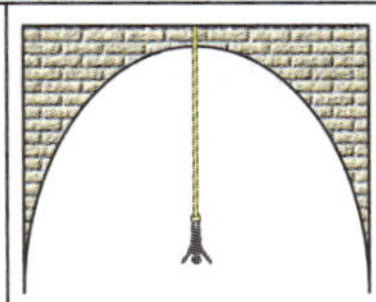	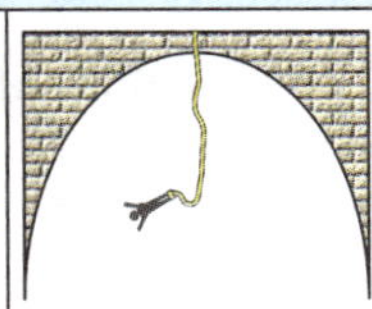
Phase 1 chute libre durant laquelle la vitesse augmente	**Phase 2** l'élastique commence à se tendre, le sauteur ralentit	**Phase 3** l'élastique est tendu au maximum, la vitesse du sauteur s'annule un bref instant	**Phase 4** l'élastique se contracte, le sauteur remonte en reprenant de la vitesse

Une fois ces 4 phases passées, le sauteur subit encore quelques oscillations avant de s'immobiliser définitivement.

Doc. 2 **Représentation graphique des variations de la vitesse du sauteur en fonction du temps**

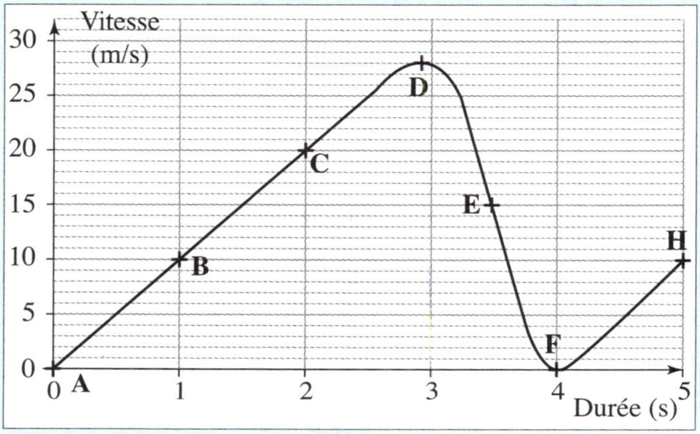

1 Mouvement du sauteur

a. Repérer la partie du graphique du *document 2* qui correspond à la phase 1. Justifier brièvement.

b. Indiquer la phase du saut qui correspond au point F.

c. La force de pesanteur (le poids du sauteur) modélise l'une des actions mécaniques s'exerçant sur le sauteur lors de sa chute. Préciser la direction et le sens de cette force.

2 Énergie du sauteur et conversion

a. En utilisant les termes « énergie potentielle » et « énergie cinétique », décrire la conversion d'énergie qui a lieu lors de la phase 1 du saut.

b. À l'aide du *document 2*, déterminer la valeur maximale de la vitesse atteinte par le sauteur.

c. En déduire, par un calcul, que la valeur maximale de l'énergie cinétique du sauteur de 78 kg (équipement inclus) est de l'ordre de 30 000 J.

d. Le *document 3* donne l'énergie cinétique de différents véhicules à une vitesse donnée.

En comparant la valeur maximale de l'énergie cinétique obtenue à la question **c.** à celle d'un véhicule en mouvement, préciser le rôle de l'élastique.

Doc. 3 **Énergie cinétique de différents véhicules à une vitesse donnée**

Objet	Vitesse	Énergie cinétique
Camion + chauffeur	30 km/h	120 550 J
Moto + motard	65 km/h	26 000 J
Vélo + cycliste	12 km/h	425 J

3 Sensation lors du saut

Durant le saut, le sauteur éprouve des sensations qui sont associées à la production d'adrénaline, substance dont la formule chimique est $C_9H_{13}O_3N$. Préciser le nom et le nombre de chacun des atomes présents dans une molécule d'adrénaline.

Donnée : extrait de la classification périodique

1 **H** HYDROGÈNE							2 **He** HÉLIUM
3 **Li** LITHIUM	4 **Be** BÉRYLLIUM	5 **B** BORE	6 **C** CARBONE	7 **N** AZOTE	8 **O** OXYGÈNE	9 **F** FLUOR	10 **Ne** NÉON
11 **Na** SODIUM	12 **Mg** MAGNÉSIUM	13 **Al** ALUMINIUM	14 **Si** SILICIUM	15 **P** PHOSPHORE	16 **S** SOUFRE	17 **Cl** CHLORE	18 **Ar** ARGON

4 Choix de l'élastique

Il existe différents modèles d'élastique, adaptés au sauteur et aux conditions de saut. Le *document 4* donne quelques modèles d'élastique disponibles dans un club :

Doc. 4 Modèles d'élastique

Modèle d'élastique	Poids du sauteur	Longueurs disponibles pour chaque modèle	Longueur maximale
XS	250 N à 450 N	15 m ; 30 m ; 50 m	3 fois la longueur initiale
S	400 N à 700 N		
M	650 N à 950 N		
L	900 N à 1200 N		

Pour concilier sensations fortes et sécurité, les clubs fixent généralement une distance d'au moins 10 m entre le sol et le point le plus bas atteint lors de la chute.

Parmi les modèles disponibles, choisir un élastique qui convient, pour un sauteur de 78 kg (équipement inclus), s'élançant du pont de Ponsonnas haut de 103 m.

Préciser le modèle et la longueur de l'élastique retenu. Justifier.

Toute démarche sera valorisée.

Donnée : l'intensité de la pesanteur sur Terre a pour valeur $g = 9{,}8$ N/kg.

PHYSIQUE-CHIMIE

Sujet 26 Corrigé

Les clés pour réussir

L'essentiel à connaître

- Le mouvement d'un objet est **ralenti** si la valeur de sa vitesse **diminue.**
- Le **poids** d'un corps, appelé aussi force de pesanteur, modélise l'action, verticale et vers le bas, exercée par la Terre sur ce corps. La valeur du **poids** P, en newtons (N), d'un corps de masse m, en kg, est égale à : $\boldsymbol{P = mg}$ avec g l'intensité de la pesanteur, en N/kg.
- L'**énergie potentielle** d'un corps est liée à son altitude (à sa hauteur) : plus l'altitude d'un corps est grande, plus son énergie potentielle est élevée.
- L'**énergie cinétique** E_c, en joules (J), d'un corps de masse m, en kg, est liée à la valeur v de sa vitesse, en m/s : $\boldsymbol{E_c = \frac{1}{2} mv^2}$.

Analyser l'énoncé et les documents

- Distinguez bien les différentes phases du saut à l'élastique, par exemple :

– quand le sauteur chute lors de la phase 1, son altitude diminue et la valeur de sa vitesse augmente ;

– quand l'élastique se contracte lors de la phase 4, l'altitude du sauteur augmente et la valeur de sa vitesse augmente.

- La classification périodique donne le nom et le symbole des atomes.

Bien comprendre les questions

Question 1

- Comparez l'évolution de la valeur de la vitesse indiquée sur le graphique avec les indications données pour chaque phase du saut.

Question 2

- Étudiez l'évolution de l'altitude et de la vitesse du sauteur.
- Utilisez la formule reliant l'énergie cinétique et la valeur de la vitesse pour réaliser le calcul demandé.

Question 3

- Relevez la formule chimique de l'adrénaline pour déterminer la composition de la molécule.

Question 4

- Cette question est une tâche complexe. Toute tentative est valorisée même si vous n'arrivez pas à résoudre totalement le problème.

1 a. La partie du graphique qui correspond à la phase 1 est la partie du graphique **entre les points A et D**. En effet, la phase 1 correspond au début du saut à l'élastique ($t = 0$) : elle débute donc sur le graphique au niveau du point A. De plus, la valeur de la vitesse augmente durant la phase 1, alors qu'elle diminue lors de la phase 2. La fin de la phase 1 correspond donc au point D, car c'est à cet instant que la valeur de la vitesse commence à diminuer.

Gagnez des points !

N'oubliez pas de justifier votre réponse.

b. La phase du saut qui correspond au point F est la **phase 3**, car la vitesse est nulle au point F.

c. La force de pesanteur (le poids du sauteur) modélise l'action exercée par la Terre sur le sauteur. Cette force a une **direction verticale** et un **sens vers le bas.**

L'astuce du prof

Ne confondez pas direction (verticale, horizontale) et sens (vers la droite, vers la gauche, vers le haut, vers le bas).

2 a. Lors de la phase 1 du saut à l'élastique, l'altitude (la hauteur) du sauteur diminue, et la valeur de sa vitesse augmente. Comme l'énergie potentielle du sauteur est liée à son altitude et que son énergie cinétique est liée à la valeur de sa vitesse, **l'énergie potentielle du sauteur diminue** et **son énergie cinétique augmente** lors de la phase 1. Ainsi, il y a **conversion de l'énergie potentielle en énergie cinétique** lors de la phase 1.

b. D'après le graphique, la valeur maximale de la vitesse atteinte par le sauteur est égale à **28 m/s.**

c. La valeur maximale E_c de l'énergie cinétique du sauteur de masse m est de l'ordre de 30 000 J :

$$E_c = \frac{1}{2} mv^2 = \frac{1}{2} \times 78 \times 28^2 = \mathbf{3{,}1 \times 10^4\ J}.$$

d. La valeur maximale de l'énergie cinétique du sauteur est du **même ordre de grandeur que l'énergie cinétique d'une moto et d'un motard à 65 km/h.** Cette énergie cinétique est importante : le rôle de l'élastique est de **diminuer l'énergie cinétique du sauteur en le ralentissant.**

3 La formule chimique de l'adrénaline est : $\mathbf{C_9H_{13}O_3N}$. Une molécule d'adrénaline comporte donc **9 atomes de carbone (C), 13 atomes d'hydrogène (H), 3 atomes d'oxygène (O)** et **1 atome d'azote (N).**

4 La valeur du poids P du sauteur de masse m est égale à :
$P = mg = 78 \times 9{,}8 = \mathbf{7{,}6 \times 10^2\ N}$.
La valeur du poids du sauteur est donc d'environ 760 N, ce qui signifie qu'il faut utiliser le **modèle d'élastique M.**

PHYSIQUE-CHIMIE

De plus, le sauteur s'élance du pont de Ponsonnas, haut de 103 m. Comme il faut une distance d'au moins 10 m entre le sol et le point le plus bas atteint lors de la chute et que la longueur maximale d'un élastique est égale à trois fois sa longueur initiale, la longueur maximale L de l'élastique est telle que :

$3 \times L + 10 = 103$

$3 \times L = 103 - 10 = 93$

$L = \frac{93}{3} = 31$ m.

L'élastique peut donc avoir une longueur de **15 m ou** de **30 m**. Toutefois, pour que le sauteur ait un maximum de sensations et fasse le plus grand saut possible en toute sécurité, il est préférable d'utiliser un élastique de **30 m** de long.

Sujet 27 — Entraînement d'une snowboardeuse

25 pts — 30 min

Sujet zéro, janvier 2018

Lors de ses entraînements, une snowboardeuse utilise divers dispositifs de mesure pour analyser ses sauts. Elle prend également soin de la semelle de ses planches de surf pour bien glisser sur la neige et améliorer ainsi ses performances.

1 La chronophotographie désigne une technique photographique qui consiste à prendre une succession de photographies, puis à les superposer, afin de permettre de bien observer les phases d'un mouvement.

Doc. 1 **Chronophotographie d'un saut de Kelly Clark prise par Tom Zikas**

Extrait de : www.espn.com

PHYSIQUE-CHIMIE

L'intervalle de temps entre deux prises de vue correspondant à deux positions successives de la snowboardeuse est égal à 125 ms.
Le mouvement de la snowboardeuse est décomposé en deux phases :
– la première partie du mouvement, appelée phase 1, correspond au mouvement ascendant de la snowboardeuse entre la position repérée par l'étiquette « Départ » sur la chronophotographie et le sommet de la trajectoire ;
– la seconde partie du mouvement, appelée phase 2, correspond au mouvement descendant de la snowboardeuse entre le sommet de la trajectoire et la position repérée par l'étiquette « Arrivée » sur la chronophotographie.
a. Évaluer, à l'aide de la chronophotographie et en justifiant la démarche, la durée de la phase 1 et la durée de la phase 2 du mouvement de la snowboardeuse.
b. En déduire la durée totale du mouvement en secondes.

2 L'exploitation de la chronophotographie permet d'obtenir certaines données comme le temps de parcours, la hauteur et la vitesse qui sont indiqués dans le tableau suivant.

	Départ							**Sommet**
Temps (en s)	0	0,125	0,250	0,375	0,500	0,625	0,750	0,875
Hauteur (en m)	0	0,97	2,0	3,1	4,0	4,9	5,8	6,4
Vitesse (en m/s)	12,5	11,3	9,8	8,8	7,9	7,6	6,9	5,3

							Arrivée
Temps (en s)	1,000	1,125	1,250	1,375	1,500	1,625	1,750
Hauteur (en m)	6,2	5,8	4,9	5,9	2,9	1,5	0,24
Vitesse (en m/s)	5,4	5,7	8,3	8,9	9,9	10,6	

a. Décrire l'évolution de la valeur de la vitesse pendant la phase 1, puis pendant la phase 2 du mouvement de la snowboardeuse.
b. En déduire la nature du mouvement – uniforme, accéléré ou ralenti – pour chacune des phases 1 et 2. Justifier.
c. Sur le *document 1*, représenter par un segment fléché les caractéristiques de la vitesse de la snowboardeuse à l'instant $t_0 = 0$ s. L'échelle choisie pour

la représentation du segment fléché associé à la vitesse est la suivante : 1 cm correspond à 5 m/s.

3 On étudie désormais les énergies mises en jeu lors de la phase 2 du mouvement. La snowboardeuse possède de l'énergie potentielle, notée E_p, liée à sa hauteur, et de l'énergie cinétique, notée E_c, liée à sa vitesse.
a. Justifier l'affirmation suivante : « Au sommet de sa trajectoire, l'énergie cinétique de la snowboardeuse est minimale ».
b. Identifier la nature de la conversion d'énergie qui a lieu pendant la phase 2 du saut.

4 Pour améliorer la glisse, on réalise un « fartage » des planches de surf (snowboards). Pour cela, on dépose une couche de fart essentiellement constitué de paraffine sur la semelle de la planche de surf, c'est-à-dire sur la partie qui est en contact avec la neige.

Propriétés de la paraffine et de l'eau :

Espèce chimique	Formule chimique	Température de fusion	Propriété particulière
Paraffine	$C_{31}H_{64}$	69 °C	Espèce insoluble dans l'eau à toute température
Eau	?	0 °C	La neige, comme la glace, est de l'eau à l'état solide.

a. Donner la formule chimique de l'eau et la composition atomique d'une molécule de paraffine.
b. À l'aide des propriétés des différentes espèces chimiques, indiquer si les affirmations suivantes sont vraies ou fausses :
– **affirmation A** : la paraffine reste solide au contact de la neige ;
– **affirmation B** : pour farter des planches de surf, on dissout de la paraffine solide dans de l'eau chaude, on dépose le liquide sur la semelle des planches de surf et on laisse sécher ;
– **affirmation C** : pour farter des planches de surf, on peut utiliser un « fer à farter » porté à la température de 80 °C pour étaler la paraffine et on laisse refroidir.

Sujet 27 Corrigé

Les clés pour réussir

L'essentiel à connaître

- Le mouvement d'un objet est **ralenti** si la valeur de sa vitesse **diminue**.
- Le mouvement d'un objet est **accéléré** si la valeur de sa vitesse **augmente**.
- La vitesse d'un objet en mouvement se caractérise notamment par :

– une **direction** : la tangente à sa trajectoire ;

– un **sens** : le sens du mouvement.

- Un matériau est **solide** si sa température est **inférieure à sa température de fusion**.

Analyser l'énoncé et le document

- Pour évaluer la durée d'un mouvement étudié avec une chronophotographie, relevez l'intervalle de temps entre deux prises de vue.
- Dans le tableau d'exploitation de la chronophotographie, il est équivalent de parler de vitesse (en m/s) ou de valeur de vitesse, comme cela est indiqué dans la question **2 a.**

Bien comprendre les questions

Question 1

- Comptez le nombre de prises de vue pour évaluer la durée du mouvement.

Question 2

c. Le segment fléché doit avoir comme point d'application le centre de la snowboardeuse au départ. Servez-vous de la valeur de la vitesse de la snowboardeuse au départ pour calculer la longueur du segment fléché.

Question 3

- Utilisez les informations données dans l'énoncé concernant les énergies cinétique et potentielle.

Question 4

a. La composition atomique d'une molécule se déduit de sa formule chimique.

b. Utilisez les valeurs des températures de fusion et les propriétés particulières de la paraffine et de l'eau énoncées dans le tableau.

1 a. Il y a 8 prises de vue, soit 7 intervalles de temps, entre la position repérée par l'étiquette « Départ » sur la chronophotographie et le sommet de la trajectoire.
Ainsi, la durée t_1 de la phase 1 est égale à :
$\mathbf{t_1 = 7 \times 125 = 875}$ **ms.**
Il y a 8 prises de vue, soit 7 intervalles de temps, entre le sommet de la trajectoire et la position repérée par l'étiquette « Arrivée » sur la chronophotographie.

> **Gagnez des points !**
> 1 s = 1 000 ms
> 1 ms = 0,001 s

Ainsi, la durée t_2 de la phase 2 est égale à : $\mathbf{t_2 = 7 \times 125 = 875}$ **ms.**

b. La durée totale t du saut de la snowboardeuse, en secondes, est égale à :
$t = t_1 + t_2 = 875 + 875 = 1\,750$ ms = **1,75 s.**

2 a. D'après le tableau décrivant l'évolution de la valeur de la vitesse de la snowboardeuse durant son saut, la valeur de la vitesse **diminue pendant la phase 1**, puis **augmente pendant la phase 2**.

b. Comme la valeur de la vitesse de la snowboardeuse diminue pendant la phase 1, son mouvement est **ralenti**.
Comme la valeur de la vitesse de la snowboardeuse augmente pendant la phase 2, son mouvement est **accéléré**.

c. Le segment fléché représentant les caractéristiques de la vitesse de la snowboardeuse à l'instant $t_0 = 0$ s a une longueur L égale à :

$L = \frac{12,5}{5} =$ **2,5 cm.**

PHYSIQUE-CHIMIE

3 **a.** D'après le tableau décrivant l'évolution de la valeur de la vitesse de la snowboardeuse durant son saut, la valeur de la vitesse diminue pendant la phase 1, puis augmente pendant la phase 2. La **valeur de la vitesse** est donc **minimale au sommet de la trajectoire**.
Comme **l'énergie cinétique** de la snowboardeuse est **liée à la valeur de sa vitesse,** cela signifie qu'« au sommet de sa trajectoire, l'énergie cinétique de la snowboardeuse est minimale ».

L'astuce du prof

L'énergie cinétique E_c est liée à la valeur v de la vitesse de la snowboardeuse de masse m par la relation :

$$E_c = \frac{1}{2} mv^2$$

b. Pendant la phase 2 du saut, la valeur de la vitesse de la snowboardeuse augmente, et sa hauteur diminue.
Comme l'énergie cinétique de la snowboardeuse est liée à la valeur de sa vitesse et que son énergie potentielle est liée à sa hauteur, il y a **une conversion d'énergie potentielle en énergie cinétique** lors de cette phase.

4 **a.** La formule chimique de l'eau est : **H_2O**.
Comme la formule chimique de la paraffine est $C_{31}H_{64}$, une molécule de paraffine est composée de **31 atomes de carbone et 64 atomes d'hydrogène**.

b. **L'affirmation A est vraie** : la paraffine reste solide au contact de la neige, car la température de la neige est inférieure à la température de fusion de la paraffine (69 °C).
L'affirmation B est fausse : pour farter des planches de surf, il n'est pas possible de dissoudre de la paraffine solide dans de l'eau chaude, car la paraffine est insoluble dans l'eau à toutes températures.
L'affirmation C est vraie : pour farter des planches de surf, on peut utiliser un « fer à farter » porté à la température de 80 °C pour étaler la paraffine avant de laisser refroidir. En effet, la paraffine est liquide à 80 °C, étant donné que cette température est supérieure à sa température de fusion (69 °C).

Sujet 28 Distance d'arrêt et distance de sécurité d'un véhicule

25 pts — 30 min

Sujet zéro, avril 2016

La connaissance de la distance d'arrêt d'un véhicule est importante pour la sécurité routière. Le *document 1* fait apparaître trois distances caractéristiques.

Doc. 1 Distances de réaction, de freinage et d'arrêt

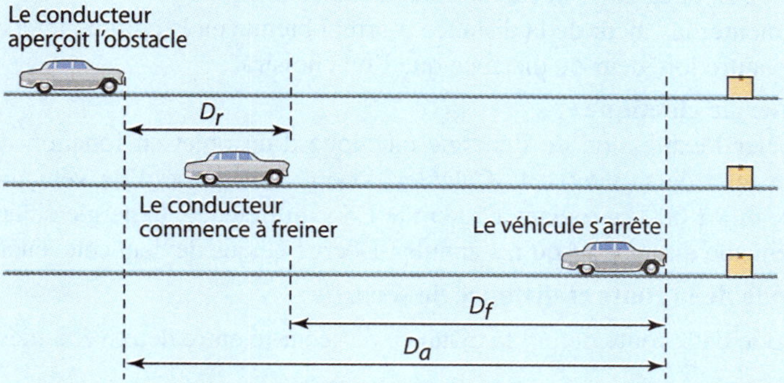

- D_r est la distance de réaction. C'est la distance parcourue par le véhicule entre le moment où le conducteur aperçoit l'obstacle et le moment où il commence à freiner. Elle dépend de la durée de réaction du conducteur.
- D_f est la distance de freinage. C'est la distance parcourue par le véhicule entre le moment où le conducteur commence à freiner et le moment où le véhicule s'arrête.
- D_a est la distance d'arrêt. C'est la distance parcourue par le véhicule entre le moment où le conducteur aperçoit un obstacle et l'arrêt du véhicule.

PHYSIQUE-CHIMIE

Le tableau suivant présente, pour différentes vitesses, la distance de réaction et la distance de freinage sur route sèche d'un véhicule correctement entretenu.

Doc. 2 Distances de réaction et de freinage selon la vitesse

Vitesse (km/h)	0	30	50	90	100	110	130
Vitesse (m/s)	0	8	14	25	28	31	36
D_r (m)	0	8	14	25	28	31	36
D_f (m)	0	6	16	50	62	75	104

1 Distance d'arrêt

Au voisinage d'un collège, un véhicule roule à 30 km/h, vitesse maximale autorisée ; donner la valeur de la distance de réaction D_r, de la distance de freinage D_f et calculer la valeur de la distance d'arrêt D_a.
Commenter la valeur de la distance d'arrêt obtenue en la comparant à celle d'une autre longueur ou distance que l'on choisira.

2 Énergie cinétique

Rappeler l'expression de l'énergie cinétique d'un objet en fonction de sa masse m et de sa vitesse V. Calculer l'énergie cinétique d'un véhicule de masse $m = 1\ 000$ kg roulant à 50 km/h. Lors du freinage, l'énergie cinétique du véhicule diminue jusqu'à s'annuler. Décrire ce que devient cette énergie.

3 Code de la route et distance de sécurité

Le Code de la route définit la distance de sécurité entre deux véhicules :

Doc. 3 Article R412-12 du Code de la route

« Lorsque deux véhicules se suivent, le conducteur du second véhicule doit maintenir une distance de sécurité suffisante pour pouvoir éviter une collision en cas de ralentissement brusque ou d'arrêt subit du véhicule qui le précède. Cette distance est d'autant plus grande que la vitesse est plus élevée. Elle correspond à la distance parcourue par le véhicule pendant une durée d'au moins deux secondes. »

Sur autoroute, les panneaux ci-dessous expliquent aux conducteurs comment respecter la distance de sécurité. L'automobiliste doit veiller à ce que le véhicule qui le précède soit séparé de lui d'au moins deux traits blancs sur le côté droit de la route. Le schéma ci-après représente les traits blancs et donne leur longueur exprimée en mètres.

Doc. 4 Distance de sécurité

Doc. 5

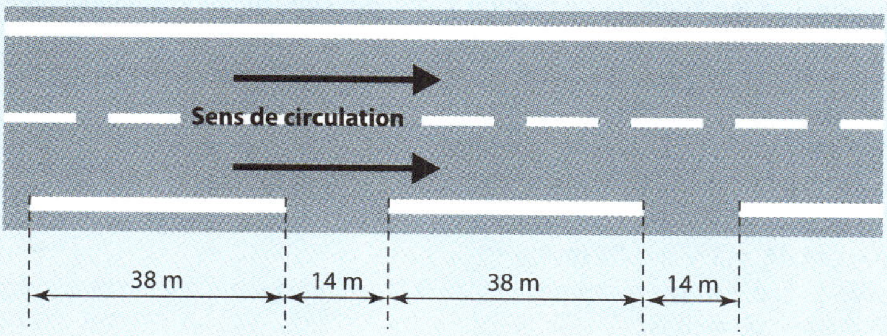

Sur autoroute et par temps sec, la vitesse des véhicules est limitée à 130 km/h. À l'aide de calculs simples, expliquer pourquoi, sur autoroute, la règle « un automobiliste doit veiller à ce que le véhicule qui le précède soit séparé de lui d'au moins deux traits blancs » entraîne une distance de sécurité suffisante.

Sujet 28 Corrigé

Les clés pour réussir

L'essentiel à connaître

- L'énergie cinétique E_c d'un objet est égale à : $E_c = \frac{1}{2} mV^2$ avec E_c en joules (J), m la masse de l'objet en kilogrammes (kg) et V la vitesse de l'objet en mètres par seconde (m/s).
- La vitesse v d'un véhicule en m/s est égale à $v = \frac{d}{t}$, avec d la distance parcourue par ce véhicule (en m) et t la durée du parcours (en s).

Analyser l'énoncé et les documents

- Le tableau donné dans l'énoncé est très important : il relie les valeurs des vitesses d'un véhicule aux distances de réaction et de freinage.

Bien comprendre les questions

Question 1

- Comparez les distances d'arrêt à 30 km/h et à 50 km/h.

Questions 2 et 3

- Pour calculer l'énergie cinétique, utilisez la vitesse en m/s.
- La distance de sécurité sur une autoroute peut être inférieure à la distance d'arrêt des véhicules car les véhicules sont en mouvement.

1 Au voisinage d'un collège, un véhicule roule à 30 km/h, vitesse maximale autorisée. D'après le tableau du *document 2*, sur route sèche, si le véhicule est correctement entretenu, la valeur de sa distance de réaction D_r est égale à **8 m** et la valeur de sa distance de freinage D_f est égale à **6 m**.
La distance d'arrêt D_a est la distance parcourue par le véhicule entre le moment où le conducteur aperçoit un obstacle et l'arrêt du véhicule, c'est-à-dire que $\boldsymbol{D_a = D_r + D_f}$
À 30 km/h, $D_a = 8 + 6 =$ **14 m**.
D'après le tableau du *document 2*, à 50 km/h, la distance d'arrêt est égale à : $D_a = 14 + 16 = 30$ m.
Ainsi, **en augmentant sa vitesse de 20 km/h uniquement, la distance d'arrêt a plus que doublé**. Il est donc **essentiel de ne pas dépasser les limitations de vitesse** pour ne pas mettre en danger la vie d'autrui et la sienne !

2 L'énergie cinétique E_c d'un objet de masse m se déplaçant à une vitesse V est égale à : $\boldsymbol{E_c = \frac{1}{2} mV^2}$ avec E_c en joules (J), m en kilogrammes (kg) et V en mètres par seconde (m/s).
D'après le tableau du *document 2*, un véhicule roulant à 50 km/h a une vitesse égale à 14 m/s.
Ainsi, l'énergie cinétique E_c d'un véhicule de masse $m = 1\,000$ kg roulant à $V = 50$ km/h $= 14$ m/s est égale à :

$$E_c = \frac{1}{2} \times 1\,000 \times 14^2 = \mathbf{9{,}8 \times 10^4\ J = 98\ kJ}.$$

> **L'astuce du prof**
> On peut aussi retrouver la vitesse en m/s grâce à la formule : 1 km/h = $\frac{1}{3{,}6}$ m/s.

Lors du freinage, l'énergie cinétique du véhicule diminue jusqu'à s'annuler. Cette énergie cinétique est convertie en **énergie thermique**.

3 D'après le *document 5*, la règle « un automobiliste doit veiller à ce que le véhicule qui le précède soit séparé de lui d'au moins deux traits blancs » signifie que deux automobilistes doivent être séparés d'une distance minimum : $d = 38 + 14 + 38 =$ **90 m**.
Si un véhicule roule à la vitesse maximale $v = 130$ km/h $= 36$ m/s, il parcourt la distance d pendant une durée $t = \frac{d}{v} = \frac{90}{36} =$ **2,5 s**.

> **Pensez-y !**
> Comme $v = \frac{d}{t}$, $t = \frac{d}{v}$.

D'après l'article R412-12 du Code de la route (*document 3*), cette distance d est suffisante puisqu'elle correspond à la distance parcourue par le véhicule pendant une durée d'au moins 2 secondes.

Sujet 29 — Aménagement d'un fourgon

25 pts — 30 min

Sujet Centres étrangers, septembre 2020

Pour voyager, de plus en plus de personnes aménagent un fourgon. Les installations électriques sont des étapes importantes de l'aménagement.

1 Lampes LED

Le fourgon aménagé doit être équipé d'une installation lumineuse.

a. Recopier la phrase suivante en choisissant à chaque fois la bonne proposition :

« Dans un circuit électrique, la lampe LED se comporte comme un *récepteur / générateur*. Alimentée en énergie *thermique / électrique*, elle émet de l'énergie *lumineuse / électrique* ».

b. Préciser, en justifiant la réponse, si la lampe LED réalise un transfert ou une conversion d'énergie.

2 L'installation électrique

Pour réaliser l'installation électrique, on utilise des câbles constitués de brins en cuivre recouverts d'une fine couche en plastique appelée gaine.

a. Justifier brièvement la présence d'une gaine en plastique enrobant les brins en cuivre pour garantir la sécurité de l'utilisateur.

b. En contact avec l'air, le cuivre noircit. Il participe à une transformation chimique qui peut être modélisée par la réaction d'équation :

$$2\,Cu + O_2 \longrightarrow 2\,CuO$$

- Indiquer si le dioxygène de l'air est un produit ou un réactif de cette transformation chimique. Justifier.
- Expliquer la présence du chiffre « 2 » devant la formule chimique de l'oxyde de cuivre CuO.

c. On modélise l'installation électrique du fourgon par le circuit schématisé ci-après (*document 1*).

La batterie est modélisée par une pile. Reproduire le schéma de la pile.

PHYSIQUE-CHIMIE

Doc. 1 **Schéma électrique**

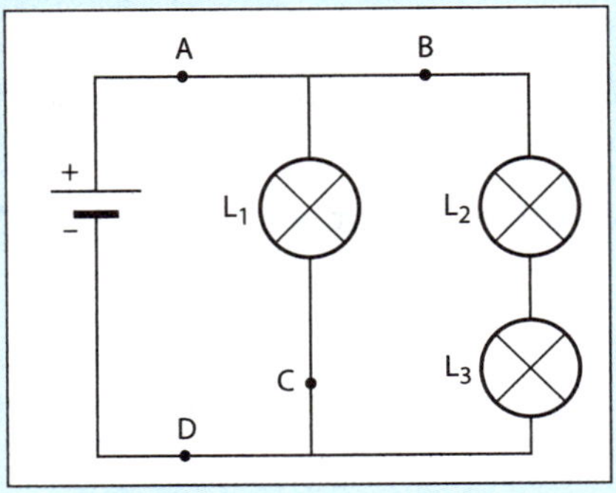

d. On souhaite ajouter dans le circuit un interrupteur capable d'allumer et d'éteindre toutes les lampes en même temps.
Indiquer, parmi les positions A, B, C ou D proposées sur le *document 1* où pourrait être placé l'interrupteur pour répondre à ce cahier des charges.

e. Lorsque toutes les lampes sont allumées, la pile a une tension électrique à ses bornes $U = 12$ V.
À l'aide d'un ampèremètre, on réalise plusieurs mesures :
– intensité du courant électrique dans la branche principale : $I_P = 0{,}15$ A ;
– intensité du courant électrique traversant les lampes L_2 et L_3 : $I_2 = 0{,}12$ A.
L'aménagement ne permettant pas de mesurer directement l'intensité I_1 du courant électrique traversant la lampe L_1, on cherche à obtenir sa valeur par un calcul.

- Vérifier, en justifiant la réponse, que la valeur de l'intensité I_1 du courant électrique traversant la lampe L_1 est égale à 30 mA.
- Sur la lampe L_1 figurent les indications suivantes : 12 V ; 0,36 W.

Justifier que la lampe L_1 fonctionne dans les conditions normales d'utilisation.

3 Choix d'une batterie

Pour alimenter en énergie les différents appareils électriques, la batterie auxiliaire choisie doit être à décharge lente.
À l'aide des *documents 2 et 3* de la page suivante, déterminer la batterie la moins chère qui offrirait deux jours d'autonomie dans des conditions normales d'utilisation.
Une démarche et des calculs sont attendus.

Doc. 2 Données sur les besoins de l'utilisateur

Appareils utilisés	Puissance (en W)	Temps d'utilisation par jour (en h)
Ensemble des lampes	6	2
Glacière	37	8
Téléphone portable	5	2

Doc. 3 Batteries disponibles

	Batterie A	Batterie B	Batterie C
Type	Décharge lente	De démarrage	Décharge lente
Énergie disponible (en Wh)	588	756	840
Prix (en €)	87	93	120

Sujet 29 Corrigé

Les clés pour réussir

L'essentiel à connaître

- L'**énergie** existe sous **différentes formes** : énergie thermique, énergie électrique, énergie lumineuse, etc.
- L'énergie change de forme lors d'une **conversion d'énergie** ; elle ne change pas de forme lors d'un **transfert d'énergie**.
- Le plastique est un **isolant électrique** ; le cuivre est un **conducteur électrique**.
- Lors d'une transformation chimique, des **réactifs** sont consommés et des **produits** sont formés à partir des réactifs.
- Dans un circuit à deux mailles, la **loi d'additivité des intensités** s'applique.
- La **puissance électrique** P reçue par un dipôle électrique est égale à $P = U \times I$, avec U la tension électrique aux bornes de ce dipôle et I l'intensité du courant électrique qui le traverse.
- **L'énergie** E utilisée par un appareil est égale à $E = P \times t$, avec P la puissance de l'appareil et t sa durée d'utilisation.

Analyser l'énoncé et les documents

- Le *document 1* présente le schéma d'un circuit électrique. Remarquez qu'il s'agit d'un circuit à deux mailles.
- Le *document 2* donne des informations sur les besoins quotidiens de l'utilisateur.
- N'oubliez pas de prendre en compte le type de batterie lorsque vous étudiez le *document 3*.

Bien comprendre les questions

Questions 1. a et b

- Ne confondez pas les différentes formes d'énergie lorsque vous répondez à ces premières questions.

Questions 2. c, d et e

- Étudiez attentivement le *document 1* pour répondre aux questions **2. c**, **2. d** et **2. e**.

Question 3

- Rappelez-vous que la batterie doit offrir deux jours d'autonomie, alors que le *document 2* présente uniquement les besoins quotidiens de l'utilisateur.

1 **a.** La phrase correcte est la suivante : « Dans un circuit électrique, la lampe LED se comporte comme un **récepteur**. Alimentée en énergie **électrique**, elle émet de l'énergie **lumineuse** ».

b. La lampe LED est **alimentée en énergie électrique** et elle **émet de l'énergie lumineuse**. Elle réalise donc une **conversion d'énergie** car l'énergie électrique et l'énergie lumineuse sont **deux formes d'énergie différentes**.

Pour aller plus loin

La lampe LED émet aussi de l'énergie thermique.

2 **a.** Pour garantir la sécurité de l'utilisateur, une gaine plastique enrobe les brins de cuivre des câbles électriques. En effet, le plastique est un **isolant électrique**, ce qui évite à l'utilisateur d'être en contact avec le courant électrique qui traverse les brins de cuivre, qui sont eux conducteurs électriques.

b. • Le cuivre participe à une transformation chimique qui peut être modélisée par la réaction d'équation :

$$2\ Cu + O_2 \longrightarrow 2\ CuO$$

D'après cette équation, le dioxygène est un **réactif** de cette transformation chimique : il est consommé au cours de la transformation.

• Le chiffre « 2 » devant la formule chimique de l'oxyde de cuivre CuO est un coefficient stœchiométrique. Cela signifie qu'il y a deux fois plus d'oxyde de cuivre formé que de dioxygène O_2 consommé.

c. Le schéma de la pile est :

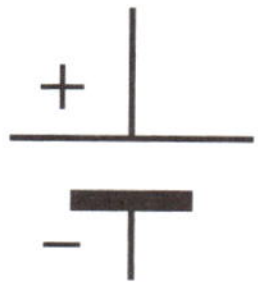

Bien comprendre

L'absence de chiffre devant « O_2 » dans l'équation signifie que le coefficient stœchiométrique devant « O_2 » est égal à 1.

d. On souhaite ajouter dans le circuit un interrupteur capable d'allumer et d'éteindre toutes les lampes en même temps. Pour cela, l'interrupteur doit être placé dans la branche principale, c'est-à-dire à la **position A ou D**.

e. • D'après la loi d'additivité des intensités dans un circuit à deux mailles, l'intensité I_p du courant électrique dans la branche principale est égale à : $I_p = I_1 + I_2$ avec I_1 l'intensité du courant électrique traversant la lampe L_1 et I_2 l'intensité du courant électrique traversant les lampes L_2 et L_3.

Ainsi : $\boldsymbol{I_1 = I_p - I_2}$.

$\boldsymbol{I_1}$ = 0,15 – 0,12 = **0,03 A = 30 mA.**

Rappel

1 mA = 0,001 A.

• Lorsque toutes les lampes sont allumées, la pile a une tension électrique à ses bornes U = 12 V. Comme la lampe L_1 est en dérivation avec la pile, la tension électrique aux bornes de la lampe L_1 est égale également à **U = 12 V**.

Ainsi, la puissance électrique de la lampe L_1 vaut :

$$P = U \times I_1 = 12 \times 0{,}03 = 0{,}36 \text{ W}.$$

Comme les indications « 12 V ; 0,36 W » figurent sur la lampe L_1, **cette lampe fonctionne bien dans les conditions normales d'utilisation**.

3 Pour alimenter en énergie les différents appareils électriques présentés dans le *document 2*, la batterie auxiliaire choisie doit être **à décharge lente**. D'après le *document 3*, **seules les batteries A et C peuvent donc être choisies**.

De plus, d'après le *document 2*, pour offrir deux jours d'autonomie dans des conditions normales d'utilisation, la batterie doit avoir une énergie disponible au moins égale à :

E = 6 × 2 × 2 + 37 × 2 × 2 + 5 × 2 × 2 = **636 Wh**.

Or, d'après le *document 3*, l'énergie disponible de la batterie A est uniquement de 588 Wh. Seule **la batterie C, ayant une énergie disponible de 840 Wh, peut donc convenir**.

Remarque

Le critère de prix (choisir la batterie la moins chère) ne peut pas être pris en compte, car seule la batterie C a les caractéristiques techniques demandées.

PHYSIQUE-CHIMIE

Sujet 30 — Énergie et vie quotidienne

25 pts — 30 min

Amérique du Sud, novembre 2017

Pour chauffer de l'eau, on peut utiliser différents appareils : un thermoplongeur, un réchaud à gaz, un réchaud électrique, un réchaud à alcool.

Thermoplongeur

Réchaud à gaz

Réchaud électrique

Réchaud à alcool

Doc. Plaques signalétiques de deux appareils électriques

Thermoplongeur	Réchaud électrique
Type : / 758 CE 230 V ~ 50 Hz 240 W Serie Nr. Z1239/05/653	Type : / 56 CE 230 V ~ 50 Hz 1500 W Serie Nr. H5/2039/FR

1 Donner la valeur de la puissance électrique du thermoplongeur. Justifier la réponse.

2 On utilise le thermoplongeur pour chauffer de l'eau pendant deux minutes. Calculer en joules l'énergie électrique consommée par le thermoplongeur.

3 Les quatre appareils sont des convertisseurs d'énergie. Sur le schéma de conversion ci-après, compléter les pointillés pour décrire la conversion d'énergie effectuée par le thermoplongeur. Faire de même pour le réchaud à alcool.

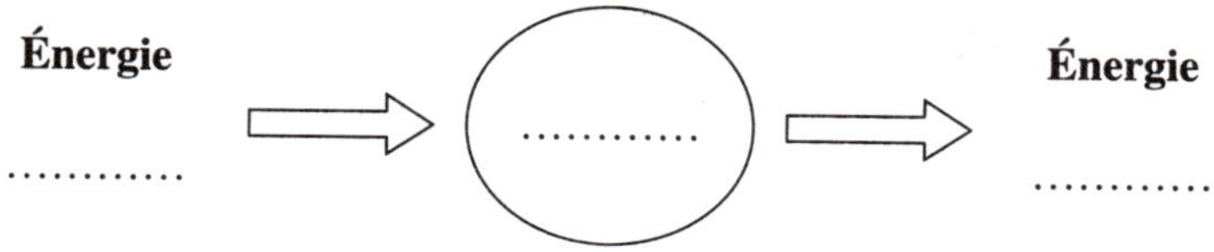

4 On souhaite comparer expérimentalement l'efficacité du réchaud à gaz et celle du réchaud électrique pour chauffer de l'eau. Pour cela, il faut se placer dans des conditions expérimentales bien choisies. Parmi les propositions suivantes, identifier celles qui conviennent aux conditions expérimentales à privilégier.

a. La quantité d'eau à chauffer :
☐ A. doit être identique pour les deux réchauds.
☐ B. peut être différente.

b. La température initiale de l'eau à chauffer :
☐ A. doit être identique pour les deux réchauds.
☐ B. peut être différente.

c. La prise en compte de la durée du chauffage :
☐ A. est nécessaire.
☐ B. n'est pas nécessaire.

d. Le récipient contenant de l'eau :
☐ A. doit être le même pour les deux réchauds.
☐ B. peut être différent.

5 Rédiger un protocole expérimental permettant de comparer l'efficacité d'un réchaud à gaz et d'un réchaud électrique. On pourra s'aider d'un schéma légendé.

Sujet 30 Corrigé

Les clés pour réussir

L'essentiel à connaître

- La **puissance d'un appareil** correspond à l'énergie qu'il consomme ou qu'il produit par unité de temps. Elle peut s'exprimer en **watts (W)**.
- L'**énergie *E*** dépend de la **puissance *P*** et de la **durée de fonctionnement *t***:

$$E = P \times t$$

- *E* : joules (J) ou kilowattheures (kWh)
- *P* : watts (W) ou kilowatts (kW)
- *t* : secondes (s) ou heures (h)

- **Une chaîne énergétique indique la succession des transferts et des conversions d'une forme d'énergie en d'autres formes d'énergie**, réalisées par des convertisseurs, à partir d'un réservoir d'énergie.

Analyser l'énoncé et le document

- L'énoncé est court, avec un seul document ; prenez le temps de bien étudier ce document avant de répondre aux deux premières questions.
- Lisez bien l'énoncé pour identifier le dispositif de chauffage concerné par chaque question.

Bien comprendre les questions

Question 1

- Utilisez vos connaissances pour choisir la seule indication qui puisse correspondre à une puissance dans le document de l'énoncé.

Question 2

- L'énergie électrique consommée par le thermoplongeur doit être calculée à partir de la formule reliant l'énergie, la puissance et la durée.

Question 3

- Pour les deux appareils cités, identifiez soigneusement les réservoirs d'énergie.

Question 4

- Lisez attentivement chaque proposition et faites bien la différence entre les formulations utilisées.

Question 5

- Réalisez deux schémas précis et annotés, et complétez-les par une courte phrase expliquant le principe de l'expérience.

1 Une puissance s'exprime en **watts (W)**. La seule grandeur physique exprimée dans cette unité sur la notice du thermoplongeur étant 240 W, **la puissance électrique du thermoplongeur est de 240 W**.

2 L'énergie électrique *E* est : ***E* = *P* × *t*** soit : $E = 240 \times 2 \times 60 = 2{,}88 \times 10^4$ J.
L'énergie électrique consommée par le thermoplongeur pendant 2 minutes est de $2{,}88 \times 10^4$ J (28,8 kJ).

> **Piège à éviter**
> N'oubliez pas de convertir la durée en secondes pour calculer l'énergie électrique en joules.

3 La chaîne énergétique du thermoplongeur est la suivante :

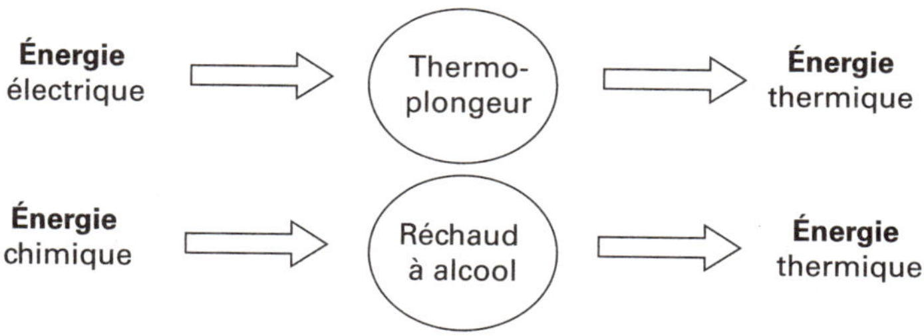

4 Les bonnes réponses attendues sont : **a. A ; b. A, c. A** et **d. A.**
En effet, pour comparer expérimentalement l'efficacité du réchaud à gaz et celle du réchaud électrique, il est toujours préférable de réaliser ces deux expériences en maintenant identiques les différents paramètres. De plus, la mesure du temps est nécessaire pour comparer l'efficacité des deux méthodes de chauffage.

> **Remarque**
> Dans la question **b.**, la réponse **B** est aussi correcte, car l'efficacité du réchaud dépend en réalité de la différence de température de l'eau liquide entre le début et la fin de l'expérience, et non de la valeur de la température initiale.

5 Un protocole expérimental permettant de comparer l'efficacité d'un réchaud à gaz et celle d'un réchaud électrique peut être le suivant.

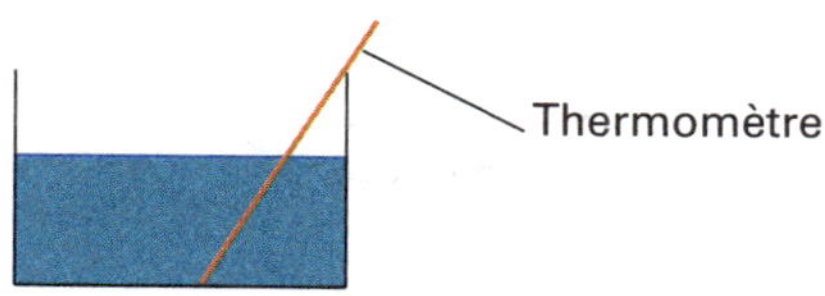

– Placer dans deux récipients identiques la même quantité d'eau à la même température initiale.
– Mesurer pour chacun des deux systèmes de chauffage la durée nécessaire pour que la température de l'eau augmente de 20 °C.
L'appareil de chauffage pour lequel cette durée est la plus courte sera *a priori* le plus efficace.

> **Remarque**
> Il est aussi possible de faire fonctionner les deux réchauds pendant les mêmes durées et de comparer les élévations de température.

Sujet 31 Sécurité dans l'habitat

25 pts 30 min

Asie, juin 2017

Pour prévenir les intoxications domestiques, l'État encourage l'installation de détecteurs dans les habitations.

1 Détection de fumée

Les détecteurs de fumée à principe optique (*document 1*) sont très utilisés. Un signal d'alarme s'enclenche lorsque la photodiode présente dans la chambre optique reçoit de la lumière. Une photodiode est un composant électrique ayant la capacité de détecter une lumière et de la convertir en courant électrique.

Doc. 1 Schéma en coupe et principe de fonctionnement d'un détecteur de fumée à principe optique

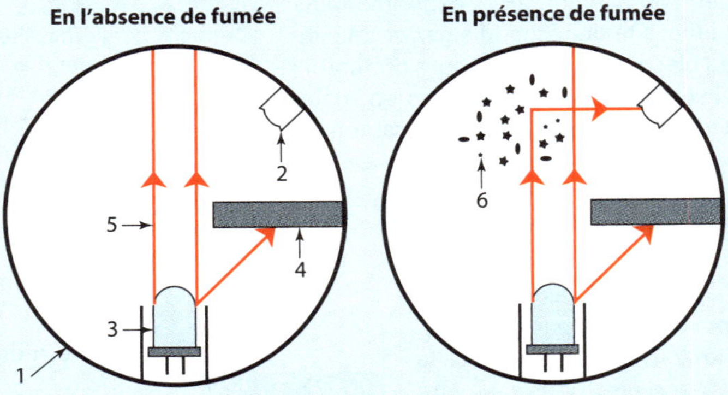

1 : chambre optique
2 : photodiode
3 : diode électroluminescente (LED)
4 : cache opaque
5 : rayon de lumière
6 : particules de fumée

a. Nommer la source primaire de lumière contenue dans un détecteur de fumée optique.

b. Expliquer pourquoi la photodiode détecte de la lumière en présence de fumée.

2 Détection de monoxyde de carbone

Les chaudières à gaz des habitations fonctionnent grâce à la combustion du gaz de ville, composé essentiellement de méthane de formule chimique CH_4. Au cours de leur fonctionnement, ces chaudières peuvent s'encrasser. Cela provoque une combustion incomplète du méthane. Des fumées et des gaz nocifs sont alors produits, notamment le monoxyde de carbone. Ce gaz transparent, inodore et toxique est responsable chaque année d'une centaine de décès en France.

a. Parmi les propositions ci-après, recopier celle qui modélise la transformation chimique à l'origine de la formation de monoxyde de carbone dans une chaudière à gaz :

Proposition 1 : $CH_4 + 2\ O_2 \rightarrow CO_2 + 2\ H_2O$

Proposition 2 : $2\ C + O_2 \rightarrow 2\ CO$

Proposition 3 : $2\ CH_4 + 3\ O_2 \rightarrow 4\ H_2O + 2\ CO$

b. Pour prévenir le risque d'intoxication au monoxyde de carbone, on peut utiliser un détecteur spécifique. Il comporte un disque recouvert d'un gel. En présence de monoxyde de carbone, le gel s'assombrit et limite alors le passage de la lumière. L'alarme s'enclenche du fait de la diminution de l'éclairement.

On souhaite modéliser le fonctionnement d'un tel détecteur, en réalisant un dispositif expérimental. Trois montages expérimentaux différents sont proposés :

Montage n° 1

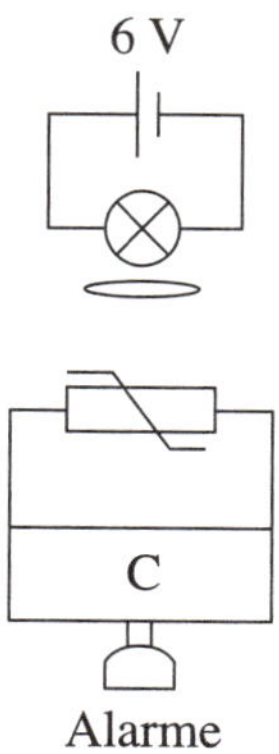

Montage n° 2

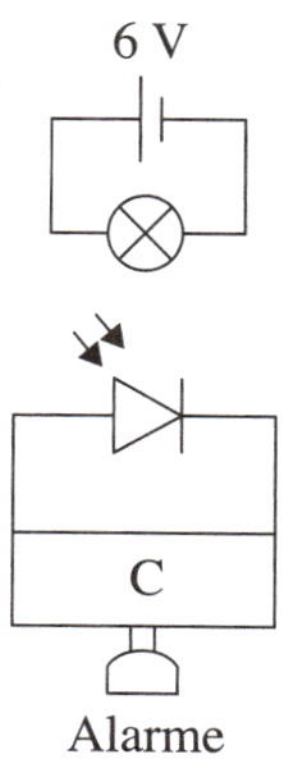

Montage n° 3

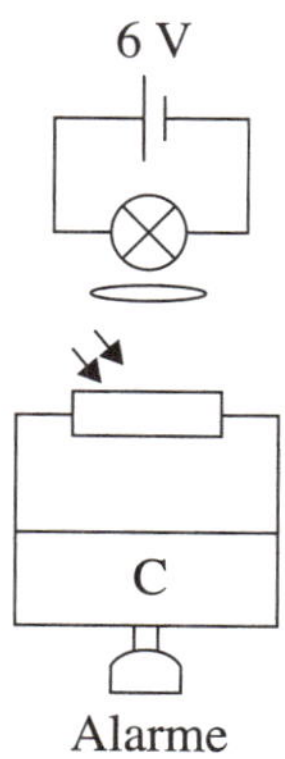

L'alarme s'active lorsque le « circuit de contrôle » C détecte une diminution importante de l'intensité électrique dans le circuit.

Choisir parmi les trois montages expérimentaux celui qui correspond le mieux au fonctionnement d'un détecteur à monoxyde de carbone à disque. Argumenter la réponse en exploitant les *documents 2*, *3* et *4*.

Doc. 2 **Symbole des composants**

Lampe	Photodiode	Thermistance	Photorésistance	Disque recouvert de gel
		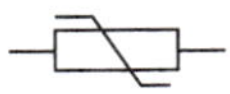		

Doc. 3 **Évolution de la résistance de la thermistance en fonction de la température**

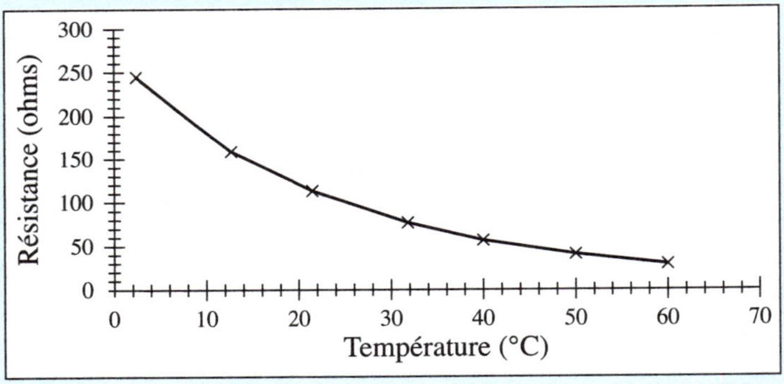

Doc. 4 **Évolution de la résistance d'une photorésistance en fonction de l'éclairement**

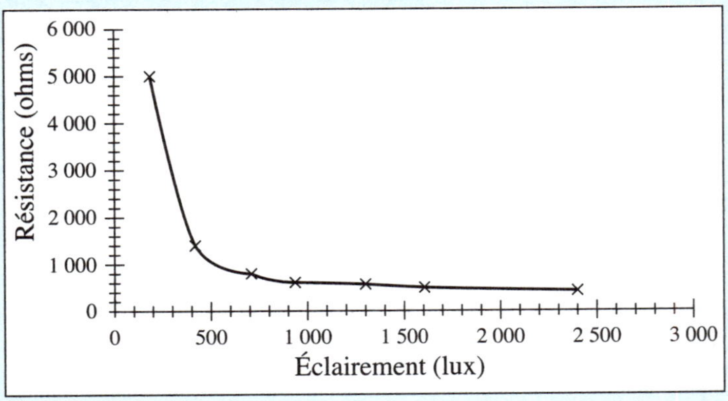

Sujet 31 Corrigé

Les clés pour réussir

L'essentiel à connaître

- **Une source primaire de lumière produit elle-même la lumière** qu'elle émet.
- Dans un **milieu homogène et transparent, comme l'air**, la lumière se **propage en ligne droite**.
- **Un objet diffusant** est un objet éclairé qui renvoie dans toutes les directions la lumière qu'il reçoit et qui **ne produit pas sa propre lumière**.
- **Une molécule est un assemblage d'atomes.** Elle est représentée par une formule chimique qui indique le nom des atomes qui la constituent et leur nombre.
- Dans **une transformation chimique**, il y a **redistribution des atomes** qui constituent les **réactifs** pour former de **nouvelles molécules** ou de nouveaux ions **nommés produits**.

Analyser l'énoncé

Une lecture attentive de l'énoncé est primordiale pour répondre correctement aux différentes questions :

- l'énoncé précise que le signal d'alarme se déclenche lorsque la photodiode reçoit de la lumière ;
- le texte d'introduction de la question **2** indique que la formule du méthane est CH_4 et que la combustion incomplète du méthane dégage des gaz nocifs, notamment le monoxyde de carbone ;
- le détecteur de monoxyde de carbone utilise un disque recouvert d'un gel. Ce disque s'assombrit et limite le passage de la lumière en présence de monoxyde de carbone ;
- l'activation de l'alarme correspond à une baisse de l'intensité du courant électrique traversant le circuit de contrôle C ;
- les graphiques des *documents 3* et *4* représentent les évolutions de la résistance d'une thermistance en fonction de la température et de la résistance d'une photorésistance en fonction de l'éclairement.

Bien comprendre les questions

Question 1

a. Analysez le *document 1* en utilisant la définition d'une source primaire de lumière.

b. Comparez les deux schémas du *document 1*.

PHYSIQUE-CHIMIE

Question 2

a. Pour choisir la proposition qui modélise correctement la transformation chimique, identifiez celle pour laquelle le méthane est un réactif et le monoxyde de carbone un produit.

b. Choisissez le circuit qui incorpore un composant mettant en jeu l'éclairement.

1 a. Les rayons de lumière modélisent la propagation de la lumière émise par une source de lumière. D'après le *document 1*, la **source primaire** de lumière contenue dans un détecteur de fumée optique est donc **la diode électroluminescente** (LED ou DEL).

b. La fumée est constituée de fines particules solides en suspension dans l'air. **Ces particules solides diffusent la lumière émise** par la diode électroluminescente, et la renvoient dans toutes les directions.
La lumière ainsi déviée par la fumée atteint la photodiode et l'alarme est déclenchée.

2 a. La proposition 2 n'est pas adaptée, car le méthane CH_4 n'est pas un réactif dans cette transformation chimique 2.
On ne retient pas la proposition 1, car le monoxyde de carbone n'est pas un produit de cette transformation 1.

La proposition 3 permet de modéliser la transformation chimique observée, car le méthane est bien un réactif dans cette transformation et le monoxyde de carbone de formule CO un produit.

Gagnez des points !
La formule du dioxyde de carbone est CO_2. Elle contient deux atomes d'oxygène.

b. Le montage n° 2 n'est pas adapté, car le schéma de ce montage ne contient pas de disque recouvert de gel.
On ne retient pas le montage n° 1, car d'après l'énoncé, la diminution de l'éclairement, et non l'évolution de la température, est la cause du déclenchement de l'alarme.
Le montage n° 3 permet de modéliser le détecteur de monoxyde de carbone, car le composant électrique utilisé dans le circuit est une photorésistance, **composant dont la résistance augmente lorsque l'éclairement diminue. Cette augmentation de la résistance entraîne une diminution importante de l'intensité** du courant électrique traversant la photorésistance et le circuit C, ce qui déclenche l'alarme.

Sujet 32 Approvisionnement énergétique en France

25 pts 30 min

Pondichéry, mai 2017

Dans certaines zones du Sud de la France particulièrement venteuses, on peut observer de nombreux champs d'éoliennes qui produisent une énergie électrique dite renouvelable. Nous allons voir ici pourquoi ce choix n'a pas été fait à grande échelle.

1 Dans l'image ci-dessous, on recense différents types d'énergies renouvelables.
Les nommer et associer à chacun une source d'énergie.

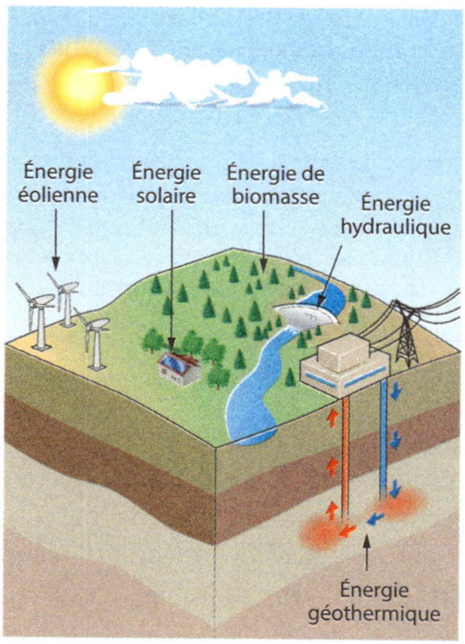

2 On s'intéresse au fonctionnement d'une centrale éolienne.
Sous l'action du vent, les pales de l'éolienne entraînent l'alternateur en rotation, qui produit alors un courant alternatif.
Les éléments en mouvement subissent un échauffement. Ainsi, une partie de l'énergie mécanique est transformée en énergie thermique dite « perdue », car elle n'est pas utilisée.
Reproduire et compléter la chaîne énergétique ci-après en choisissant parmi les mots ou groupes de mots suivants (utilisables plusieurs fois) : énergie

PHYSIQUE-CHIMIE

cinétique, énergie électrique, énergie mécanique, énergie potentielle, énergie thermique, énergie lumineuse, alternateur, eau, vent.

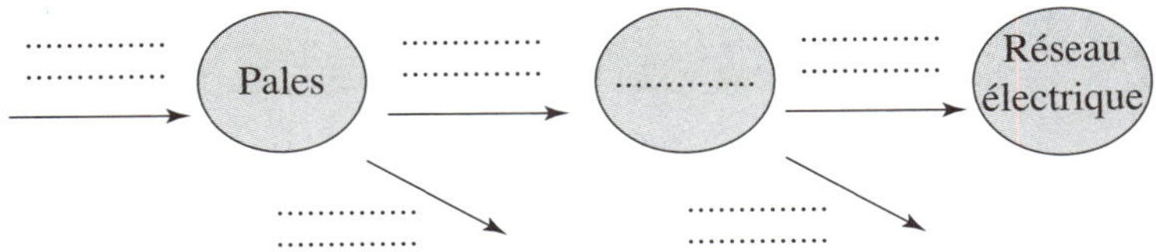

3 **a.** On considère une masse d'air de 1 kg, dont la vitesse passe de la valeur 3 m/s à 9 m/s.
En s'appuyant sur un calcul, dire si l'énergie cinétique de la masse d'air :
☐ reste la même
☐ est multipliée par 3
☐ est multipliée par 9

b. Le physicien allemand Albert Betz affirme que 60 % seulement de l'énergie cinétique du vent est transformée en énergie mécanique au niveau des pales. On donne dans le tableau ci-dessous la valeur annuelle, en mégawattheures (MWh), des énergies intervenant dans la chaîne énergétique d'une éolienne.

Énergie cinétique du vent (en MWh)	Énergie mécanique produite (en MWh)	Énergie électrique produite (en MWh)
17 530	10 510	4 030

Vérifier par un calcul l'affirmation du physicien allemand Albert Betz.

4 La consommation électrique française annuelle est égale à 478 200 GWh.
a. Sachant que la production électrique annuelle d'une éolienne est de 4 030 MWh et que la surface minimale nécessaire à son installation est de 24 hectares, évaluer par un calcul la surface qu'occuperait un parc éolien répondant aux besoins de la consommation française.

Donnée :
1 gigawattheure (GWh) = 1 000 MWh.

b. Expliciter, en apportant au moins deux arguments, pourquoi l'énergie éolienne ne peut pas être le seul choix pour répondre aux besoins croissants en électricité.

Donnée :
valeur moyenne de la surface d'un département S = 2 850 000 hectares.

Sujet 32 Corrigé

Les clés pour réussir

L'essentiel à connaître

- Une **source d'énergie renouvelable** est une source d'énergie pouvant être exploitée de façon **illimitée** à l'échelle humaine.
- La **biomasse** représente l'ensemble de la matière organique, qu'elle soit d'origine végétale ou animale. Elle peut être issue des forêts, des **végétaux**, des **déchets** organiques ou des effluents d'élevage.
- L'**énergie mécanique** d'un objet est égale à la **somme de son énergie cinétique** et de **son énergie potentielle** (dépendant de sa position).
- Une **chaîne énergétique** indique sous la forme d'un schéma les transferts et la conversion d'une forme d'énergie en d'autres formes d'énergie, réalisée par un convertisseur d'énergie.
- **L'énergie cinétique** d'un objet est égale à :

$$E_c = \frac{1}{2} \times m \times v^2$$

E_c l'énergie cinétique de l'objet en joules (J)	m la masse de l'objet en kilogrammes (kg)	v la vitesse de l'objet en m/s

- Pour obtenir le résultat d'un rapport en **pourcentage**, il faut **multiplier par cent** le résultat obtenu.
- La source de l'énergie éolienne est le **vent**, qui ne souffle pas de façon régulière tout au long de l'année.

Analyser l'énoncé

Prenez le temps de bien lire l'énoncé, car les informations suivantes vous seront très utiles pour répondre aux questions :

- dans une centrale éolienne, les éléments en mouvement (pales, alternateur) subissent un échauffement : une partie de l'énergie mécanique est transformée en énergie thermique ;
- dans une centrale éolienne, l'alternateur en rotation produit un courant alternatif, qui est un courant électrique ;
- 1 gigawattheure (GWh) = 1 000 mégawattheures (MWh), ce qui signifie que 1 mégawattheure (MWh) = 0,001 gigawattheure (GWh).

Bien comprendre les questions

Question 1

- Tous les types d'énergie présentés dans l'image de cette question sont renouvelables. Commencez par les recenser avant de les associer aux sources d'énergie.

PHYSIQUE-CHIMIE

Question 2

- Précisez si l'énergie mécanique est de l'énergie cinétique ou de l'énergie potentielle (dépendant de la position).

Question 3

- Utilisez la formule reliant l'énergie cinétique, la masse et la vitesse d'un objet pour répondre à la question **3** **a.**
- L'énergie mécanique mentionnée dans l'énoncé de la question **3** **b.** correspond à l'énergie cinétique des pales.

Question 4

- Utilisez les données de l'énoncé pour effectuer le calcul demandé, puis pour comparer votre résultat avec la valeur moyenne de la surface d'un département.

1 Les différents types d'énergie renouvelable sont l'énergie de biomasse, l'énergie hydraulique, l'énergie éolienne, l'énergie solaire et l'énergie géothermique :
– les sources de l'énergie de biomasse sont **les végétaux et les déchets** ;
– la source de l'énergie hydraulique est **l'eau** ;
– la source de l'énergie éolienne est **le vent** ;
– la source de l'énergie solaire est **le Soleil** ;
– la source de l'énergie géothermique est **la Terre**.

Gagnez des points !

Ne confondez pas source d'énergie (eau, Soleil, vent, etc.) et forme d'énergie (énergie thermique, énergie électrique, etc.).

2 **La chaîne énergétique d'une centrale éolienne** peut être complétée de la façon suivante :

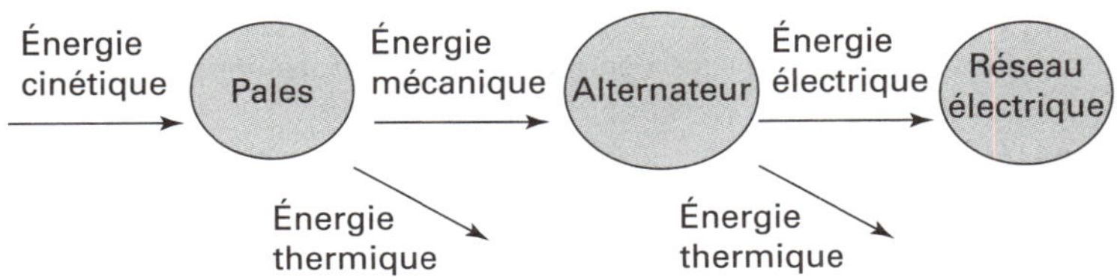

3 **a.** L'énergie cinétique E_{c1} d'une masse d'air $m = 1$ kg se déplaçant à la vitesse de valeur $v_1 = 3$ m/s est égale à :

$$E_{c1} = \frac{1}{2} \times m \times {v_1}^2 = \frac{1}{2} \times 1 \times 3^2 = \mathbf{4{,}5\ J}.$$

L'énergie cinétique E_{c2} d'une masse d'air $m = 1$ kg se déplaçant à la vitesse de valeur $v_2 = 9$ m/s est égale à :

$$E_{c2} = \frac{1}{2} \times m \times {v_2}^2 = \frac{1}{2} \times 1 \times 9^2 = \mathbf{40{,}5\ J}.$$

L'astuce du prof

N'oubliez pas les unités à fin des calculs : l'énergie s'exprime en joules (J).

Ainsi, si la valeur de la vitesse d'une masse d'air $m = 1$ kg passe de 3 m/s à 9 m/s, **son énergie cinétique est multipliée par** : $\frac{40,5}{4,5} = \mathbf{9}$.

b. D'après le tableau présenté dans l'énoncé, si l'énergie cinétique du vent vaut 17 530 MWh, l'énergie mécanique au niveau des pales de la centrale éolienne est égale à 10 510 MWh.

Le rapport entre l'énergie mécanique au niveau des pales de la centrale éolienne et l'énergie cinétique du vent est donc égal à :

$\frac{10\,510}{17\,530} = 0{,}60 = 0{,}60 \times 100\ \% = \mathbf{60\ \%}$.

Ce rapport correspond bien à ce qui est affirmé par le physicien allemand Albert Betz.

Remarque
Ne vous arrêtez pas à la résolution du calcul. Écrivez également une phrase de conclusion pour obtenir tous les points au brevet.

4 a. La production électrique annuelle E_1 d'une éolienne est égale à :
$E_1 = 4\,030$ MWh $= 4{,}030$ GWh.
La consommation électrique française annuelle E_2 vaut :
$E_2 = 478\,200$ GWh.
Le nombre N d'éoliennes nécessaires pour répondre aux besoins de la consommation électrique française serait donc égal à :

$$N = \frac{E_2}{E_1} = \frac{478\,200}{4{,}030} = 118\,660.$$

Comme la surface minimale S_1 nécessaire à l'installation d'une éolienne vaut $S_1 = 24$ hectares, la surface S qu'occuperait un parc éolien répondant aux besoins de la consommation française serait égale au minimum à :
$S = N \times S_1 = 118\,660 \times 24 =$ **2 847 840 hectares, soit environ 2 850 000 hectares**.

b. La **surface** qu'occuperaient les parcs éoliens devant répondre aux besoins de la consommation française serait égale à environ 2 850 000 hectares, ce qui est **trop important par rapport à la surface de la France.** En effet, cette surface correspondrait à la valeur moyenne de la surface d'un département français entier.

De plus, le vent ne souffle pas à la même vitesse tout au long de l'année : lorsque la vitesse du vent passe de la valeur 9 m/s à 3 m/s, son énergie cinétique est divisée par 9, ce qui divise aussi par 9 l'énergie électrique produite. La quantité d'énergie électrique produite par les éoliennes est donc assez **aléatoire**.

Enfin, seulement 60 % de l'énergie cinétique du vent est transformée en énergie mécanique au niveau des pales des éoliennes, et la conversion de cette énergie mécanique en énergie électrique par les alternateurs **diminue encore ce rendement**, car une partie de l'énergie mécanique est « perdue » en énergie thermique.

Ainsi, pour répondre aux besoins croissants en électricité, il faudrait développer différents types d'énergie renouvelables (biomasse, hydraulique, solaire, géothermique) et **ne pas se limiter à la seule énergie éolienne**.

Sujet 33 Aide au stationnement

25 pts — 30 min

Afrique, Proche-Orient, juin 2021

Le radar de recul est un système utilisé à l'arrière de certains véhicules pour faciliter la manœuvre de stationnement.

Il est constitué de 4 capteurs à ultrasons positionnés sur le pare-chocs du véhicule. Lorsqu'un obstacle est détecté (mur, véhicule, arbre, personne…) (*document 1*), le système émet des bips sonores et affiche la position de l'obstacle sur un écran au tableau de bord (*document 2*).

Chaque capteur est capable d'émettre et de recevoir des ultrasons. Lorsqu'un obstacle est présent face au capteur, le délai entre l'émission et la réception de l'onde permet de connaître la distance qui le sépare de l'obstacle (*document 1*). Les informations sont ensuite traitées par l'ordinateur de bord.

Doc. 1 Principe du radar de recul

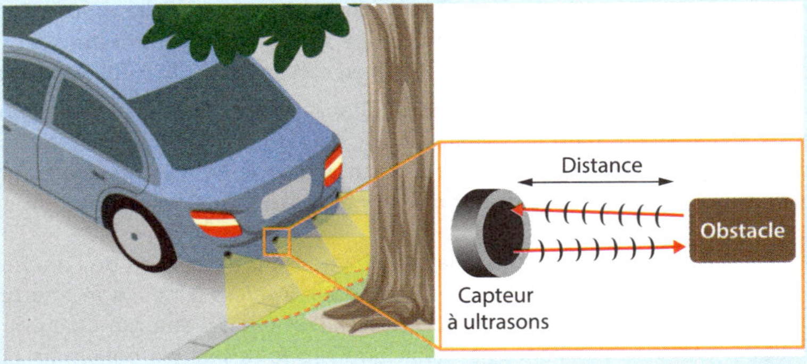

L'affichage au tableau de bord s'active lorsque la distance avec l'obstacle est inférieure ou égale à 2 m. Des voyants verts apparaissent puis oranges, puis rouges au fur et à mesure que le véhicule se rapproche de l'obstacle (*document 2*). Ils sont accompagnés d'un signal sonore émis par un buzzer dont le rythme s'accélère lorsque la distance diminue.

Doc. 2 Affichage du tableau de bord

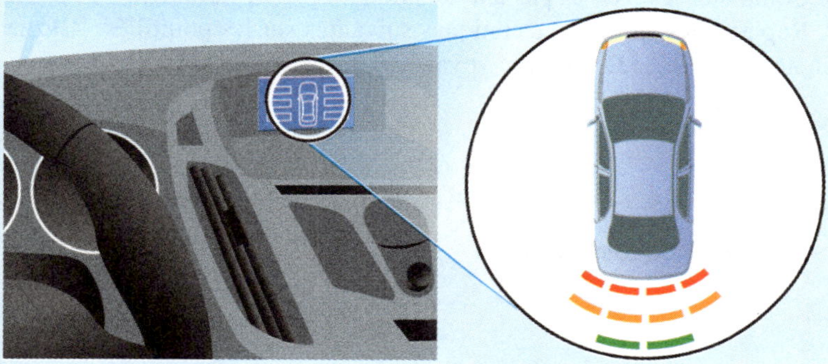

Doc. 3 Signaux visuels et sonores pour le conducteur

Distance de l'obstacle (en mètre)	Couleur du voyant	Rythme du signal sonore
À partir de 2 m et jusqu'à 1 m	Vert	Signal toutes les 0,5 s
Inférieure à 1 m et jusqu'à 0,50 m	Orange	Signal toutes les 0,25 s
Inférieure à 0,50 m	Rouge	Signal continu

1 Donner la fonction d'usage du radar de recul (rédiger la réponse).

2 Choisir la réponse correcte. Un capteur est :
a. un élément permettant d'avertir par un signal sonore.
b. un élément capable de prélever une information.
c. un élément pouvant transformer un mouvement.
d. un élément permettant d'alimenter en énergie.

3 **a.** Compléter les deux affirmations ci-dessous concernant le capteur ultrason en utilisant les mots : court et long.
– Plus la distance entre le radar de recul et l'obstacle est petite, plus le délai émission / réception de l'onde est ....
– Plus la distance entre le radar de recul et l'obstacle est grande, plus le délai émission / réception de l'onde est ....
b. Quel paramètre permet de déterminer la distance entre le véhicule et l'obstacle ?
☐ Le délai entre l'émission et la réception de l'onde.
☐ La vitesse du véhicule.
☐ Le nombre de capteurs.

TECHNOLOGIE

4 Compléter la chaîne d'information du système d'aide au stationnement.

a. Compléter les 2 cases par une fonction (verbe à l'infinitif).

b. Replacer les solutions techniques suivantes sur les pointillés : Buzzer / Capteur ultrason / Ecran avec voyants / Ordinateur de bord

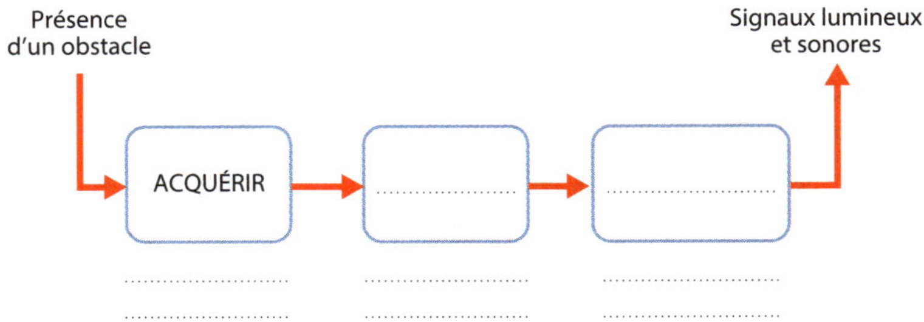

5 Pour le bon fonctionnement du système, le capteur à ultrasons doit avoir un temps de réponse inférieur à 500 ms et doit capter un obstacle à partir de 2 m de distance.

À partir du *document 4*, choisir le capteur le plus approprié. Justifier le choix.

Doc. 4 **Différents modèles de capteurs à ultrasons**

	Modèle A	Modèle B	Modèle C
Détection entre	8 m et 0,1 m	0,6 m et 0,065 m	2 m et 0,2 m
Temps de réponse	240 ms	64 ms	530 ms
Diamètre	35 mm	65 mm	30 mm

6 À partir du *document 3* et du *document 5*, compléter les huit cases blanches du programme ci-dessous lié au fonctionnement du radar de recul (les distances sont en mètres).

Doc. 5 Système de codage informatique des couleurs

Les couleurs sont notées « RVB » pour le système de codage informatique.

- Code couleur RVB pour le **Vert** : (rouge 0 ; vert 255 ; bleu 0).
- Code couleur RVB pour le **Rouge** : (rouge 255 ; vert 0 ; bleu 0)
- Code couleur RVB pour le **Orange** : (rouge 255 ; vert 150 ; bleu 20)

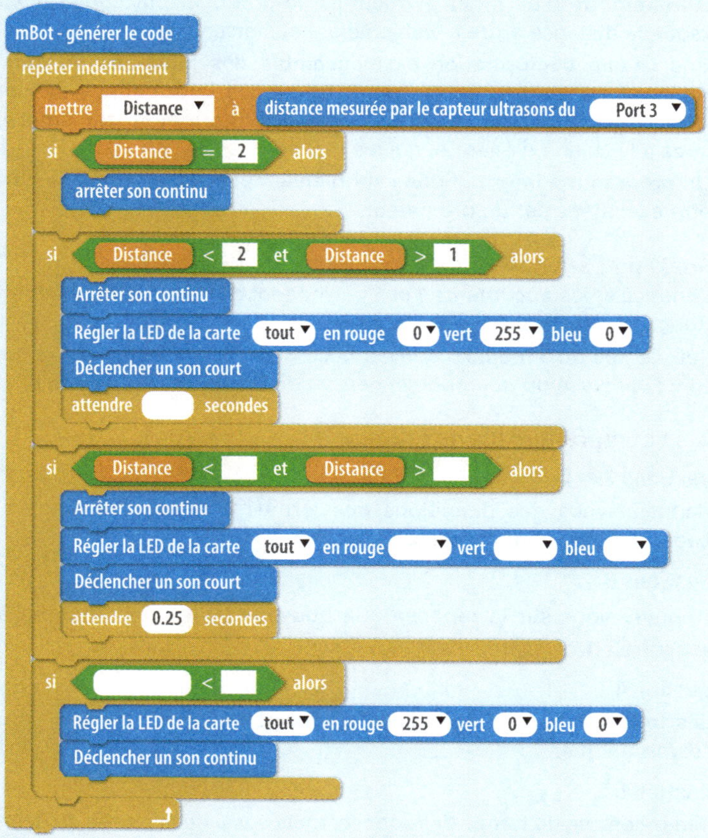

TECHNOLOGIE

Sujet 33 Corrigé

Les clés pour réussir

L'essentiel à connaître

- La **fonction d'usage** d'un objet correspond au **service qu'il rend**. Par exemple, la fonction d'usage d'une voiture est de transporter des personnes.
- Un **capteur acquiert une grandeur physique**, comme une température par exemple, et la transforme en information compréhensible par un ordinateur.
- Le **paramètre** d'un radar de recul est la grandeur physique qui **varie** lorsque la distance entre le véhicule et l'obstacle varie.
- Une **chaîne d'information** est l'**ensemble des fonctions techniques** d'un objet qui permettent de gérer toutes les informations indispensables à son fonctionnement. La chaîne d'information transmet des ordres à la chaîne d'énergie, qui les réalise.
- Un **programme** informatique est un **ensemble d'opérations** destinées à être exécutées par un ordinateur.

Analyser l'énoncé et les documents

- L'énoncé et les *documents 1* et *2* permettent de comprendre l'intérêt et le fonctionnement d'un radar de recul.
- L'étude des *documents 3* et *5* est nécessaire pour répondre à la question 6 ; l'analyse du *document 4* permet de résoudre la question 5.

Bien comprendre les questions

Questions 1 et 2

- Rappelez-vous des définitions des termes « fonction d'usage » et « capteur » pour répondre à ces questions.

Questions 3

- Appuyez-vous sur la réponse à la question **3 a** pour répondre à la question **3 b**.

Question 4

- Les trois fonctions d'une chaîne d'information sont : acquérir, traiter et communiquer.

Question 5

- Tenez compte du temps de réponse, mais aussi de la portée du capteur à ultrasons pour choisir le modèle approprié.

Question 6

- Dans un programme, le nombre « 0,5 » s'écrit : 0.5.

1 La fonction d'usage d'un radar de recul est d'**avertir de la présence d'un obstacle**.

2 Un capteur est un **élément capable de prélever une information**.

3 **a.** Plus la distance entre le radar de recul et l'obstacle est petite, plus le délai émission / réception de l'onde est **court**.

Plus la distance entre le radar de recul et l'obstacle est grande, plus le délai émission / réception de l'onde est **long**.

b. Le paramètre qui permet de déterminer la distance entre le véhicule et l'obstacle est **le délai entre l'émission et la réception de l'onde**. En effet, d'après la réponse à la question précédente, le délai émission / réception de l'onde varie lorsque la distance entre le radar de recul et l'obstacle varie.

L'astuce du prof

Une fonction d'usage est toujours exprimée de la même façon : un verbe à l'infinitif suivi éventuellement d'un groupe nominal.

Pour aller plus loin

La distance d entre le radar de recul et l'obstacle est égale à $d = \frac{v \times t}{2}$, avec v la vitesse de propagation de l'onde et t le délai entre l'émission et la réception de l'onde.

4 La chaîne d'information du système d'aide au stationnement est la suivante.

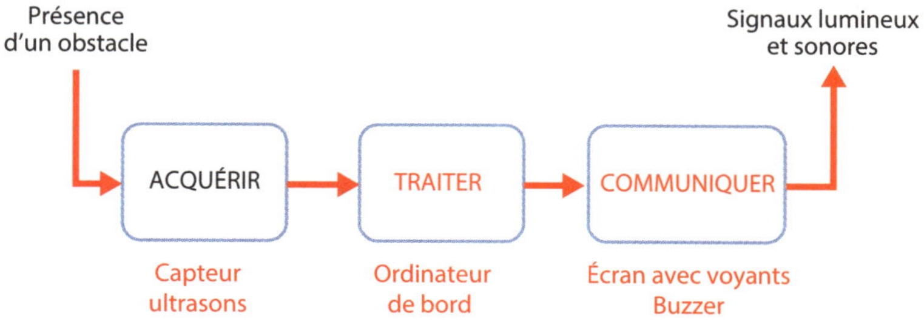

5 Pour le bon fonctionnement du système, le capteur à ultrasons doit avoir un temps de réponse inférieur à 500 ms, ce qui est le cas des modèles de capteurs à ultrasons A et B.

De plus, le capteur à ultrasons doit capter un obstacle à partir de 2 m de distance, ce qui est le cas du modèle A, mais pas du modèle B.

Ainsi, le capteur le plus approprié est le **modèle A**.

Gagnez des points !

N'oubliez pas de justifier votre réponse.

6 Le programme lié au fonctionnement du radar de recul est le suivant.

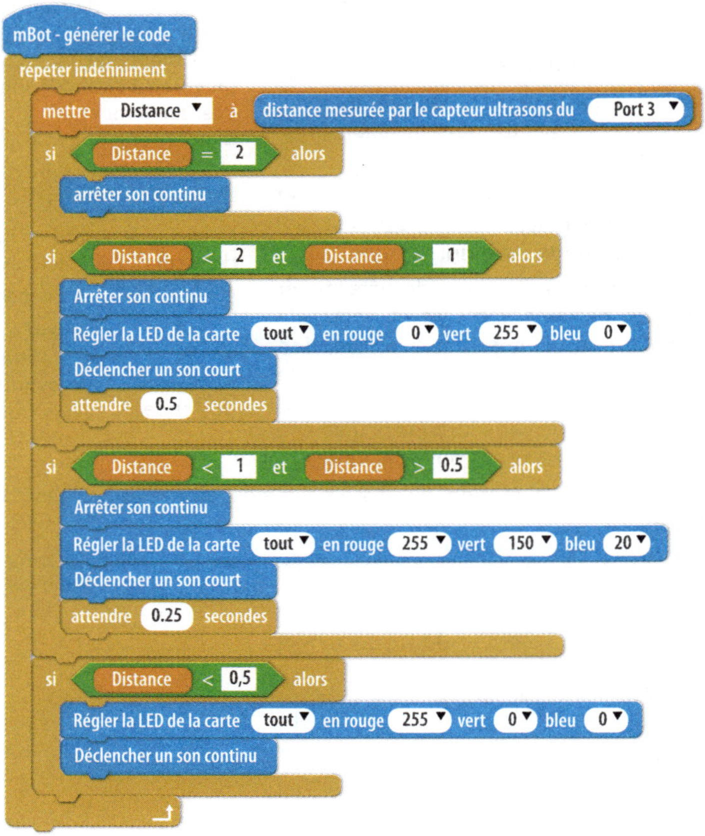

Sujet 34

25 pts — 30 min

Système d'arrosage automatique par goutte à goutte

Nouvelle-Calédonie, décembre 2019

Afin d'économiser les ressources en eau, un producteur de tomates sous serre décide d'installer un système d'arrosage par goutte à goutte automatique dans son exploitation. Chaque pied de tomate se voit munir d'un tuyau d'arrivée d'eau et un capteur d'humidité est planté dans la terre, à proximité des pieds de tomate.

Doc. 1 Types de signaux

Signal numérique : information codée par une suite de 0 et de 1

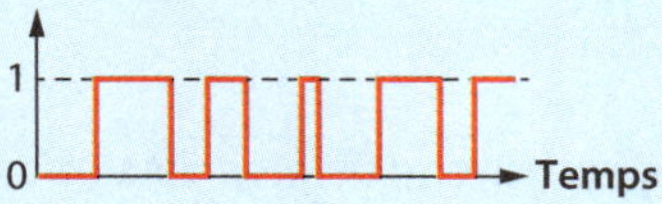

Signal analogique : grandeur physique qui varie de manière continue dans le temps

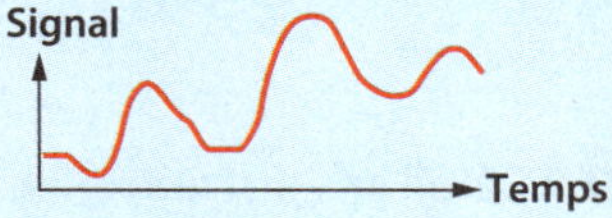

Le capteur d'humidité renvoie une valeur qui varie de 0 à 1024. La valeur 0 correspond à 0 % d'humidité, la valeur 1024 à 100 % d'humidité.

Doc. 2 Enregistrement des valeurs envoyées par le capteur d'humidité de la terre pendant une journée

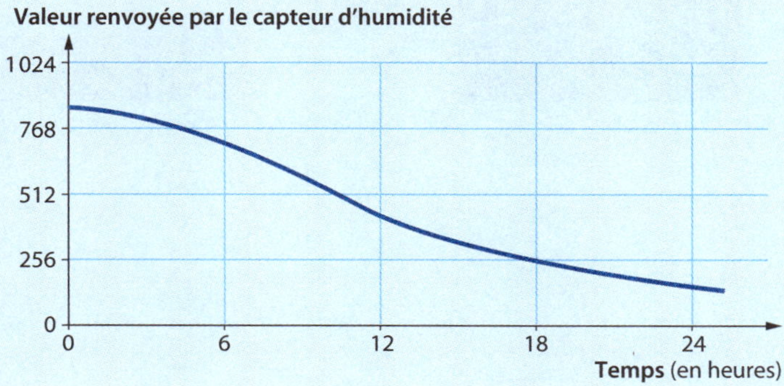

Doc. 3 Schéma du dispositif d'arrosage par goutte à goutte automatique

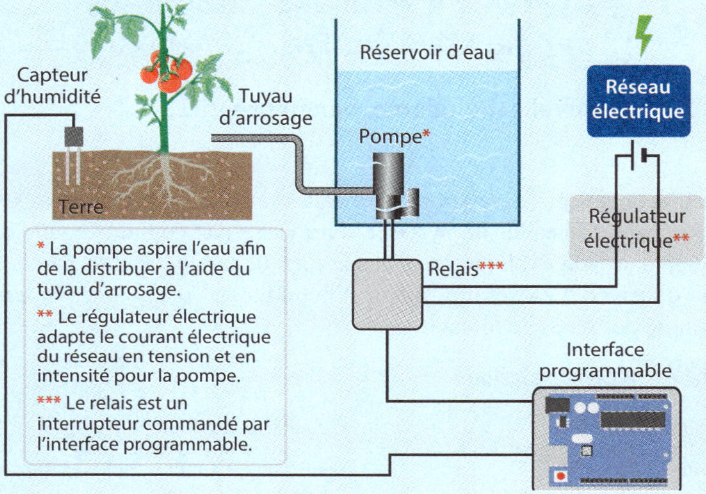

* La pompe aspire l'eau afin de la distribuer à l'aide du tuyau d'arrosage.

** Le régulateur électrique adapte le courant électrique du réseau en tension et en intensité pour la pompe.

*** Le relais est un interrupteur commandé par l'interface programmable.

Doc. 4 Détail de l'arrivée de l'arrosage au niveau du pied de tomate

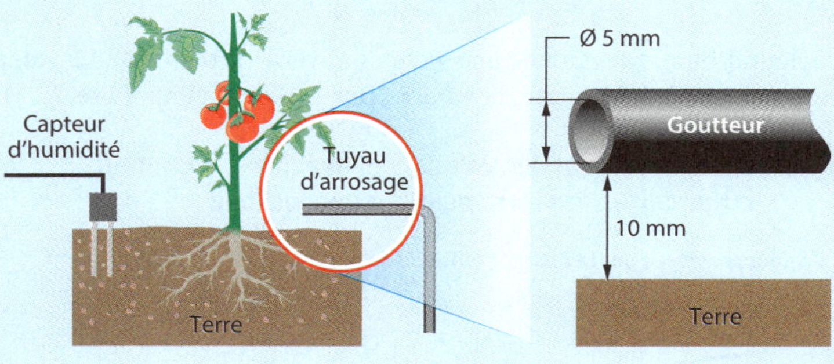

Doc. 5 **Tableau comparatif des matériaux envisagés pour fabriquer la pièce de maintien du goutteur**

	Résistance à la corrosion (rouille)	Résistance aux changements de température	Résistance à la dégradation par les rayons du soleil	Résistance à l'humidité	Prix	Impact écologique
Matière plastique	Excellente	Excellente	Mauvaise	Excellente	Peu cher	Important
Bois	Excellente	Moyenne	Moyenne	Mauvaise	Très cher	Faible
Matériau ferreux	Mauvaise	Excellente	Excellente	Excellente	Cher	Moyen

1 D'après les *documents 1 et 2*, comment s'appelle le type de signal produit par le capteur d'humidité ? Justifier la réponse.

2 On considère que les pieds de tomate ont besoin d'eau lorsque l'humidité de la terre est en dessous de 25 %. Il faut alors déclencher l'arrosage. À quelle valeur envoyée par le capteur faut-il déclencher l'arrosage ? Expliquer la réponse.

3 D'après le *document 2*, pendant la journée où ces données ont été enregistrées, à quelle heure aurait-il fallu déclencher l'arrosage ?

4 À l'aide du *document 3*, compléter les chaînes d'énergie et d'information du système sur le schéma ci-après avec les éléments suivants : capteur d'humidité ; interface programmable ; régulateur électrique ; pompe.

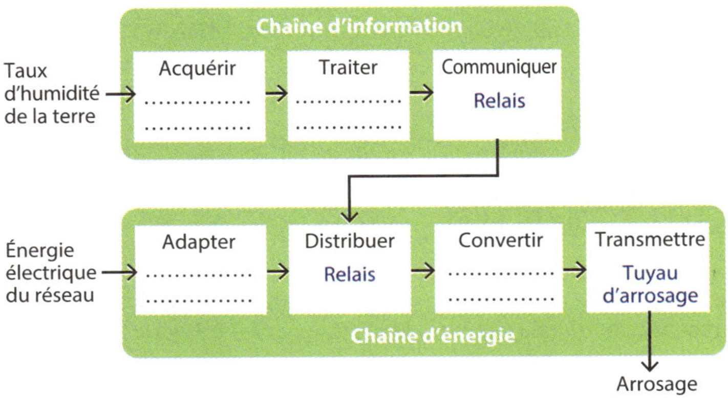

TECHNOLOGIE

5 Compléter le programme ci-dessous qui sera transféré dans l'interface programmable avec les propositions suivantes : pompe arrêtée ; pompe en marche ; relais ; relais ; taux d'humidité de la terre ; taux d'humidité de la terre ; valeur de déclenchement ; valeur de déclenchement.

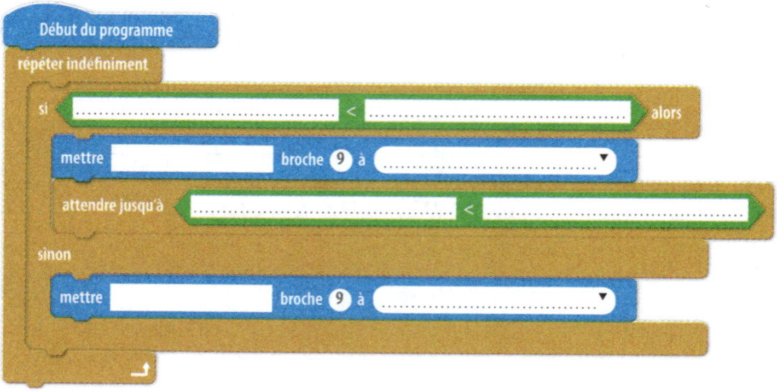

6 Le goutteur du tuyau d'arrosage est simplement posé à terre au niveau du pied de tomate, mais on s'aperçoit très vite qu'il finit par s'encrasser et le pied finit par ne plus être irrigué.
À l'aide du *document 4*, dessiner une pièce qui permettra de tenir le goutteur à 1 cm du sol, afin qu'il ne se salisse pas. Vous pouvez indiquer des dimensions et autres légendes nécessaires à la compréhension.

7 À l'aide du *document 5* : quel type de matériau choisiriez-vous pour fabriquer la pièce de maintien du goutteur ? Justifier la réponse.

8 Le producteur est satisfait de son installation, mais il désire réduire sa facture d'électricité. Rédiger un court paragraphe pour lui proposer une solution afin de réduire le coût de la consommation d'énergie de ce système.

Sujet 34 Corrigé

Les clés pour réussir

L'essentiel à connaître

- Le diagramme des **chaînes d'énergie et d'information** permet de représenter le fonctionnement du système et les échanges de flux entre ses différents éléments.
- Un **algorithme** est une succession d'opérations et d'instructions permettant la réalisation d'une tâche ou la résolution d'un problème.

- Il existe plusieurs méthodes pour représenter une pièce d'un système, comme réaliser un **croquis, un plan**, un **modèle numérique**, etc.
- Le **choix d'un matériau** s'effectue suivant des critères comme la formabilité, le coût, l'impact écologique, la durée de vie.
- La **source d'énergie** choisie pour alimenter un système va modifier son coût d'utilisation et son impact environnemental.

Analyser l'énoncé et les documents

- Le *document 1* présente un signal numérique et un signal analogique.
- Le *document 2* représente les valeurs renvoyées par un capteur.
- Le *document 3* est une représentation des éléments du système d'arrosage et des liens qui existent entre eux.
- Le *document 4* montre le goutteur (l'arrivée de l'arrosage) au niveau du pied de tomate.
- Le *document 5* permet de comparer différents matériaux suivant des critères définis pour fabriquer la pièce de maintien du goutteur.

Bien comprendre les questions

Question 1

- Le *document 2* montre que la valeur du capteur d'humidité varie dans le temps. Le *document 1* vous permet d'identifier ce type de signal.

Question 2

- Les valeurs du capteur d'humidité sont proportionnelles à l'humidité de la terre.

Question 3

- Pour répondre à cette question, utilisez la valeur trouvée dans la question 2.

Questions 4 et 5

- Positionnez les éléments donnés dans les bonnes cases de la chaîne d'information et de l'algorithme.

Question 6

- Dessinez une pièce (type croquis ou plan). La contrainte principale consiste à maintenir le tuyau à 1 cm du sol.

Question 7

- Utilisez le *document 5* pour choisir un matériau en fonction des critères présentés (prix, résistance à l'humidité...).

Question 8

- L'utilisation d'une source d'énergie renouvelable permettrait de réduire le coût d'utilisation du système.

1 Le signal produit par le capteur d'humidité est un **signal analogique**. Il varie de manière continue dans le temps suivant l'humidité de la terre. Le capteur renvoie une valeur entre 0 et 1 024 : la valeur 0 correspond à 0 % d'humidité, la valeur 1 024 correspond à 100 % d'humidité.

Gagnez des points !
Pour bien comprendre les documents de l'énoncé, n'hésitez pas à les lire plusieurs fois.

2 La valeur varie proportionnellement entre 0 et 1 024 pour une humidité de 0 % à 100 %.

Taux d'humidité	0 %	25 %	100 %
Valeur	0	x	1 024

L'astuce du prof
Utilisez un produit en croix pour effectuer ce calcul.

Calcul : $x = \dfrac{(25 \times 1\,024)}{100} = 256.$

Lorsque le taux d'humidité est à 25 %, le capteur renvoie une valeur de 256. Il faut donc déclencher l'arrosage pour **une valeur inférieure ou égale à 256**.

3 D'après le document 2, la valeur renvoyée par le capteur est égale à 256 à 18 h puis inférieure par la suite.
Il aurait donc fallu déclencher l'arrosage **à 18 h**.

Gagnez des points !
Placer en premier les éléments que vous connaissez.

4 Voici la chaîne d'information et d'énergie complétée :

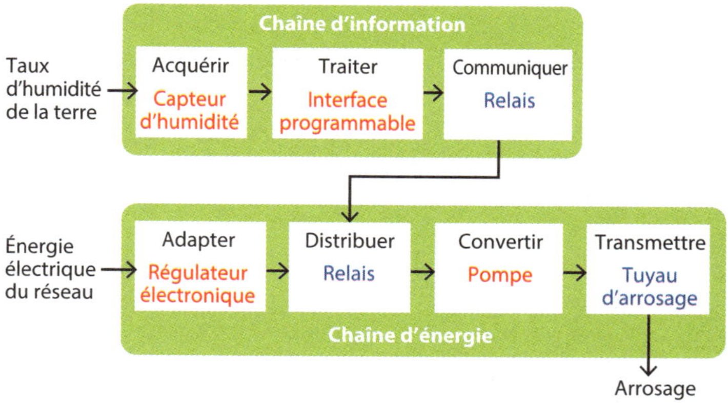

5 Il faut mettre en marche la pompe lorsque le taux d'humidité de la terre est inférieur à la valeur de déclenchement (256). Puis arrêter la pompe lorsque la valeur de déclenchement est supérieure au taux d'humidité de la terre.

Gagnez des points !
Soyez vigilant aux sens des symboles, inverser les éléments si besoin.

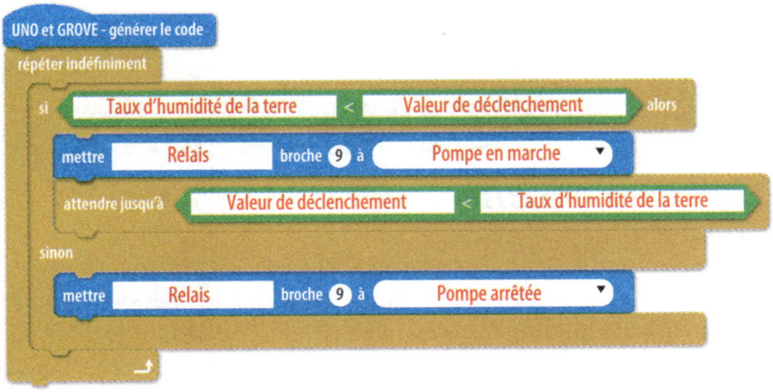

6 Voici un croquis d'une pièce pour tenir le goutteur. La partie rouge est en contact avec le sol et permet de fixer le goutteur à 1 cm du sol.

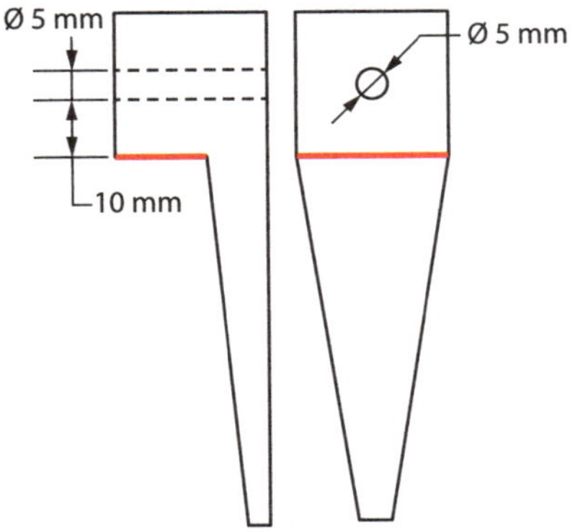

L'astuce du prof

Vous pouvez utiliser des couleurs pour légender votre dessin et le rendre ainsi plus facile à comprendre.

Ce croquis est une proposition, d'autres solutions techniques sont envisageables.

7 Le **plastique** pourrait être choisi pour fabriquer cet élément car il résiste à l'humidité et ne rouille pas. En effet, la rouille pourrait nuire au développement des plantes.
L'impact écologique est important mais les autres matériaux ne répondent pas aux contraintes imposées.

Gagnez des points !

Le choix d'un matériau est toujours le fruit d'un compromis. Donnez les critères qui justifient votre décision.

8 Pour réduire la facture d'électricité, une source d'énergie différente comme l'énergie solaire pourrait être utilisée. L'utilisation d'un **panneau solaire** associé à un régulateur et une **batterie** permettrait une alimentation électrique suffisante pour faire fonctionner ce système qui consomme peu d'énergie.

Sujet 35 Le barrage de navigation

25 pts 30 min

Liban, juin 2018

Les phénomènes de fortes précipitations ainsi que les périodes de sécheresse ont un impact important sur le niveau d'eau des fleuves et des rivières. Les barrages de navigation servent à réguler le niveau d'eau des fleuves et des rivières, permettant ainsi le transport fluvial tout en tenant compte des risques de crues.
Ils contribuent également à fiabiliser l'alimentation en eau potable des populations ainsi que les besoins des industries et de l'agriculture.

1 Quelle est la fonction principale d'un barrage de navigation ?

2 Donner au moins trois raisons qui justifient la nécessité de réguler le niveau d'eau des fleuves et des rivières.

Doc. 1 Fonctionnement du barrage à clapet

Le système est composé d'un volet métallique appelé clapet ③ qui pivote sur une semelle en béton.
La position du clapet varie selon la mesure du niveau d'eau amont.
Lors des crues, le clapet est complètement couché afin de ne pas créer d'obstacle à l'écoulement de l'eau.
Dans la salle de commande du barrage, un voyant de couleur s'affiche sur l'écran de visualisation pour indiquer la position du clapet.

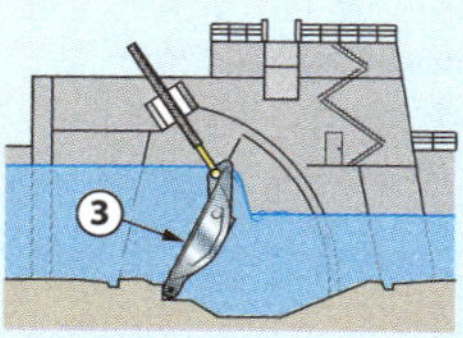

Position 1 du clapet :
niveau d'eau bas
voyant orange

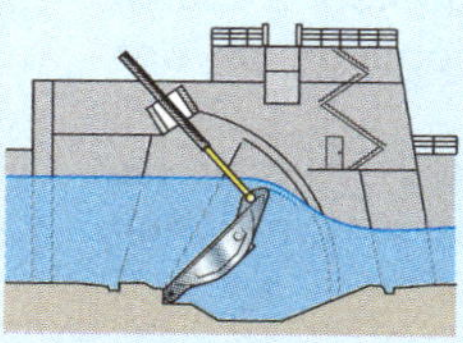

Position 2 du clapet :
niveau d'eau normal
voyant vert

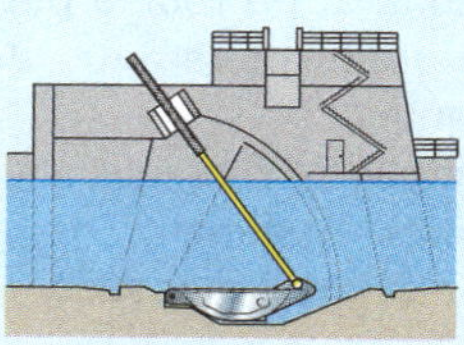

Position 3 du clapet :
niveau d'eau haut (crues)
voyant rouge

Doc. 2 Principe de fonctionnement d'un barrage à clapet

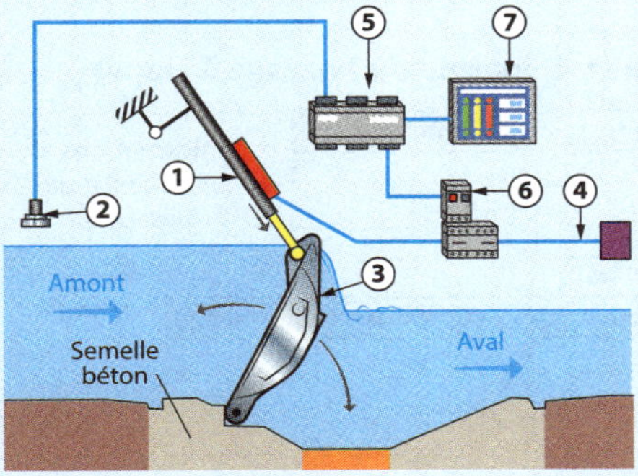

①	Ensemble hydraulique (moteur et pompe électriques + vérin)
②	Capteur de niveau d'eau amont
③	Clapet
④	Réseau électrique 230 V
⑤	Automate de gestion
⑥	Relais électrique de distribution
⑦	Écran de visualisation

L'ensemble hydraulique, alimenté par le réseau électrique, pousse ou tire le clapet.
L'automate de gestion analyse les informations reçues par le capteur de niveau d'eau afin de définir les consignes de position du clapet, ce qui permet de maintenir le niveau d'eau constant en amont du barrage.

Doc. 3 Le fonctionnement automatique d'un barrage à clapet

Le niveau d'eau est maintenu automatiquement en fonction des paramètres de gestion du barrage.
Le programme est écrit en boucle, il se répète indéfiniment suivant la logique ci-après.
Si le niveau d'eau est normal, le clapet est en position 2 et le voyant est vert.
Si le niveau d'eau est haut, le clapet est couché en position 3 et le voyant est rouge.
Si le niveau d'eau est bas, le clapet se met en position 1 et le voyant est orange.

3 Compléter le tableau ci-dessous en indiquant l'élément correspondant à chaque fonction.

Tableau des fonctions et des éléments associés

Fonction	Élément du barrage à clapet
Retenir l'eau en amont	
Détecter le niveau d'eau en amont	
Gérer la position du clapet	
Alimenter le barrage en électricité	
Afficher des informations	

4 À l'aide du *document 2*, compléter les chaînes d'information et d'énergie du barrage à clapet ci-dessous.

Chaînes d'information et d'énergie du barrage à clapet

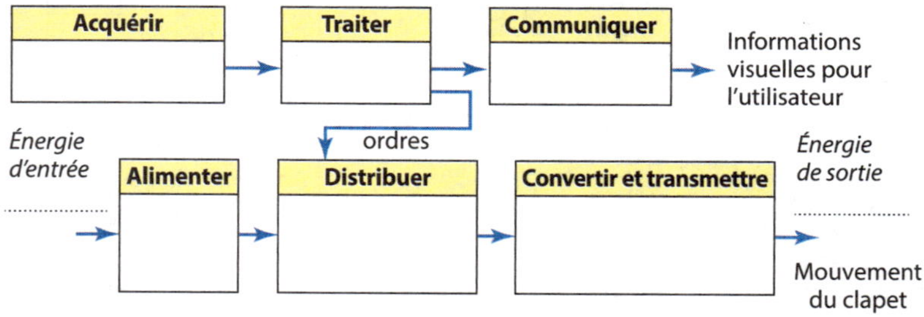

5 À l'aide des *documents 1* et *3*, compléter le logigramme ci-dessous et l'extrait du programme par blocs du barrage ci-après.

Programmation de la régulation du niveau de l'eau du barrage
Logigramme

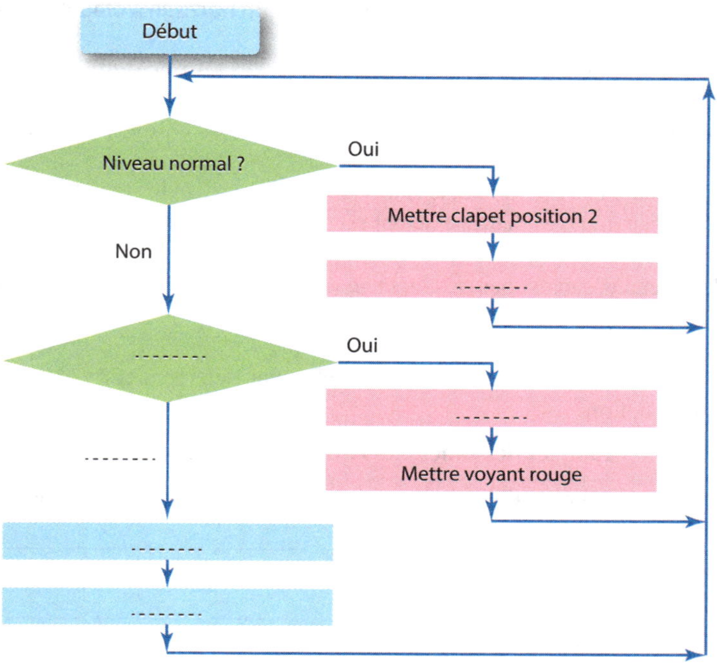

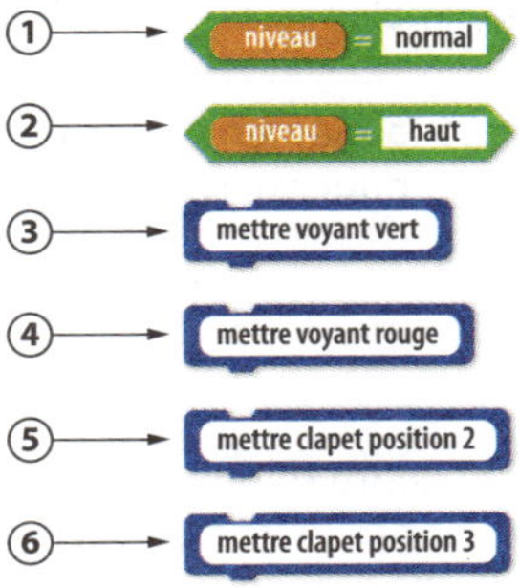

Extrait du programme par blocs
décrivant le même fonctionnement

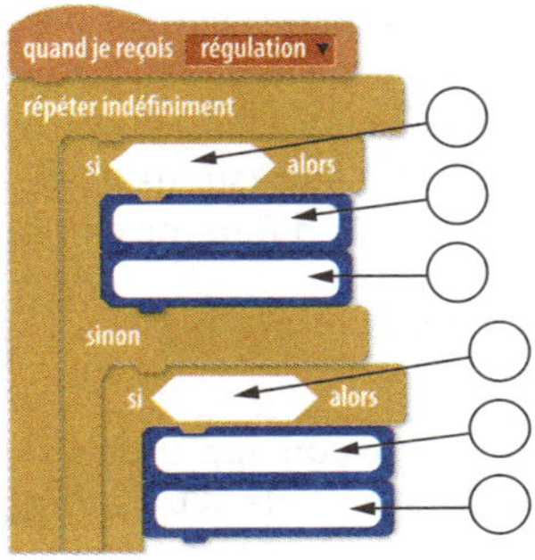

Sujet 35 Corrigé

Les clés pour réussir

L'essentiel à connaître

- Pour définir la **fonction principale** (qui peut être également ici nommée la fonction de service ou la fonction d'usage) d'un système, d'un objet technique, il faut se demander : À quoi sert-il ? Quel service rend-il ?
- Le système peut être décomposé en **fonctions techniques** : elles expriment ce qui doit être fait dans un objet technique, dans un système, pour qu'il fonctionne. Ces fonctions font appel à des **solutions techniques** réalisées par des composants du système.
- On appelle **chaîne d'énergie** la représentation, sous forme de diagramme, du parcours de l'énergie dans l'objet.
- On appelle **chaîne d'information** la représentation, sous forme de diagramme, du parcours des différentes données et informations circulant dans le système.
- Ces deux chaînes sont généralement combinées sur un même diagramme.
- Un **programme informatique** est une suite d'actions et de conditions qui peut être représentée par un logigramme (représentation graphique d'un algorithme). Le système peut être piloté ou simulé par un programme par blocs (de type Scratch).

Analyser l'énoncé et les documents

- Le *document 1* décrit le fonctionnement (mécanique) du barrage : essayez de repérer, sur les petites images, le clapet. C'est un élément important du système.
- Les *documents 2* et *3* présentent le fonctionnement (électrique et informatique) du système. Prenez votre temps pour analyser le système en repérant ses différents composants.

Bien comprendre les questions

Question 1

- Relisez de façon approfondie le premier encadré qui donne des informations sur l'utilité d'un barrage de navigation. Évitez de recopier le texte mot pour mot, préférez une reformulation de la fonction principale.

Question 2

- Une réponse sous forme de liste avec 3 tirets est envisageable.

Question 3

- Pour compléter ce tableau, associez les éléments du système aux différentes fonctions (techniques). Aidez-vous de la liste des composants (① à ⑦) du *document 2*.
- Attention, seulement 5 éléments sont à placer ici, procédez par élimination si vous avez des difficultés.

Question 4

- N'oubliez pas de compléter notamment les pointillés avec les énergies d'entrée et de sortie.

Question 5

- Complétez le losange avec une question et les rectangles avec des affirmations.

1 La fonction principale d'un barrage de navigation est de **réguler le niveau d'eau des fleuves et des rivières**.

2 Plusieurs raisons justifient la nécessité de réguler le niveau d'eau des fleuves et des rivières :
- **permettre le transport fluvial tout en tenant compte des risques de crue** ;
- **fiabiliser l'alimentation en eau potable des populations** ;
- **assurer l'approvisionnement en eau des industries et de l'agriculture**.

3 Le tableau des fonctions et des éléments associés peut être complété de la façon suivante :

Fonction	Élément du barrage à clapet
Retenir l'eau en amont	Clapet
Détecter le niveau d'eau en amont	Capteur de niveau d'eau en amont
Gérer la position du clapet	Automate de gestion
Alimenter le barrage en électricité	Réseau électrique 230 V
Afficher des informations	Écran de visualisation

Remarque : on peut aussi considérer que l'élément du barrage à clapet qui permet de gérer la position du clapet est l'ensemble hydraulique (moteur et pompe électriques + vérin).

L'astuce du prof
Les réponses sont données dans le *document 2*.

4 La chaîne d'information et d'énergie du barrage à clapet peut être complétée ainsi :

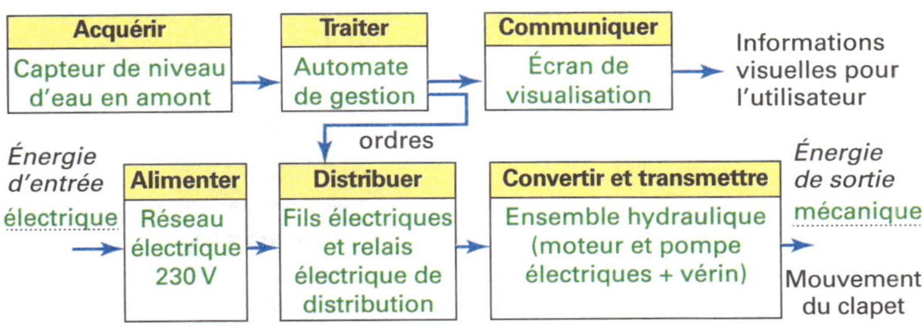

5 Voici le logigramme de la régulation du niveau de l'eau du barrage, ainsi que l'extrait du programme par blocs complétés :

Gagnez des points !
Ne vous trompez pas dans la position du clapet ou la couleur du feu.

Logigramme

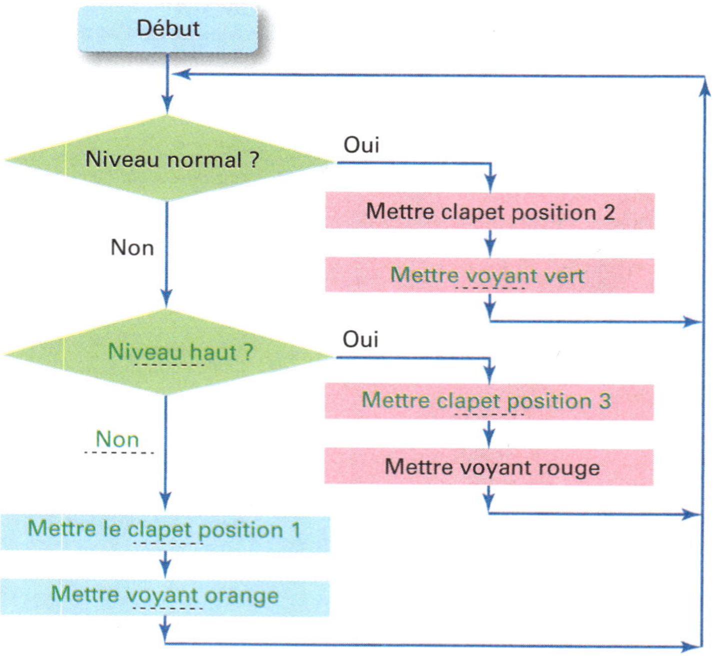

Extrait du programme par blocs
décrivant le même fonctionnement

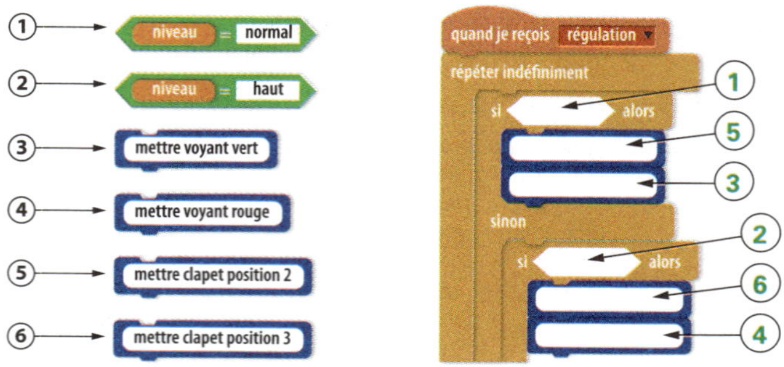

Sujet 36 Conditionnement du sirop d'érable

25 pts — 30 min

Sujet zéro, janvier 2018

Le sirop d'érable est produit essentiellement au Canada et plus particulièrement au Québec (72 % de la production mondiale).
La France est une grande consommatrice de ce nectar et était, il y a cinq ans, le cinquième pays importateur de sirop d'érable du Canada (source : Global Trade Atlas, 2012).
Pour les producteurs de sirop d'érable, il faut pouvoir le commercialiser dans les meilleures conditions afin de satisfaire le consommateur.
Un producteur souhaite revoir le conditionnement de son sirop et donc choisir un nouveau récipient pour une commercialisation dans une grande enseigne française de distribution.

Doc. 1 Diagramme d'exigences du récipient

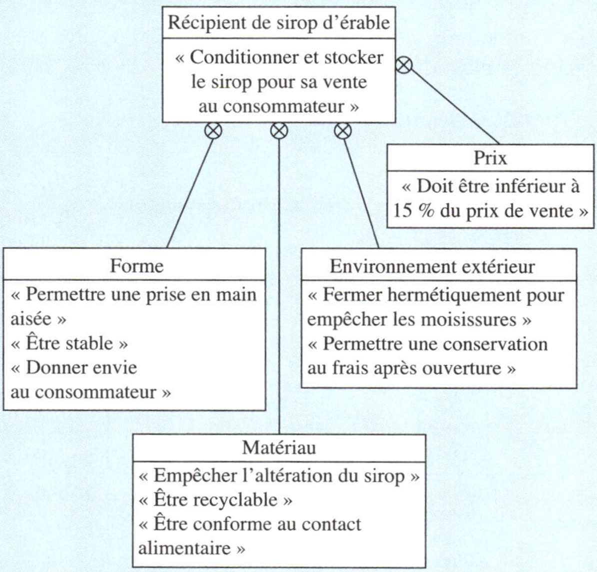

1 À l'aide du diagramme d'exigences du récipient (*document 1*), préciser celle des contraintes à respecter qui est liée au design.

Doc. 2 Prototypes de récipients

Récipient 1 (Bouchon verre)	Récipient 2 (Bouchon vissé plastique)	Récipient 3 (Ouverture mécanique)

2 À l'aide des récipients représentés (*document 2*) et du respect des exigences « forme » et « environnement extérieur » (*document 1*) :
a. déterminer la solution adéquate pour le conditionnement et le stockage du sirop d'érable ;
b. argumenter la réponse.

3 Pour la production du sirop d'érable, la température idéale à donner au sirop d'érable est de 3,5 °C de plus que la température d'ébullition de l'eau. Par exemple, à 101,3 kPa, l'eau bouillant à 100 °C, le sirop sera prêt lorsqu'il atteindra 103,5 °C.

Pour le conditionnement, les seuls matériaux envisageables sont le verre, certaines matières plastiques et le fer blanc.

Doc. 3 Propriétés des matériaux

Matériau	Avantages	Inconvénients	Prix de fabrication du contenant à l'unité
Fer blanc	Léger Recyclable	Formage limité (rond type conserve) Opaque	0,15 ± 0,04 € (inflation des matières premières)
PolyPropylène (PP matière plastique)	Résistant jusqu'à 120 °C Rigide	Difficilement recyclable	0,22 ± 0,03 € (inflation des matières premières)
Verre	Transparent Inerte Imperméable Recyclable	Fragile Lourd	0,30 €

Le producteur souhaite vendre son sirop d'érable au prix de 2,80 € le récipient, le prix du contenant devant être inférieur à 15 % du prix total.
À l'aide des propriétés des trois matériaux envisageables (*document 3*), et du diagramme d'exigences (*document 1*) :
a. compléter le tableau ci-dessous :

	Forme	Prix maximum à l'unité	Propriétés du matériau	Environnement extérieur
Fer blanc			Recyclable Alimentaire	Non hermétique après ouverture
PP	Toute forme possible			
Verre	Toute forme possible			

b. proposer, en argumentant, le matériau qui convient le mieux.

4 Lors de la vente des produits de consommation en grande surface, l'implantation d'un code à barres sur le récipient est obligatoire. Tous les exemplaires du même produit ont un code à barres unique permettant de l'identifier lors du passage en caisse. Le code-barres est également associé à un prix défini au sein d'une base de données.

Doc. 4 Le code à barres à 13 chiffres (norme GS1 EAN 13)

Les codes à barres au format international GS1 (anciennement EAN) sont composés d'une série de 13 chiffres numériques et d'une représentation graphique sous forme de barres et d'espaces.
Les 13 chiffres du code à barres suivent une règle d'identification afin de créer un code à barres en fonction du produit identifié, c'est-à-dire :

3 080201 459620

Un préfixe entreprise — Un code produit — Une clé de contrôle

Les trois premiers chiffres du préfixe entreprise représentent le code du pays de l'entreprise qui a apposé le code à barres sur le produit.

Extraits de la liste des codes « pays » :

00000	Unused to avoid collision with GTIN-B
00001-00009 **001-009**	**GS1 US**
020-029	Used to issue restricted circulation numbers within a geographic region (MO defined)
....	
300-379	GS1 France
380	GS1 Bulgaria
383	GS1 Slovenija
....	
746	GS1 Republica Dominicana
750	GS1 Mexico
754-755	GS1 Canada
759	GS1 Venezuela
760-769	GS1 Schweiz, Suisse
...	

Source : www.gs1.fr

L'enseigne de distribution souhaite indiquer aux consommateurs le pays d'où provient le produit créé par l'entreprise lorsque le code barres est lu à l'aide d'une borne en libre-service.

Pour le sirop d'érable, à l'aide du *document 4* :

a. compléter le programme ci-dessous permettant d'identifier le pays de provenance et d'afficher l'information sur l'écran LCD ;

b. préciser dans la case « commentaire » la fonction de l'instruction fléchée.

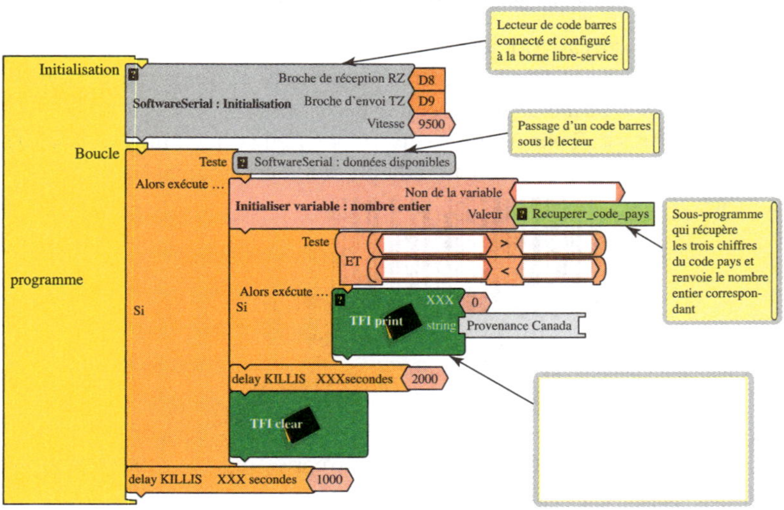

Sujet 36 Corrigé

Les clés pour réussir

L'essentiel à connaître

- Le **design** d'un objet a trait à la forme de l'objet et influe plus particulièrement sur l'attrait du consommateur.
- Un **prototype** est un objet qui va subir des tests. À l'aide du diagramme d'exigences, un technicien vérifie que les contraintes imposées sont bien vérifiées.
- Le choix d'une solution étant toujours un **compromis** entre plusieurs exigences, il faut se donner des priorités pour décider.

Analyser l'énoncé et les documents

- Étudiez attentivement dans le *document 1* le diagramme d'exigences du nouveau récipient pour le sirop d'érable et faites le lien entre les différentes contraintes et les trois prototypes proposés dans le *document 2*.
- Dans le *document 2*, la forme des prototypes mais aussi leur type d'ouverture sont importants.
- Le *document 3* décrit les propriétés des différents matériaux qui peuvent être utilisés dans le nouveau récipient pour le sirop d'érable.

Bien comprendre les questions

Question 1

- Définissez d'abord précisément la notion de design pour savoir quelle contrainte choisir.

Question 2

- Le choix du prototype doit être justifié en observant notamment les photographies des différents récipients proposés.

Question 3

- Complétez le tableau et choisissez le matériau le plus adéquat en vous aidant des informations données dans les *documents 1* et *3*, et en réalisant le calcul du prix maximum pour le récipient.

Question 4

- Finalisez le programme proposé en relevant notamment dans le *document 4* les trois premiers chiffres représentant le code du Canada, qui est le pays de l'entreprise commercialisant le sirop d'érable.

1 Le design est associé à l'exigence « Forme » dans le diagramme et influe plus particulièrement sur l'attrait du consommateur.
La contrainte à respecter liée au design est donc **« Donner envie au consommateur »**.

L'astuce du prof

La question demande de préciser une seule contrainte à respecter. N'en donnez surtout pas plusieurs !

2 a. Le récipient 2 est la solution adéquate qui répond à toutes les exigences de forme et d'environnement extérieur pour le conditionnement et le stockage du sirop d'érable.

b. Le récipient 2 est la solution adéquate car, d'après la photographie, ce récipient est **stable.** De plus, il est **fermé hermétiquement** grâce à son **bouchon vissé en plastique** et il permet une **conservation facile** au réfrigérateur. Le récipient 1 n'est quant à lui pas hermétique, et le récipient 3 ne permet pas de conserver le sirop au réfrigérateur une fois ouvert, car il ne se referme pas.

3 a. Le tableau présentant les propriétés des trois matériaux envisageables pour le récipient peut être complété de la manière suivante :

	Forme	Prix maximum à l'unité	Propriété du tableau	Environnement extérieur
Fer blanc	Type conserve	0,19 € < 0,42 €	Recyclable Alimentaire	Non hermétique après ouverture
PP	Toute forme possible	0,25 € < 0,42 €	*Difficile à recycler* Alimentaire Rigide	Résistant aux températures nécessaires
Verre	Toute forme possible	0,30 € < 0,42 €	Recyclable Alimentaire *Fragile* *Lourd*	Inerte Imperméable

En *italique* sont indiqués les inconvénients.
Pour le verre, le fait d'être fragile et lourd ne s'oppose pas aux exigences exposées.
Remarque : le prix du récipient doit être inférieur à 15 % du prix de vente, c'est-à-dire inférieur à $2,80 \times 15\,\% = 2,80 \times \frac{15}{100} = 0,42$ €.

Gagnez des points !

Le calcul du prix maximum du récipient peut être effectué soit ici, soit dans la réponse à la question **3 a.** ou **b.**.

b. Le matériau qui convient le mieux est le **verre,** notamment car :
– le **prix répond aux exigences** : 0,30 € < 0,42 € ;
– il n'y a **pas d'altération de l'aliment,** même à forte température ;
– il est **facilement recyclable**.

4 a. et **b.** Le programme permettant d'identifier le pays de provenance et d'afficher l'information sur l'écran LCD ainsi que la fonction de l'instruction fléchée dans la case « commentaires » peuvent être complétés de la façon suivante :

Remarque

Le nom choisi pour la variable peut être « pays », « provenance » ou « origine », tant que le même mot est utilisé dans chaque « case » de la variable, c'est-à-dire ici pour les trois occurrences.

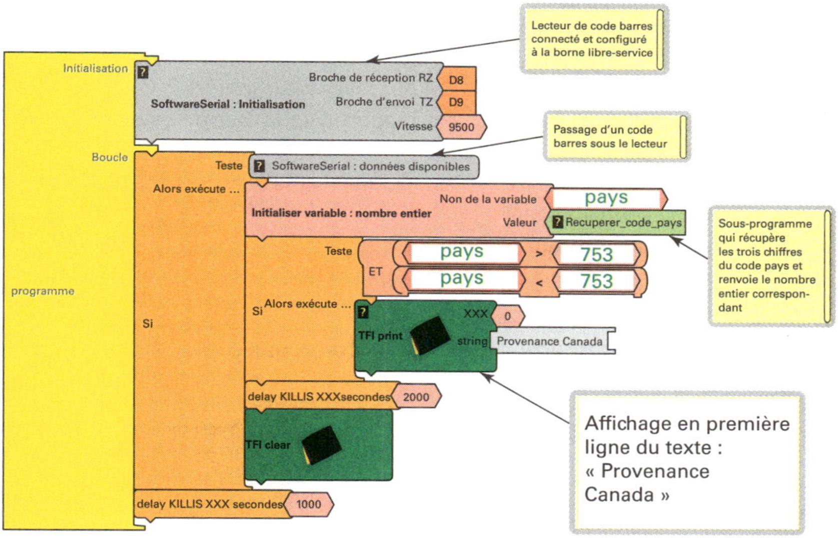

Sujet 37 — Portique automatique de lavage de voiture

25 pts — 30 min

Sujet zéro, janvier 2018

Les stations de lavage proposent des portiques de lavage automatiques simples et faciles d'utilisation (voir *document 1*). Elles proposent ainsi aux usagers un service leur permettant de mieux respecter l'environnement en diminuant :

– de 80 % la consommation d'eau, par rapport à un lavage à la maison, en utilisant la haute pression ;

– la pollution grâce à des savons biodégradables et par le traitement de 100 % des déchets (boues de lavage, résidus d'hydrocarbures et eaux usées) issus du lavage par l'utilisation d'une fosse de décantation, d'un séparateur et déshuileur, et d'un traitement des eaux usées.

Doc. 1 Extrait de la charte environnementale d'une enseigne de stations de lavage

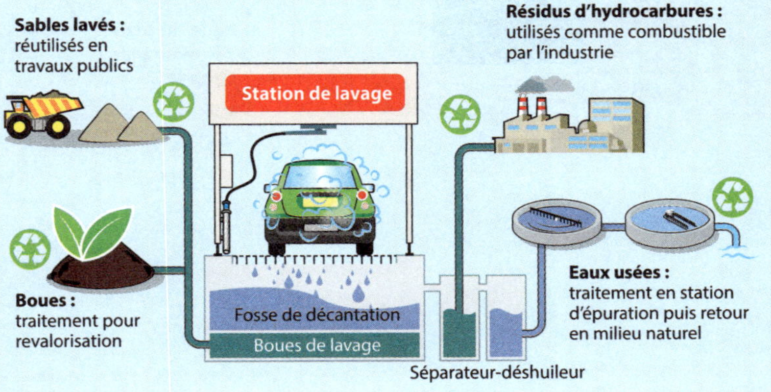

1 À partir du texte de présentation et du *document 1*, indiquer les solutions techniques utilisées par la station de lavage décrite qui participent à la préservation de l'environnement.

Doc. 2 **Descriptif d'un portique automatique de lavage**

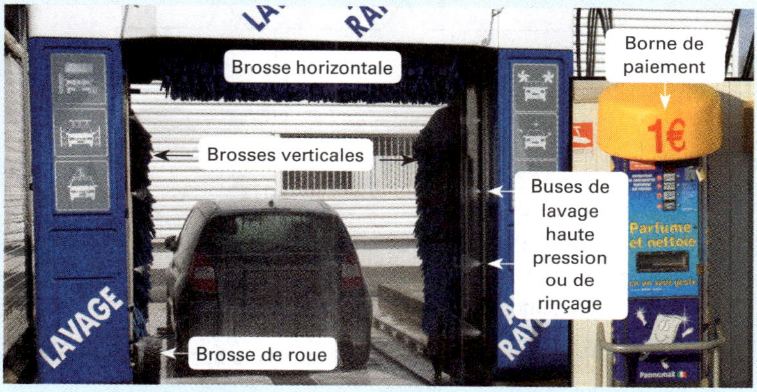

2 À l'aide du texte de présentation et du descriptif fournis, associer les composants du portique de lavage automatique aux fonctions techniques.

Fonctions techniques	Composants
Dialoguer avec l'usager	
Nettoyer les roues	
Nettoyer la carrosserie	
Récupérer les déchets	

3 Les véhicules sont détectés sous le portique de lavage grâce à un détecteur. L'usager choisit sur la borne de paiement la modalité de paiement (pièces, jetons, carte bancaire...) et le programme de lavage.

Le paiement acquitté déclenche les déplacements du portique et le fonctionnement des organes et des composants qui assurent le nettoyage du véhicule.

Durant le nettoyage, le portique affiche à l'aide d'un écran numérique les étapes du lavage et la durée restante.

À partir du texte ci-dessus, identifier les informations utiles au fonctionnement du portique automatique de lavage et compléter la chaîne d'informations ci-après.

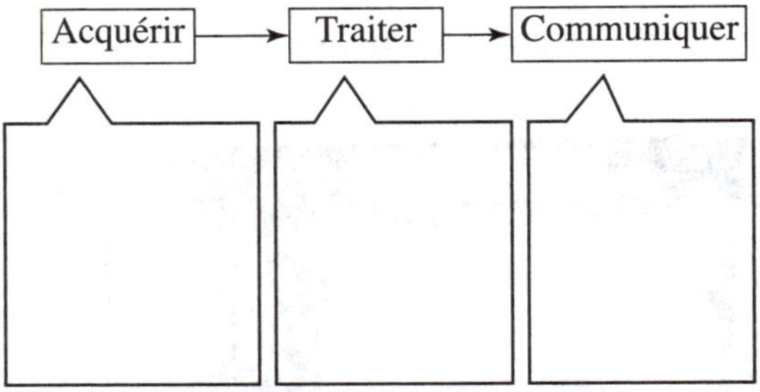

4 La borne de paiement du portique automatique propose un choix de plusieurs programmes de lavage et plusieurs solutions de paiement : par pièces ou jetons, par carte bancaire…

Doc. 3 **Extrait du programme implanté dans la borne de paiement**

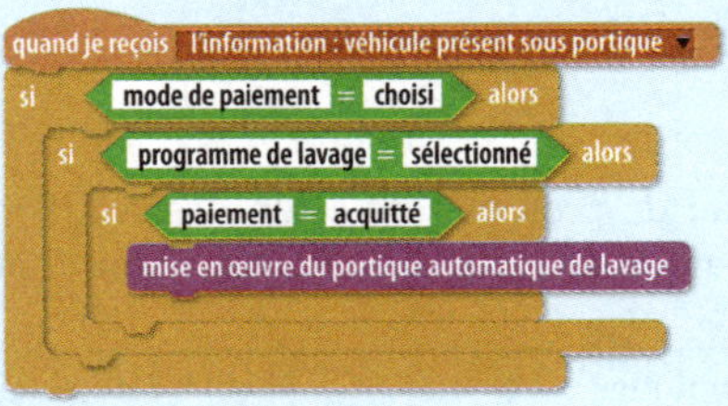

À l'aide du *document 3*, indiquer dans le tableau ci-dessous l'ordre (1, 2, 3, 4) dans lequel la borne de paiement examine les conditions de mise en œuvre du portique automatique de lavage.

	Programme de lavage sélectionné
	Moyen de paiement choisi
	Paiement acquitté
	Véhicule présent sous le portique

5 Le *document 4* présente un particulier essayant différents nettoyeurs haute pression pour l'entretien d'une terrasse. Indiquer un contexte d'utilisation professionnelle de ces nettoyeurs à haute pression, ainsi que le métier associé.

Doc. 4

Contexte d'utilisation professionnelle	
Métier	

Sujet 37 Corrigé

Les clés pour réussir

L'essentiel à connaître

- Un **système**, comme le portique automatique de lavage de voiture, est un objet complexe qui possède plusieurs **fonctions**.
- Un système peut être décomposé en **fonctions techniques**. Une fonction technique est un sous-ensemble qui a un rôle précis dans le fonctionnement du système.
- Une **solution technique** est un ensemble de composants qui permet de réaliser une fonction technique.
- Un **programme** est un ensemble d'opérations destinées à être exécutées par un ordinateur, implanté ici dans la borne de paiement d'une station de lavage automatique.

Analyser l'énoncé et les documents

- Le texte de présentation au début de l'exercice ainsi que le schéma et la photographie des *documents 1* et *2* ne servent pas uniquement à contextualiser les questions posées. Ils donnent des informations essentielles à la bonne résolution de l'exercice.
- Le *document 3* présente un extrait de programme écrit avec Scratch. En réalité, le programme implanté dans la borne de paiement d'un portique automatique de lavage de voiture utilise un autre langage informatique, plus complexe.

Bien comprendre les questions

Question 1

- Relisez attentivement le texte de présentation pour répondre.

Question 2

- Les composants du portique de lavage automatique sont nommés sur le *document 2*.

Question 3

- Complétez la chaîne d'informations sachant que l'opération « Acquérir » est généralement effectuée par des capteurs, mais aussi par des interfaces de commandes utilisateur (clavier, boutons).

Question 4

- Reprenez l'ordre indiqué dans l'extrait du programme implanté dans la borne de paiement et présenté dans le *document 3*.

Question 5

- Ne confondez pas contexte d'utilisation professionnelle et contexte d'utilisation personnelle.

TECHNOLOGIE

1 Pour préserver l'environnement, les portiques automatiques de lavage de voiture utilisent :
- **de l'eau à haute pression**, ce qui permet de diminuer de 80 % la consommation d'eau par rapport à un lavage à la maison ;
- une **fosse de décantation**, un **séparateur-déshuileur** et un **traitement des eaux usées** ;
- **des savons biodégradables**.

Remarque

Aujourd'hui, il est essentiel de prendre en compte l'impact environnemental, quel que soit le système.

2 Les fonctions techniques du portique automatique de lavage de voiture sont associées aux composants suivants :

Fonctions techniques	Composants
Dialoguer avec l'usager	Borne de paiement
Nettoyer les roues	Brosse de roue, buses de lavage et de rinçage
Nettoyer la carrosserie	Brosses verticales, brosses horizontales, buses de lavage ou de rinçage
Récupérer les déchets	Fosse de décantation

3 La chaîne d'informations peut être complétée de la façon suivante :

Acquérir → Traiter → Communiquer

Acquérir :
- Présence du véhicule sous le portique
- Modalité de paiement
- Choix du programme de lavage
- Paiement acquitté

Traiter :
- Déplacements du portique
- Fonctionnement des organes et des composants

Communiquer :
- Étapes du lavage
- Dureé restante

4 D'après le *document 3*, l'ordre dans lequel la borne de paiement examine les conditions de mise en œuvre du portique automatique de lavage est :

3	Programme de lavage sélectionné
2	Moyen de paiement choisi
4	Paiement acquitté
1	Véhicule présent sous le portique

5 Les nettoyeurs à haute pression peuvent être utilisés dans différents contextes :
- **entretien des sols, des surfaces, entretien des locaux** et **respect des normes d'hygiène** ;
- **nettoyage et entretien des voiries** ;
- **entretien des espaces extérieurs**...

Les métiers associés sont liés à l'hygiène et à l'entretien : **agent de propreté, agent technique, technicien de voirie, employé agricole**...

Gagnez des points !

N'indiquez qu'un seul contexte d'utilisation professionnelle et qu'un seul métier associé pour ne pas perdre de temps.

Sujet 38 L'eau : système de captage et distribution

25 pts — 30 min

France métropolitaine, septembre 2017

L'accès à l'eau en Afrique occidentale est difficile, car elle est en sous-sol, et l'énergie pour la puiser est peu disponible.
L'étude porte sur les solutions techniques qui permettent d'optimiser un système de captage d'eau et sa distribution. L'eau est acheminée du puits à la surface par l'intermédiaire d'une pompe immergée. Cette dernière est alimentée en électricité par un panneau photovoltaïque. Celui-ci est fixé au sol dans une zone bien exposée au soleil.

Doc. 1 Schéma du système initial

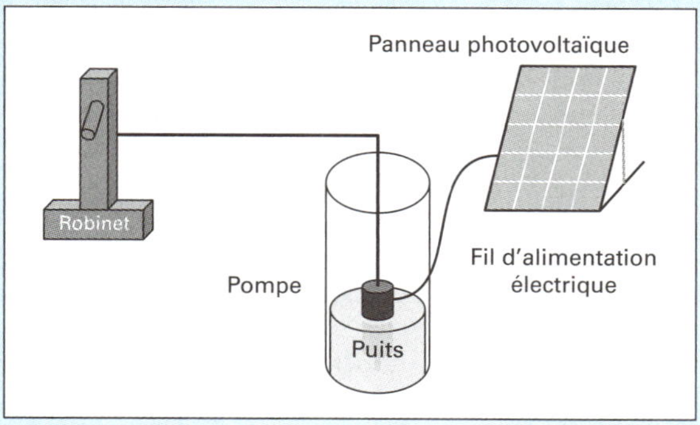

Doc. 2 Influence de l'inclinaison du panneau sur la production électrique

La quantité d'énergie électrique produite par un panneau photovoltaïque varie essentiellement en fonction de deux paramètres :
– la luminosité ambiante au cours de la journée ;
– l'orientation du panneau par rapport au sol, qui se traduit par l'angle d'inclinaison (*figure 2*).
Des relevés de production électrique d'une installation de panneaux photovoltaïques située à Abidjan en Côte d'Ivoire montrent l'influence de ces deux paramètres (*figure 1*). Cette installation a une surface de panneaux de 15 m² orientés plein sud.

TECHNOLOGIE

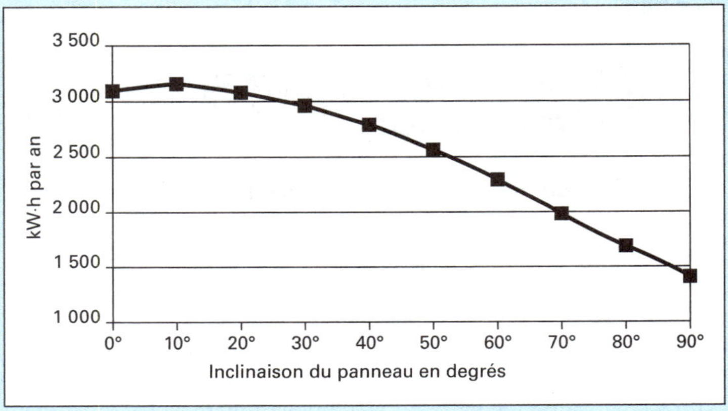

Figure 1 – Production annuelle d'électricité en fonction de l'inclinaison des panneaux

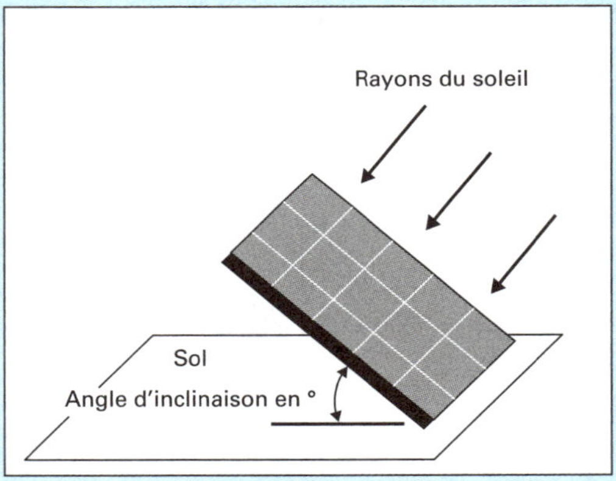

Figure 2

1 Afin d'optimiser la production d'énergie électrique du panneau photovoltaïque, déterminer à l'aide du *document 2* l'angle d'inclinaison du panneau photovoltaïque permettant de produire une énergie électrique maximale.

2 Les ingénieurs agronomes recommandent d'irriguer les cultures lorsque le soleil est couché afin d'éviter une évaporation trop importante de l'eau. Proposer une solution technique à ajouter au système (*document 1*) qui permet de stocker l'énergie électrique produite pendant la journée afin de faire fonctionner la pompe pendant la nuit.

Doc. 3 **Schémas de l'amélioration proposée**

Plusieurs solutions techniques permettent de garantir une meilleure disponibilité de l'eau, de jour comme de nuit.

L'une d'elles consiste à ajouter un réservoir accompagné d'un système de régulation automatisé. Ce dernier évite que le réservoir soit vide ou déborde lors du remplissage à l'aide de deux capteurs (niveau haut et niveau bas) installés sur le réservoir.

Lorsque le niveau de l'eau dans le réservoir atteint le capteur haut, l'ordre est donné d'arrêter la pompe.

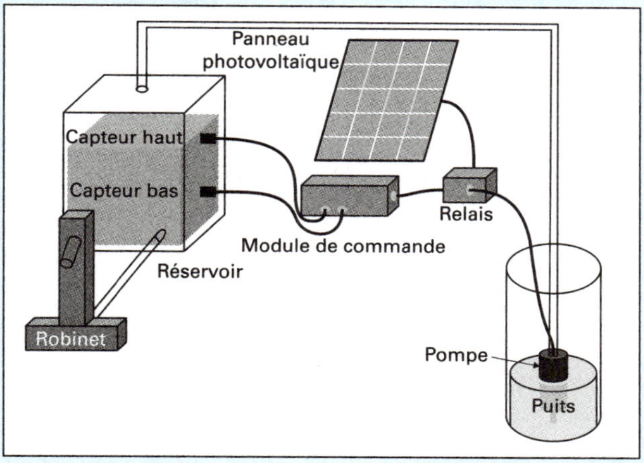

Lorsque le niveau de l'eau atteint le capteur bas, l'ordre est donné de démarrer la pompe pour remplir le réservoir.

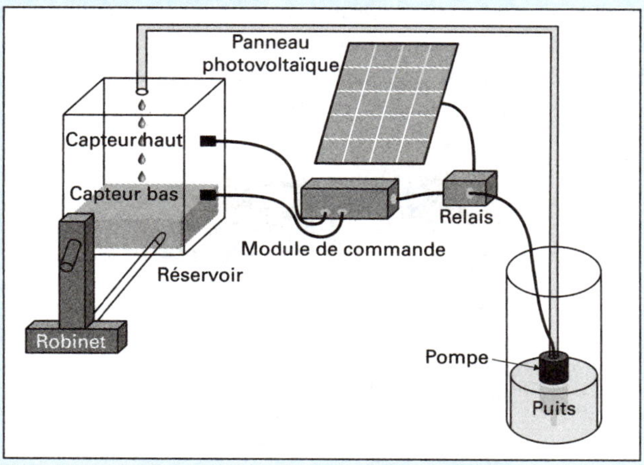

TECHNOLOGIE

3 À l'aide des informations (*document 3*), compléter l'algorithme de régulation du niveau du réservoir ci-dessous, avec les indications suivantes : capteur haut atteint ; capteur bas atteint ; désactiver la pompe.

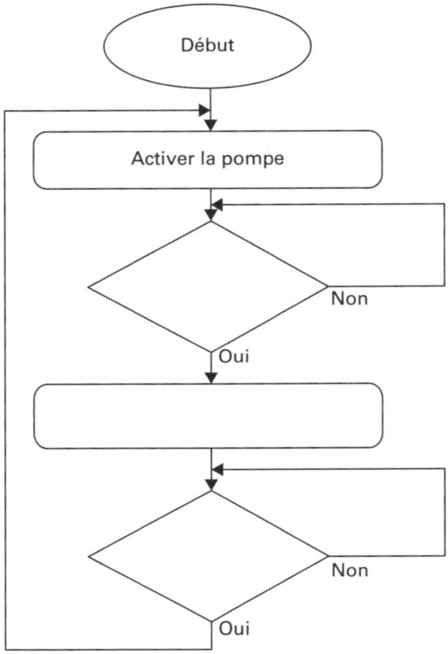

4 Pour optimiser la gestion de l'eau d'irrigation, les ingénieurs agronomes préconisent également d'irriguer au plus près des racines des plantes. Une irrigation de nuit en goutte à goutte, fractionnée en petites périodes de temps d'arrosage, permet d'économiser l'eau.
À l'aide de la description du fonctionnement (*document 4*), compléter la modélisation du pilotage de cette installation ci-dessous.

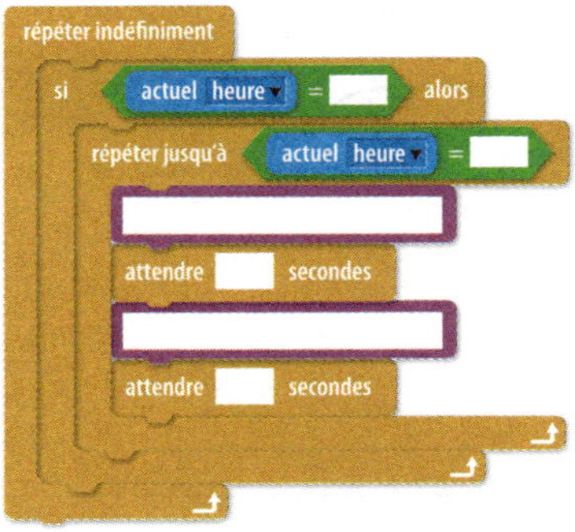

Doc. 4 **Principe de l'irrigation goutte à goutte**

Un système d'irrigation goutte à goutte est constitué de tuyaux micro-percés disposés au pied des plantes.
L'eau est distribuée par gouttelettes pendant des périodes courtes et répétitives afin de permettre sa meilleure infiltration dans le sol.

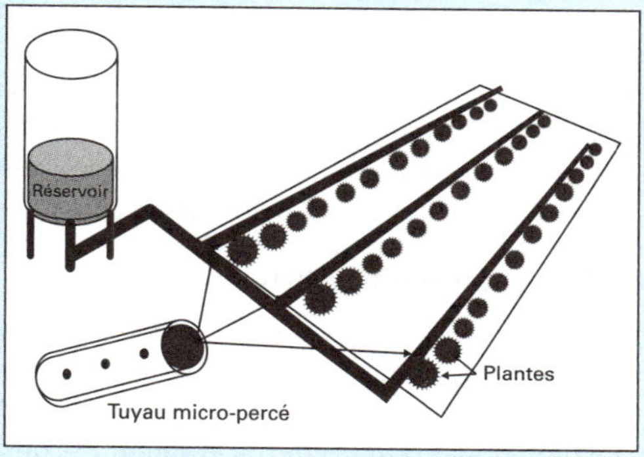

Un programme horaire d'irrigation peut être décrit selon le principe suivant :
– le cycle démarre à 21 heures et s'arrête à 23 heures ;
– irrigation des plantes pendant 10 minutes ;
– puis interruption durant 15 minutes.

Sujet 38 Corrigé

Les clés pour réussir

L'essentiel à connaître

- Un panneau photovoltaïque (parfois appelé panneau solaire) est un objet technique qui **convertit** l'énergie **solaire** en énergie **électrique**.
- Pour répondre aux fonctions et contraintes du cahier des charges, le concepteur définit les différentes fonctions techniques.
- Ces **fonctions techniques** sont assurées par des **solutions techniques** concrètes. Par exemple, le panneau solaire est une **solution technique** qui assure la **fonction** « Conversion d'énergie ».
- Lors de la conception, il faut rechercher, puis tester, et enfin **choisir des solutions** qui prendront en compte différentes **contraintes** liées à la sécurité, au développement durable, au coût et à la faisabilité.
- Dans le domaine informatique, un **algorithme** est une succession d'opérations et d'instructions permettant de réaliser une tâche.
- Un **capteur** est un composant d'un système qui **transforme** une grandeur physique (température, humidité, luminosité...) en une grandeur ou un message électrique utilisable par le système.

TECHNOLOGIE

Analyser l'énoncé et les documents

- Le sujet est assez long. Prenez le temps de lire toutes les pages et d'analyser les documents (titre, nature, informations importantes).
- Utilisez un surligneur pour repérer les informations essentielles.
- Assurez-vous de bien avoir compris les fonctions principales du système : « Capter » (c'est-à-dire pomper en profondeur) et « Distribuer de l'eau » grâce à un système autonome en énergie.

Bien comprendre les questions

Question 1

- Dans le graphique présenté dans la *figure 1* du *document 2*, repérez les grandeurs représentées sur chaque axe et les unités.
- Notez ensuite sur la courbe la valeur maximale de la production d'électricité et lisez sur l'axe des abscisses la valeur correspondante.

Question 2

- Identifiez la fonction technique à réaliser : « Stocker l'énergie ».
- La réponse à cette question fait appel à vos connaissances.

Question 3

- N'utilisez que les indications proposées dans l'énoncé de la question. Parmi elles, distinguez les conditions (capteur haut atteint, capteur bas atteint) et les actions (désactiver la pompe).
- Souvenez-vous que dans la représentation graphique d'un algorithme, les losanges sont des conditions et les rectangles des actions. Le texte explicatif vous servira ensuite à placer correctement les actions et les conditions pour que le système fonctionne comme désiré.

Question 4

- Repérez le rôle des différents blocs de ce programme de type *Scratch* (répéter indéfiniment, répéter jusqu'à, si ... alors, attendre) et n'oubliez pas de convertir les minutes en secondes.

1 D'après la *figure 1* du *document 2*, l'angle d'inclinaison du panneau photovoltaïque pour produire une énergie électrique maximale est **10°**.

2 La solution technique permettant de répondre au besoin de stocker l'énergie produite par le panneau est une **batterie**.

3 L'**algorithme de régulation du niveau du réservoir** doit être complété de la manière suivante :

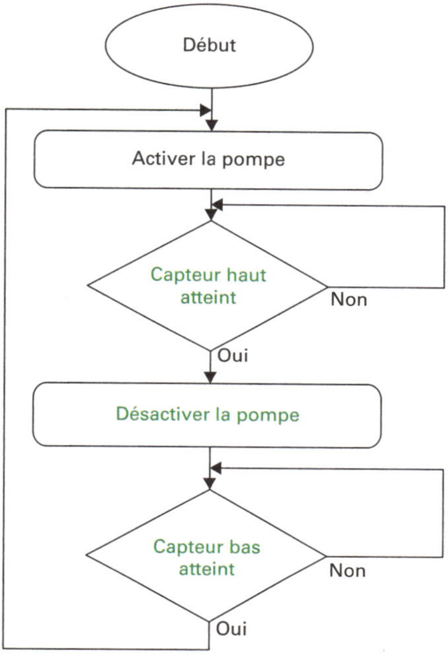

Gagnez des points !

Il y a 3 éléments de réponse proposés et 3 cases vides. Même si vous n'êtes pas sûr de vous, tentez votre chance !

4 D'après la description du fonctionnement du système d'irrigation goutte à goutte (*document 4*), la **modélisation du pilotage de cette installation** doit être complétée de la façon suivante :

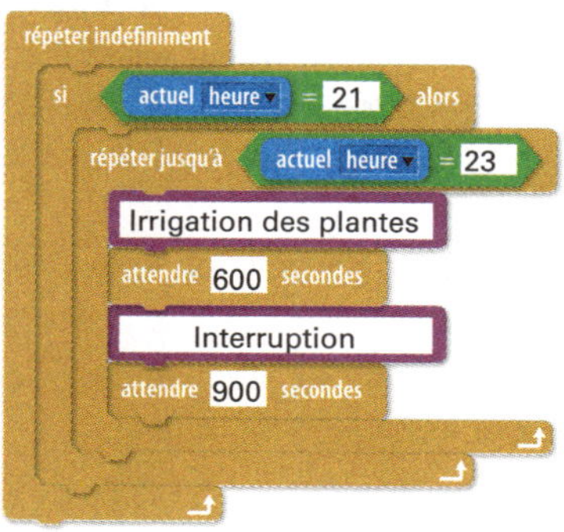

Conversion des minutes en secondes (1 min = 60 s) :

– 10 min = 10 × 60 s = 600 s ;

– 15 min = 15 × 60 s = 900 s.

L'astuce du prof

Vérifiez plusieurs fois votre calcul, car des erreurs sont vite arrivées lors des conversions d'unités.

Sujet 39 — Le dispositif de freinage sans blocage des roues (Anti Blocage System, ABS)

25 pts — 30 min

Sujet zéro, avril 2016

• Lors d'un freinage, il est important pour la sécurité de ne pas bloquer les roues, car cela permet de conserver de bonnes conditions d'adhérence avec la route et d'éviter la perte du contrôle du véhicule en cas de changement de trajectoire ou de conditions différentes de contact des roues avec le sol (une roue sur une flaque d'eau et les autres sur le bitume sec).

• La structure matérielle de l'équipement ABS est représentée sur le *document 1*.

• Le principe du freinage ABS est le suivant. Lorsque le chauffeur appuie sur la pédale de frein, le maître-cylindre alimente en huile le groupe hydraulique qui régule la pression d'huile dans le circuit hydraulique. Les pistons portés par les étriers et disposés de part et d'autre du disque sont poussés par l'huile sous pression, ils pincent fortement le disque solidaire de la roue qui ralentit. Si le pincement est trop fort, la roue peut se bloquer. Pour éviter cela, un capteur détecte la vitesse de la roue et délivre cette information au calculateur. Si la vitesse devient trop faible et proche du blocage, le calculateur donne l'ordre au groupe hydraulique de diminuer la pression. Ainsi, grâce à l'ensemble capteur de vitesse-calculateur-groupe hydraulique, la pression est régulée lors d'un appui sur la pédale de frein pour obtenir la meilleure efficacité du freinage sans blocage.

1 Expliquer pourquoi il est indispensable de doter les quatre roues d'un capteur de vitesse.

2 À partir de l'analyse du *document 1*, compléter le *document 2* en associant un composant matériel à chaque fonctionnalité.

Doc. 1 **Principe d'un système antiblocage ABS**

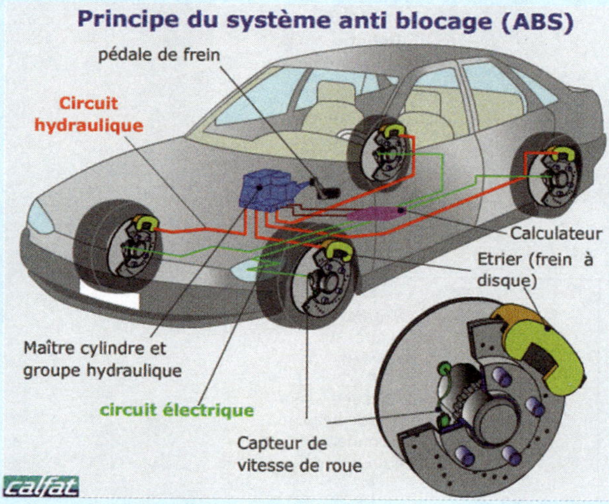

Doc. 2 **Chaînes d'énergie et d'information d'un ABS**

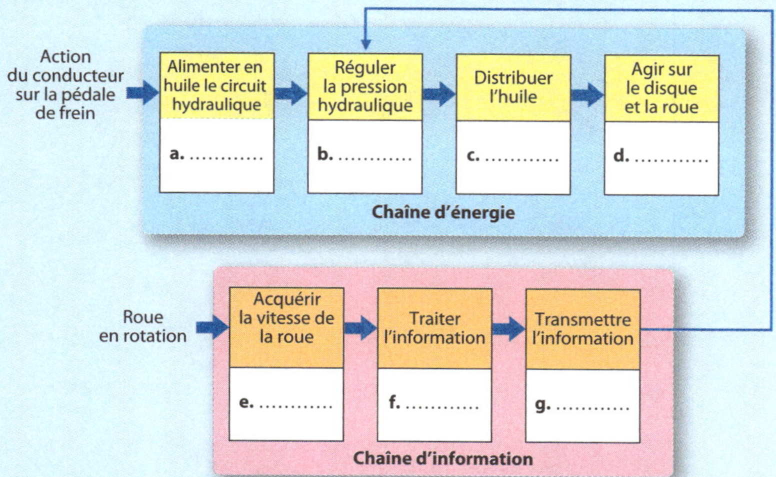

3 Le *document 3*, ci-après, présente l'algorithme du freinage ABS pour une roue. Compléter les parties manquantes.

Doc. 3 **Algorithme d'un ABS**

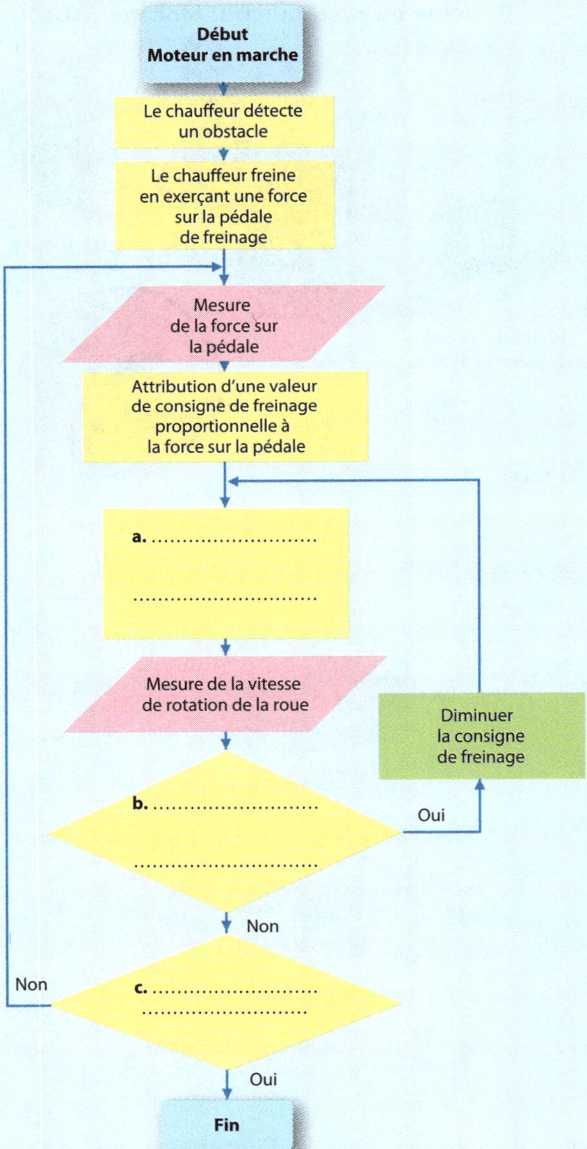

Sujet 39 Corrigé

Les clés pour réussir

L'essentiel à connaître

- La **chaîne d'énergie** d'un système est constituée de l'ensemble des composants matériels qui réalisent l'alimentation, la distribution, la conversion et la transmission de l'énergie.
- La **chaîne d'information** d'un système est constituée de l'ensemble des composants matériels qui permettent d'acquérir, de traiter et de communiquer l'information.
- Le **capteur** est un des composants de la chaîne d'information.
- Les objets utilisent de l'**information** pour fonctionner.
- Un **algorithme** est une suite d'opérations ou d'instructions qui permettent de résoudre un problème.

Analyser l'énoncé et les documents

- Le *document 1* et l'énoncé qui précède expliquent le principe d'un système de freinage antiblocage ABS. Pour bien comprendre ce principe, reliez les éléments du schéma aux informations données dans le texte.
- Les *documents 2* et *3* présentent des chaînes d'énergie et d'information ainsi que l'algorithme d'un ABS, avec des parties manquantes à compléter directement sur l'énoncé. Il n'est pas nécessaire de les recopier sur votre copie avant d'y répondre.

Bien comprendre les questions

Question 1

- Il est essentiel pour la sécurité d'un véhicule qu'aucune de ses roues ne soit bloquée. À partir de cette constatation, expliquez pourquoi chaque roue doit être équipée d'un capteur de vitesse.

Question 2

- Exploitez les informations données dans le *document 6* et dans le texte explicitant le principe de fonctionnement du freinage ABS pour compléter les parties manquantes des chaînes d'énergie et d'information.

Question 3

- Observez les formes des différentes parties de l'algorithme avant de répondre. On attend :

– un texte explicitant une action dans un rectangle ;

– une question à laquelle on peut répondre par « oui » ou par « non » dans un losange.

TECHNOLOGIE

1 Il est indispensable de doter les quatre roues d'un capteur de vitesse. En effet, le rôle du capteur de vitesse pour chaque roue dans le système ABS est de **vérifier si la roue est en train de se bloquer ou pas**, et il est essentiel pour la sécurité du véhicule qu'**aucune roue ne soit bloquée**.

2 Les éléments manquants dans la chaîne d'énergie et la chaîne d'information d'un ABS sont les suivants :

a. **Maître cylindre**
b. **Groupe hydraulique**
c. **Circuit hydraulique**
d. **Pistons portés par les étriers**
e. **Capteur**
f. **Calculateur**
g. **Groupe hydraulique**

3 Les trois parties manquantes dans l'algorithme du freinage ABS pour une roue sont :

a. **Pincement du disque par les pistons proportionnel à la valeur de consigne de freinage.**
b. **La vitesse mesurée est-elle proche de zéro ?**
c. **La force exercée sur la pédale est-elle nulle ?**

Gagnez des points !
Les deux dernières parties de cet algorithme sont forcément des questions.

Sujet 40 — Drones et agriculture de précision

25 pts — 30 min

Polynésie, septembre 2019

Au Mondial des fournisseurs de l'agriculture et de l'élevage, les drones ont une place de choix dans les allées du pôle innovation. Ces petits engins volants vont devenir des alliés précieux pour les agriculteurs qui souhaitent surveiller leurs champs à l'aide de caméras. En effet, pour l'agriculture, le drone permet :

- de repérer et reconnaître les plantes ;
- d'établir avec précision les besoins des plantations (eau, nutriments) ;
- de connaître rapidement les dommages sur une parcelle et leurs causes (gibier, dégât des eaux, sécheresse…).

Ces survols rapides, moins chers et moins polluants que ceux d'un avion vont permettre d'améliorer les rendements des parcelles et de les protéger contre les aléas environnementaux. À terme, l'objectif est de pouvoir semer et traiter avec une précision qui permettra d'éviter le gaspillage en eau et en nutriment et également de réduire l'impact environnemental des pesticides.

Source : dronedecole.fr

TECHNOLOGIE

Doc. 1 Diagramme du contexte environnemental de AR Drone

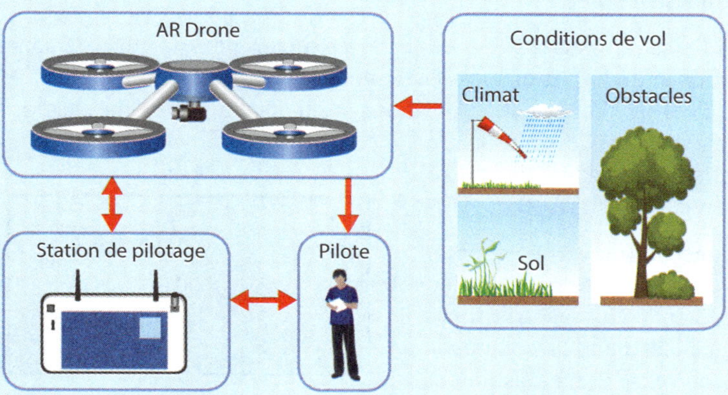

Source : DMS- AR Drone de Parot

1 Expliquer pourquoi l'emploi des drones est un progrès pour l'agriculture.

Doc. 2 **Caractéristiques du réseau W-fi et d'une batterie LiPo**

• **Communication.**
Le Réseau **Wi-fi** permet la communication sans fil du drone avec la Station-Sol.

Composant Wi-fi	• Chipset Atheros AR6102
Vitesse des données	• 1~54 Mbits/s
Distances de fonctionnement	• jusqu'à 40 m à l'intérieur d'un bâtiment, • jusqu'à 180 m en extérieur.

• **Batterie LiPo.**
Batterie embarquée sur l'AR Drone fournissant l'énergie nécessaire au fonctionnement des moteurs, l'intelligence et les communications avec la station de pilotage.

Type	• Lithium polymère
Tension	• 11,1V
Réserve de charge électrique	• 1 000 mAh
Temps de charge	• 0 minutes

2 À l'aide du *document 2* et des caractéristiques liées à la batterie.
Pour l'inspection du champ particulier (voir schéma 1 ci- après), la durée nécessaire du vol a été estimée à 1 h 30. Sachant que la consommation moyenne en vol de l'appareil est de 500 mA/h, est-il possible de survoler la totalité du champ sans recharger la batterie ?
Justifier la réponse.

3 À l'aide du *document 2* et des caractéristiques liées au mode de communication entre l'appareil en vol et le pilote.
Le pilote du drone doit se positionner sur un point fixe du champ. Sur le schéma 1 ci- dessous, quatre positions possibles du pilote sont repérées par (A, B, C, D).

Indiquer la (ou les) position(s) du pilote qui permet(ent) de respecter la distance de fonctionnement pour la communication avec le drone. Justifier la réponse.

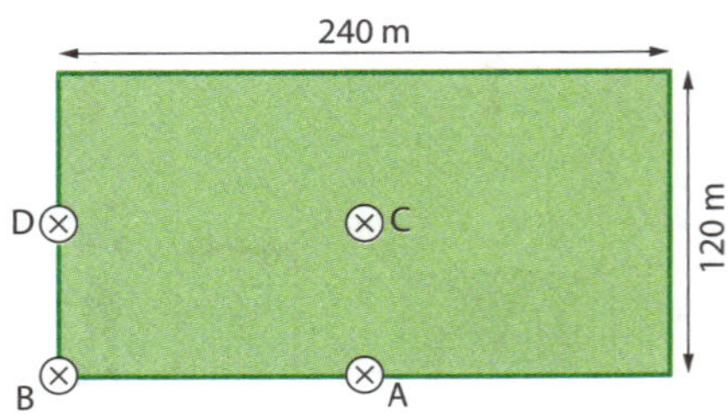

4 Pour l'acquisition optimale des données utiles à l'activité agricole, l'altitude de l'appareil doit être comprise entre 15 et 20 mètres.

Compléter les rectangles de la chaîne d'information relative à l'altitude avec les verbes suivants : traiter, acquérir, communiquer.

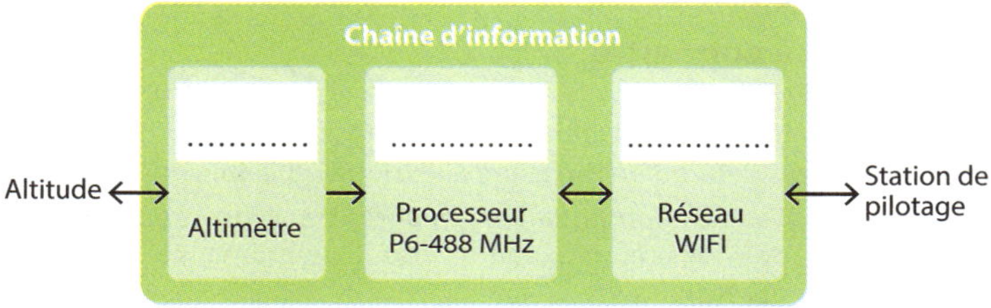

5 Pour l'acquisition optimale des données utiles à l'activité agricole, l'altitude de l'appareil doit être comprise entre 15 et 20 mètres.

À l'aide de l'algorigramme permettant le contrôle de l'altitude du drone, compléter le sous- programme ci-dessous.

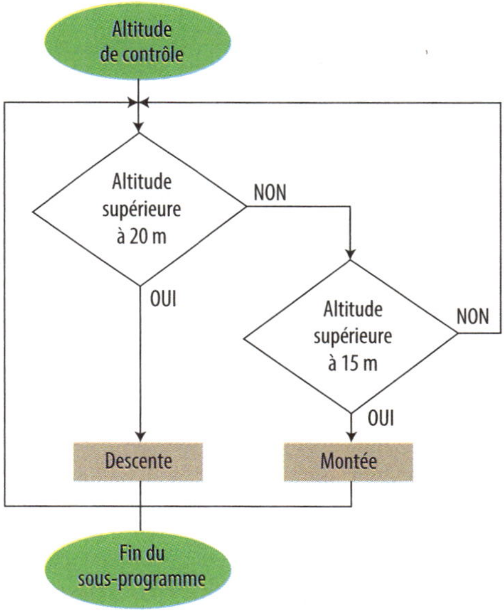

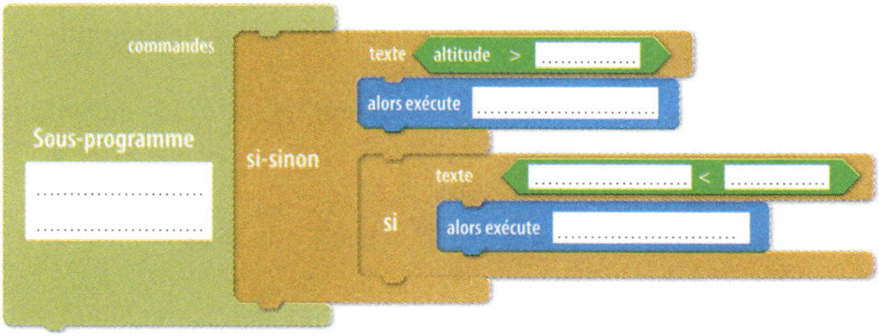

Sujet 40 Corrigé

Les clés pour réussir

L'essentiel à connaître

- Un **capteur** est un composant d'un système qui **acquiert** une grandeur physique (vent, température, altitude, humidité, luminosité...) et la transforme en une grandeur ou un message électrique utilisable par le système.
- Un **processeur** est un composant d'un système informatique capable de **traiter** des données et d'exécuter des opérations selon un programme qui lui est transmis.
- Les réseaux sans fils de type **wifi sont limités à une certaine distance.**
- La **capacité d'une batterie** s'exprime souvent en Ampère-heure (Ah). Pour les batteries de faible capacité, le milliampère-heure est utilisé : 1 Ah = 1 000 mAh.
- Un **algorithme** est une succession d'opérations et d'instructions permettant la réalisation d'une tâche ou la résolution d'un problème.
- Un **algorigramme** permet de **représenter et d'écrire les algorithmes**. On y retrouve généralement des boucles (Faire...tant que...), des conditions (Si...Alors...) et des instructions (Monter, Descendre...).

Analyser l'énoncé et les documents

- L'énoncé présente les avantages apportés par l'utilisation des drones dans l'agriculture.
- Le *document 1* est un diagramme de contexte environnemental, il présente les différents acteurs et éléments agissant sur le système présenté. Ici, il s'agit d'un drone piloté à l'aide d'une station de pilotage.
- Le *document 2* est un extrait de la documentation technique du drone. Il présente les performances de la communication wifi et de la batterie.

Bien comprendre les questions

Question 1

- Il faut extraire les informations utiles de l'énoncé « Développer l'agriculture de précision ».
- Il n'y a rien à inventer dans cette question, il suffit de reprendre les arguments cités dans l'énoncé.

Question 2

- Faites un calcul de l'autonomie en vol du drone à partir des informations extraites du *document 2*.
- La réponse doit être justifiée, cela signifie que vous devez écrire votre calcul et expliquer la conclusion que vous tirez de vos calculs.

Question 3

- Indiquez et justifiez à quel(s) endroit(s) du champ (A, B, C ou D) le pilote doit se positionner pour bénéficier d'une portée wifi suffisante et ne pas perdre le contrôle du drone.
- Utilisez les informations du *document 2* et les dimensions indiquées sur le schéma du champ.
- L'échelle indiquée sur le schéma du champ vous permet de mesurer les distances.

Question 4

- Positionnez les mots « Traiter », « Acquérir » et « Communiquer » dans les bonnes cases de la chaîne d'information.
- Les noms des composants assurant les fonctions doivent vous aider à trouver la solution.

Question 5

- Complétez le sous-programme de contrôle de l'altitude afin qu'il respecte l'algorigramme fourni.
- Cinq cases blanches sont à compléter dans le sous-programme : le nom du sous-programme, les valeurs d'altitudes limites (deux cases) et les actions à exécuter (deux cases).

TECHNOLOGIE

1 L'emploi des drones est un progrès pour l'agriculture car ils permettent de **reconnaître les plantes, d'établir les besoins des plantations et de repérer les dégâts sur une parcelle**. Les survols en drones sont **moins polluants et coûteux** que les survols en avion. Ils permettent également **d'optimiser les semences, l'arrosage et les traitements.**

Gagnez des points !
N'hésitez pas à citer un maximum d'avantages relevés dans l'énoncé.

2 La capacité de la batterie du drone est de 1 000 mAh ; si le drone consomme 500 mA par heure, **il peut donc théoriquement voler** $\frac{1\,000}{500} = 2$ **h.**

Il est donc possible pour le drone de survoler l'intégralité du champ si ce survol dure 1 h 30 car 1 h 30 < 2 h.

3 La distance de fonctionnement du wifi en extérieur étant de 180 m, le pilote peut se placer au **point C ou au point A car depuis ces 2 points tous les bords du champ sont à moins de 180 m de distance,** ce qui n'est pas le cas pour les points B et D (à l'aide du théorème de Pythagore, on peut calculer la distance A – Angle supérieur du champ qui est de 170 m).

4 L'altimètre réalise l'acquisition de l'altitude, le processeur traite les données en provenance de l'altimètre et le réseau **wifi permet de communiquer** ces informations à la station de pilotage.

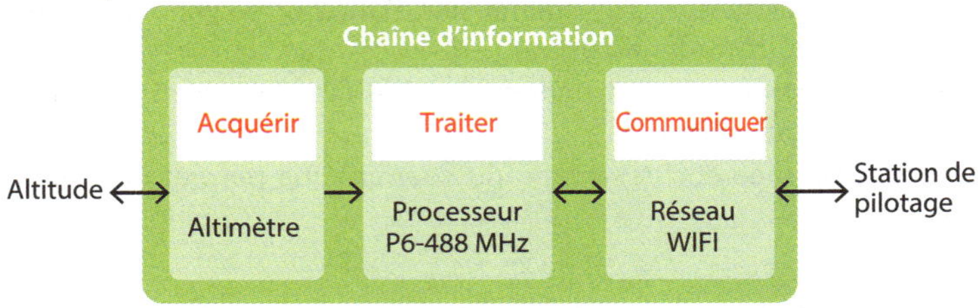

5 Si l'on suit les indications données par l'algorithme, pour qu'il reste à une altitude comprise entre **15 et 20 m**, le drone doit descendre si son altitude est supérieure à 20 m et remonter si celle-ci descend en dessous de 15 m. Cela donne la solution suivante.

L'astuce du prof

Vous avez certainement déjà vu ce type de schéma en classe : l'ordre des actions « Acquérir », « Traiter », puis « Communiquer » est celui que l'on retrouve le plus souvent.

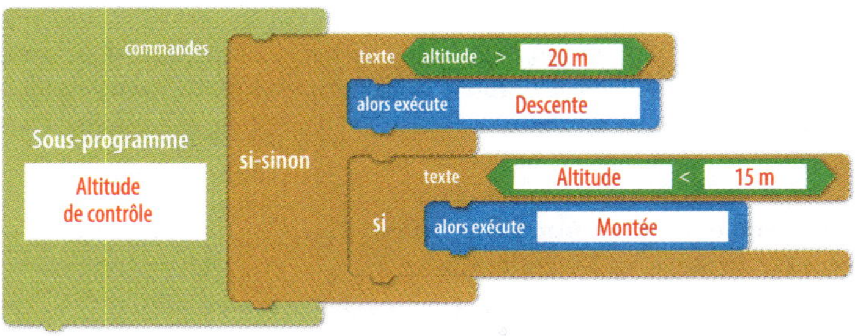

Sujet 41 Pilote automatique

25 pts 30 min

France métropolitaine, septembre 2018

Lors d'une course à la voile, les vents et les courants marins ont un impact sur le comportement du bateau et sur sa trajectoire.
Pendant la course, le navigateur ne peut pas rester en permanence à la barre de son voilier, car il doit se déplacer pour effectuer des réglages de voilure en raison des variations des conditions météorologiques et climatiques. Il est donc nécessaire d'avoir un système automatisé qui dirige le bateau, sans l'action du skippeur sur la barre du gouvernail. Ce système est nommé « pilote automatique de bateau pour barre franche ».
L'étude porte sur l'efficacité du pilote automatique à garantir un cap malgré les perturbations météorologiques (vents, pluie, orages…) et climatiques (courants marins…) que subit le voilier.

Doc. 1 Description du fonctionnement d'un pilote automatique simple

Le skippeur indique le cap (direction) à suivre sur la console du pilote automatique.
Le pilote automatique compare alors le cap souhaité avec la direction réelle du voilier.
Si la direction du voilier est différente du cap saisi sur la console, le vérin du pilote automatique tire ou pousse la barre du voilier. Ainsi, le gouvernail oblige le bateau à changer de direction.

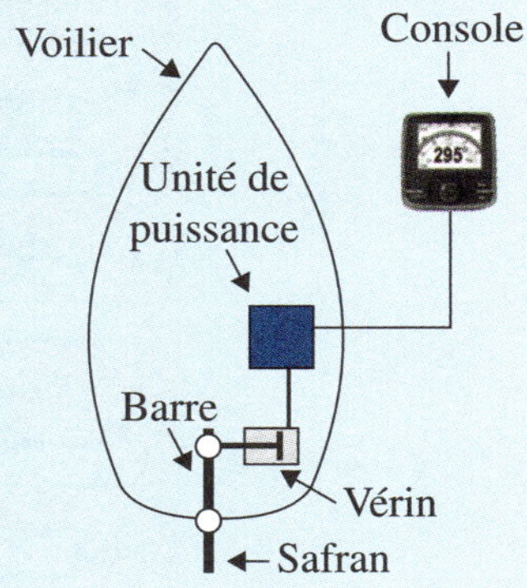

Un propriétaire de voilier souhaite équiper son voilier d'un pilote automatique pour participer à une course au large. Le voilier pèse 6,5 tonnes.

1 À l'aide de la formule $P = U \times I$ et des données du *document 2*, calculer la puissance électrique consommée par chaque vérin. Choisir le type de vérin ayant le moins d'impact sur la consommation de l'énergie électrique stockée sur le voilier et le meilleur temps de réponse.
Argumenter la réponse.

Doc. 2 **Caractéristiques techniques**

Type de vérin	Intensité *I* (en ampères)	Tension *U* (en volts)	Masse maximale du bateau à déplacer (en tonnes)	Temps de déplacement de la tige du vérin (en secondes)
Vérin électrique	0,08	12	9	8
Vérin hydraulique	0,04	12	11	6,9

Les vents et les courants marins varient en direction et en force. Le voilier dérive donc de la trajectoire programmée et s'écarte de son cap.
La console de pilotage intègre un programme qui commande la sortie ou la rentrée de la tige du vérin en fonction de la dérive du bateau. La dérive est la différence entre le cap à suivre et la direction que prend le voilier. Elle se mesure en degrés d'angle.

2 À l'aide de la description d'un exemple de cycle de fonctionnement du pilote automatique du *document 3*, compléter la modélisation du programme de fonctionnement simplifié du pilote automatique ci-après.

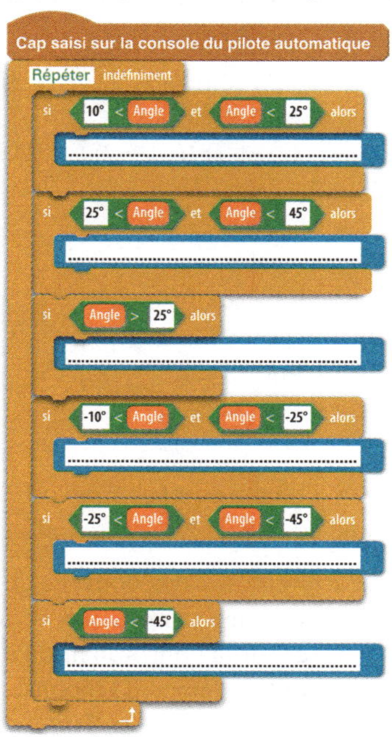

Doc. 3 **Exemple de cycle de fonctionnement du pilote automatique**

Le cycle décrit ci-après est un exemple de programme :
- si la différence est comprise entre 0° et 10° alors la tige du vérin ne bouge pas ;
- si la différence est comprise entre 10° et 25° alors la tige du vérin sort de 100 mm ;
- si la différence est comprise entre 25° et 45° alors la tige du vérin sort de 200 mm ;
- si la différence est supérieure à 45° alors la tige du vérin sort de 300 mm ;
- si la différence est comprise entre 0° et – 10° alors la tige du vérin ne bouge pas ;
- si la différence est comprise entre – 10° et – 25° alors la tige du vérin rentre de 100 mm ;
- si la différence est comprise entre – 25° et – 45° alors la tige du vérin rentre de 200 mm ;
- si la différence est supérieure à – 45° alors la tige du vérin rentre de 300 mm.

Lorsque le voilier dérive de la trajectoire programmée pendant un temps long, il s'écarte trop de la position souhaitée, ce qui provoque un retard dans la course.

3 Sur le *document 4*, tracer la trajectoire du bateau qui dérive sur une distance de 13 miles (1 mile = 1 852 mètres) avec une dérive vers l'Est de 15°. Marquer par une croix la position atteinte par le bateau.
Mesurer l'écart entre la destination souhaitée et la position atteinte par le voilier et donner sa valeur en miles.
Afin de minimiser cet écart, les constructeurs ont conçu des pilotes automatiques plus perfectionnés, comme détaillés par le *document 5*.

Doc. 4 **Tracé simplifié de la trajectoire du bateau**

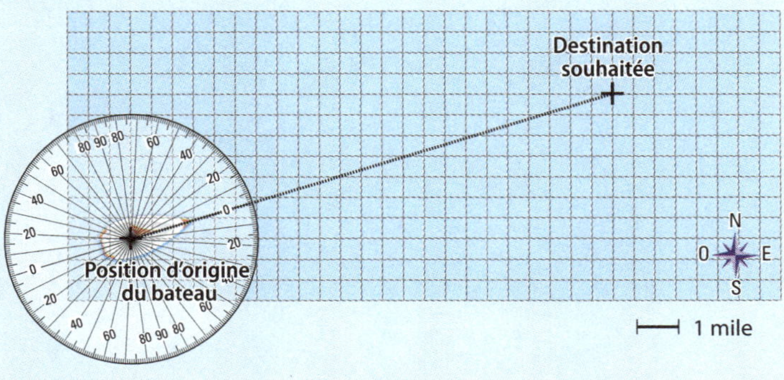

TECHNOLOGIE

4 À l'aide du *document 5*, nommer les capteurs mis en œuvre dans le pilote perfectionné et qui permettent au calculateur de prendre en compte les phénomènes météorologiques.
Argumenter la réponse.

Doc. 5 Diagramme des blocs d'un pilote perfectionné

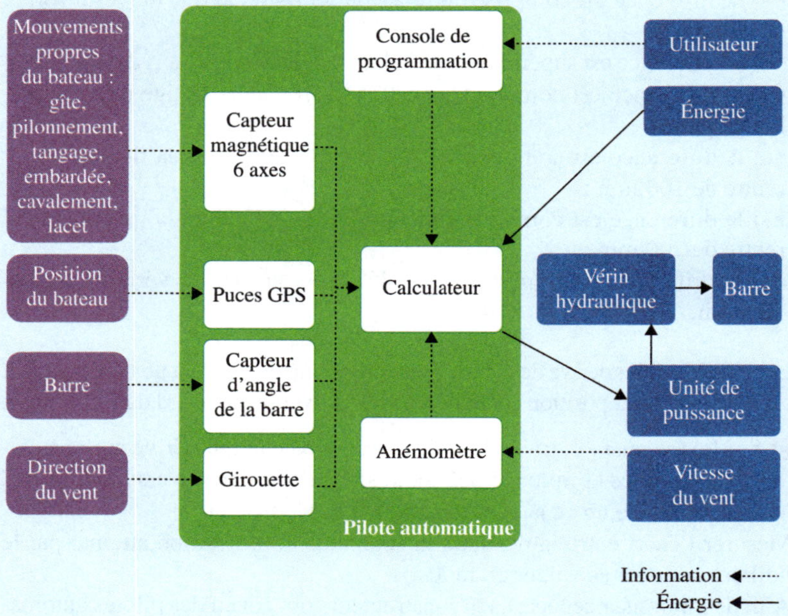

Sujet 41 Corrigé

Les clés pour réussir

L'essentiel à connaître

- Lorsque l'on doit choisir parmi des **solutions techniques**, il faut d'abord étudier les caractéristiques techniques de chacune de ces solutions. Ensuite, on choisit la solution qui répond le mieux au besoin exprimé.
- Un **algorithme** est une succession d'opérations et d'instructions permettant la réalisation d'une tâche ou la résolution d'un problème.
- Un **algorigramme** permet de **représenter** et d'**écrire les algorithmes**. On y retrouve généralement des boucles (Faire... tant que...), des conditions (Si... alors...) et des instructions (Allumer, Sortir le vérin...).
- Un **système** est un objet complexe constitué de multiples composants. On peut représenter ces composants et leurs échanges d'informations et d'énergies dans un **diagramme des blocs**.
- Un **capteur** est un composant d'un système qui **transforme** une grandeur physique (vent, température, humidité, luminosité...) en une grandeur ou un message électrique utilisable par le système.

Analyser l'énoncé et les documents

- L'énoncé et le *document 1* présentent de manière détaillée le besoin qui a justifié la création de ce système de pilote automatique : garder le cap d'un bateau en mer de manière automatisée. Ils donnent des éléments importants pour répondre aux questions du sujet.
- Le *document 2* est un tableau comparatif de deux solutions possibles (les deux lignes). Les caractéristiques techniques sont représentées en colonnes.
- Le *document 3* permettra de compléter l'algorigramme. Il présente sous forme de texte ce que doit faire le programme du pilote automatique.

Bien comprendre les questions

Question 1

- Utilisez la formule donnée dans l'énoncé pour répondre à la première partie de la question.
- Comparez ensuite les caractéristiques techniques pour choisir entre les solutions « vérin électrique » et « vérin hydraulique ».

Question 2

- Tous les cas décrits dans le *document 3* ne seront pas forcément représentés dans la modélisation du programme.

TECHNOLOGIE

Question 3

- Il s'agit d'un exercice de traçage sur un graphique. Repérez bien l'échelle utilisée et convertissez la distance mesurée en miles.

Question 4

- Pour répondre à cette question, vous devez avoir identifié les phénomènes météorologiques indiqués dans l'énoncé.
- Ensuite, retrouvez dans le schéma les composants permettant d'acquérir ces phénomènes.

1 La puissance électrique consommée par le vérin électrique est de $0{,}08 \times 12 =$ **0,96 W** tandis que le vérin hydraulique consomme $0{,}04 \times 12 =$ **0,48 W**.

Le **vérin hydraulique** semble le **plus approprié**, car il consomme **moins de puissance** (0,48 W < 0,96 W). De plus, son **temps de réponse est plus rapide** que celui du vérin électrique. La masse maximale déplaçable par ce vérin est **inférieure à la masse du voilier**. Il répond donc complètement au besoin exprimé.

> **Gagnez des points !**
> Attention, il y a deux questions dans l'énoncé. Séparez bien vos deux réponses.

2 La modélisation du programme de fonctionnement simplifié du pilote automatique est la suivante :

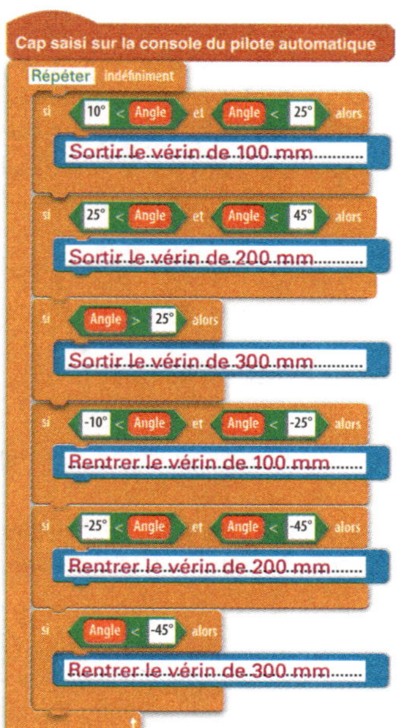

3 D'après le tracé ci-dessous, l'écart entre la destination souhaitée et la position atteinte est d'environ **3,6 miles** (en prenant 1 mile = deux carreaux).

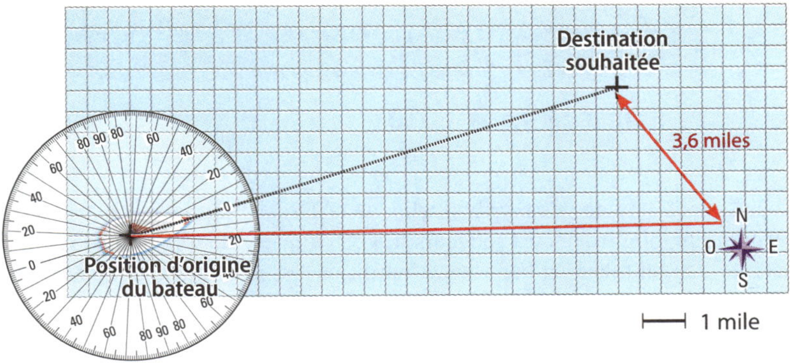

4 Deux capteurs permettent de prendre en compte les phénomènes météorologiques :
– la **girouette**, qui mesure la direction du vent ;
– l'**anémomètre**, qui mesure la vitesse du vent.

L'astuce du prof

Identifiez bien la signification des flèches (type de trait et sens) sur le diagramme à l'aide de la légende.

Sujet 42 Laboratoire automatisé d'analyse ADN

25 pts — 30 min

Pondichéry, mai 2018

L'analyse de l'acide désoxyribonucléique (ADN) est utilisée dans de nombreuses situations (détection de maladies génétiques, identification de lien de parenté), notamment par la police scientifique lors de recherches de preuves. Les laboratoires en charge de ces analyses sont équipés de systèmes automatisés permettant un traitement d'échantillons en grande quantité.

Description du système automatisé existant

Le système est constitué d'un bioanalyseur, un ordinateur portable et une imprimante autonome. L'ordinateur est connecté via un câble *Universal Serial Bus* (USB) à un bioanalyseur qui réalise l'analyse de l'ADN. L'ordinateur pilote l'analyseur et archive les données sur son disque dur.

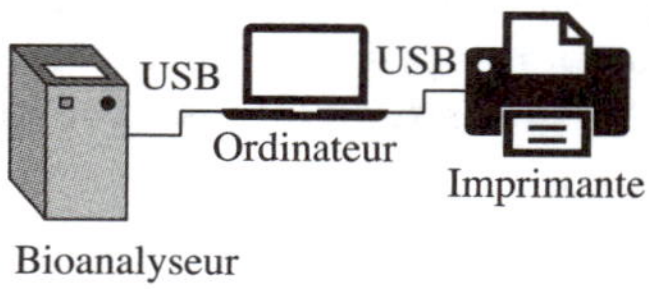

Il est également relié à une imprimante permettant l'impression de certaines données pour le client.

Le constructeur du bioanalyseur souhaite faire évoluer le système pour s'adapter aux nouvelles exigences des utilisateurs dans les laboratoires. L'étude porte sur les solutions techniques qui répondent aux améliorations souhaitées, notamment la réalisation d'un réseau informatique intégrant tous les éléments de l'analyse et une interface Homme-machine.

1 Afin de répondre aux améliorations souhaitées décrites dans le *document 1*, cocher ci-après les solutions techniques à envisager.

Doc. 1 Améliorations souhaitées pour le système

Le service marketing a rassemblé les améliorations souhaitées par les utilisateurs :

- besoin 1 – permettre le pilotage, la visualisation et le suivi de l'avancement de l'analyse depuis n'importe quel emplacement du laboratoire sans rester à côté de l'analyseur ;
- besoin 2 – imprimer les résultats sur l'imprimante connectée au réseau informatique du laboratoire ;

• besoin 3 – garantir la sauvegarde des résultats d'analyse de façon sécurisée sur le réseau ;
• besoin 4 – transmettre de manière sécurisée les résultats des analyses à des clients via Internet.

Solutions techniques envisageables :
☐ **a)** Ajouter un modem-routeur au réseau informatique.
☐ **b)** Ajouter une imprimante réseau au réseau informatique.
☐ **c)** Acheter une tablette et créer une application de pilotage du bioanalyseur pour tablette.
☐ **d)** Ajouter un point d'accès Wi-Fi au réseau.
☐ **e)** Ajouter une carte réseau au bioanalyseur pour le relier au réseau informatique du laboratoire par un câble Ethernet.
☐ **f)** Ajouter un écran tactile sur le bioanalyseur.
☐ **g)** Ajouter un serveur de fichier sécurisé sur le réseau.

Parmi les solutions techniques retenues, le constructeur valide l'intégration d'une tablette numérique pour réaliser l'interface entre l'utilisateur et l'analyseur. La tablette permet de piloter le bioanalyseur et d'accéder aux résultats d'analyse stockés au sein du serveur de fichiers du réseau informatique.

2 Sur le schéma du réseau ci-dessous et à l'aide du *document 2*, représenter le trajet du flux d'informations entre la tablette et le bioanalyseur lorsque l'utilisateur pilote le démarrage de l'analyse. Le trajet est représenté par un symbole :

))))) si la liaison est réalisée sans fil

—▶—▶—▶ si la liaison est réalisée par câble

Doc. 2 Composants d'un réseau informatique

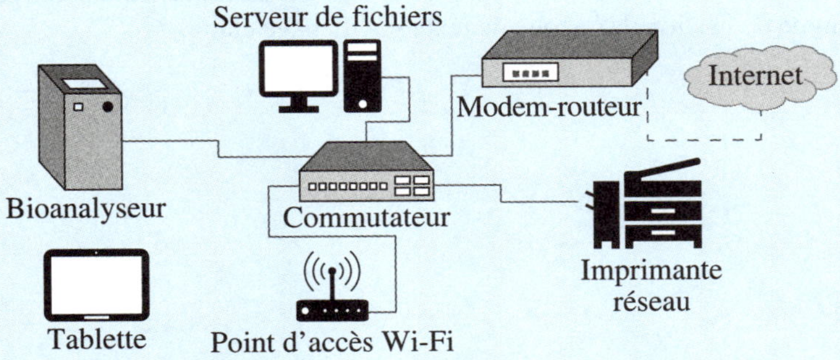

Schéma du réseau informatique du laboratoire

TECHNOLOGIE

• Un commutateur réseau (switch) est un équipement qui permet de relier plusieurs ordinateurs par des câbles Ethernet.
• Un point d'accès Wi-Fi permet de relier sans fil des ordinateurs au réseau.
• Un modem-routeur assure la liaison entre un réseau et Internet.

3 Le serveur de fichiers contient un logiciel qui protège les données contre le piratage d'un réseau informatique. Ce logiciel est nommé « pare-feu ». À l'aide du schéma de la question **2**, justifier l'utilisation d'un logiciel « pare-feu » sur le serveur en précisant :

- les données qui sont sensibles ;
- les constituants du réseau par lesquels un hacker peut s'introduire pour pirater les données sensibles ;
- l'utilisation abusive et interdite que le hacker peut en faire.

La tablette reçoit des informations provenant du bioanalyseur et les stocke dans une variable nommée « État ». Certaines d'entre elles indiquent l'état de son fonctionnement par 3 caractères distinctifs :

- prêt à fonctionner (caractère = P) ;
- incapable de fonctionner (caractère = E) ;
- en cours d'analyse (caractère = A).

L'écran de la tablette affiche une zone de message qui traduit l'état de fonctionnement du bioanalyseur par un texte évocateur :

- caractère P → Prêt ;
- caractère E → Erreur ;
- caractère A → Analyse.

4 À l'aide du *document 3*, compléter ci-après la modélisation du programme de gestion de la zone de texte « Affichage état ».

Doc. 3 **Diagramme d'activité de la zone de texte « Affichage état »**

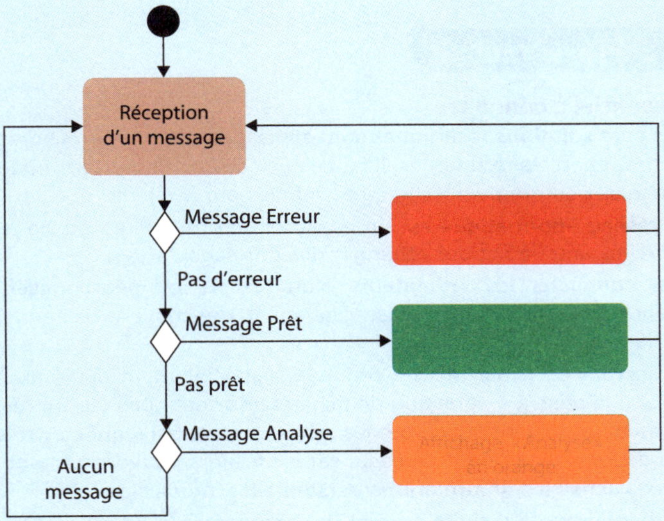

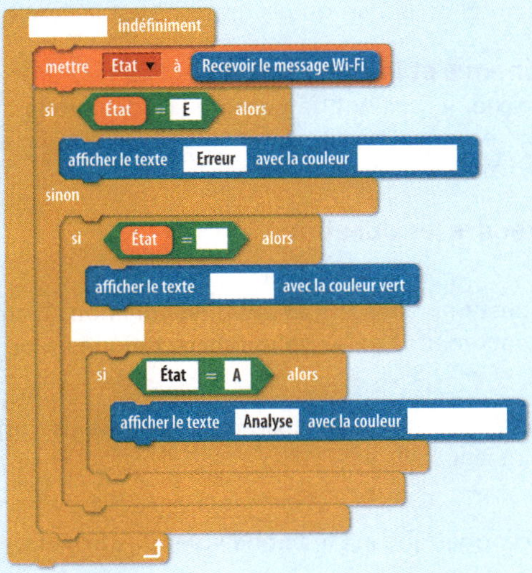

Sujet 42 Corrigé

Les clés pour réussir

L'essentiel à connaître

- Plusieurs **solutions techniques** sont envisageables pour améliorer nos systèmes et objets techniques. Il faut choisir des solutions techniques en réponse aux contraintes techniques définies par le client.
- Un **réseau informatique** est un ensemble d'ordinateurs ou de terminaux reliés entre eux pour échanger des données.
- Pour **connecter les ordinateurs** d'un réseau, on peut utiliser des moyens **câblés ou filaires.** Il existe également des moyens de connexion sans fil.
- Un **serveur de fichier** est un ordinateur spécialement dédié au stockage et à la mise à disposition de fichiers informatiques sur un réseau. Les serveurs doivent être protégés par un **« pare feu » qui contrôle les accès** depuis l'extérieur du réseau, car les fichiers peuvent contenir des **données sensibles (informations personnelles, médicales)**.
- Un **diagramme d'activité** permet de représenter le déroulement d'un programme à l'aide de boîtes « Actions » (rectangles) et « Conditions » (losanges). Le point de départ du programme est le cercle noir.

Analyser l'énoncé et les documents

- Le sujet est riche, il contient de nombreux documents : lisez dans un premier temps les questions avant de vous intéresser aux titres des documents et d'analyser leur contenu.

Bien comprendre les questions

Question 1

- Dans cette question, faites le lien entre les fonctions techniques exprimées dans le *document 1* et les solutions techniques proposées.

Question 2

- Le *document 2* fournit des précisions sur le rôle de certains composants dans un réseau.

Question 3

- Le piratage informatique est le fait de voler des fichiers.

Question 4

- La tablette reçoit un message du bioanalyseur indiquant son état. Ce message est stocké dans une variable appelée « État » qui sera testée (si ... alors ...) pour afficher le texte sur la tablette.

1 D'après le *document 1*, **les solutions techniques** à envisager sont les suivantes.

Améliorations souhaitées pour le système	Solutions techniques envisageables
• **Besoin 1** – permettre le pilotage, la visualisation et le suivi de l'avancement de l'analyse depuis n'importe quel emplacement du laboratoire sans rester à côté de l'analyseur.	**c)** Acheter une tablette et créer une application de pilotage du bioanalyseur pour tablette. **d)** Ajouter un point d'accès Wi-Fi au réseau. **e)** Ajouter une carte réseau au bioanalyseur pour le relier au réseau informatique du laboratoire par un câble Ethernet.
• **Besoin 2** – imprimer les résultats sur l'imprimante connectée au réseau informatique du laboratoire.	**b)** Ajouter une imprimante réseau au réseau informatique.
• **Besoin 3** – garantir la sauvegarde des résultats d'analyse de façon sécurisée sur le réseau.	**g)** Ajouter un serveur de fichier sécurisé sur le réseau.
• **Besoin 4** – transmettre de manière sécurisée les résultats des analyses à des clients via Internet.	**a)** Ajouter un modem-routeur au réseau informatique.

2 Sur ce diagramme, il manquait un **flux d'informations sans fil entre la tablette et le point d'accès Wi-Fi.**

Pour atteindre le bioanalyseur, le flux d'informations en provenance de la tablette passera d'abord par le **point d'accès Wi-Fi, puis par le commutateur**.

L'astuce du prof

Même si le sujet est assez complexe à analyser, la plupart des réponses sont données dans les documents.

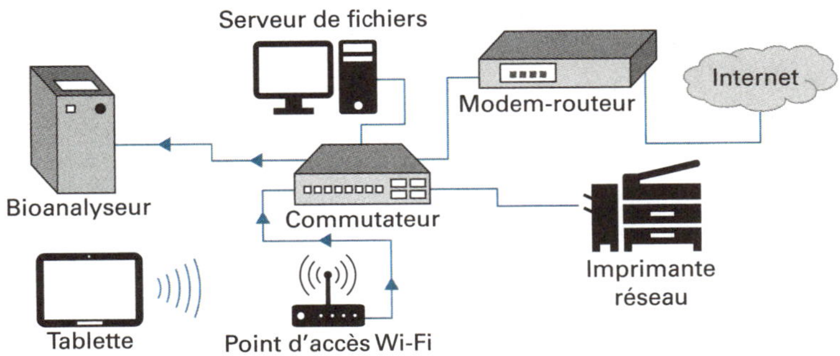

Schéma du réseau informatique du laboratoire

TECHNOLOGIE

3 Le schéma de la question précédente permet de justifier l'utilisation d'un logiciel « pare-feu » sur le serveur. En effet :
– les données ADN des personnes qui font l'objet d'une enquête de la police scientifique sont des **données personnelles et des preuves d'une enquête policière** : ce sont donc des données sensibles ;
– les hackers peuvent s'introduire par le point d'accès Wi-Fi, car le réseau Wi-Fi **peut être accessible même à l'extérieur** du laboratoire. Ils peuvent également s'introduire par le **modem routeur**, car il est connecté à Internet ;
– un hacker pourrait **supprimer les preuves ADN** stockées sur le serveur ou **modifier l'identité des personnes pour accuser à tort une autre personne**. Il pourrait également s'en servir pour faire du **chantage ou revendre** les informations personnelles recueillies.

4 Pour que le programme réponde aux besoins énoncés, il faut qu'il se **répète indéfiniment**, c'est le cas de nombreux programmes informatiques. **Si le caractère reçu (État) est « P »**, cela signifie que le bionalyseur est **prêt**, il faut donc afficher cette information sur la tablette.
Sinon, si le **caractère reçu (État) est « A »,** alors il faut afficher le texte « Analyse » en **orange.**

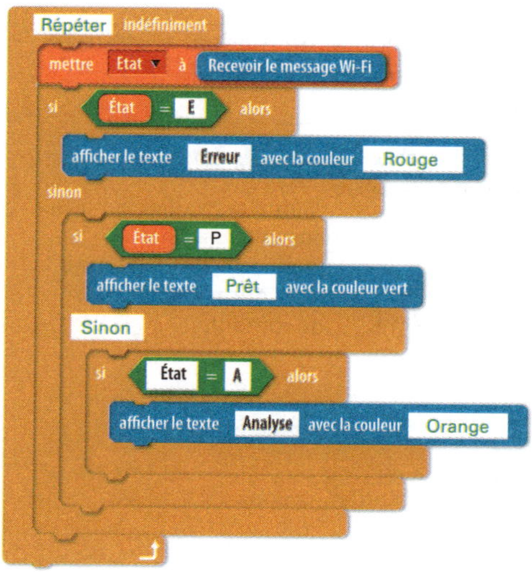

Gagnez des points !

Les questions **1**, **3** et **4** ne demandent pas de réponse rédigée. Commencez donc par celles-ci si vous manquez de temps.

Sujet 43 — Réseau de capteurs domestiques

25 pts — 30 min

Sujet inédit

Dans l'habitat d'aujourd'hui, surveiller sa consommation d'énergie et de ressources est devenu capital. Le système Dom@lin utilise un réseau de capteurs sans fil qui surveillent votre habitat (consommation d'eau, d'électricité, température…). Ces modules sont en communication avec un serveur qui stocke et met en forme les données recueillies.
L'utilisateur peut accéder à ces données via un PC client installé dans son domicile ou via son *smartphone* relié à Internet.

Doc. 1 Schéma de l'installation

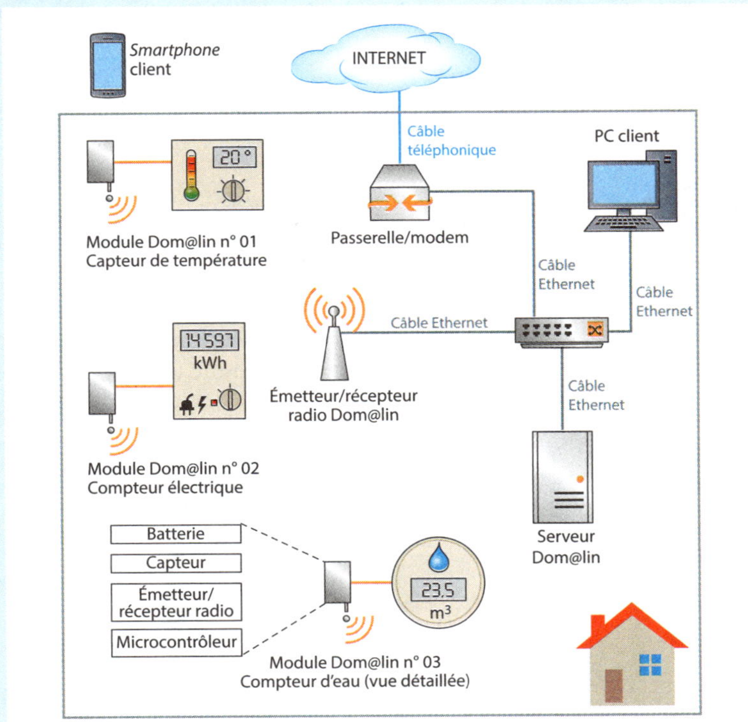

TECHNOLOGIE

Doc. 2 **Protocole de communication Dom@lin**

Lorsque le serveur Dom@lin souhaite obtenir une information d'un module Dom@lin, il adresse un message « **Requête mesure xx** » à l'émetteur/récepteur Dom@lin *(xx : numéro du module)*.
L'émetteur/récepteur effectue le routage et transmet la requête au module concerné via les ondes radio.
Lorsqu'il reçoit la requête, le module y répond par un message « **mesure module xx : yy** » *(yy : valeur mesurée)*.
L'émetteur/récepteur reçoit le message et le transmet au serveur.
Le serveur traite alors le message reçu et stocke l'information.

1 **a.** Quel est le moyen de connexion utilisé par les modules Dom@lin pour communiquer ? Justifier l'utilisation de ce moyen de connexion dans un réseau de capteurs domestiques.
b. Proposer un moyen de connexion entre le *smartphone* client et le réseau Internet.
c. Quel est le rôle du commutateur dans ce réseau ?

2 À l'aide du *document 1*, compléter la chaîne d'information du module Dom@lin compteur d'eau.

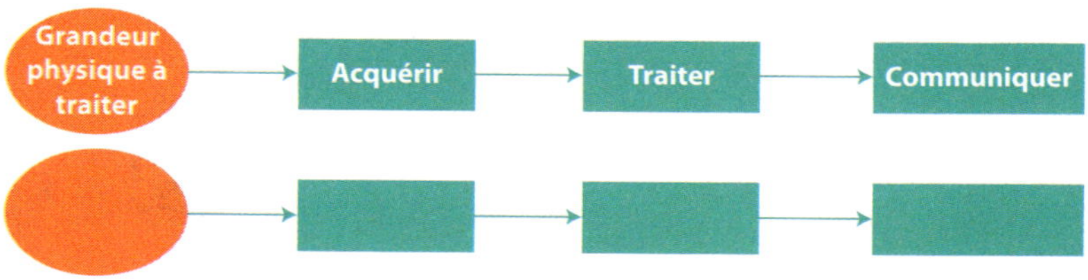

3 À l'aide du *document 2*, compléter le diagramme suivant dans le cas d'une requête de mesure émise par le serveur Dom@lin à l'intention du module capteur de température (à cet instant, il mesure une température de 19 °C).

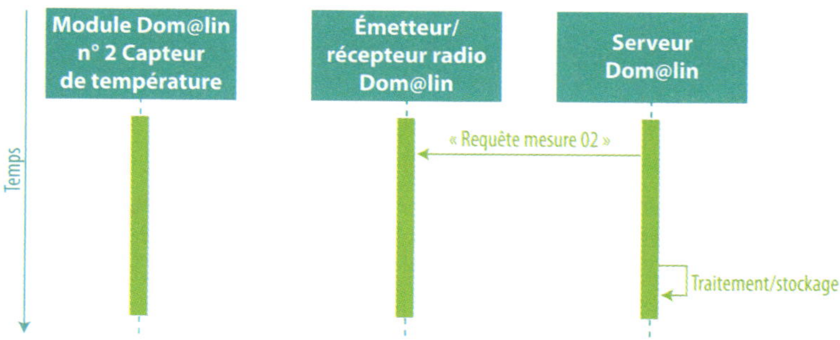

Sujet 43 Corrigé

Les clés pour réussir

L'essentiel à connaître

- Pour **connecter** les ordinateurs d'un réseau, on peut utiliser des **moyens filaires** (câbles Ethernet, téléphoniques) ou des **moyens non filaires.** Les ondes radio (3G, 4G, Wi-Fi...) sont très utilisées pour les communications non filaires.
- Il existe plusieurs types de matériels utilisés pour interconnecter les machines. Le **commutateur (ou *switch*)** permet de connecter plusieurs ordinateurs dans un LAN. La passerelle permet d'interconnecter deux réseaux (souvent un LAN à Internet).
- La **chaîne d'information** est constituée de l'ensemble des composants qui réalisent l'acquisition, le traitement et la communication de l'information.
- En informatique, un **protocole de communication** est un ensemble de règles fixées afin que plusieurs machines puissent communiquer (échanger des données).

Analyser l'énoncé et les documents

- Prenez bien le temps d'analyser et de comprendre le schéma en observant les connexions et les matériels. En effet, il est primordial de comprendre le fonctionnement global du système avant de commencer à répondre aux questions.
- Une partie du *document 1* « Compteur d'eau (vue détaillée) » détaille la composition d'un module, cela vous sera utile pour la question **2**.

Bien comprendre les questions

Question 1

- La réponse n'est pas dans le texte, mais dans le *document 1*.
- Pensez à l'installation de ce système dans une maison déjà existante.
- On peut déduire la fonction du commutateur en observant le schéma.

Question 2

- La chaîne d'information comprend très souvent des capteurs qui réalisent la fonction « Acquérir » et une carte programmable (ou microcontrôleur) qui traite l'information d'un élément communiquant.

TECHNOLOGIE

Question 3

- Transposez le texte expliquant le protocole en un schéma, les flèches représentant les messages échangés entre les composants.
- Attention à l'axe du temps qui est de haut en bas dans ce schéma.
- Pensez à remplacer les xx et les yy par les valeurs appropriées.

1 **a. Le système communique avec les modules via une liaison radio sans fil**. L'utilisation d'une communication sans fil rend **l'installation du système moins complexe et moins coûteuse**, surtout si les pièces où se situent les différents modules sont éloignées.

b. Pour communiquer avec le réseau Internet, un *smartphone* peut utiliser le **réseau téléphonique mobile (GPRS, 3G, 4G) ou se connecter à un réseau Wi-Fi.**

c. Le commutateur sert à interconnecter les différents périphériques à l'aide de câbles Ethernet.

Pensez-y !
La fonction « Traiter » est souvent réalisée par le microcontrôleur, le microprocesseur ou la carte programmable.

2 Voici la chaîne d'information du module capteur d'eau :

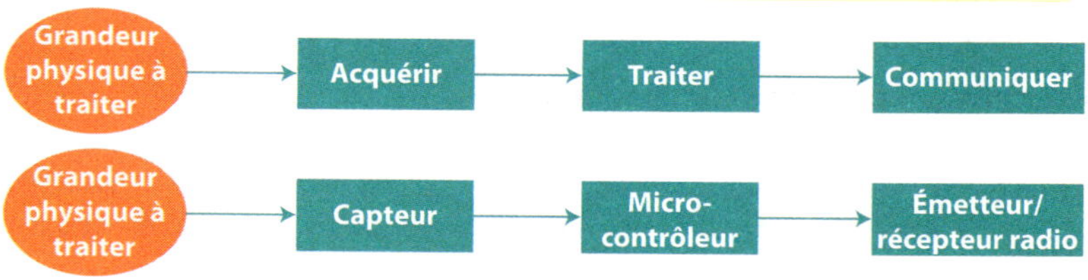

3 La correction du diagramme est la suivante :

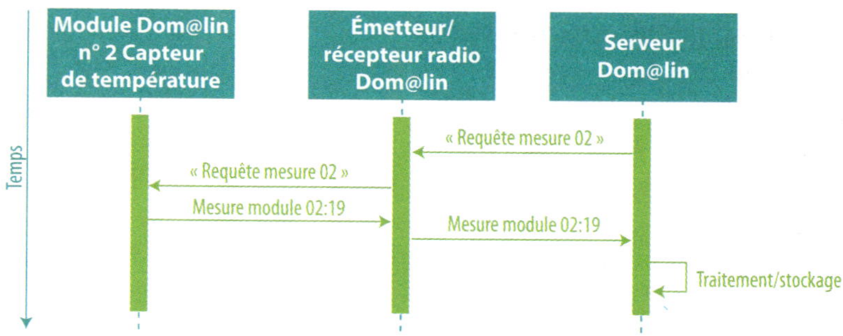

Sujets d'oral

Sujet 44 L'accès à l'eau potable

100 pts 15 min – 25 min

Sujet inédit

Exposé

Si individuel : 5 min Si collectif : 10 min

Projet

Parmi les parcours et les EPI que nous avons étudiés tout au long du cycle 4, nous avons choisi de vous expliquer pourquoi l'accès à l'eau potable est une nécessité pour les êtres humains. Puis nous avons étudié ce qui pourrait être fait pour améliorer l'accès à l'eau potable dans les camps pour réfugiés ou migrants.

EPI Sciences, technologie et société

Disciplines Physique-Chimie et SVT

Titre du projet L'accès à l'eau potable

Contenu du projet Recherche et exploitation de documents scientifiques liés à une problématique sociétale

Doc. 1 Les camps pour réfugiés ou migrants dans le monde

Traquées par la guerre, la misère ou les tragédies humanitaires, douze millions de personnes vivent regroupées dans des camps pour réfugiés ou migrants partout dans le monde [...] « De la bâche plastique à l'ingénierie urbaine, en passant par les villages consolidés ou les quartiers pérennisés, les camps sont l'enjeu d'une architecture spécifique et variée », estime l'anthropologue Michel Agier. Contre toute attente, l'urgence humanitaire ne rime pas nécessairement avec anarchie et désordre. Ainsi, agissant en véritable maître d'œuvre, le Haut-Commissariat des Nations Unies pour les réfugiés (HCR) requiert désormais l'intervention de spécialistes dès la fondation d'un camp, afin de rationaliser au mieux les installations.

D'après « Recherches : Camps et réfugiés : un monde de transformations, décembre 2014-janvier 2015 », *Sciences au Sud*, n° 77.

Doc. 2 Les actions des associations humanitaires

En Somalie comme dans d'autres pays, l'eau potable manque dans les camps pour réfugiés ou migrants. Des actions sont alors mises en œuvre par des associations humanitaires :
– travaux et actions permettant aux populations d'avoir accès à de l'eau potable (construction et réhabilitation de puits, distribution de filtres en céramique, distribution d'eau par camion, création et maintenance d'un stock de plaquettes de chlore distribuées en cas d'urgence) ;
– travaux assurant aux populations une meilleure situation sanitaire (construction de latrines[1], organisation de séances de promotion à l'hygiène, distribution de kits de première nécessité non alimentaires).

1. Latrines : W.-C.

D'après www.solidarites.org/missions/Somalie/action-humanitaires.html

Doc. 3 Les maladies liées à l'eau

Dans la nature, l'eau n'est pas toujours source de vie, loin s'en faut. Elle véhicule en particulier nombre de micro-organismes, bactéries et virus en tout genre, qui y vivent et s'y développent, ainsi que nombre de parasites qui ont besoin d'eau pour vivre ou se reproduire. Or de tels organismes peuvent engendrer des maladies parfois graves lorsqu'ils pénètrent dans le corps humain. L'eau est ainsi le vecteur de transmission privilégié de ces maladies que l'on dit hydriques.
Les micro-organismes abondent dans les eaux souillées par les déjections animales et humaines, et leur transmission à l'Homme se fait par simple ingestion d'eau infectée. Ils se propagent donc rapidement dans les pays qui ne disposent pas de bonnes conditions d'hygiène. Certaines bactéries

déclenchent de fortes diarrhées. Aujourd'hui, ces épidémies sont surtout le drame des pays chauds qui ne disposent pas de latrines septiques, ni de traitements des eaux. Dans ces conditions en effet, les matières fécales des personnes malades contaminent rapidement les eaux de boisson consommées par les personnes saines [...].

Ces maladies hydriques sont à l'origine de la mortalité très élevée des populations des pays en voie de développement. Dans le monde, environ 6 millions d'enfants meurent chaque année des suites de gastro-entérites et 100 millions de personnes souffrent en permanence de gastro-entérites hydriques. La raison principale de cette situation catastrophique est la pauvreté. Nombre de populations ne disposent pas d'eau potable, les aménagements indispensables aux traitements des eaux usées et à la fabrication d'eau potable étant trop coûteux, ni même des soins que ces affections nécessitent, les infrastructures médicales n'étant pas suffisantes.

D'après http://www.cnrs.fr, CNRS : Centre national de recherches scientifiques

Doc. 4 Dispositifs de traitement de l'eau

Les filtres céramiques pour le traitement des eaux sont en usage depuis plusieurs siècles [...] Ils ont souvent la forme d'un pot de fleur ou d'un bol et sont imprégnés de fines particules colloïdales[1] en argent servant de désinfectant et empêchant la prolifération des bactéries dans le filtre. [...] Les tests en laboratoire ont montré que ces dispositifs, s'ils sont bien conçus et bien fabriqués, peuvent éliminer ou désactiver presque toutes les bactéries et parasites protozoaires. Leur efficacité contre les virus est inconnue.

Le nettoyage et la maintenance du filtre sont critiques : [...] il est recommandé d'y joindre un programme éducatif sur un stockage salubre, le nettoyage du filtre et d'autres actions recommandées.

Les avantages des filtres céramiques sont leur facilité d'emploi, leur longue durée de vie (s'ils ne se cassent pas) et leur coût relativement bas.

Les inconvénients comprennent une possible recontamination de l'eau conservée sans chlore résiduel et un débit faible, en général un à deux litres par heure.

1. Colloïdale : solution liquide contenant un corps dispersé sous forme de particules minuscules en suspension.

D'après http://drinking-water.org, site Internet de l'Académie nationale des sciences, Washington, USA

Doc. 5 Quelques paramètres de potabilité d'une eau

Pour être consommée, l'eau doit répondre à des critères de qualité très stricts :

Paramètres	Critères de qualité	Normes
Micro-biologiques	– Parasites – Virus – Bactéries	Présence non tolérée
Chimiques	– Sels minéraux – Substances chimiques toxiques	– Présence possible – Normes très sévères (quantités très limitées)
Physiques et gustatifs	– Aspects – Saveur, odeur	– Limpide – Non désagréables

D'après http://www.lesagencesdeleau.fr

Entretien avec les examinateurs

Voici des questions que pourrait vous poser le jury :

1 Où y a-t-il des camps pour réfugiés ou migrants ?

2 Pourquoi ne doit-il pas y avoir de parasites dans une eau potable ?

3 Pourquoi les filtres céramiques ne permettent-ils pas d'éliminer les virus ?

Sujet 44 Corrigé

Les clés pour réussir

L'essentiel à savoir

- Les **critères de potabilité** d'une eau portent sur les **paramètres micro-biologiques, chimiques, physiques et gustatifs** de cette eau.
- Les **micro-organismes** sont des organismes microscopiques, généralement unicellulaires, tels que les bactéries et les levures.
- Certains micro-organismes sont **pathogènes** et peuvent provoquer des maladies.
- Les **virus** sont de taille beaucoup plus petite que les micro-organismes.
- Un **parasite** vit aux dépens d'un individu chez lequel il provoque des troubles plus ou moins importants en consommant ses tissus et ses molécules.
- La **contamination** est l'envahissement d'un organisme vivant ou d'un milieu par des micro-organismes.

- Des **filtres céramiques** peuvent être employés pour traiter l'eau dans les pays en voie de développement. Ils permettent d'éliminer la plupart des parasites et des bactéries, mais leur efficacité sur la destruction des virus présents dans l'eau n'est pas démontrée.
- Des **pastilles de chlore** permettent d'éviter une **contamination** trop rapide de l'eau traitée.

Exploiter les documents

Doc. 1 : sa lecture permet de se rendre compte du nombre de réfugiés ou de migrants en 2015. Ce nombre a malheureusement augmenté aujourd'hui.

Doc. 2 : il précise quelques actions menées par des associations humanitaires dans des camps pour réfugiés ou migrants.

Doc. 3 : il décrit les maladies dues à l'eau polluée et donne des informations sur les modes de contamination de cette eau.

Doc. 4 : plusieurs dispositifs de traitement de l'eau adaptés aux pays en voie de développement sont détaillés dans ce document.

Doc. 5 : plusieurs paramètres de potabilité d'une eau sont donnés dans ce document.

Préparer un exposé

Exposer la problématique et la méthodologie suivie

Expliquez pourquoi vous avez choisi d'étudier l'accès à l'eau potable dans les camps pour réfugiés ou migrants, puis comment vous avez travaillé pour rechercher et analyser les documents présentés précédemment.

Répondre à la problématique

Le jury attend un exposé en deux parties :

I. Pourquoi l'accès à l'eau potable est-il une nécessité pour les êtres humains ?

II. Comment améliorer l'accès à l'eau potable dans les camps pour réfugiés ou migrants ?

Exposé

Comme vous le savez, **plus de douze millions de personnes**, traquées par la guerre, la misère ou les tragédies humanitaires, **doivent vivre dans des camps pour réfugiés ou migrants**. La **situation** de ces populations est **souvent préoccupante en matière d'accès à l'eau potable**. Nous avons donc décidé d'étudier l'importance de l'accès à l'eau potable pour les êtres humains avant de nous intéresser à son acheminement dans

L'astuce du prof

Prenez le temps de bien expliquer pourquoi vous avez choisi de présenter cet EPI.

les camps pour réfugiés ou migrants de certains pays du Sud notamment. Pour cela, nous avons recherché des documents portant sur ce sujet avant de les analyser et d'en faire une synthèse que nous vous présentons aujourd'hui.

La consommation d'eau non potable entraîne de très **nombreuses maladies graves** comme des gastro-entérites et des diarrhées qui **tuent** énormément de **personnes**, déjà affaiblies par la dénutrition. D'après un document du CNRS traitant des maladies liées à l'eau, environ **6 millions d'enfants meurent chaque année dans le monde suite à ces maladies hydriques**. En effet, les habitants de certains pays disposent de très peu de latrines septiques et ne sont pas en mesure de traiter l'eau, ce qui explique les micro-organismes, les parasites et les virus retrouvés dans l'eau consommée, en raison notamment de la présence dans l'eau de matières fécales de personnes malades.

Gagnez des points !

Reprenez dès que possible les données chiffrées des documents.

Malheureusement, dans les pays du Sud, comme la Somalie, l'eau potable manque souvent dans les camps pour réfugiés et migrants, et l'eau utilisée par les populations pour boire ou se laver peut être souillée. Les normes de potabilité ne sont pas respectées et des parasites, des virus et des bactéries sont présents dans l'eau. Il est donc indispensable de traiter cette eau souillée qui est un vecteur très important de maladies. Pour cela, **des filtres céramiques** peu coûteux et relativement simples d'utilisation permettent d'éliminer la plupart des parasites et des bactéries dans l'eau. Leur efficacité sur la destruction des virus présents dans l'eau n'est toutefois pas démontrée, et des intervenants doivent être formés pour éduquer la population à l'utilisation correcte de ce matériel. De plus, l'envoi de ce matériel doit être accompagné de **plaquettes de chlore** qui permettent de **mieux conserver l'eau déjà filtrée** et qui peuvent peut-être mieux traiter l'eau en éliminant éventuellement les virus (des tests devront être mis en place pour le vérifier). Cependant, si l'envoi de ce matériel pour traiter les eaux polluées est indispensable pour pallier les situations d'urgence, ce traitement des eaux avec des filtres à céramiques et du chlore n'est pas satisfaisant à long terme. En effet, l'eau traitée contient encore des virus et peut-être d'autres substances chimiques toxiques. Pour améliorer cette situation à plus long terme et pour éviter au maximum la pollution des eaux, il est alors nécessaire :

– de **construire des latrines** afin d'éviter que les déjections polluent l'eau et de limiter la propagation de germes d'origine fécale ;

– de **construire** ou de **réhabiliter des puits** pour augmenter le nombre d'accès directs à l'eau potable. Cela permettrait aussi de mieux irriguer les cultures afin d'améliorer le rendement des surfaces agricoles ;

L'astuce du prof

Ne mélangez pas les différentes parties de votre argumentation : parlez d'abord des mesures d'urgence avant de développer les solutions plus pérennes.

– de **distribuer des notices d'éducation** à l'hygiène pour que les habitants comprennent mieux le lien entre les déjections dans l'environnement, la pollution des eaux et les maladies hydriques ;
– d'**augmenter le nombre de personnels** soignants et non soignants dans les camps pour réfugiés et migrants afin d'accompagner, de soigner et de former les populations.

En espérant vous avoir convaincu de l'urgence de la situation, nous vous remercions pour votre écoute attentive.

Entretien avec les examinateurs

Les réponses aux questions posées par les examinateurs peuvent être les suivantes :

1 Il y a malheureusement des camps de réfugiés ou migrants **partout dans le monde** : en Afrique, en Europe, en Asie, en Amérique...

2 Il ne doit pas y avoir de parasites dans une eau potable, car ils occasionnent des **troubles plus ou moins importants** dans les organismes des êtres vivants en consommant leurs tissus et leurs molécules.

3 Les filtres céramiques ne permettent pas d'éliminer les virus, car ces derniers sont **beaucoup plus petits** que les micro-organismes.

Sujet 45 Les métiers de l'informatique

100 pts

15 min – 25 min

Sujet inédit

Exposé

Si individuel : 5 min Si collectif : 10 min

Projet

Parmi les parcours et les EPI que nous avons étudiés tout au long du cycle 4, nous avons choisi de reprendre le travail que nous avons effectué dans le cadre des parcours Avenir en vous présentant différents métiers dans le domaine de l'informatique, ainsi que les compétences à acquérir au collège pour les exercer.

Parcours Avenir

Titre du projet Les métiers de l'informatique

Contenu du projet Connaître les compétences à acquérir pour travailler dans l'informatique

Doc. 1 Technicien(ne) de maintenance en informatique

Une carte son à changer ? Un ordinateur à installer ? Un écran noir ? Polyvalent, le technicien de maintenance en informatique est capable de faire face à de nombreux problèmes. Et ce, avec le plus de rapidité et d'efficacité possible.

Pour devenir technicien de maintenance en informatique, un métier qui ne connaît pas la crise, les formations se situent à deux niveaux : bac professionnel et bac + 2. Actuellement, ce dernier a souvent la préférence des recruteurs. La maîtrise de l'anglais technique est requise.

Après la 3e : Bac pro SEN (systèmes électroniques numériques), spécialité télécommunications et réseaux.

Après le baccalauréat :
– BTS systèmes numériques ou services informatiques aux organisations ;
– DUT informatique, réseaux et télécommunications ou génie électrique et informatique industrielle ;
– DEUST maintenance et installation de réseaux ;
– Licence professionnelle, mention métiers de l'informatique.

D'après http://www.onisep.fr/Ressources/Univers-Metier/Metiers/technicien-technicienne-de-maintenance-en-informatique

Doc. 2 Entretien avec un ingénieur informatique dans le domaine du traitement d'images

Dans le domaine du traitement d'images, Pierre, ingénieur informatique en recherche et développement, est amené à développer des algorithmes, des applications et à concevoir des systèmes d'acquisition (éclairage, caméra). Les applications sont variées : réalité augmentée, robotique, biométrie, imagerie médicale, etc.

Quelles sont les compétences requises pour exercer le métier d'ingénieur informatique ?

L'informaticien résout des problèmes techniques et scientifiques tout en utilisant le travail réalisé par des millions d'autres informaticiens à travers le monde. L'évolution constante et l'émergence de nouvelles technologies imposent de se former en continu et d'acquérir de nouvelles compétences : nouveau langage informatique, nouveau système d'exploitation, etc.

Dans ce métier, il est également très important de savoir chercher de l'information sur Internet et de maîtriser l'anglais scientifique, qui est la langue d'échange dans ce milieu.

Quelle formation avez-vous suivie ?

Après un baccalauréat scientifique, j'ai continué mes études à l'université. J'y ai obtenu un Master en « Systèmes Intelligents et Communicants » recouvrant des domaines tels que l'informatique embarquée et le traitement du signal et de l'image.

En quoi vos connaissances scientifiques sont-elles utiles dans votre pratique quotidienne ?

Je travaille dans le secteur de la biométrie et plus particulièrement dans celui de la reconnaissance d'iris de l'œil. Le système d'acquisition utilisé pour la reconnaissance d'iris est constitué d'une caméra et d'un éclairage spécifique, ce qui permet de distinguer la texture de l'iris, même pour les gens ayant les yeux sombres. S'en suit une étape de détection de l'iris dans l'image, basée sur des algorithmes de traitement d'images. D'autres algorithmes permettent de comparer cet iris à un ou plusieurs millions d'autres iris sur un *smartphone*, un ordinateur ou un supercalculateur.

Qu'aimez-vous dans votre métier ?

La diversité : je peux travailler sur des sujets très variés, dans différents domaines d'application et pour différents supports (téléphones, robots, caméras, etc.). Au quotidien, je développe de nouvelles applications qui seront utilisées par des centaines de personnes.

Entretien avec les examinateurs

Voici des questions que pourrait vous poser le jury :

1 Faut-il forcément suivre des études scientifiques pour travailler dans l'informatique ?

2 Les métiers de l'informatique sont-ils réservés aux garçons ?

3 Qu'est-ce que la biométrie ?

Sujet 45 Corrigé

Les clés pour réussir

L'essentiel à savoir

- Une **carte son** est une carte d'extension d'un ordinateur. La principale fonction de cette carte est de gérer tous les sons reçus ou émis par l'ordinateur, pour les envoyer vers les haut-parleurs. Cette carte se présente sous la forme d'un périphérique que l'on peut connecter à l'ordinateur.
- Un **algorithme** est une suite d'opérations ou d'instructions qui permettent de résoudre un problème.
- Un **système d'exploitation** est un ensemble de programmes qui dirige l'utilisation des capacités d'un ordinateur. C'est l'intermédiaire entre le système informatique et les logiciels utilisés par les êtres humains.
- Un **œil** est constitué notamment d'un **iris**, qui limite la lumière pénétrant dans l'œil par la pupille.

Exploiter les documents

Doc. 1 : ce document de l'Onisep précise les différentes formations que l'on peut suivre pour devenir technicien(ne) de maintenance informatique.

Doc. 2 : l'entretien avec Pierre, ingénieur informatique, permet de mieux comprendre la réalité de son métier.

Préparer un exposé

Exposer la problématique et la méthodologie suivie

Expliquez pourquoi vous avez choisi d'étudier les métiers de l'informatique, puis comment vous avez travaillé dans votre parcours Avenir pour rechercher des documents et pour réaliser l'entretien avec Pierre, ingénieur informatique.

Répondre à la problématique

Pour cet exposé, le jury attend un exposé en deux parties :

I. Les différents métiers de l'informatique

II. Les compétences à acquérir au collège pour pouvoir travailler plus tard dans l'informatique

Exposé

L'informatique recrute ! Nous nous sommes donc intéressé(e)s à ce **secteur porté par des innovations constantes** : robots programmés en médecine, logiciels de commande d'avion, système de commerce électronique... Pour cela, nous avons recherché des documents au CDI avec le professeur documentaliste sur les métiers de l'informatique et nous avons également rencontré Pierre, un ingénieur informatique dans le domaine du traitement d'images.

> **Gagnez des points !**
> N'hésitez pas à insister sur les initiatives que vous avez prises en dehors du collège, par exemple la rencontre avec un ingénieur informatique.

Présent dans tous les domaines et porté par les innovations technologiques, le secteur informatique **génère de nombreux débouchés. Du niveau baccalauréat au niveau bac + 5**, les informaticiens sont recherchés pour leurs connaissances pointues dans un domaine en **perpétuelle évolution**.

En effet, des bureaux d'étude aux services administratifs, en passant par les usines et les hôpitaux, les entreprises ne fonctionneraient plus sans l'informatique. Les logiciels interviennent pendant la conception et la fabrication des produits et gèrent également des flux d'information à travers le monde (achats de matières, stocks, ventes, congés, paies, etc.). Internet a également permis le développement du commerce électronique, du multimédia et des jeux vidéo. Ainsi, de nombreuses embauches sont attendues dans les années à venir, notamment dans le Web et le e-commerce. Aujourd'hui, près de la moitié des informaticiens travaillent pour des éditeurs de logiciels ou des sociétés de services. Les autres exercent pour des entreprises qui mettent l'informatique au service de leurs métiers, notamment le secteur public avec l'e-administration (déclaration sur Internet, dossier médical informatisé dans les hôpitaux...), la bancassurance, les transports, l'énergie... **Derrière le terme « informaticien » se cache donc aujourd'hui une multitude de métiers, au niveau technicien ou ingénieur**.

> **L'astuce du prof**
> Ne cherchez pas à être exhaustif. Le but n'est pas de faire la liste de tous les métiers existants liés à l'informatique.

Si l'on souhaite s'orienter vers les métiers de l'informatique, il faut **acquérir dès le collège de nombreuses compétences**. Par exemple, **en mathématiques et en technologie**, il est indispensable de comprendre toutes les parties du programme sur la **programmation informatique**. Il est nécessaire de **savoir écrire, mettre au point et exécuter un programme,** mais aussi de **comprendre le fonctionnement d'un réseau informatique**, c'est-à-dire d'être capable :
– d'analyser les composants et l'architecture d'un réseau ;
– d'**étudier les notions de protocole, d'organisation de protocoles en couche, d'algorithme de routage ;**
– de comprendre le fonctionnement d'Internet...

De plus, si l'acquisition de ces compétences scientifiques est indispensable, cela n'est pas suffisant. Il faut absolument **travailler le français mais aussi l'anglais** pour être **capable de communiquer** convenablement avec l'ensemble de ses interlocuteurs. Enfin, de façon générale, il est important de travailler l'ensemble des disciplines enseignées au collège, car il est nécessaire aujourd'hui d'avoir au minimum le baccalauréat ou un bac + 2 pour travailler dans le secteur informatique.

En conclusion, ce travail sur les métiers de l'informatique a conforté notre idée de travailler dans ce secteur plus tard, ce qui nous a motivé(e)s encore davantage pour obtenir de bons résultats au collège !

Entretien avec les examinateurs

Les réponses aux questions posées par les examinateurs peuvent être les suivantes :

1 Pour travailler dans l'informatique, il faut **suivre des études scientifiques** pour être ingénieur, technicien ou développeur informatique. Cependant, il existe des **exceptions** : une personne ayant fait des études artistiques peut travailler dans le domaine informatique pour rédiger un scénario ou pour créer les personnages d'un jeu vidéo par exemple.

2 Comme quasiment tous les métiers aujourd'hui, l'informatique n'est **pas réservée aux garçons**. Les filles peuvent réussir aussi bien que les garçons dans ce milieu.

3 La biométrie signifie « **mesure du vivant** » ; elle désigne dans un sens très large l'étude quantitative des êtres vivants. L'usage de ce terme se rapporte aujourd'hui de plus en plus à l'usage de techniques informatisées à des fins de **reconnaissance, d'authentification et d'identification**, comme par exemple la reconnaissance de l'iris d'un œil, tel que cela est expliqué par Pierre, l'ingénieur informatique.

Révisions

En flashant cette page, des exercices interactifs sur tous les thèmes du programme.

1 La constitution et les états de la matière

Les états de la matière

- **Un mélange** contient **plusieurs espèces chimiques** différentes, qui peuvent être solides, liquides ou gazeuses. Au niveau microscopique, l'état solide est compact et ordonné, l'état liquide est compact et désordonné, tandis que l'état gazeux est dispersé et désordonné.
- **Un corps pur** est constitué d'**une seule espèce chimique.**
- **Les températures de changement d'état sont caractéristiques d'un corps pur** dans les conditions de l'expérience :
  - **la vaporisation d'un corps** est le passage de l'état liquide à l'état gazeux de ce corps ;
  - **la liquéfaction d'un corps** est le passage de l'état gazeux à l'état liquide de ce corps ;
  - **la solidification d'un corps** est le passage de l'état liquide à l'état solide de ce corps ;
  - **la fusion d'un corps** est le passage de l'état solide à l'état liquide de ce corps.
- **Les changements d'état** s'accompagnent de **transferts d'énergie.** Durant un **changement d'état, la masse** du corps **se conserve** mais son **volume varie.**

Dissolutions dans une solution

- **Une solution** est un mélange liquide homogène.
- **Les solutés** sont les espèces chimiques dissoutes dans un liquide.
- **Le solvant** est la solution dans laquelle les solutés sont dissous.
- **Un corps est soluble** dans un solvant si le mélange obtenu, la solution, est **homogène. La solubilité** de cette espèce chimique dans le solvant est la masse maximale de cette espèce que l'on peut dissoudre dans un litre de solution.
- **Deux liquides sont miscibles** si le mélange de ces deux liquides est **homogène**. Lorsque le mélange est **hétérogène**, les liquides sont **non miscibles.**
- **La solubilité des gaz dans l'eau dépend de la nature du gaz et de paramètres physiques**, par exemple la température.
- **La masse volumique** ρ d'une espèce chimique est le quotient de la masse ***m*** d'un échantillon de cette espèce par son volume ***V*** :

$$\rho = \frac{m}{V}$$

- ρ : en kilogrammes par mètre cube (kg/m^3)
- m : en kilogrammes (kg)
- V : en mètres cubes (m^3)

2 Les transformations chimiques

Description de la matière

- La matière est constituée de particules extrêmement petites, **les atomes.**
- **L'atome** est constitué d'un **noyau** et **d'électrons** en mouvement autour du noyau. La charge électrique négative des électrons compense la charge positive du noyau : ainsi, **l'atome est électriquement neutre**.
- **Une molécule** est un assemblage d'atomes.
- **Un ion positif** est un atome qui a perdu 1, 2 ou 3 électrons.
- **Un ion négatif** est un atome qui a gagné 1, 2 ou 3 électrons.

Symbole de l'atome de fer → Fe^{2+} ← Indique le nombre d'électron(s) perdu(s) par l'atome : 2

Symbole de l'atome de chlore → $C\ell^{-}$ ← Indique le nombre d'électron(s) gagné(s) par l'atome : 1

Identification et interprétation d'une transformation chimique

- **Dans une transformation chimique, il y a redistribution des atomes** qui constituent les réactifs pour former de nouvelles molécules ou de nouveaux ions que l'on nomme **les produits.**
- **Les ions** peuvent être mis en évidence grâce à **des tests caractéristiques.**
- Au cours d'une **transformation chimique, la masse totale se conserve** : la valeur de la masse des réactifs disparus est égale à la valeur de la masse des produits formés.

Propriétés de quelques transformations chimiques

- **Le pH est un nombre sans unité compris entre 0 et 14.**
- Il est possible de **mesurer le pH** d'une solution à l'aide de **papier pH** ou d'un **pH-mètre.**
- Une solution est **acide** si son **pH est inférieur à 7, neutre** si son **pH est égal à 7, basique** si son **pH est supérieur à 7**.
- **Le pH d'une solution** est lié aux **quantités respectives d'ions hydroxyde HO^{-} et hydrogène H^{+}.** Une solution acide contient plus d'ions hydrogène que d'ions hydroxyde, tandis qu'une solution basique contient plus d'ions hydroxyde que d'ions hydrogène.
- Lors de certaines **transformations chimiques**, il y a **production de gaz à effet de serre**, comme le **dioxyde de carbone**, qui contribuent au **réchauffement climatique**. Par exemple, les combustions dans l'air, qui ont comme réactif le dioxygène de l'air, produisent très souvent du dioxyde de carbone.

3 L'organisation de la matière dans l'Univers

Structure de l'Univers et du système solaire

- **Le système solaire est constitué d'une étoile, le Soleil, autour de laquelle tournent huit planètes** : Mercure, Vénus, la Terre, Mars, Jupiter, Saturne, Uranus et Neptune.
- **Le Soleil** n'est qu'une étoile moyenne dans une **galaxie** contenant environ 100 milliards d'étoiles. Notre galaxie est nommée **la Voie Lactée**.
- Dans les galaxies, il existe d'autres systèmes planétaires extrasolaires constitués de planètes, **les exoplanètes, qui gravitent autour d'une étoile autre que le Soleil.**

Les ordres de grandeur en astronomie

- **Le mètre, de symbole m, est l'unité de longueur dans le système international.**
- **L'écriture scientifique d'un nombre est l'écriture sous la forme $a \times 10^n$** avec a un nombre décimal tel que $1 \leq a < 10$ et n un entier positif ou négatif.
- **Les distances qui séparent les étoiles ou les galaxies sont considérables.** Le mètre et le kilomètre sont des unités beaucoup trop petites à cette échelle. On utilise **l'année-lumière** (ou année de lumière), **de symbole al, qui est la distance parcourue par la lumière dans le vide, en une année.**

Diamètre du système solaire	Distance Soleil-étoile la plus proche	Diamètre de la Voie Lactée	Distance Voie Lactée-galaxie la plus proche
10^{10} km	4,3 al → ordre de grandeur 1 al	100 000 al = 10^5 al	10^6 al

- Dans le vide (ou dans l'air), la vitesse de propagation de la lumière est souvent notée c (**$c = 3{,}00 \times 10^8$ m/s**).
- L'ordre de grandeur d'une longueur est la puissance de dix la plus proche de cette longueur.

La matière dans l'Univers

- Les principaux éléments sur Terre et dans l'Univers sont l'**hydrogène**, l'**hélium** et des **éléments lourds** comme l'**oxygène**, le **carbone**, le **fer** ou le **silicium**. Des **terres rares**, indispensables à la fabrication des smartphones par exemple, sont également présentes sur Terre, mais en **très petite quantité. Leurs ressources sont donc limitées.**
- **Les atomes sont les constituants élémentaires de la matière. Ils sont électriquement neutres.** Ils sont constitués **d'un noyau, chargé positivement, et d'électrons, chargés négativement**.
- Le noyau contient des nucléons : **les neutrons**, particules sans charges électriques, **et les protons**, particules chargées positivement.

4 Mouvement et interactions

Caractérisation d'un mouvement

- **La trajectoire d'un point d'un objet** est la ligne formée par l'ensemble des positions successives occupées par ce point.
- **Lorsque la trajectoire d'un point d'un corps est une droite,** on dit que le mouvement du point est **rectiligne.**
- **Pour caractériser un mouvement,** il est nécessaire de préciser la **vitesse** de l'objet étudié, en indiquant notamment la **direction**, le **sens** et la **valeur** de cette vitesse.
- **Un même mouvement** peut être caractérisé de **manière très différente par plusieurs observateurs.** Il faut préciser **par rapport à quel objet ou observateur** la description d'un mouvement est effectuée.

Mouvements uniformes et non uniformes

- Par rapport à un observateur donné, un **mouvement est uniforme** s'il s'effectue avec **une valeur de vitesse constante.**
- **Pour un mouvement uniforme,** la valeur de la vitesse peut s'écrire : $\boldsymbol{v} = \frac{\boldsymbol{d}}{\boldsymbol{t}}$, avec v la valeur de la vitesse en m/s, d la distance parcourue par un point de l'objet en m et t la durée du déplacement en s.

Modélisation d'une interaction

- **Deux corps sont en interaction** si le mouvement de l'un dépend de la présence de l'autre, et réciproquement. Chacun de ces deux corps **exerce une action mécanique sur l'autre,** modélisée (représentée) par **une force** caractérisée par une direction, un sens et une valeur exprimée en newtons (N).
- Les **interactions à distance** ne nécessitent **pas** de contact entre les deux corps pour exister, contrairement aux **interactions de contact**.
- **L'interaction gravitationnelle** entre **deux** corps de centres A et B, de masses respectives m_A et m_B séparés d'une distance d, est modélisée par **des forces d'attraction gravitationnelle** ayant comme :
  – direction : la droite AB ;
  – sens : vers le corps qui exerce la force ;
  – valeur : $F = G \times \frac{m_A m_B}{d^2}$ avec F en N, m_A et m_B en kg, d en m et $G = 6{,}67 \times 10^{-11}$ N · m²/kg² la constante de gravitation.
- Un objet proche **de** la surface d'un astre subit **une force d'attraction gravitationnelle** exercée par l'astre nommée poids ou force de pesanteur :

$$\boldsymbol{P} = \boldsymbol{m} \times \boldsymbol{g}$$

avec P le poids en N, m la masse de l'objet en kg et g l'intensité de la pesanteur sur l'astre en N/kg.

5 L'énergie et l'électricité

Énergie et puissance

- **Les sources d'énergie renouvelables** peuvent être exploitées de façon illimitée à l'échelle humaine. **Les sources d'énergie non renouvelables** ont des stocks limités, qui ne peuvent pas se renouveler à l'échelle humaine.
- **L'énergie existe sous différentes formes** : énergie chimique, énergie nucléaire, énergie thermique, énergie lumineuse, énergie électrique, énergie cinétique ($E_c = \frac{1}{2}mv^2$), énergie potentielle (dépendant de la position)...
- **Une forme d'énergie peut être convertie en une autre forme** d'énergie ou être **transférée d'un objet à un autre objet**. Lors d'une conversion ou d'un transfert, l'énergie **se conserve**.
- Des **transferts d'énergie** ont lieu lors de l'**émission** et lors de l'**absorption de rayonnements**, comme lors de l'absorption du rayonnement terrestre par les gaz à effet de serre.
- **L'énergie** E produite ou consommée par un appareil dépend de la **puissance** P et de la **durée** t de fonctionnement de l'appareil :

$$\boldsymbol{E = P \times t}$$

- E : en joules (J) ou en kilowattheures (kWh)
- P : en watts (W) ou en kilowatts (kW)
- t : en secondes (s) ou en heures (h)

Lois de l'électricité

- **Dans un circuit électrique à une seule maille, l'intensité du courant électrique est la même** en tout point d'un circuit qui ne compte que des dipôles en série. De plus, d'après **la loi d'additivité des tensions**, la tension entre les bornes du générateur est égale à la somme des tensions entre les bornes des récepteurs.
- **Dans un circuit électrique à plusieurs mailles, d'après la loi d'unicité des tensions, la tension entre les bornes de chaque dipôle en dérivation est la même**. De plus, d'après la **loi d'additivité des intensités**, l'intensité du courant électrique dans la maille principale contenant le générateur est égale à la somme des intensités des courants dans les mailles dérivées.
- **D'après la loi d'Ohm**, la tension U, en volts, aux bornes d'un conducteur ohmique est proportionnelle à l'intensité du courant électrique I, en ampères (A), qui le traverse : $\boldsymbol{U = R \times I}$ avec R la résistance du conducteur ohmique en ohms (Ω).
- **La puissance électrique** P, en watts (W), d'un appareil est égale à : $\boldsymbol{P = U \times I}$ avec U la tension aux bornes de l'appareil en volts (V) et I l'intensité du courant électrique qui traverse l'appareil en ampères (A).

6 Des signaux pour observer et communiquer

Les signaux lumineux

- **Une source primaire de lumière produit elle-même** la lumière qu'elle émet.
- **Un objet diffusant est un objet éclairé qui renvoie dans toutes les directions la lumière qu'il reçoit** et ne produit pas sa propre lumière.
- **L'œil humain est un récepteur de lumière.**
- La lumière visible est une **onde électromagnétique** dont la **fréquence appartient à un domaine très restreint**, compris entre celui des infrarouges (IR) et celui des ultraviolets (UV).
- **Dans un milieu homogène et transparent, comme l'air, la lumière se propage en ligne droite.** Ce phénomène est nommé la propagation rectiligne de la lumière.
- On modélise le trajet rectiligne de la lumière par un **rayon de lumière**, appelé également rayon lumineux, qui est une droite munie d'une flèche indiquant le sens de propagation, **de la source de lumière vers l'objet éclairé**.

Modélisation du trajet de la lumière par un rayon de lumière

- Pour des raisons de **sécurité**, les sources lumineuses utilisées, et notamment le **laser**, doivent être **manipulées avec précaution**, car elles peuvent présenter des **dangers pour les yeux**.

Les signaux sonores

- **L'oreille humaine est un récepteur sensible à des sons dont la fréquence est comprise entre environ 20 Hz et 20 kHz**, domaine situé entre celui des infrasons et celui des ultrasons.
- **Un son se propage dans un milieu matériel, mais ne peut pas se propager dans le vide.**
- La **vitesse de propagation du son v** dépend du milieu matériel.
- La **distance d parcourue par un son** pendant la durée t est : $d = v \times t$, avec d en mètres (m), t en secondes (s) et v en mètres par seconde (m/s).
- L'exposition prolongée à certains signaux sonores présente des **risques auditifs parfois irréversibles**.

7 Le système solaire et la Terre

Le système solaire

- La Terre est constituée d'**enveloppes concentriques**.

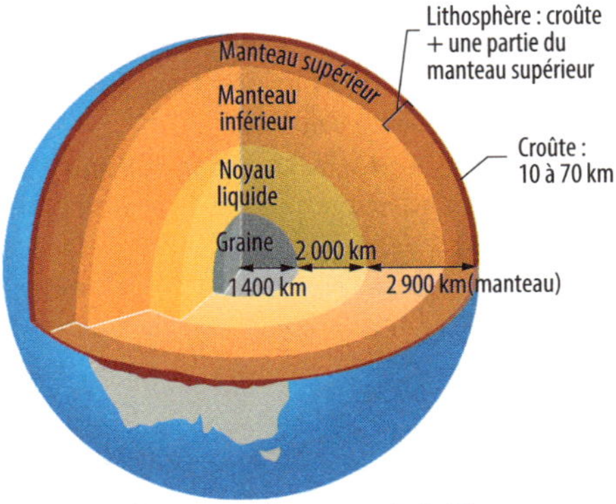

Structure interne de la Terre

- La **lithosphère** est l'enveloppe **rocheuse rigide superficielle** de le Terre. Elle est constituée par la **croûte et la partie la plus superficielle du manteau.** Son épaisseur est d'environ **100 km**.
- La lithosphère n'est pas une enveloppe continue ; elle est morcelée en **plaques lithosphériques.**
- La Terre libère de l'**énergie thermique** par dissipation de l'énergie essentiellement produite par les **réactions nucléaires** qui ont lieu dans le manteau et le noyau.
- Le **flux d'énergie thermique** venant de la planète est généralement faible, sauf dans les zones volcaniques où il est fort. L'énergie libérée par la Terre entraîne **le déplacement des plaques lithosphériques.**

L'histoire de la Terre

- La Terre s'est formée il y a **4,4 milliards d'années.** Les premières formes de vie apparaissent seulement au bout de 700 millions d'années.
- L'histoire de la Terre est découpée en 4 grandes ères, dont l'ère précambrienne qui est la plus longue (de – 4,4 milliards d'années à – 540 millions d'années).
- Après le précambrien, trois autres ères se succèdent (**paléozoïque, mésozoïque et cénozoïque**). Elles sont séparées par des événements majeurs qui ont affecté toute la planète et la vie qu'elle portait : **chute de météorite géante et/ou super-volcanisme et/ou changement climatique brutal.**

8 L'environnement et l'action humaine

Climat actuel et climat du passé

- Le **climat** donne des indications sur les températures et les précipitations durant de **longues périodes**.
- Le **climat** a beaucoup changé au cours des temps géologiques avec des périodes **beaucoup plus chaudes ou plus froides qu'aujourd'hui.**
- Depuis 150 ans, le climat change rapidement, que ce soit à l'échelle des régions ou à l'échelle de la planète entière.

Influence de l'Homme sur le climat

- Depuis 1880, **la température moyenne** de l'atmosphère et des océans **augmente** plus fortement qu'elle ne l'a jamais fait ces 800 000 dernières années. Cette augmentation de température s'accompagne d'un **changement dans la répartition mondiale des précipitations** : il s'agit donc d'un **changement climatique global**.
- Les activités humaines ont entraîné des rejets massifs de gaz à effet de serre, qui réchauffent l'atmosphère terrestre.

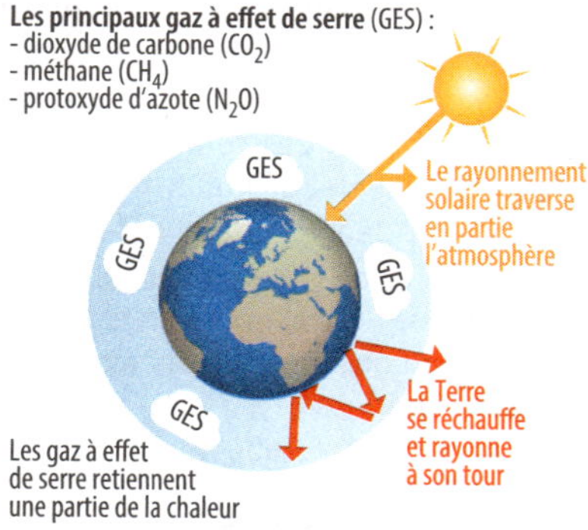

Principe de l'effet de serre

L'Homme face aux aléas de l'environnement

- Un aléa est un **phénomène imprévisible** qui peut être naturel (séisme, éruption volcanique...) ou artificiel (incident nucléaire, pollution chimique...). De nombreux êtres humains vivent dans des **zones à risque**, c'est-à-dire des endroits dans lesquels un aléa de l'environnement peut survenir.
- Face aux risques naturels, l'Homme a mis en place des mesures de **prévention, de protection et d'atténuation.**

L'exploitation des ressources naturelles par l'Homme

- L'Homme exploite les ressources de la planète pour se procurer des aliments, de l'énergie ou pour réaliser ses constructions, mais de **nombreuses ressources naturelles sont limitées**.
- Différentes solutions sont mises en place pour **préserver ces ressources ou les restaurer** : utilisation des sources d'énergie renouvelables...

9 L'organisation du monde vivant

Organisation et fonctionnement des animaux

- Tous les animaux sont constitués d'**appareils** qui coopèrent entre eux pour assurer le fonctionnement de l'organisme. Ces appareils sont faits d'**organes**, eux-mêmes faits de **cellules**.
- Toutes les cellules de l'organisme sont approvisionnées par un **système circulatoire** contenant un liquide nutritif.
- Chez les animaux, le tube digestif contient des **microbes qui facilitent la digestion** et protègent l'organisme contre des infections.

Organisation et fonctionnement des végétaux

- De nombreux végétaux présentent des **organes différenciés : des feuilles, des tiges et des racines**.
- Ces organes ont des rôles précis :
  - les **feuilles** élaborent la matière organique dont le végétal a besoin à partir de l'eau et du dioxyde de carbone en **convertissant l'énergie solaire** ;
  - les **racines** absorbent **l'eau et les sels minéraux** dont le végétal a besoin ;
  - les **tiges** contiennent des **systèmes conducteurs des sèves** pour acheminer la matière organique des feuilles aux racines et l'eau minéralisée des racines aux feuilles.

Reproduction sexuée et diversité génétique

- Les animaux et les végétaux possèdent des organes sexuels spécialisés dans la production des cellules reproductrices, **les gamètes**.
- Dans les organes sexuels, des **cellules souches** se divisent pour former des gamètes. Lors de cette division cellulaire, les **chromosomes parentaux se répartissent au hasard** dans les cellules filles, avec un chromosome de chaque paire par gamète.
- Ainsi, chaque individu produit des millions de **gamètes génétiquement différents**.
- Au moment de la fécondation, un spermatozoïde parmi tous ceux qui ont été produits **fusionne au hasard** avec un ovule parmi tous ceux qui ont été produits.
- La cellule-œuf issue de la fécondation contient donc une **recombinaison génétique originale** des chromosomes des deux parents.

10 L'évolution du monde vivant

La biodiversité

- La biodiversité désigne la **diversité des espèces vivantes**, mais aussi la diversité des individus dans une espèce et la diversité des milieux de vie.
- La mesure de la biodiversité est réalisée à partir d'**inventaires** et de **comptages des êtres vivants** qui occupent un milieu de vie.
- La Terre présente une très grande diversité d'**écosystèmes**, c'est-à-dire des milieux de vie différents avec des peuplements différents.

Phénotypes et génotypes des individus

- Le **phénotype** est l'ensemble des **caractères observables ou détectables** d'un individu. Tous les individus d'une même espèce partagent les mêmes caractères.
- Le **génotype** est l'ensemble des **gènes** d'un individu. Tous les individus d'une même espèce possèdent les mêmes gènes.
- Chaque gène est **présent sur les deux chromosomes** d'une même paire, mais il peut être représenté par des **allèles** différents.
- Le phénotype d'un individu dépend de la combinaison des allèles qu'il a reçus de ses parents et de l'**influence de son environnement**.

Les mécanismes de l'évolution biologique

- Les allèles sont les résultats des **mutations des gènes**. Les mutations sont des phénomènes rares et aléatoires.
- Pendant la formation des gamètes, les chromosomes porteurs des allèles sont répartis **au hasard**.
- Lors de la fécondation, les paires de chromosomes porteurs des allèles sont réunies **au hasard**.
- Dans un environnement donné, certains allèles donnent un avantage aux individus qui en sont porteurs. **Les individus avantagés dans une population survivent mieux que les autres** : c'est la **sélection naturelle**.

Les relations de parenté entre les êtres vivants

- Malgré la très **grande diversité** des êtres vivants, la présence de **caractères partagés** permet d'établir des groupes. Les mammifères, par exemple, regroupent tous les animaux possédant un squelette osseux, des poumons avec des alvéoles et des mamelles.
- La présence de caractères partagés entre des espèces sont des indices d'une **histoire commune** lors de l'évolution. Toutes les espèces actuelles sont parentes et possèdent des ancêtres communs. **Les plus proches parents de l'espèce humaine sont les espèces de gorille, de chimpanzé et d'orang-outan**.

11 Le système nerveux, l'appareil digestif et l'activité physique

Perception et traitement des signaux sensoriels

- Le cerveau reçoit en permanence des **informations nerveuses** en provenance des organes des sens et de capteurs internes.
- Le **cortex cérébral** est constitué par plus de **100 milliards de neurones**.
- Les **neurones** sont connectés entre eux par des **fibres nerveuses** terminées par une zone de contact appelée **synapse**.
- Les fibres nerveuses conduisent des **messages** de nature **bioélectrique**. La transmission du message nerveux dans la synapse est de nature **chimique**.

Activité cérébrale et hygiène de vie

- Pour fonctionner correctement, l**es cellules nerveuses nécessitent un approvisionnement constant en nutriments et en dioxygène.**
- Pour fonctionner correctement, l**e cerveau nécessite des phases de repos** pendant lesquelles il réorganise les informations traitées pendant la journée.
- **Les cellules nerveuses** sont particulièrement sensibles à l'effet de substances chimiques psychotropes comme l'alcool, le cannabis. De plus, ces substances perturbent le développement des réseaux de neurones chez les adolescents.

Nutrition et activité physique

- Les aliments sont **digérés**, c'est-à-dire **transformés en nutriments** tout au long du tube digestif.
- Les molécules organiques des aliments sont découpées par l'action d'**enzymes digestives libérées par les glandes salivaires, l'estomac, le pancréas et l'intestin.**
- Les nutriments issus de la digestion et l'eau de boisson traversent la paroi de l'intestin grêle et passent dans la circulation sanguine : c'est l'**absorption intestinale.**
- Toutes les cellules de l'organisme **assimilent** les nutriments du sang et les **convertissent en énergie** ou les utilisent comme matériaux de construction.
- Les apports alimentaires quotidiens couvrent les besoins en matière et en énergie de l'organisme. Si les apports sont supérieurs aux besoins, l'organisme **stocke** les nutriments dans **ses réserves de graisses.**
- **Une pratique sportive régulière** améliore l'équilibre entre les apports et les besoins, et permet de maintenir l'organisme en bonne santé.

12 L'immunité et la procréation

Vivre avec les microbes

- **Les microbes sont présents partout** dans notre environnement. **La plupart des microbes sont inoffensifs**, certains sont bénéfiques et d'autres encore sont **pathogènes** (ils provoquent des maladies).
- L'organisme produit des cellules spécialisées dans la reconnaissance et l'élimination des microbes : les **leucocytes** ou **globules blancs**.
- Lors de la **vaccination, les leucocytes apprennent à reconnaître des microbes pathogènes.** Ainsi, en cas d'infection réelle, l'organisme réagit plus efficacement.

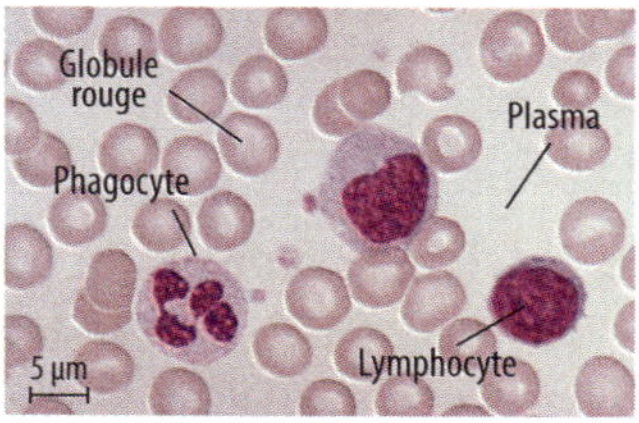

Leucocytes dans un frottis sanguin

Fonctionnement des appareils reproducteurs

- À la puberté, l'organisme produit des **hormones sexuelles : testostérone** pour les testicules, **progestérone** et **œstradiol** pour les ovaires.
- Chez l'homme, la production de testostérone est continue jusqu'à la mort et engendre le **fonctionnement continu** de l'appareil reproducteur, dont la production de spermatozoïdes.
- Chez la femme, la production des hormones sexuelles varie au cours d'un **cycle de 28 jours** en moyenne. Elle est liée à :
  - un cycle dans les ovaires, avec **une ovulation par mois** en milieu de cycle ;
  - un cycle dans l'utérus, avec le développement de la muqueuse de l'utérus en préparation à l'implantation d'un embryon, puis la **destruction de cette muqueuse** s'il n'y a pas eu d'implantation, qui se manifeste par les **règles**.

Sexualité et responsabilité individuelle

- Pendant le développement de l'embryon puis du fœtus, **la mère approvisionne le futur bébé par voie sanguine** par l'intermédiaire du placenta. Or, le placenta laisse passer **les médicaments, les drogues, les virus** qui pourraient être présents dans le sang de la mère.
- Un couple peut choisir d'avoir ou de ne pas avoir d'enfant en utilisant un moyen de contraception. **La contraception vise à empêcher la fécondation et/ou l'implantation de l'embryon** dans la muqueuse utérine.
- Parmi l'ensemble des moyens de contraception, **seul le préservatif protège des infections sexuellement transmissibles (IST).** La plupart des IST provoquent des symptômes très discrets au début de l'infection.

13 Le design, l'innovation et la créativité

Définition du besoin et rédaction du cahier des charges

- Les objets techniques et les services sont créés pour **répondre à un besoin.** Lorsqu'une entreprise ou une personne souhaite créer un nouveau produit, elle doit définir précisément les attentes des futurs utilisateurs.
- Le **cahier des charges** peut être rédigé lorsque le besoin est défini. C'est un document qui regroupe de façon détaillée l'ensemble des **fonctions** que l'objet devra satisfaire et les **contraintes** qu'il devra respecter.

Les étapes d'un projet

- Un projet peut être de **nature très variée** : construction d'un bâtiment, développement d'une application logicielle, élaboration d'un service...
- Un projet comporte **plusieurs étapes**. Ces étapes guident la création et optimisent le temps passé sur le projet.
- Le **planning prévisionnel** permet d'organiser le projet et d'identifier les antériorités et les tâches pouvant être réalisées simultanément afin de les répartir de façon optimale sur toute la durée du projet. Il permet de **suivre l'avancement** d'un projet et d'**anticiper d'éventuels retards**.

	Semaine 1	Semaine 2	Semaine 3	Semaine 4	Semaine 5
Étude du besoin	■				
Rédaction du cahier des charges		■			
Conception du logiciel			■		
Tests				■	
Publication en ligne					■

Exemple de planning pour la conception et le développement d'un logiciel

Conception et réalisation d'un projet

- Le processus de création de l'objet technique consiste à **rechercher des solutions répondant à chaque fonction technique**.
- À la suite de ces recherches, il faut proposer des **innovations** en s'aidant de croquis et de schémas pour échanger ses idées.
- Avant de réaliser un **prototype**, les logiciels de conception assistée par ordinateur (**CAO**) permettent de réaliser des **modèles numériques**.

14 Évolution et cycle de vie

Évolution des objets

- Les connaissances scientifiques et technologiques progressent tous les jours. L'évolution des techniques permet de faire évoluer les objets dans de nombreux domaines concernant :
  - **les matériaux** : l'objet tend à devenir plus léger, plus résistant et à être composé de matériaux moins coûteux et moins polluants ;
  - **l'énergie** : l'objet consomme moins d'énergie ou bien consomme une énergie plus propre et gagne en autonomie ;
  - **le design/l'ergonomie** : les objets sont plus simples à utiliser, plus intuitifs, les formes et couleurs évoluent pour s'adapter aux usages, à la mode.
- La **rupture technologique** est une nouvelle technologie qui apporte une solution très différente et plus performante à un problème technique déjà existant. Par exemple, l'écran plat est une rupture technologique ayant succédé à l'écran cathodique.

Familles et lignées

- Les objets qui répondent au **même besoin** (usage) sont regroupés en **familles**, cela permet de faciliter leur classement.
- Une **lignée** regroupe **les objets d'une même famille qui utilisent le même principe technique** pour répondre au besoin. Par exemple, la famille des véhicules aériens regroupe les objets qui servent à se déplacer dans les airs. On y retrouve les lignées : avions à réaction, avions à hélice, hélicoptères...

Cycle de vie et impact environnemental

- Les objets ont un **cycle de vie.** Les étapes que l'on retrouve généralement dans le cycle de vie d'un produit sont l'**extraction des matières premières**, la fabrication, le transport, la **distribution**, l'**utilisation**, la **fin de vie**.
- Pour **limiter l'impact environnemental** de nos objets, de nombreuses solutions existent tout au long de leur cycle de vie : diminuer la consommation d'énergie lors de l'extraction des matières premières, réduire la quantité de matériaux utilisée pour fabriquer l'objet, utiliser des procédés de fabrication plus économes en énergie, supprimer les emballages inutiles...

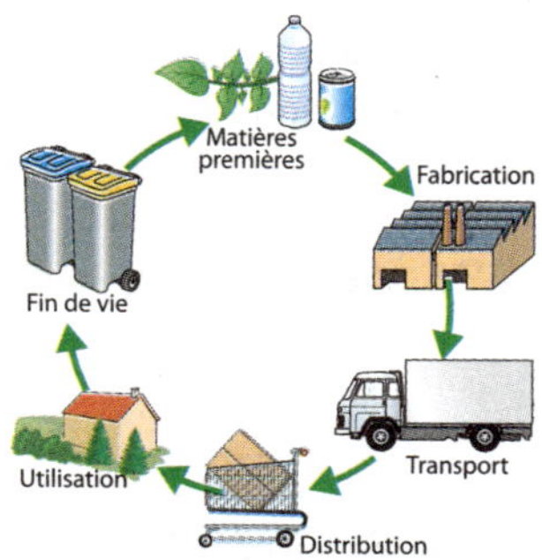

Les principales étapes du cycle de vie

15 La structure et le fonctionnement des objets et systèmes techniques

Analyse fonctionnelle d'un système

• Un **système** est un **objet complexe qui possède plusieurs fonctions**, alors qu'un objet simple dispose d'une seule fonction. Comme un objet, un système est créé pour répondre à un besoin.

• **Un système utilise de l'énergie**. Cette énergie est **transformée** dans le but de satisfaire la fonction d'usage. Par exemple, une tasse est un objet simple, qui dispose d'une seule fonction : contenir un liquide. Une barrière de parking automatique est un système complexe, qui utilise de l'énergie et dispose de plusieurs fonctions.

• Un système peut être décomposé en **fonctions techniques**. Une fonction technique est un sous-ensemble qui a un rôle précis dans le fonctionnement de l'objet.

Choix des solutions techniques

• Une solution technique est un **ensemble de composants** qui permet de réaliser une fonction technique.

• Le **choix d'une énergie et des matériaux** s'effectue en fonction des contraintes définies dans le cahier des charges.

Chaîne d'énergie et chaîne d'information

• Dans un système, un **flux** est un **déplacement d'énergie, de matière ou d'information**. Ce flux a une origine, une destination et suit un trajet.

• Le système effectue des opérations élémentaires sur les flux d'énergie et d'information qu'il utilise :

- **stockage** ;
- **transmission** ;
- **transformation**.

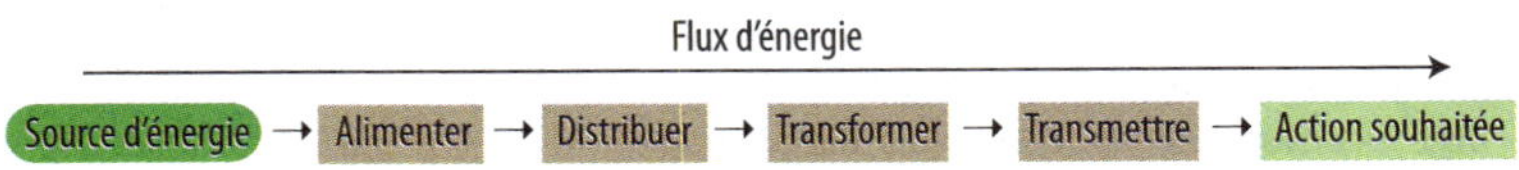

Chaîne d'énergie

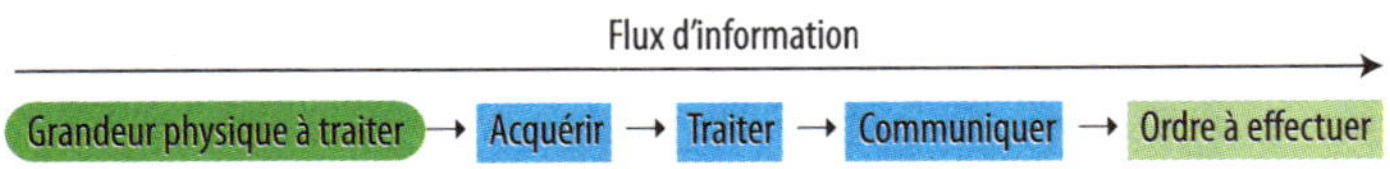

Chaîne d'information

16 De la modélisation à la validation du prototype

Modélisation d'un système ou d'un objet technique

- **La modélisation 2D correspond à la représentation d'un objet technique en 2 dimensions**, c'est-à-dire **« à plat »**. Cette représentation se dessine généralement sur un plan.
- **La modélisation 3D, appelée aussi tridimensionnelle, est la représentation d'un objet technique en 3 dimensions** : sa longueur, sa hauteur et sa profondeur, que l'on peut définir selon 3 axes X, Y et Z. La représentation 3D permet de visualiser l'apparence de l'objet ou du système. Elle comprend moins d'informations techniques que le plan.

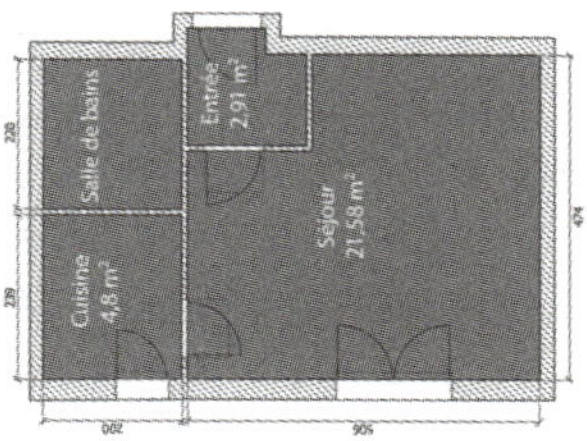

Plan d'un appartement

Vue en 3D d'un appartement

Simulation du comportement d'un système ou d'un objet technique

- **Les outils de simulation peuvent être utilisés pour simuler les efforts sur une structure** (hangar, maison, immeuble), afin d'évaluer sa déformation en fonction du vent, du poids de la neige, des tremblements de terre... Elle permet également de simuler l'usure, les frottements ou la déformation d'une pièce dans un système en mouvement.
- **Les logiciels de simulation permettent de simuler le comportement de composants électroniques ou électriques** pour tester leur fonctionnement.
- **La simulation logicielle permet de corriger les erreurs dans le programme.** On peut visionner l'état des variables, le résultat des tests, les blocages dans les boucles...

Contrôle et validation du prototype

- Au cours de la fabrication, on utilise des **instruments de mesure ou des gabarits pour contrôler les dimensions de l'objet**.
- **Le prototype est l'objet qui va subir des tests.** À l'aide du cahier des charges, un technicien vérifie que les contraintes imposées sont respectées.
- **Si les contraintes sont respectées, le prototype est validé**, et la fabrication en série peut commencer.

17 Les réseaux informatiques

Généralités sur les réseaux

- **Un réseau informatique est un ensemble d'ordinateurs ou de terminaux** (imprimantes, téléphones, objets connectés...) **reliés entre eux** et capables de communiquer ensemble.
- **Internet est le plus grand réseau informatique du monde**, il connecte des milliards d'ordinateurs et de terminaux.
- **Un réseau LAN (*Local Area Network*) est un réseau privé** (entreprise, collège, domicile...). Il peut cependant être relié à Internet par l'intermédiaire d'une passerelle.

Moyens et matériels d'interconnexion

- Pour connecter les ordinateurs d'un réseau, on peut utiliser des **moyens filaires** (câbles Ethernet, téléphonique) ou des **moyens non filaires**. Les ondes radios (3G, 4G, Wi-Fi...) sont très utilisées pour les communications non filaires.
- Il existe plusieurs types de matériels utilisés pour interconnecter les machines :
  - la **carte réseau** est le composant de l'ordinateur qui lui permet de se connecter ;
  - le **commutateur** (ou ***switch***) permet de connecter plusieurs ordinateurs dans un LAN ;
  - la **passerelle** permet d'interconnecter deux réseaux (souvent un LAN à Internet).

Protocoles et routage

- **En informatique, un protocole de communication est un ensemble de règles** fixées afin que plusieurs machines puissent communiquer (échanger des données).
- **Dans les réseaux, le protocole appelé Client-Serveur est couramment employé**. Le client utilise le réseau pour accéder à des services (*streaming* vidéo, partage de fichiers, messagerie...) fournis par le serveur.
- **De nombreux réseaux (comme le réseau Internet) sont dits « maillés »**. Cela signifie que chaque équipement peut avoir un ou plusieurs liens avec les autres équipements du réseau, formant ainsi une sorte de toile.
- **Les protocoles de routage permettent d'acheminer les données** d'un équipement à un autre à travers le réseau.

18 L'écriture, la mise au point et l'exécution d'un programme

Capteurs, actionneurs, interface

- **Un capteur acquiert une grandeur physique** (température, vitesse, présence d'une personne...) et la transforme en une information compréhensible par un ordinateur.
- **Un actionneur transforme l'énergie qui lui est transmise en une action.** Cette action peut être un signal lumineux, un mouvement, une production d'énergie thermique, un son...
- **Les interfaces permettent à l'homme et à la machine de communiquer.**
- La **consommation énergétique** des capteurs, actionneurs et interfaces doit absolument être prise en compte pour **essayer de la réduire au maximum**.

Cartes programmables et objets connectés

- **Une carte programmable est un système électronique qui exécute un programme** enregistré dans sa mémoire.
- Les principaux composants d'une carte programmable sont le **processeur**, la **mémoire**, les **entrées/sorties**, l'**alimentation**.
- **Un objet connecté est composé d'une carte programmable avec une fonction lui permettant de se connecter au réseau Internet.** La connexion s'effectue le plus souvent sans fil à l'aide du Wi-Fi, du Bluetooth ou par le réseau de téléphonie mobile (3G, 4G). Grâce à cette connexion, l'objet connecté peut échanger des informations avec d'autres objets ou des utilisateurs.

Programmes et algorithmes

- **Un programme informatique,** aussi appelé logiciel ou application, s'exécute sur un ordinateur, il répond à un besoin (traitement de texte, lecteur multimédia).
- **Un algorithme est une succession d'opérations et d'instructions** permettant la réalisation d'une tâche ou la résolution d'un problème.

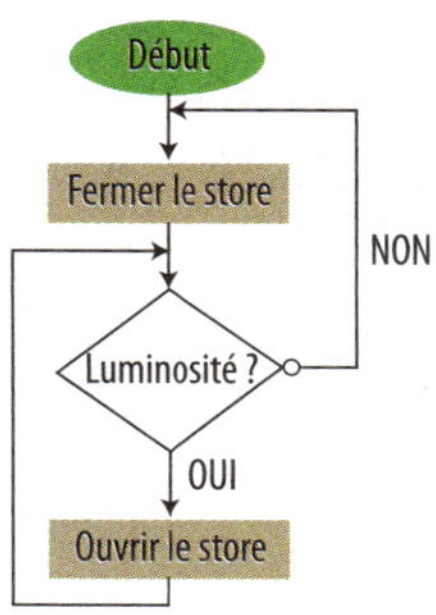

Algorithme qui gère l'ouverture et la fermeture d'un store en fonction de la luminosité

19 Observation du vivant

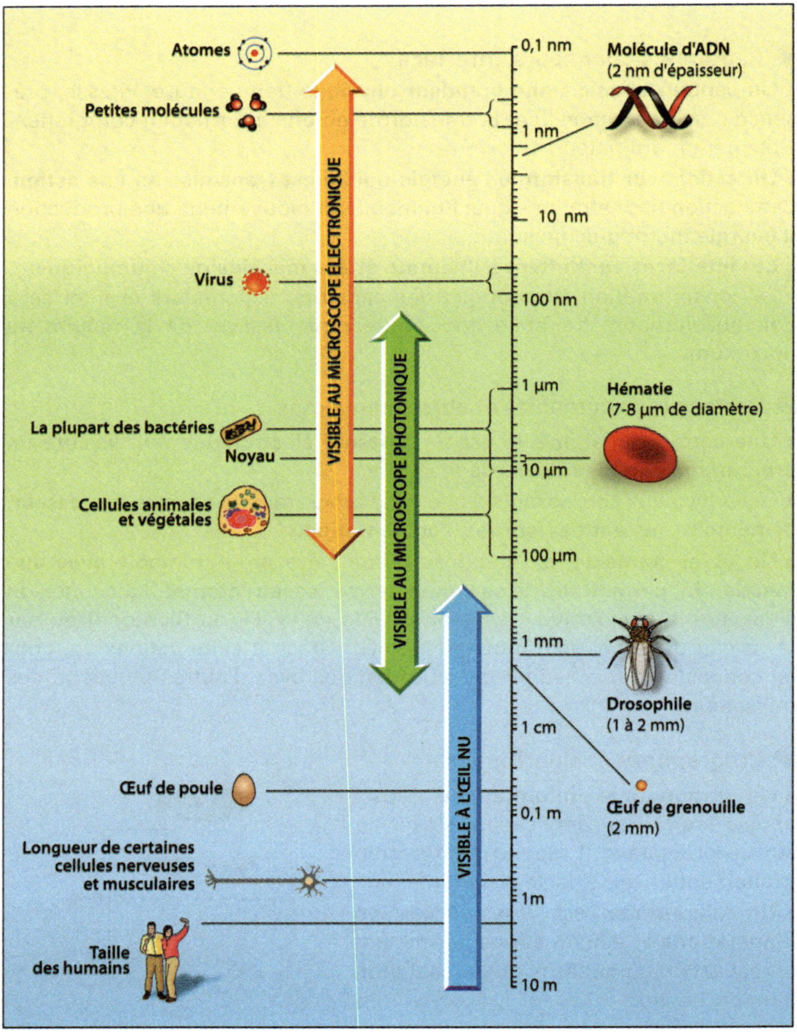

20 Tableau périodique des éléments

H 1 hydrogène																	He 2 hélium
Li 3 lithium	Be 4 béryllium											B 5 bore	C 6 carbone	N 7 azote	O 8 oxygène	F 9 fluor	Ne 10 néon
Na 11 sodium	Mg 12 magnésium											Al 13 aluminium	Si 14 silicium	P 15 phosphore	S 16 soufre	Cl 17 chlore	Ar 18 argon
K 19 potassium	Ca 20 calcium	Sc 21 scandium	Ti 22 titane	V 23 vanadium	Cr 24 chrome	Mn 25 manganèse	Fe 26 fer	Co 27 cobalt	Ni 28 nickel	Cu 29 cuivre	Zn 30 zinc	Ga 31 gallium	Ge 32 germanium	As 33 arsenic	Se 34 sélénium	Br 35 brome	Kr 36 krypton
Rb 37 rubidium	Sr 38 strontium	Y 39 yttrium	Zr 40 zirconium	Nb 41 niobium	Mo 42 molybdène	Tc 43 technétium	Ru 44 ruthénium	Rh 45 rhodium	Pd 46 palladium	Ag 47 argent	Cd 48 cadmium	In 49 indium	Sn 50 étain	Sb 51 antimoine	Te 52 tellure	I 53 iode	Xe 54 xénon
Cs 55 césium	Ba 56 baryum	L	Hf 72 hafnium	Ta 73 tantale	W 74 tungstène	Re 75 rhénium	Os 76 osmium	Ir 77 iridium	Pt 78 platine	Au 79 or	Hg 80 mercure	Tl 81 thallium	Pb 82 plomb	Bi 83 bismuth	Po 84 polonium	At 85 astate	Rn 86 radon
Fr 87 francium	Ra 88 radium	A	Rf 104 rutherfordium	Db 105 dubnium	Sg 106 seaborgium	Bh 107 bohrium	Hs 108 hassium	Mt 109 meitnerium	Ds 110 darmstadtium	Rg 111 roentgénium	Cn 112 copernicium	Nh 113 nihonium	Fl 114 flérovium	Mc 115 moscovium	Lv 116 livermorium	Ts 117 tennessine	Og 118 oganesson

Numéro atomique → Z X ← Symbole de l'élément
Nom

L = lanthanides : 57 à 71   A = actinides : 89 à 103

D'après www.iupac.org

Dépôt légal : août 2021 - N° de projet : 10269606
Imprimé en France par Maury-Imprimeur
45330 Malesherbes - N° d'imprimeur : 255089

Lexique

- **Algorithme** : Succession d'opérations et d'instructions permettant la réalisation d'une tâche ou d'un problème.
- **Attribut** : Caractère observable d'un organisme permettant de le classer.
- **Biodiversité** : Toutes les espèces vivant dans un milieu.
- **Cahier des charges** : Support décrivant l'ensemble des contraintes d'un projet de confection d'un objet technique.
- **Caractéristique (d'un matériau)** : Qualité physique permettant de comparer les avantages d'un matériau par rapport à un autre.
- **Chaîne alimentaire** : Succession de relations « mangeur-mangé » entre des êtres vivants. Elle indique qui est mangé par qui.
- **Contrainte** : Caractéristique ou fonction imposée à un objet technique pour l'adapter à son usage, à son environnement ou à des choix esthétiques.
- **Conversion d'énergie** : Transformation d'une forme d'énergie en une autre forme d'énergie.
- **Décantation** : Technique qui consiste à laisser reposer un mélange en attendant que les constituants se séparent spontanément.
- **Écosystème** : Ensemble composé du milieu de vie et des êtres vivants qui interagissent.
- **Érosion** : Dégradation et transformation du relief et des roches sous l'action de divers éléments comme l'eau ou le vent.
- **Espèce** : Ensemble d'êtres vivants ayant des caractères communs et pouvant se reproduire entre eux tout comme leurs descendants.
- **Filtration** : Séparation des constituants solides et liquides d'un mélange grâce à un filtre.
- **Fœtus** : Étape du développement à partir de laquelle le jeune ressemble à sa forme adulte.
- **Fonction technique** : Action réalisable par l'objet technique.
- **Fossile** : Empreinte ou reste transformé en roche d'un être vivant conservé dans une roche sédimentaire.
- **Interaction** : Effet qu'exercent l'une sur l'autre deux parties.
- **Maquette virtuelle** : Modèle numérique qui représente l'objet dans un logiciel de conception assistée par ordinateur (CAO).
- **Matière organique** : Matière produite par les êtres vivants, qui constitue leurs différents organes.
- **Micro-organisme** : Organisme microscopique comme les bactéries ou certains champignons.
- **Nutrition** : Fonction biologique qui permet d'approvisionner les organes selon leurs besoins.
- **Objet technique** : Objet réalisé ou modifié par l'être humain.
- **Performance** : Résultat maximal qui peut être atteint.
- **Planning de fabrication d'un objet technique** : Calendrier qui définit les étapes de fabrication et d'assemblage d'un objet technique.
- **Procédé de mise en forme** : Technique permettant de donner une forme déterminée à un matériau.
- **Protection** : Ensemble des méthodes et techniques qui permettent de réduire les dommages causés aux constructions et le nombre de victimes suite à un phénomène naturel.
- **Prototype** : Premier exemplaire d'un objet sur lequel une série de tests sera effectuée pour valider les solutions techniques retenues.
- **Puberté** : Passage de l'enfance à l'âge adulte.
- **Régime alimentaire** : Ensemble des aliments consommés par un animal.
- **Réseau** : Ensemble de deux ou plusieurs ordinateurs reliés par des câbles ou des ondes (sans fil) pour communiquer.
- **Révolution** : Mouvement d'un objet tournant autour d'un astre.
- **Risque naturel** : Possibilité pour une population de subir une catastrophe naturelle.
- **Rotation** : Mouvement d'un objet tournant sur lui-même, autour d'un axe de rotation qui le traverse.
- **Source d'énergie non renouvelable** : Source d'énergie dont les stocks sont limités à l'échelle de temps humaine.
- **Source d'énergie renouvelable** : Source d'énergie dont le renouvellement naturel est assez rapide pour qu'elle puisse être considérée comme inépuisable à l'échelle de temps humaine.
- **Système solaire** : Système composé du Soleil et d'astres tournant autour de cette étoile, dont les 8 planètes : Mercure, Vénus, Terre, Mars, Jupiter, Saturne, Uranus et Neptune.
- **Trajectoire** : Ligne décrite par un objet au cours du temps lors de son déplacement.
- **Valorisation** : Transformation d'un déchet en vue de lui donner une utilisation plus noble.

FSC
www.fsc.org
MIXTE
Papier issu de sources responsables
FSC® C022030

Nathan est un éditeur qui s'engage pour la préservation de son environnement et qui utilise du papier fabriqué à partir de bois provenant de forêts gérées de manière responsable et contrôlée.